Le Vingtième Siècle

TEXTE & DESSINS

PAR

A. ROBIDA

Paris — Georges Decaux, Éditeur, 7, rue du Croissant — Paris

LE

VINGTIÈME SIÈCLE

Quantin Imprimeur
7 S. Benoit 7 à Paris

Imp. Eudes.

Départ d'un ballon Transatlantique.

LE

VINGTIÈME SIÈCLE

TEXTE ET DESSINS

PAR

A. ROBIDA

PARIS

GEORGES DECAUX, ÉDITEUR

7, RUE DU CROISSANT. 7

—

1883

LE
VINGTIÈME
SIÈCLE

PREMIÈRE PARTIE

I

Trois lycéennes.
De quelques noms de baptême nouveaux.
En omnibus à 250 mètres au-dessus
de la Seine.

E mois de septembre 1952 touchait à sa fin. L'été avait été magnifique ; le soleil, calmant ses ardeurs de messidor, dégageait maintenant ces tièdes et caressantes effluves des belles journées d'automne aux splendeurs dorées.

L'aéronef omnibus B, qui fait le service de la gare centrale des Tubes — boulevard Montmartre — au très aristocratique faubourg Saint-Germain-en-Laye, suivait, à l'altitude réglementaire de deux cent cinquante mètres, la ligne onduléuse des boulevards prolongés.

L'arrivée d'un train du Tube de Bretagne avait rapidement mis au complet une douzaine des aéronefs stationnées au-dessus de la gare et fait s'envoler, avec un plein chargement, tout un essaim de légers aérocabs, de véloces, de chaloupes, d'éclairs et de tartanes de charge pour les bagages, ces lourdes gabares ailées qui font à peine leurs trente kilomètres à l'heure.

L'aéronef B portait son contingent complet de voyageurs, une vingtaine dans l'intérieur, autant sur la dunette — l'ancienne impériale des véhicules terriens de jadis — et quatre sur la plate-forme d'arrière.— Ses proportions lui eussent permis d'enlever à travers l'espace une plus grande quantité de kilos vivants, mais les compagnies, talonnées en cela par la concurrence, tenaient à laisser toutes leurs aises aux voyageurs. Quel que fût le nombre des passagers, dès que le chiffre de 2,500 kilos était atteint et marqué par l'aiguille du compteur, le mot *complet*, en grosses lettres d'un mètre de hauteur, apparaissait sur les deux flancs de la nacelle-omnibus et le contrôleur de la station ne laissait plus monter personne.

Les passagers de l'aéronef B étaient en grande partie des commerçants parisiens, revenant avec leurs familles de leurs villas de Saint-Malo ou d'une petite partie de campagne dans les roches bretonnes ; cela se voyait aux paniers vides ayant contenu des provisions, aux boîtes d'herborisation et aux filets à crevettes des enfants. Quelques marins en congé et des volontaires d'un mois causaient bruyamment sur la dunette des fatigues du métier, ou lisaient les journaux mis libéralement par la compagnie à la disposition des voyageurs.

Assises sur les pliants de la plate-forme d'arrière, trois jeunes filles portant l'uniforme des lycéennes formaient un groupe gracieux. Le béret à jugulaire, autrement élégant que l'antique képi des lycées masculins, couronnait de jolies têtes aux traits fins et d'abondantes chevelures tombant en boucles sur les épaules ; deux de ces jeunes filles étaient brunes, la troisième possédait, sous le béret coquettement incliné, la plus admirable de ces toisons blondes qu'affectionnèrent de tout temps les peintres et dont les poètes ont toujours raffolé, depuis le vieil Homère et la volage épouse de Ménélas. Ses longues tresses d'un blond vibrant, trop abondantes pour être laissées en liberté, étaient réunies par un ruban bleu et formaient ainsi une sorte de catogan qui se balançait sur la vareuse bleue de la lycéenne, à chaque souffle de l'air.

Les deux lycéennes brunes étaient les filles du banquier milliardaire

Raphaël Ponto, un de ces soleils de la Bourse autour desquels gravite en humbles satellites la foule des petits millionnaires. La lycéenne blonde se nommait Hélène Colobry ; elle était orpheline et pupille du banquier Ponto, cousin éloigné de sa famille.

Hélène Colobry, appuyée sur la balustrade de la plate-forme, regardait avec une certaine mélancolie filer sous la nacelle les innombrables toits, les cheminées, les belvédères, les coupoles, les tours et les phares de l'immense Paris. — Peut-être songeait-elle à son isolement d'orpheline et voyait-elle avec appréhension se rapprocher rapidement les horizons de Saint-Germain et les opulents quartiers de Chatou et du Vésinet, aux splendides hôtels émergeant d'une forêt de grands arbres. Ses compagnes allaient trouver à la station un père et une mère les bras ouverts et le cœur bondissant ; elle, la pauvrette, aurait pour toutes effusions une poignée de main d'un tuteur qu'elle n'avait pas vu depuis près de huit ans, depuis le jour déjà lointain de son départ pour le lycée de Plougadec-les-Cormorans, dans le Finistère.

Une Lycéenne.

Tout au contraire d'Hélène, Mlles Ponto étaient en gaieté. Leurs yeux couraient alternativement de l'horloge électrique de l'aéronef aux coteaux blancs de maisons des bords de la Seine.

« C'est inouï, Barnabette, disait l'une, dix minutes pour aller du boulevard Montmartre au parc de Boulogne, nous ne marchons pas !

— Ces omnibus sont ridicules ! répondait l'autre ; vois-tu que j'avais raison, Barbe, de vouloir prendre un aérocab ! nous serions arrivées.....

— C'est parce que c'est plus amusant, l'aéronef-omnibus..... il y a du monde, c'est plus gai.....

— Moi, je trouve ces omnibus assommants..... ça me rappelle nos vieilles guimbardes d'aéronefs du lycée, quand on nous emmenait à 4,000 mètres prendre l'air et entendre une conférence du professeur de physique ;..... au moins là, je dormais !

— Nous n'allons pas très vite, dit Hélène, à cause de la grande circulation : à Paris, il faut encore une certaine prudence ; nous pourrions accrocher quelque autre omnibus et recevoir des avaries..... Mais prends patience, Barnabette, dans huit ou dix minutes nous serons à Chatou.

Les noms de baptême des deux demoiselles Ponto, Barbe et Barnabette, manquent peut-être d'élégance et de douceur, mais on sait que les partisans de l'émancipation de la femme et de sa participation à tous les droits politiques et sociaux, ainsi qu'à tous les devoirs résultant de ces droits, ont adopté la coutume de donner aux enfants de ce sexe émancipé des noms d'un caractère dur ou d'une euphonie rébarbative.

OMNIBUS-AÉROFLÈCHE.

Dans les familles avancées, les jeunes filles, répudiant les noms frivoles du calendrier, s'appellent maintenant *Nicolasse, Maximilienne, Arsène, Rustica, Gontrane, Hilarionne, Prudence* ou *Casimira.* — M. Raphaël Ponto, homme d'affaires peu sentimental, et Mme Ponto, femme pratique, ont choisi pour leurs filles des noms d'un caractère sérieux. Quand on destine une jeune fille à tenir les rênes d'une grande maison de finance, il est au moins oiseux de l'appeler Sylvie ou Églantine ; le rôle destiné à la femme étant sérieux, le nom doit être sérieux. *Barbe* et *Barnabette* sont des noms sérieux qui peuvent être portés par de sérieuses banquières.

· Cependant l'aéronef continuait sa route. La Seine allongeait sa grande arabesque d'argent entre deux lignes de quais chargés de hautes maisons à douze étages — Les coteaux du quartier de Meudon fuyaient déjà sur la

ganche par-dessus les solides blocs de maçonnerie bâtis dans les îles ; tout
à fait au-dessous de la nacelle, comme un damier, les rues et les places

EMBARCADÈRE DES AÉRONEFS.

poudreuses de l'ex-bois de Boulogne se dessinaient en carrés réguliers
couverts d'usines et de cités ouvrières, dont les jardinets formaient tout
ce que le temps avait respecté de l'ancienne promenade des élégants des
siècles derniers.

L'aéronef fit un crochet à droite pour éviter les hautes tours de l'Observatoire et de la grande usine électrique du mont Valérien, puis d'un seul bond au-dessus du quartier industriel de Nanterre, elle arriva au tournant de la Seine.

Le débarcadère de Chatou dressait à cinq cents mètres sa haute charpente couronnée par un phare électrique. L'aéronef, comme une gigantesque hirondelle, se laissa glisser sur les couches de l'air en décrivant une courbe et descendit en une minute à la hauteur du bureau ; là, sans secousses, avec un simple tressaillement dans la membrure, elle s'arrêta net par une simple pression du mécanicien sur la roue du propulseur. Le conducteur, placé sur la plate-forme d'arrière, jeta le grappin au contrôleur du bureau et les communications furent établies entre le navire aérien et la terre.

Hélène Colobry et ses deux cousines Barbe et Barnabette prirent pied sur la plate-forme du débarcadère.

— Tiens, dit Barbe, j'ai oublié de téléphoner à papa d'envoyer un hélicoptère au-devant de nous!

— Bah! ce n'est pas la peine, nous irons à pied à l'hôtel.

Les trois jeunes filles prirent place dans l'ascenseur qui les mit à terre en une minute. L'hôtel Ponto et Cⁱᵉ n'était pas loin ; on apercevait à peu de distance le belvédère de son pavillon central pointant au-dessus d'un épais massif d'arbres.

Dans ce riche trente-septième arrondissement, quartier de gros négociants et de banques, où les terrains valent un prix énorme, la banque Ponto occupait un vaste quadrilatère en façade sur la rue de Chatou, sur deux rues latérales et sur le grand boulevard de la Grenouillère, vieille appellation qui rappelle les ébats aquatiques des viveurs du moyen âge, au temps où Chatou et même, le croirait-on, Saint-Cloud, étaient encore la campagne.

Les bâtiments donnant sur la rue de Chatou contenaient les bureaux occupés par plus de quatre cents employés et les cryptes à coffres-forts, vastes caves blindées, protégées contre les voleurs par un système d'avertisseurs électriques et contre l'incendie par un réservoir contenant mille mètres cubes de sable fin. Derrière ces locaux administratifs, un très beau jardin entourait d'une épaisse et verdoyante muraille l'hôtel particulier de la famille Ponto.

Les deux demoiselles Ponto, en pénétrant dans le jardin paternel, furent

surprises de ne pas voir leur père ou leur mère. — S'approchant du téléphonographe encastré dans un des piliers de la grille, Barbe s'annonça
comme le font les visiteurs ordinaires.

« — Hélène, Barbe et Barnabette!

Au lieu de la voix de son père ou de sa mère qu'elle s'attendait à
entendre, ce fut la voix du concierge que le téléphonographe apporta.

— Je fais prévenir monsieur de l'arrivée de mesdemoiselles, grinça
le téléphonographe.

— Tiens, papa n'est pas là! dit Barbe surprise.

— Maman non plus, il me semble, répondit Barnabette; c'est l'accent
alsacien du concierge.

Les trois jeunes filles traversèrent rapidement le jardin et gravirent le
perron de l'hôtel. — Le concierge les attendait.

— Monsieur est à la Bourse, dit le concierge;
je viens de lui téléphoner et j'entends la sonnette
qui m'annonce la réponse.

En effet un tintement continu résonnait au
grand téléphonographe du vestibule. Dans toutes
les maisons des grands quartiers, le panneau central du vestibule est occupé par le téléphonographe, cet heureux amalgame du téléphone et du
phonographe. Avec lui il n'est pas besoin, comme

Hélène.

avec le simple téléphone, de tenir sans cesse le tuyau conducteur à l'oreille
et de parler dans le récepteur; il suffit de parler à voix ordinaire à petite
distance de l'instrument et l'ouverture de métal, à la fois oreille et bouche,
apporte bientôt, distinctement détaillées, les syllabes de la réponse.

Les jeunes filles se tournèrent vers le téléphonographe et le concierge
mit le doigt sur un bouton.

Le tintement s'arrêta aussitôt. La petite plaque mobile fermant l'instrument s'ouvrit et laissa passer la réponse de M. Ponto.

— Bonjour, mes petites! dit le téléphonographe, je n'ai pu aller au-
devant de vous au tube, la Bourse est un peu houleuse aujourd'hui; baisse
sur toute la ligne..... Comment allez-vous, mes enfants? Le 2 0/0 est à
147 3/4, en baisse de 73 centimes, pour cause de bruits de conversion en
1 1/2..... Si vous avez quelques petites économies sur votre argent de
poche, c'est le moment d'acheter;..... faut-il acheter?.....

— Non, répondit Barbe, ça baissera encore davantage.

— Comme vous voudrez, reprit le téléphonographe au bout d'une minute; je reviens alors, je serai à l'hôtel tout à l'heure. »

Il faut au plus un quart d'heure pour venir de la Bourse à Chatou en aérocab. Les jeunes filles avaient à peine eu le temps de passer en revue les appartements préparés pour elles à l'hôtel que le timbre du concierge leur annonça l'arrivée de M. Ponto.

Le banquier arrivait par le ciel ; son aérocab venait de toucher, en

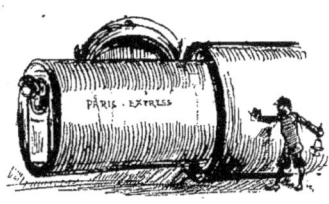

Le Tube.

haut de l'hôtel, au belvédère-débarcadère. Laissant son véhicule aux mains des gens de service, il descendit par l'ascenseur.

Ses filles l'attendaient sur le palier du premier étage pour se jeter dans ses bras.

— Bonjour, bonjour, mes enfants! dit M. Raphaël Ponto; bonjour, Hélène!... Bonne santé, je vois ça! toutes trois bachelières, très bien, je suis content!... Alors, vous n'avez pas voulu

UN WAGON DE TUBE.

acheter de 2 0/0... tu as peut-être raison, Barbe; fine mouche, ça descendra encore, je le crois!

— Et maman? demanda Barbe.

— Elle n'est pas là? demanda le banquier.

— Non...

— C'est vrai, j'y pense, j'ai déjeuné seul... elle était sortie...

— Sans nous attendre ! fit Barbe.

AÉRONEF OMNIBUS DE LA COMPAGNIE GÉNÉRALE

— Ah! tu sais, petite, on n'a pas toujours le temps... mais nous allons savoir où elle est allée et si elle rentrera de bonne heure. »

Le banquier frappa sur un timbre, un domestique parut.

— Le phono à madame! » dit le banquier.

Le domestique s'inclina et reparut bientôt avec l'instrument demandé.

— Quand Mme Ponto sort, dit le banquier, elle laisse toujours ses instructions dans le phono et elle ne manque pas de dire où elle va... c'est très commode! »

M. Raphaël Ponto toucha le bouton du phonographe.

LA DERNIÈRE LOCOMOTIVE AU MUSÉE DE CLUNY.

— Renouveler les fleurs du salon, dit le phonographe...

— La voix de maman, s'écria Barnabette, c'est toujours cela...

— Voir aux magasins du Trocadéro pour les échantillons de satin Régence et leurs nouilles grasses de Colmar... Rafraîchir l'eau de l'aquarium... Je rentrerai vers onze heures...

— Ah! firent Barbe et Barnabette.

— ... Je dîne au Café anglais avec quelques amies politiques. »
Le phonographe s'arrêta.

— C'est tout? demanda Barnabette; rien pour nous?

— Madame Ponto a oublié votre arrivée, dit le banquier, elle est très
absorbée par ses occupations... j'aurais dû lui rappeler que nous vous attendions aujourd'hui.

.JE DINE AVEC QUELQUES AMIES POLITIQUES.

Père pratique et tuteur pratique.
Une victime des Tubes. — La grande réforme de l'instruction.
Les classiques concentrés. — Le choix d'une carrière.

M. Ponto.

M. Raphaël Ponto, excellent père, avait résolu de consacrer entièrement sa soirée à ses enfants ; renonçant même à l'audition téléphonoscopique d'un acte ou deux de l'Opéra français, allemand ou italien, qu'il s'offrait quotidiennement après dîner pour faciliter la digestion, il sommeilla dans son fauteuil en faisant causer les jeunes filles.

On était tout à fait en famille. Il n'y avait là que le caissier principal de la banque, deux ou trois amis et un oncle du banquier, très antique, très ridé, très cassé et même quelque peu tombé en enfance. — « *Mon oncle Casse-Noisette !* », disait en parlant de lui l'estimable banquier, en faisant allusion au nez et au menton du digne oncle que l'âge et une sympathie mutuelle portaient à se rapprocher.

Cet homme vénérable, enfoncé dans une bergère, adressait du fond de son faux-col quelques questions à ses petites-nièces sur le voyage qu'elles venaient de faire.

— Alors, mes enfants, vous êtes arrivées à Paris à quatre heures ?... et parties de Plougadec à ?...

— Oui, mon oncle, parties de Plougadec à trois heures un quart... je vous l'ai déjà dit tout à l'heure, vous savez bien...

— Vous croyez ?... trois quarts d'heure seulement pour venir du fond de la Bretagne à Paris!... Les heures n'ont toujours que soixante minutes, n'est-ce pas?... On change tout, maintenant!... trois quarts d'heure!... et quand je pense que de mon temps...

— Allons, dit Ponto, voilà que ça lui reprend!... nos tubes lui mettent la cervelle à l'envers!... Voyons, mon oncle Casse-Noisette, laissez là vos vieux souvenirs!...

— Quand je pense que dans ma jeunesse, en 1890, avec les chemins de fer, on mettait dix heures pour aller de Paris à Bordeaux!... et grand-papa... vous ne l'avez pas connu grand-papa?... Non... vous êtes trop jeunes... grand-papa me disait qu'avec les diligences, il fallait quatre jours!... et maintenant le tube vous jette en trois quarts d'heure du fond de la Bretagne à Paris!...

— Trois quarts d'heure de tube, par train omnibus! dit Barnabette en riant; l'express met vingt-huit minutes! le temps de s'embarquer à Brest;

et vlan! l'électricité et l'air comprimé vous lancent dans le tube avec une vitesse foudroyante!

— Horrible!» gémit l'oncle vénérable en s'enfonçant dans le collet de sa redingote.

M. Ponto éclata de rire.

— Notre pauvre oncle Casse-Noisette, dit-il à ses amis, rabâche continuellement de ses chemins de fer! vous ne savez pas pourquoi?... C'était un des plus forts

L'oncle
Casse-Noisette.

actionnaires du chemin de fer du Nord et l'invention des tubes électriques et pneumatiques venant, vers 1915, remplacer les antiques voies ferrées, l'a ruiné complètement... le brave homme n'a jamais pu prendre son parti de cette catastrophe et il poursuit à toute occasion de ses malédictions l'infernal tube, cause de ses malheurs!

« Il a toujours eu depuis la tête dérangée, dit le caissier de M. Ponto, il n'est pas possible qu'on ait jamais mis dix heures pour aller à Bordeaux...

— Je ne crois pas, dit Ponto, il exagère!

— C'est comme ce qu'il nous raconte des omnibus et des tramways du temps jadis...

— Pourtant il y a des vers célèbres là-dessus, dit Ponto, je ne sais plus de qui; voyons si je me les rappelle...

Quatre bœufs attelés, d'un pas tranquille et lent,
Promenaient dans Paris le bourgeois indolent!

— C'était le tramway d'il y a cent ans ! c'est inimaginable ! exclama le caissier.

— Mon pauvre oncle, reprit Ponto, a donc été ruiné de fond en comble par la faillite des chemins de fer à la création des tubes ; il m'a raconté jadis les péripéties de l'affaire... les chemins de fer ont essayé pendant

PLOUGADEC-LES-CORMORANS.

quelque temps de lutter contre les tubes, mais les avantages immenses de cette concurrence —la concurrence ! comme disait mon oncle avec des imprécations, — le bon marché des voyages, la rapidité, ont bien vite fait abandonner la vapeur ; les locomotives se sont rouillées dans l'inaction, on a vendu les rails au vieux fer et tout a été dit !... Avez-vous vu la dernière locomotive qui fonctionna entre Paris et Calais sur la ligne du Nord, en 1915 ? Elle est au musée de Cluny, la pauvre vieille, avec toutes les reliques du moyen âge ! Mon oncle va de temps en temps contempler ce vieux débris d'un autre âge et causer avec elle de la baisse épouvantable des actions survenue l'année des tubes...

— De 3,175 francs à 1 fr. 25 ! gémit l'oncle avec un accent désespéré.

— Il a été ruiné par les tubes comme son grand-père, actionnaire des

Compagnies de diligences l'avait été par les chemins de fer... c'est dans la destinée de la famille... Il m'arrivera la même mésaventure quand on remplacera les tubes et l'électricité par quelque moyen de locomotion meilleur et plus rapide !

L'oncle Casse-Noisette, après avoir poussé quelques gémissements inarticulés, ne parla plus et se contenta de protester contre le siècle par des hochements de tête réguliers qui le conduisirent rapidement au sommeil.

— Voyons, mes petites, reprit M. Raphaël Ponto en s'adressant à ses filles, causons de choses plus sérieuses que les antiques chemins de fer et les fabuleuses diligences de notre vénérable oncle ! Voyons, dites-moi, suis-je un homme pratique ?

— Certainement, papa, répondirent Barbe et Barnabette, vous êtes un homme pratique.

— Excessivement pratique ! dit le banquier; père pratique, tuteur pratique ! je vous ai fait donner une éducation pratique ! La vie de collège, il n'y a que cela pour retremper la jeunesse ; je regarde l'éducation de la famille comme trop amollissante et je pense qu'elle ne donne pas aux jeunes gens le nerf nécessaire pour se lancer dans la vie avec des chances de réussite; oui, vraiment, le lycée était avantageux pour vous et pour moi... C'est vous surtout, ma chère Hélène, qui devez vous applaudir d'avoir reçu une éducation pratique ! En ma double qualité d'homme et de tuteur pratique, je vous ai flanquée au lycée quand vous avez eu dix ans... dans un lycée éloigné, sur les côtes de Bretagne... bonne situation, air salubre, brises marines fortifiantes, vacances très limitées, ce qui est excellent pour la tranquillité ! !... Vous étiez très bien à Plougadec-les-Cormorans...

— La réforme universitaire d'il y a vingt ans a porté d'excellents fruits, dit un des amis de M. Ponto; l'éducation est maintenant exclusivement pratique !

— Un peu trop de sciences exactes, fit Hélène avec un sourire.

— Jamais trop, mademoiselle, dit sentencieusement Ponto.

— De la physique, de la chimie, des mathématiques transcendantes toujours et toujours... jusqu'à donner le cauchemar ! dit Hélène en esquissant une moue qui prouvait qu'elle n'appréciait que très faiblement les agréments du lycée de Plougadec-les-Cormorans.

— Des mathématiques jusqu'à indigestion ! ajouta irrévérencieusement Barnabette.

— Et le cours de droit, grand Dieu ! reprit Hélène, voilà encore quelque chose de délicieux ! Deux après-midi par semaine consacrées à l'étude des *Institutes* et des *Pandectes*... et nos Codes, et Dupin, et Mourlon et Sirey... ah grand Dieu ! si jamais je souffre de l'insomnie, je n'aurai qu'à me rappeler le cours de jurisprudence pour m'endormir !....

LA LEÇON DE SÉPARATION.

— Vos notes n'étaient pas toujours très bonnes, ma chère Hélène, je l'ai constaté avec chagrin... et vous n'avez jamais obtenu qu'un simple accessit de jurisprudence !

— Que je ne méritais guère... c'est Barbe qui m'a soufflé aux examens.

— Moi, dit Barbe, c'est étonnant, mais je mordais assez bien au droit ; je suis ferrée comme un avocat sur les huit codes... Dans le cours spécial traitant des séparations de corps et de biens...

— Ah! vous suiviez un cours spécial de séparations ?... fit le caissier.

— C'est excellent et très pratique ! dit Ponto; j'approuve fort le conseil de l'instruction publique d'avoir introduit ce cours dans le programme des études.

— Ne devons-nous pas être armées solidement pour la lutte? reprit Barbe; nos professeurs appellent très justement notre attention sur ce cours... Dans le cours spécial des séparations, j'ai obtenu une mention particulière !

— Enfin, ma chère Hélène, jurisprudence à part, vous voici bachelière ès lettres et ès sciences!

— Oh ! vous savez qu'il n'est pas bien lourd, le bachot ès lettres. Pour faciliter et abréger les études littéraires, on a inventé les cours de littératures concentrées... Cela ne fatigue pas beaucoup le cerveau... Les vieux classiques sont maintenant condensés en trois pages...

— Excellent ! ces vieux classiques, ces scélérats grecs et latins ont donné tant de mal à la pauvre jeunesse d'autrefois !

— L'opération qu'on leur a fait subir les a rendus inoffensifs, tout à fait inoffensifs : chaque auteur a été résumé en un quatrain mnémotechnique qui s'avale sans douleur et se retient sans effort... Voulez-vous la traduction concentrée de l'*Iliade* avec la notice sur l'auteur ? La voici :

HOMÈRE, *auteur grec*. Genre : *poésie épique*. Signe particulier : *aveugle*.

> Sous les murs d'Ilion, dix ans passés, hélas !
> Les Grecs ont combattu, conduits par Ménélas,
> Ulysse, Agamemnon et le fils de Pelée.
> Hector, fils de Priam, périt dans la mêlée.

— Bravo! s'écria M. Ponto, c'est très suffisant; j'ai dans ma bibliothèque une autre traduction de l'*Iliade* en quatre volumes, mais je préfère celle-ci; c'est plus clair et cela se lit plus facilement... A notre époque affairée, il faut des auteurs rapides et concentrés... J'admire beaucoup l'homme de génie qui a inventé la littérature concentrée.

— Les auteurs français n'ont pas eu besoin d'être traduits en quatrains, on en a fait des condensations en vers et en prose. Nous avons Corneille condensé en quatre vers :

> La valeur n'attend pas le nombre des années.
> Prends un siège, Cinna..., etc.

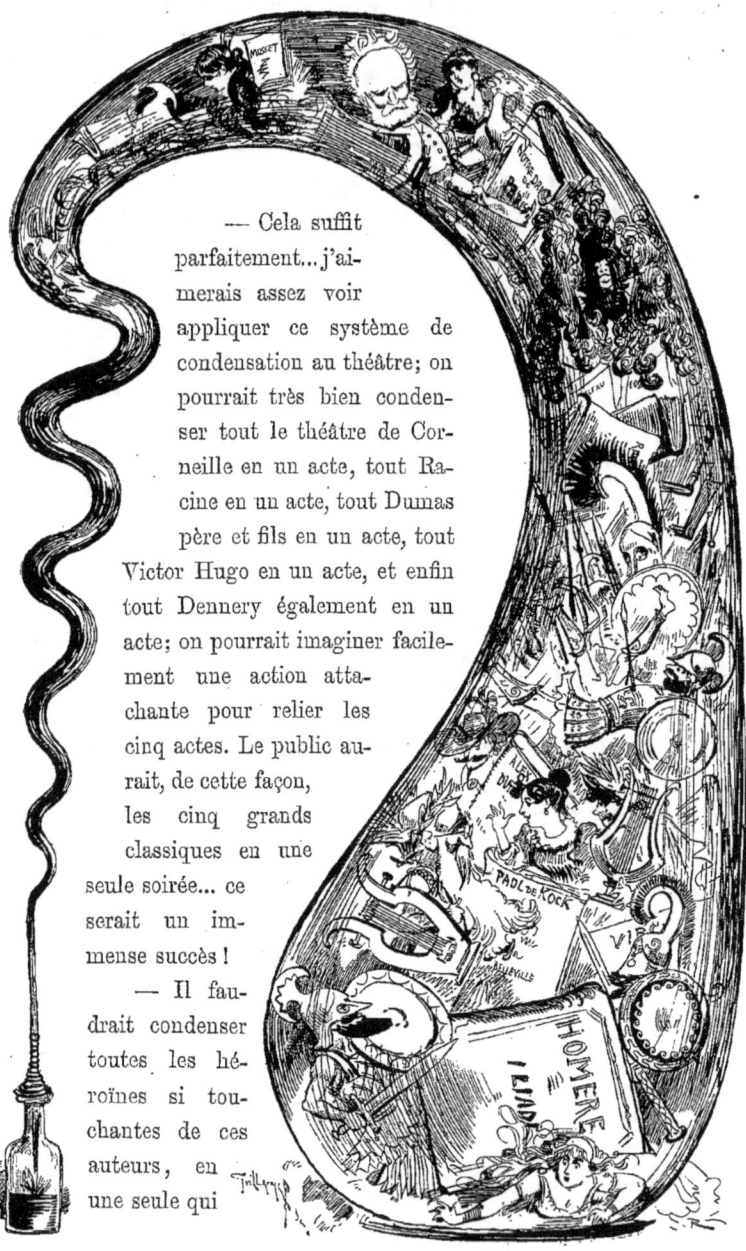

— Cela suffit parfaitement... j'aimerais assez voir appliquer ce système de condensation au théâtre; on pourrait très bien condenser tout le théâtre de Corneille en un acte, tout Racine en un acte, tout Dumas père et fils en un acte, tout Victor Hugo en un acte, et enfin tout Dennery également en un acte; on pourrait imaginer facilement une action attachante pour relier les cinq actes. Le public aurait, de cette façon, les cinq grands classiques en une seule soirée... ce serait un immense succès !

— Il faudrait condenser toutes les héroïnes si touchantes de ces auteurs, en une seule qui

LES CLASSIQUES CONCENTRÉS.

serait à la fois Phèdre, Hermione, dona Sol, Esmeralda, Anne d'Autriche, Madame de Montsoreau ou la Dame aux Camélias...

— Et faire entrer dans la pièce toutes les grandes tirades ou tous les mots célèbres : Grâce! monseigneur, grâce!... Le danger et moi, nous sommes frères!... C'était une noble tête de vieillard! Il est trop tard!!! etc., etc.

— Sans oublier *la voix du sang, la lettre fatale, la croix de ma mère, la porte secrète, le forçat innocent, le sabre de mon père, l'échelle de corde, le poison des Borgia...*

— Quelle pièce, messieurs, quelle pièce que celle qui réunirait toutes ces beautés! J'en parlerai à un auteur dramatique de mes amis...

— Dans les classiques concentrés, reprit Hélène, Racine est en quatre vers:

> Oui, je viens dans son temple adorer l'éternel...

Et Boileau en quatre vers:

> Vingt fois sur le métier remettez votre ouvrage,
> Polissez-le sans cesse et le repolissez...

— C'est donc cela, dit M. Ponto, que les romantiques du siècle dernier l'appelaient Polisson!

— Bossuet en une ligne: Madame se meurt, Madame est morte...! Fénelon en deux lignes: Mentor, le sage Mentor..., etc.; Voltaire en deux vers et deux lignes; Ponson du Terrail en trois lignes: « Non, Rocambole n'était pas mort... etc.; Victor Hugo en quatre vers; Émile Zola en trois lignes: « Dans le vert sombre et luisant des tas de choux, des bottes de carottes mettaient des taches rouges... etc.; Chateaubriand en deux lignes: « L'homme, ce voyageur..... etc.

— C'est parfait! on ne peut que féliciter le grand ministre, le rénovateur de l'instruction publique qui a si vaillamment rompu avec la tradition et si admirablement simplifié les études. De cette façon, la jeunesse achève rapidement ses études littéraires et peut consacrer tout son temps aux classes sérieuses et pratiques!... Et maintenant, ma chère Hélène, que vous avez conquis vos grades universitaires, dites-moi ce que vous comptez faire?

— Moi? dit Hélène en regardant son tuteur avec stupéfaction.

— Sans doute! Le moment est venu de vous lancer dans une carrière quelconque... l'éducation pratique que je vous ai fait donner. vous a mise à même de choisir : à votre âge, une jeune fille doit songer à se créer une position sociale...

— J'avoue, mon cher tuteur, n'y avoir pas encore pensé.

— Pas pensé à cela! pas pensé à la carrière que vous devez embrasser! Que faisiez-vous donc au lycée de Plougadec-les-Cormorans?

— Je m'ennuyais! répondit Hélène.

— Vous me troublez prodigieusement! Voyons, réfléchissez! comme tuteur, je vous invite à vous prononcer pour une carrière quelconque! Il le faut !

NOUVELLES CARRIÈRES FÉMININES. — LA MÉDECINE.

— Je croyais n'y être pas forcée, balbutia Hélène; je ne me sens de goût bien déterminé pour aucune carrière.

— Aucune carrière! Croyez-vous donc pouvoir vous passer d'une profession?

— Je croyais... je pensais...

— Toutes les carrières sont ouvertes maintenant à l'activité féminine : le commerce, la finance, l'administration, le barreau, la médecine... Les femmes ont conquis tous leurs droits, elles ont forcé toutes les portes... Mes filles à moi, élevées par un père pratique, entendent ne pas rester des inutilités sociales : elles entrent dans la finance; ma maison de banque est réservée à mon fils Philippe, mais Barbe prendra la succursale de New-York et Barnabette celle de Constantinople... Vous avez reçu la même éducation pratique qu'elles, en auriez-vous moins profité?

Hélène baissait la tête.

— J'y suis ! poursuivit M. Ponto, vous vous croyez dispensée du souci de conquérir par vous-même une position sociale, vous vous croyez riche!... Ma pauvre enfant, sachez donc que, vos frais d'éducation payés, il vous reste à peine dix mille francs de rente !

— J'ai des goûts simples, dit Hélène.

M. Ponto éclata de rire.

— Innocente ! s'écria-t-il, vous croyez pouvoir vivre avec cela ? Vous ignorez donc que vos dix mille francs de rente suffiront tout juste à payer le loyer d'un pauvre petit appartement de faubourg...

— Sans ascenseur ni électricité! dit le caissier.

— De toute nécessité, il vous faut travailler... L'éducation pratique que je vous ai fait donner vous ouvre une foule de carrières, voulez-vous essayer de la finance ? voulez-vous devenir banquière ? agente de change? je puis aider à vos débuts en vous trouvant une place chez une agente de change... vous vous initierez là aux grandes questions financières, et avec de l'intelligence, de la volonté, de la persévérance, de l'initiative...

Arrivée de Mme Ponto.

— J'ai l'horreur des chiffres, gémit Hélène.

— Mauvais symptôme!... enfin! Préférez-vous le barreau ? vous n'avez qu'à continuer vos études de droit... En deux ans, vous pouvez être reçue avocate... Les membres du barreau féminin ont un avenir brillant devant elles, on abandonne de plus en plus les avocats masculins...

— Je vous ai dit que je n'avais jamais pu obtenir qu'un accessit dans mes trois années de droit...

— C'est fâcheux! si le barreau vous déplaît, vous pouvez devenir notaresse... non? Que pensez-vous de la médecine? Je me chargerais de pourvoir à tout pendant le cours de vos études; en travaillant sérieusement, vous pouvez arriver au doctorat en cinq ou six ans! Belle carrière encore pour une femme : avec nos relations, je me charge de vous donner bien vite une des plus belles clientèles de Paris...

—Je ne me sens aucune vocation, répondit Hélène; dans l'intérêt même des malades, j'aimerais mieux autre chose...

—Diable! Et le commerce?

— Le goût du commerce me manque absolument.

Nouvelles carrières féminines.
Le notariat.

— L'administration, alors? Vous n'avez pas d'ambition, vous venez de me dire que vous aviez des goûts tranquilles, ce serait votre affaire; une place dans un ministère vous irait; là, pas de responsabilité, pas de tracas, un avancement lent, mais sûr...

Hélène ne répondit pas.

— Cela ne vous va pas non plus? Mais alors vous n'avez de goût pour rien? Voyons, cherchez, réfléchissez... Comme tuteur, mon devoir m'oblige à la sévérité. Dans votre propre intérêt, il me faut secouer votre inertie... Je vous donne huit jours pour réfléchir et pour fixer définitivement votre choix sur une carrière quelconque!

Comme M. Ponto allait continuer à admonester une pupille si déplorablement douée au point de vue pratique, un tintement de sonnette électrique retentit; en même temps, le phonographe placé sur la table, après un tintement correspondant, prononça ces mots avec l'accent alsacien du concierge de l'hôtel:

— L'aérocab de madame!

— Ah! voilà maman! s'écrièrent Barbe et Barnabette en se levant.

Mme Ponto venait d'atterrir au belvédère de l'hôtel, et déjà l'on entendait le glissement de l'ascenseur qui l'amenait des hauteurs de la maison au palier du premier étage ; Barbe et Barnabette se précipitèrent et se jetèrent dans ses bras dans l'ascenseur même.

— Bonjour, mes enfants, dit Mme Ponto en se débarassant d'une serviette d'avocat bourrée de papiers; eh bien, vous voilà donc revenues!... j'attendais ce doux moment de la réunion avec des battements de cœur plus précipités de jour en jour!... C'est pour aujourd'hui, me suis-je dit ce matin en m'éveillant...

— Nous pensions que vous aviez oublié le jour de notre arrivée, dit Barnabette avec un accent de reproche.

— Oublier le jour de votre arrivée? moi! fit Mme Ponto en redoublant de caresses, vous dites cela parce que je n'étais pas au tube... ah! mes enfants, la politique a des exigences cruelles ! cela m'a bien chagrinée d'être obligée de refouler pendant quelques heures de plus toutes les effusions, que dis-je, toutes les explosions de ma tendresse!... mais la politique! je dînais avec des amies politiques... nous avions la ligne de conduite du parti féminin à déterminer pour la crise prochaine, et tout un programme politique à élaborer... Vous savez que je pose ma candidature aux élections prochaines?

— Vrai! tu es candidate, maman?

— Forcément, mes enfants, on m'impose mon mandat, et savez-vous quel est mon concurrent? savez-vous contre qui, bien malgré moi, je vais avoir à lutter? Contre votre père, mes enfants, contre mon propre mari, contre M. Ponto, candidat masculin!...

UNE NUIT AGITÉE.

III

Une nuit agitée par le Monsieur de l'orchestre,
l'assassinat du roi de Sénégambie, l'enlèvement de la malle des Indes, etc.
Piège électrique à voleur.

Hélène, attristée par la révélation qui venait de lui être faite de l'absolue nécessité où elle se trouvait, avec ses misérables dix mille livres de
rente, de fixer à court délai son choix sur une profession quelconque, mais
lucrative, venait de gagner la chambre préparée pour elle, à côté de celles
de Barbe et de Barnabette.

Fatiguée par les émotions de cette journée si mal terminée, Hélène,
sans prendre garde au luxe déployé dans la décoration et l'ameublement,
s'empressa de chercher avec le sommeil l'oubli de ses tourments nouveaux.
En un clin d'œil elle fut couchée; à dix-huit ans, le souci endort au lieu de
tenir éveillé; grâce à cet heureux privilège de la jeunesse, Hélène n'avait pas
depuis deux minutes la tête sur l'oreiller aux fines dentelles, qu'elle dormait profondément.

Le silence se faisait peu à peu dans l'hôtel. M. et Mme Ponto, après une courte discussion politique, avaient gagné leurs appartements particuliers; Barbe et Barnabette s'étaient endormies aussi, non sans avoir quelque temps encore bavardé d'une chambre à l'autre.

Les heures passaient. Dans la chambre à peine éclairée par la lueur bleuâtre de la veilleuse électrique, se dessinaient vaguement sur les blancheurs de l'oreiller les contours du visage d'Hélène perdu dans les boucles éparses de ses jolis cheveux; une respiration calme, à peine perceptible, un demi-sourire sur la figure reposée de la jeune fille, montraient que les soucis de la position sociale à trouver ne la poursuivaient nullement dans ses rêves.

Tout à coup, un sifflement strident et prolongé l'éveilla brusquement; Hélène ouvrit les yeux en cherchant avec effarement ce que signifiait ce bruit étrange.

Le sifflement semblait venir des profondeurs du lit. Hélène bondit terrifiée; comme elle venait dans sa terreur de bouleverser son oreiller, le sifflement s'entendit plus clair et plus net. Cela venait du traversin. Hélène osa y porter la main et rencontra une sorte de tuyau de caoutchouc.

— Un téléphone! fit Hélène avec un soupir de soulagement.

En saisissant l'appareil importun, sa main fit jouer un ressort et le bec du téléphone s'ouvrit. Le sifflement s'arrêta aussitôt, remplacé par une voix d'homme, claire et bien timbrée :

« La première de Joséphine la dompteuse
a la Comédie-Française. »

« On sait que la pièce de M. Fernand Balaruc était attendue avec une si vive impatience par le tout Paris lettré, que depuis plus de six semaines on se dispute à la Bourse, avec un acharnement fantastique, les moindres strapontins de couloir. On se battait sous les arcades de Corneille-Eden ou de Molière-Palace, comme on dit, et ce soir, les abonnés au téléphonoscope occupaient leurs fauteuils pour admirer de plus près les jambes si admirablement modelées de Mme Reynald, la farouche Joséphine de M. Balaruc.

« Chambrée superbe. Le monde, le demi-monde et le quart de monde ont envoyé leurs plus brillantes étoiles, leurs notabilités de *primo cartello....* on se montre dans une loge S. M. le roi de Monaco, qui a quitté sa

MODES PARISIENNES EN SEPTEMBRE 1952

charmante capitale pour la solennité de ce soir.... au balcon, Mme la marquise de Z. et Mme de R., moulées dans les suaves compositions du couturier de génie Mira : Mme de Z. en satin jaune, des molletières au chapeau, et Mme de R. en satin feuille de chou; — la belle Mme F. dans une toilette d'un haut style, décolletée irrégulièrement d'une épaule à l'autre avec un goût miraculeux; Mme de C., députée de Saône-et-Loire, dans une sévère toilette de femme d'État. Dans les baignoires donnant sur le fumoir-prome-

LE FUMOIR-PROMENOIR DU THÉATRE-FRANÇAIS.

noir, les plus délicieuses des demi-mondaines : la savoureuse Léa, moulée dans un fourreau de satin orange; Blanche Toc, toujours délirante; Boulotte de Blangy avec son gros boyard, ancien vice-président de la république Kosake de Kiel; Justine Fly, Berthe, etc. A propos de demi-mondaines, vous savez quel est le nouveau mot inventé par l'académicien B. pour les désigner? On les appelle maintenant des tulipes. Savez-vous pourquoi? C'est bien simple : c'est parce qu'elles coûtent cher à cultiver. »

« *Tulipes* a du succès, les autres appellations sont allées rejoindre dans le gouffre de l'oubli l'antique mot de lorette. On bavarde beaucoup dans la salle et l'on fume avec rage. Enfin l'orchestre entame l'ouverture, un pot-pourri sur les motifs à la mode : *Le nez d'Héloïse* et *J'suis une femme émancipée!* Au refrain, toute la salle répète en chœur : « Fallait voir le nez, fallait voir le nez, le nez, le nez d'Héloïse! »

« Le premier tableau fait sensation; nous sommes dans les coulisses de la baraque de la dompteuse. Joséphine s'habille. Les premières tirades sont saluées par un violent coup de sifflet. Tumulte. Le siffleur est accablé de trognons de pommes. Sommé de s'expliquer par le commissaire de police, il s'écrie pour s'excuser : — Je croyais que c'était en vers!

« Le public a gagné à l'interruption, il a pu admirer plus longtemps les formes puissantes de la superbe Mme Reynald. — L'héroïne de Fernand Balaruc est une dompteuse entourée d'adorateurs. — « Je n'aimerai jamais, leur dit-elle, que celui qui viendra me faire une déclaration dans la cage de Gustave, mon grand lion de l'Atlas! »

Au deuxième tableau, le succès se dessine : ce sont les débuts des nouveaux pensionnaires de la Comédie-Française, les quatre lions savants récemment engagés. — Les adorateurs de Joséphine arrivent résolus à tenter l'épreuve demandée, mais ils reculent au dernier moment. Séance de férocité des quatre lions savants. — Bien rugi, lions! aurait dit le vieux classique Hugo. Frémissements et cris de terreur dans la salle.

« Troisième tableau. Effet de nuit. Colbichard, jeune étudiant en pharmacie, a juré de triompher de la dompteuse. Il entrera le lendemain dans la cage de Gustave. Mais préalablement, plus malin que ses rivaux, il s'introduit dans la ménagerie et fait avaler du bromure de potassium aux quatre lions.

« Au quatrième tableau, le bromure a produit son effet. Colbichard entre bravement dans la cage et tombe sur les lions à coups de cravache; — c'est le moment pour les lions savants de montrer leurs talents. — Colbichard fait sa déclaration à la dompteuse : « Non seulement je ne les crains pas, vos lions de l'Atlas que la puissance de mon regard a subjugués, mais encore vous allez voir ce que je vais leur faire! « Et prenant le lion Gustave par les oreilles, il le traîne devant Joséphine et s'assied dessus. « Assez! assez ! imprudent, vous allez vous faire dévorer! s'écrie Joséphine... » Colbichard redouble de coups de cravache. Les lions exécutent des sauts périlleux, passent à travers des cerceaux et font le beau comme de simples caniches... « Assez! assez! gémit la dompteuse épouvantée. — Non! dit Colbichard, passez-moi un jeu de dominos ! » Et tirant le lion Gustave par le nez, il le force à jouer aux dominos avec lui.

— Grâce ! « je t'aime ! s'écrie enfin la dompteuse domptée en tombant dans les bras de Colbichard. »

« Des salves d'applaudissements accueillent ce magnifique dénouement ; toute la salle est debout, le rideau se relève trois fois et Colbichard traîne sur le devant de la scène la dompteuse et le lion Gustave.

« Dans les couloirs on pariait pour douze cents représentations. La Comédie-Française a bien fait de s'adjoindre ses quatre nouveaux pensionnaires. On s'occupe de faire répéter les rôles en double ; les lions seront difficiles à doubler ; on comprend dans quel embarras une maladie de Gustave mettrait la maison de Molière ; par mesure de prévoyance on a téléphoné à Tombouctou pour demander quelques lions de renfort. Leur éducation sera difficile et demandera du temps.

La belle Mme F.

« L'auteur a promis de célébrer la millième par une fête babylonienne. Ne le plaignons pas, il va gagner un million et demi.

« Pendant les entr'actes, comme nous flânions dans les coulisses, nous rencontrons Gustave en train de fraterniser avec les machinistes. Nous lui dérobons une poignée de crins, sans qu'il daigne s'en apercevoir ; on pourra la voir demain exposée dans notre salle. On dit Mme Reynald furieuse. Après l'ovation à elle faite au premier acte, dans la scène de la toilette, elle a vu la faveur du public se porter surtout sur Gustave ; elle accuse les lions de faire tort à ses cheveux et à ses jambes sculpturales. Pourvu, grand Dieu, qu'on ne se donne pas de coups de griffes, entre étoiles, dans les coulisses de Molière-Palace.

« LE MONSIEUR DE L'ORCHESTRE. »

Le téléphone se tut.

« J'ai eu bien peur ! fit Hélène, mais je comprends maintenant ; les journaux envoient les comptes rendus de théâtre à leurs abonnés par téléphone... C'est beau la science, c'est beau la littérature, mais je dormais si bien... »

Hélène remit son oreiller sur le traversin au téléphone et chercha tout de suite à reprendre son somme interrompu. Pendant quelques minutes, les lions savants de la Comédie-Française occupèrent son esprit, la dompteuse, Gustave, le lion de l'Atlas, le pharmacien Colbichard, Molière et le Monsieur de l'orchestre tournoyèrent dans une ronde fantastique, luttant de verve endiablée dans les exercices de férocité qui avaient produit une si vive impression sur le public de la Comédie-Française... puis les lions de l'Atlas, lâchés dans la salle, avalèrent quelques spectatrices et broyèrent le buste en marbre de Corneille... puis Hélène s'endormit pour de bon.

Elle dormait depuis dix minutes à peine, lorsque le sifflement strident qui l'avait déjà réveillée une première fois l'arracha violemment encore du pays des rêves.

Après une demi-minute d'effarement, Hélène retrouva tous ses esprits.

« Encore un compte rendu ! il y avait sans doute deux premières représentations ce soir ; un second Monsieur de l'orchestre va me raconter une deuxième pièce... Eh bien ! je ne l'écouterai pas !... je veux dormir, moi... »

Et, couvrant soigneusement le tuyau téléphonique avec son oreiller, Hélène s'appuya dessus de toutes ses forces, espérant étouffer au passage les nouvelles apportées par l'ennemi de son sommeil ; mais l'horrible sifflement retentissait toujours et bientôt Hélène fut convaincue de l'impossibilité de dormir avec ce bruit désagréable sous l'oreiller.

— Écoutons-le ! dit-elle, ce sera plus vite fini !

Hélène souleva encore une fois son oreiller et rendit la liberté au téléphone. Le sifflement s'arrêta aussitôt.

Ferbana, 11 heures du soir ! dit le téléphone.

« S. M. le roi de Sénégambie vient d'être assassiné. Des bombes à la dynamite et des torpilles électriques ont été lancées sur le palais, comme le roi venait de rentrer avec ses femmes d'une représentation des *Huguenots* à l'Opéra sénégambien. En ce moment des détonations épouvantables se succédant avec rapidité jettent la terreur dans la ville. Sa Majesté a été tuée par la première bombe. Le palais est en flammes. »

— Ce n'est pas le Monsieur de l'orchestre, dit Hélène. C'est terrible, mais c'est moins long que de la critique théâtrale !

Le téléphone ne disait plus rien. Hélène attendit un instant avant de remettre sa tête sur l'oreiller ; le téléphone restant muet, elle se rendormit d'un sommeil maintenant pénible et agité. Le silence dura une grande demi-heure, puis soudain le sifflement d'appel retentit encore.

LA SALLE DE LA COMÉDIE-FRANÇAISE (PALACE-MOLIÈRE)

Hélène rêvait de bombes et d'obus à la dynamite, le sifflement l'effraya.

Ferbana, 11 heures et demie! reprit le téléphone.

« L'horreur nous pénètre et glace nos paroles sur nos lèvres. Les conspirateurs, après avoir lancé leurs bombes, se sont précipités sur le palais en flammes. Le poste des gardes du corps ayant sauté dès le début, ainsi que l'appartement particulier de Sa Majesté, ils n'ont rencontré qu'une faible

LE FOYER DU THÉATRE-FRANÇAIS.

résistance. Seuls, quelques ministres dévoués se sont fait tuer sur les marches du grand escalier; quand tous eurent succombé sous le nombre, les conspirateurs se ruèrent dans les appartements particuliers.. Toute la famille royale a été massacrée, personne n'a échappé. »

Ferbana, 11 heures 40!

« Les pompiers, accourus aux premières lueurs de l'embrasement du palais, ont été repoussés par des bombes; tout un quartier de la ville est en feu. »

Hélène commençait à ne plus savoir si elle rêvait ou si elle était éveillée; l'effroi la gagnait. Ce fut en vain qu'elle tenta de fermer les yeux quand le téléphone en eut fini avec le massacre de la famille royale de Sénégambie.

Dix minutes après, d'ailleurs, le téléphone reprit:

Yokohama, midi un quart.

« Une révolution semble imminente. Après avoir voté quatre ordres du jour de blâme, fortement motivés, contre le ministère, la Chambre des

Nihilistes africains.

députés vient de mettre le ministère en accusation. Le président a répondu par une mise en état de siège de la ville et de la province de Yokohama.

« La garde nationale a refusé d'obéir aux ordres de désarmement.

Yokohama, 1 heure.

« Devant l'attitude énergique de la population, le ministère a donné sa démission. Le président cherche vainement à constituer un nouveau cabinet. Les rédacteurs en chef des principaux journaux, appelés au palais de la présidence, engagent le président à donner sa démission. »

Yokohama, 1 heure un quart.

« La garde nationale marche contre le palais. L'armée est hésitante. »

Nankin, 1 heure.

« Le Sénat vient de repousser l'article 25 de la loi sur les douanes. Les soies valent 78, 25. La Bourse baisse sur des bruits de révolution au Japon. »

Le téléphone resta muet pendant un bon quart d'heure, puis il reprit de plus belle :

Melbourne, 3 heures.

« Horrible accident. Vingt-quatre maisons de douze ou quinze étages chacune se sont écroulées subitement. Six cents cadavres viennent d'être retirés des décombres. »

Boukhara, 5 heures du matin.

La garde nationale marche contre le palais.

« Le tube asiatique continental a été coupé cette nuit à la hauteur de Badakchan dans les montagnes. Une bande de brigands a capturé la malle des Indes ; les voyageurs, au nombre de 250, parmi lesquels on comptait bon nombre de femmes et d'enfants, ont été soumis à d'horribles tortures, décapités et jetés dans un précipice.

« Un train spécial a porté un corps de troupes à Badakchau. Deux cents brigands ont été fusillés. On pense que les bandits ont entraîné dans leurs repaires quelques voyageurs survivants. Arrivera-t-on à temps pour les sauver ? »

Costa-Rica, 2 heures.

« Le président vient d'être assassiné. Cela fait le cinquième depuis le commencement de l'année. On commence à s'inquiéter de ces malheurs successifs. Le commerce murmure contre les agissements irréguliers et illicites d'une minorité brouillonne. »

LE TUBE ASIATIQUE A ÉTÉ COUPÉ CETTE NUIT...

Hélène cherchait vainement à fermer les yeux, les depêches se succédaient toujours.

« Je veux dormir pourtant ! s'écria la pauvre enfant affolée ; ce téléphone ne s'arrêtera donc pas... que faire ? Comment l'empêcher !... »

Une idée lui vint ; elle sauta hors du lit et chercha dans le petit sac de nuit déposé sur une chaise la paire de ciseaux de son nécessaire. Saisissant alors le tuyau qui continuait à parler, elle essaya de le couper.

« Impossible ! trop dur ! c'est du caoutchouc vulcanisé ! » gémit Hélène en jetant ses ciseaux ébréchés.

Constantinople, 4 heures du matin, dit le téléphone. Une effroyable catastrophe vient...

— Encore, s'écria Hélène épouvantée.

Ses yeux rencontrèrent au fond de son lit une grand cadre renfermant une douzaine de timbres avertisseurs électriques, étiquetés en grosses lettres : *Femme de chambre.* — *Concierge.* — *Aérostier.* — *Incendie.* — *Alarme.* — *Voleurs.* — *Indisposition*, etc.

Sans plus réfléchir et sans choisir, Hélène appuya violemment sur des timbres. Immédiatement un effroyable vacarme de sonneries retentit dans l'hôtel. — Des tintements électriques continus s'entendirent dans tous les sens, à droite, à gauche, aux étages supérieurs et au rez-de-chaussée. — Une cloche sonna dans le jardin et partout des portes s'ouvrirent.

En même temps, la chambre d'Hélène s'emplit d'une fumée âcre et nauséabonde dont les tourbillons semblaient s'échapper d'une boîte placée sur une console dans un angle de la pièce. — La veilleuse électrique, voilée par l'épaisse fumée, semblait un lumignon expirant. Hélène, épouvantée par l'obscurité, par le vacarme produit dans l'hôtel et saisie à la gorge par les gaz asphyxiants, appelait désespérément d'une voix étranglée par des quintes de toux.

Pour mettre le comble à sa détresse, le sifflement du téléphone retentit et la voix mystérieuse s'entendit de nouveau : *Boukhara, 6 heures du matin.* « Cent dix-huit cadavres viennent d'être découverts. On n'espère plus arriver à temps pour sauver les derniers prisonniers de la malle des Indes...

Un bruit de pas dans le couloir rendit à Hélène un peu de courage.

« A moi ! au secours ! cria-t-elle.

— Nous voilà, ma chère enfant, rassurez-vous ! » répondit-on.

Hélène reconnut la voix de M. Ponto. Plusieurs personnes accouraient dans le couloir, les sonneries d'alarme retentissaient toujours et l'on parlait de pompiers, d'extincteurs, etc... Le banquier entra dans la chambre de sa pupille suivi de Mme Ponto.

« Eh bien ? où est le feu ? demanda Ponto en toussant et éternuant avec rage.

— Je... je ne sais, balbutia Hélène, cette fumée a envahi ma chambre...

— Cette fumée, c'est le gaz extincteur que la boîte de secours a laissé échapper lorsque vous avez frappé sur le timbre d'alarme... c'est cette fumée qui éteint le feu... mais je ne vois pas de feu, serait-il déjà éteint ? Où était-il ?

— Je ne sais pas... répondit Hélène.

— Comment, vous ne savez pas, où était-il lorsque vous avez sonné ?

— Je ne l'ai pas vu... je ne savais pas... j'ai frappé sans choisir... le premier timbre venu...

— Alors il n'y a pas de feu ?

— J'avais peur...

— Vous aviez peur ? malheureuse enfant, vous jetez l'alarme dans toute la maison sans motif ! Vous sonnez l'incendie... Vous ne savez donc pas que les pompiers du poste sont déjà prévenus, et que les pompes à vapeur sont en marche sur l'hôtel, tout cela pour une terreur de jeune fille... Vite, le contre-signal pour les arrêter ! »

M. Ponto frappa sur un timbre. Toutes les sonneries de l'hôtel s'arrê-

L'EXTINCTEUR D'INCENDIE.

tèrent instantanément; l'appareil donna un coup de sifflet strident que tous les appareils répétèrent de chambre en chambre jusque dans le jardin et dans la rue.

« C'est le contre-signal, dit M. Ponto, l'alarme causée par votre étourderie va se calmer... Et maintenant, de quoi donc avez-vous eu peur ? Vous avez rêvé ? »

Le téléphone interrompit le banquier.

Boukhara, 6 heures et demie.

« Encore un cadavre !... Le corps horriblement mutilé d'une jeune dame vient... »

Hélène poussa un cri.

« Tenez ! Voilà ce qui m'a épouvantée ! C'est cet horrible instrument

5

qui toute la nuit m'a parlé de cadavres, d'assassinats, d'accidents, de révolutions... »

M. Ponto s'écroula dans un fauteuil en éclatant de rire.

« Ce n'est que cela! s'écria-t-il, c'est le téléphone qui vous a effrayée, c'est pour des dépêches de Boukhara que vous jetez l'épouvante dans une paisible maison de Chatou ?...

— Pardonnez-moi, dit Hélène confuse, je ne savais plus ce que je faisais...

— Mais ce n'est pas votre faute, ma chère enfant, c'est la faute de la femme de chambre qui a négligé de fermer tout à fait le téléphone en faisant votre lit... c'est elle qu'il faut gronder... Nous avons le téléphone dans toutes les chambres, mais quand on ne veut pas être réveillé, on ferme le récepteur et les dépêches de nuit restent dans le tuyau ; le matin on ouvre et on les a toutes en bloc... Pour moi, qui ai besoin de connaître à n'importe quelle heure les événements graves survenant dans les cinq parties du monde, j'ai à mon téléphone particulier un compteur qui ne laisse passer que les dépêches importantes...

— Mais j'ai été réveillée d'abord par le compte rendu d'une pièce de la Comédie-Française.

— La Dompteuse ! oui... j'ai eu aussi mon compte rendu de la *Gazette téléphonique*... il paraît que c'est un succès ! C'est la faute de la femme de chambre ; si elle avait fermé votre téléphone, vous auriez dormi tranquillement. Tenez, ma chère enfant, voyez-vous ? Vous n'avez qu'à appuyer sur ce ressort, et votre téléphone est muet... Allons, vous allez être tranquille maintenant ; il est trois heures, vous avez encore quelques heures pour vous rattraper de votre veille forcée... Allons, bonne nuit ! Et une autre fois, faites attention aux timbres d'alarme. »

M. et Mᵐᵉ Ponto avaient regagné leurs appartements ; la maison, si singulièrement troublée, avait retrouvé sa tranquillité. Les vapeurs asphyxiantes du gaz extincteur d'incendie s'étaient dissipées; Hélène, remise de ses terreurs et guérie de sa toux, avait eu grand'peine à se rendormir, mais enfin elle y était arrivée.

Il était pourtant écrit que cette nuit serait jusqu'au bout mauvaise, car, vers trois heures et demie, la malencontreuse sonnerie d'alarme éclatant à son oreille la tira brutalement de ce bon sommeil qu'elle commençait à peine à savourer.

« Ah ! fit Hélène en se dressant avec une migraine soudaine. »

La lampe électrique se ralluma d'elle-même, Hélène à sa clarté, put lire sur le cadre l'étiquette du timbre avertisseur ; d'un seul coup elle retrouva ses terreurs, le timbre d'alarme était étiqueté : « Voleurs ! »

Le vacarme de sonneries et d'allées et venues reprit dans l'hôtel. Hélène s'habilla rapidement et se précipita dans les couloirs sans trop savoir ce qu'elle faisait.

« Eh bien ! où allez-vous comme cela ! dit un homme en robe de chambre qui passait dans le couloir.

PIÈGE ÉLECTRIQUE A VOLEURS.

— Ah ! monsieur Ponto !... les voleurs !...

— Eh bien, nous allons les prendre !... que signifie cette figure bouleversée ? vous avez peur encore ?

— Oui... non... balbutia Hélène.

— Quelle jeune fille timide vous faites ! vous avez toujours peur !... Voulez-vous les voir, nos voleurs ? Suivez-moi. C'est la caisse qui est attaquée, nous y allons !... »

Le concierge venait au devant de M. Ponto.

« C'est dans la petite caisse de la banque qu'ils se sont introduits, monsieur, dit-il, ils ne sont que deux, mais il y en avait deux autres qui faisaient le guet au dehors... Ceux-là se sont sauvés aux premiers bruits !...

— Nous allons pincer nos deux gaillards ! » dit M. Ponto.

Hélène, prête à défaillir, s'appuya au bras de son tuteur.

« Du calme ! dit le banquier, vous allez rire, ma petite Hélène ! nous voici à la caisse, nos voleurs sont là, derrière cette porte... »

Hélène fit un pas en arrière.

« Ne craignez rien ! en attendant l'arrivée de la police, que le timbre d'alarme a prévenue en même temps que nous, nous allons examiner tranquillemement ce gibier de potence. »

Et M. Ponto, malgré les efforts d'Hélène cramponnée à ses bras, ouvrit bravement la porte.

« Voici nos sacripants ! fit M. Ponto en s'appuyant à la porte, regardez-moi ces figures, ma chère enfant... hein ! quelles mines de chenapans !...

— Mais... ils dansent ! s'écria Hélène au comble de la stupéfaction.

— Parbleu ! et une fameuse polka !.. Regardez-les en toute tranquillité, c'est très curieux ! Hein ? quelles contorsions ! quelles jolies grimaces ! Ils ne sont plus dangereux... »

En effet, les deux sacripants ne semblaient guère dangereux. Une lanterne sourde posée sur un bureau, des ciseaux à froid, des pinces, des trousseaux de rossignols épars sur le plancher indiquaient cependant assez leur profession, mais les possesseurs de ces instruments ne semblaient guère disposés à s'en servir. Ils dansaient, sautaient, sans suivre aucune mesure et avec des déhanchements bizarres, inusités dans la simple polka, levant une jambe, puis l'autre, et agitant les bras par brusques saccades.

« Vous ne comprenez pas ? dit Ponto.

— Non !...

— Innocente ! vous ne comprenez pas que ma maison est protégée électriquement. Le caissier, en partant, pousse certain ressort qui met la caisse en communication avec une forte batterie électrique... dès que mes sacripants ont touché à la caisse, un courant électrique passant dans toute la pièce les a frappés... et la danse a commencé... Voyez comme ils sautent sur chaque jambe... ils ne peuvent toucher le sol sans recevoir une secousse !...

— Voici la police, monsieur, » dit une voix.

Quatre sergents de ville en capote à capuchons s'avançaient, guidés par le concierge.

« Nous allons cueillir ces deux gaillards, dit un brigadier en tirant de sa poche une paire de menottes ; les deux autres qui faisaient le guet se sont envolés dans un aéro-fiacre marron, mais on est sur leurs traces.

— Allons! fit le banquier en touchant un timbre, voici le courant électrique interrompu, on peut entrer maintenant... »

Les deux voleurs ne polkaient plus, le sol avait cessé de leur lancer

L'ILLUSTRE COUTURIER MIRA EN MÉDITATION.

les effluves électriques ; épuisés par les secousses, ils s'étaient laissé tomber sur le plancher, ahuris et penauds.

« Debout! dit le brigadier en leur frappant sur l'épaule, allons, tendez les pouces, mes petits amours, que nous vous mettions de jolis bracelets... et au poste!

— Quelle nuit! fit Hélène en regagnant sa chambre après le départ des voleurs, je ne dormirai plus maintenant! »

LE PLAN DE PARIS.

IV

Vers neuf heures du matin, Barbe et Barnabette réveillèrent Hélène que la fatigue avait fini par endormir.

« Eh bien, paresseuse ! on ne se lève pas ? Et nos promenades ? et notre programme de distractions, ce fameux programme arrêté au collège ?

— Il n'est plus question de promenades pour moi ! répondit Hélène Vous n'avez pas entendu ce que m'a dit hier mon tuteur ? j'ai huit jours pour me choisir une carrière... Il me faut travailler...

— Et nous aussi ; mais, en attendant, nous avons un peu de vacances ! tu as huit jours à toi, nous les emploierons en promenades... Ce n'est pas en restant ici que tu la trouveras, ta carrière... Nous partons dans une heure !

— J'ai une migraine atroce...

— C'est par le grand air que tu la traiteras. Tu as une heure pour faire ta toilette et déjeuner sommairement... Nous laissons là notre uniforme de lycéennes et nous endossons une petite toilette de jeune fille sérieuse, bien simple, bien modeste, en attendant celles que nous irons dès aujourd'hui commander chez Mira, le grand couturier à la mode. »

Lorsque Hélène, coiffée, habillée et prête à sortir, entra dans la salle à manger, elle trouva les meubles mis de côté et tout le milieu de la pièce occupé par une immense carte étendue à terre.

« Qu'est-ce que cela? demanda-t-elle en riant.

— Tu vois, nous faisons de la stratégie, nous préparons nos opérations... nous potassons notre petit plan de Paris!...

AU SOMMET DE L'ARC DE TRIOMPHE.

— Il est immense, votre petit plan...

— Six mètres sur six! Il n'en faut pas moins pour un plan détaillé et complet... celui-ci est le dernier paru, il est au courant des derniers arrangements et des embellissements...

— Ah! les embellissements! dit Barnabette. Pendant les huit années que nous avons passées au lycée, il paraît que des changements énormes et de merveilleux embellissements ont été opérés... nous sommes des provinciales, puisque nos dix journées de vacances annuelles nous les passions aux bains de mer.

— Paris s'est encore agrandi pendant ce temps-là... Papa me disait qu'il y a dix ans Chantilly était encore hors barrière, en province... maintenant, c'est un faubourg...

— Et Rouen qui vient d'être annexé !

— Vers l'est, Paris ne va que jusqu'à Meaux...

— Nous verrons tout cela ! nous prenons un aérocab et nous volons d'abord chez le couturier. Aidez-moi donc à plier le plan...

— Nous l'emportons ? demanda Hélène.

— Certainement, nous pouvons avoir besoin de le consulter. »

Après un déjeuner rapide, les trois impatientes jeunes filles, laissant un adieu pour M. Ponto dans leur phonographe, montèrent dans l'ascenseur qui les porta en moins de rien au belvédère de l'hôtel.

Un aérocab les attendait. Sans même consacrer une minute au superbe panorama que l'œil embrassait de la plate-forme de l'hôtel, les jeunes filles s'installèrent dans le véhicule après avoir jeté l'adresse du couturier au mécanicien.

Mira, le grand couturier, avait son hôtel ou plutôt son château à Passy, non loin des hauteurs du Trocadéro, reliées à la plate-forme de l'arc de triomphe par un nouveau quartier aérien. L'aérocab fila en droite ligne par-dessus les ponts superposés de la Seine, les viaducs doubles et triples, construits pour les différents tubes, ces artères qui mènent et promènent sans cesse, du cœur aux extrémités de la France, des flots mouvants de voyageurs.

L'aérocab en approchant de Passy descendit à une altitude de soixante quinze mètres et modéra son allure. Depuis que le grand problème de la direction des aérostats a été victorieusement résolu, un changement des plus importants dans l'architecture des maisons a été imposé par l'importance de plus en plus grande de la circulation aérienne. Jadis on entrait dans les maisons par en bas et les beaux appartements se trouvaient aux étages inférieurs. Les étages supérieurs et les mansardes étaient pour les petites gens. Nous avons changé tout cela. Ce qui était naturel et logique pour nos bons et pédestres aïeux, ces gens si terre à terre, devenait impossible pour nous. On entre maintenant dans les maisons par en haut, bien que forcément l'entrée du rez-de-chaussée ait été conservée pour les piétons. On n'a pas pour cela deux concierges, ce qui eût été loin de constituer un progrès ; on n'en a qu'un seul, logé sur le toit, dans le belvédère d'arrivée même ou sous le belvédère ; ce concierge aérien communique avec l'entrée inférieure par un téléphonographe, moyen de communication très suffisant

SUR LES TOITS

pour dire à un visiteur : *au deuxième, la porte à gauche !* mais avec lequel les cancans sur les épouses des locataires peuvent être dangereux.

Les grands appartements sont aux étages supérieurs, le plus près possible des toits ; dans les grandes maisons, les principaux locataires ont leurs belvédères particuliers ou de petits belvédères-balcons. Naturellement, les maisons sont numérotées en haut comme en bas et des plaques indicatrices, élevées sur des poteaux, portent les noms des rues en caractères suffisamment gros pour être lus à vingt-cinq mètres en ballon.

M. Mira était chez lui. De leur aérocab, les jeunes filles aperçurent sur sa terrasse le pontife de l'élégance, en train de reconduire des clientes. M. Mira, fournisseur habituel de Mme Ponto, était prévenu.

« Permettez-moi de vous étudier un instant, dit-il aux jeunes filles dès les premiers mots, montez je vous prie sur ce piédestal, ayez l'obligeance de lever la tête... baissez la !.. Soyez assez aimables pour lever les bras... marchez ! tournez-vous ! je vous demande encore deux minutes... le temps de laisser venir l'inspiration.... Bien ! très bien ! je la tiens ! entrez dans ce salon, et amusez-vous à examiner mes dernières créations pendant que je vais causer avec mes collaborateurs et jeter mes idées sur le papier... »

Une création de Mira.

M. Mira n'avait pas volé son immense et universelle réputation ; les jeunes filles en furent convaincues aux premiers regards jetés — avec respect — sur les créations du grand artiste. M. Mira était complet. C'était à la fois un homme d'imagination et un homme d'érudition, un poète et un archéologue. A côté de toilettes sorties tout entières du cerveau du grand homme, des costumes de styles historiques variés attestaient la sûreté de son goût et l'étendue de son savoir.

Sans que l'on s'en doute, les progrès de la science et les nouvelles idées politiques et sociales sont pour quelque chose dans les variations de la mode. La navigation aérienne et la déclaration solennelle des droits de la femme ont collaboré avec Mira pour amener les modes semi-masculines actuelles. Les longues jupes de nos grand'mères étaient par trop incom-

modes pour monter en aérostat, et de plus, les femmes d'opinions avancées les considéraient comme les symboles de l'antique esclavage ; après
quelques années de lutte mouvementée entre jupes longues et jupes courtes,
ces dernières triomphèrent et le costume semi-masculin fut adopté par
toutes les femmes.

L'imagination des couturiers, et en particulier celle de l'immense Mira,
trouva des modèles charmants. Les femmes portèrent des jupes très courtes
relevées sur des culottes de velours de soie, sur des molletières de cuir de
Russie brodé d'arabesques ; les grandes élégantes arborèrent les toilettes
archéologiques, des costumes Louis XVI, Louis XIII, ou moyen âge, ou
1830, toujours arrangés et masculinisés. Le champ de l'histoire est vaste :
en poussant ses recherches vers la mode archéologique, M. Mira répondait
au goût actuel universellement porté vers la science, et faisait d'heureuses
trouvailles d'ajustements oubliés, de dessins pleins d'intérêt.

M. Mira rejoignit ses clientes après un petit quart d'heure.

« C'est fini, dit-il aux jeunes filles ; je n'ai pas abordé pour vous l'archéologie pure, je suis resté dans le domaine de la fantaisie historique.
J'ai trois costumes à faire pour chacune de vous, j'en vois deux en fantaisie
pure et un en fantaisie historique. Les croquis sont faits et les ordres
donnés.

— Déjà ! fit Barnabette ; et peut-on voir les croquis ?

— Oh ! impossible ! répondit Mira, jamais je ne montre de croquis à
mes clientes ! de deux choses l'une : ou elles me feraient des remarques et
des observations, ou elles n'en feraient pas ; si elles n'en font pas, leur
faire voir les croquis est inutile et si elles en font, cela gêne la verve, cela
refroidit l'imagination ! Vous recevrez les toilettes dans trois jours ! »

Il était inutile d'insister.

Les jeunes filles s'inclinèrent devant le maître et reprirent leur
aérocab.

« Et maintenant, dit Barnabette, tout à la promenade ! Mécanicien,
à l'Arc de triomphe ! »

De grandes transformations venaient de bouleverser ce quartier de
Paris. Depuis longtemps la place manquait dans le Paris central ; la
nombreuse population qui ne peut s'envoler vers les quartiers éloignés, vers
les faubourgs charmants qui s'allongent en suivant les méandres de la
Seine jusqu'à Rouen, la vieille capitale normande devenue faubourg de
Paris, ne trouvait plus à se loger, bien que les maisons eussent gagné

considérablement en hauteur. Dix ou douze étages à chaque maison ne suffisant plus, il fallait prendre de plus en plus sur le ciel.

Des spéculateurs hardis ont acheté l'Arc de triomphe et le Palais construit au dernier siècle sur les hauteurs du Trocadéro ; un tablier de fer colossal, soutenu de distance en distance par des piliers de fer portant sur des cubes de maçonnerie, a été jeté du sommet de l'Arc de triomphe aux deux tours du Trocadéro, par-dessus tout un quartier. — La place de l'Étoile, couverte entièrement, a été convertie en jardin d'hiver. Au-dessus, c'est-à-dire directement sur l'Arc des batailles, un immense palais s'est élevé, portant à des hauteurs inusitées ses pavillons et ses tours.

Ce palais est un grand *hôtel international;* il contient dix mille chambres ou appartements, réunissant l'élégance parisienne au confortable comme on l'entend dans les cinq parties du monde. *L'hôtel international* symbolisant, pour ainsi dire, l'union des peuples, les architectes, pour rester dans la donnée, ont voulu tenter l'union des styles. Extérieurement et intérieurement, l'hôtel international réunit dans un ensemble grandiose et harmonieux, les architectures de tous les peuples : l'édifice central est européen, l'aile gauche, asiatique et américaine, l'aile droite, africaine et océanienne. Des annexes, des pavillons, des kiosques servent de traits d'union pour passer des styles généraux aux styles intermédiaires ou particuliers. De cette façon, les voyageurs retrouvent, en arrivant, les lignes de leur architecture nationale et ne sortent pour ainsi dire pas de leurs habitudes. Inutile de dire que la cuisine, comme tout le reste, est internationale ; des touristes esquimaux trouveraient au besoin du lait de renne et des plats à l'huile de foie de morue.

La fin des robes longues.

De l'Arc de triomphe au Trocadéro court, sur des piliers, un superbe jardin suspendu, un parc aérien réservé aux voyageurs de l'hôtel et aux habitants de l'édifice encore plus aérien que nous allons décrire; car les architectes ne se sont pas contentés de la construction du gigantesque hôtel qui, jusqu'aux premières nuées, porte des coupoles et des tours. Ils ont voulu faire, en grand, de l'habitation aérienne et ils ont admirablement réussi.

Quand on ne trouve plus de terrain pour construire, il reste le *pays des nuages,* comme disent poétiquement les aéronautes; pays charmant, qui est à tout le monde, qui ne coûte pas 5,000 francs le mètre et où l'on n'est pas gêné par les questions de voirie, d'alignement ou de mitoyenneté; pays admirable et sain, supérieurement ventilé, incessamment balayé par les courants atmosphériques, qui entraînent au loin toutes les impuretés dont souffrent les poumons des simples terriens des villes.

Tout en haut, dans ce pays des nuages, à cent cinquante mètres au-dessus du jardin suspendu, se balance un gigantesque aérostat captif, composé de globes gonflés de gaz, attachés à une sorte de grand champignon, selon un système nouveau qui donne à tout l'ensemble une stabilité presque complète, en neutralisant, par des tuyaux et des tubes à vannes, les courants de l'atmosphère.

Ce gigantesque assemblage de globes captifs supporte, au lieu de nacelle, un grand édifice de forme allongée, construit légèrement mais solidement, sur quatre étages terminés par une terrasse, avec rotonde au centre et pavillons plus élevés aux deux extrémités. L'édifice contient un cercle, une salle de roulette, un café-restaurant, une salle de concerts et quelques appartements.

Chaque soir, une illumination électrique fait de Nuage-Palace une sorte d'astre dont le rayonnement fantastique s'aperçoit à dix lieues à la ronde, et attire magnétiquement, pour ainsi dire, tout ce que Paris renferme de viveurs, d'oisifs, d'étrangers en quête de distractions.

L'affaire rapporte de beaux bénéfices. Les heureux spéculateurs ne s'en tiennent pas là et comptent profiter de l'expérience faite pour lancer aux pays des nuages de nouveaux palais captifs, non plus lieux de plaisir, mais simplement aérostats de rapport, divisés en appartements.

L'aérocab des demoiselles Ponto fit lentement le tour de l'hôtel international, pour permettre à son joli chargement d'admirer les splendeurs architecturales, les coupoles orientales, les galeries, les minarets, les kiosques chinois, les fantaisistes découpures japonaises et les sévères lignes droites du style australien. Puis l'aérocab s'éleva jusqu'au Nuage-Palace, que les jeunes filles voulurent visiter intérieurement.

« Si nous déjeunions ici? dit Barbe, en abordant sur la terrasse du restaurant; je vais prévenir papa par téléphone, pour qu'il ne nous attende pas.

— Quelle admirable vue! s'écria Hélène; si j'étais suffisamment pourvue de rentes, je louerais un appartement ici et je passerais ma vie sur cette terrasse.

— Et les accidents à craindre? les coups de vent? fit Barbe.

— Mademoiselle, dit le patron du restaurant, il n'y a aucun danger; les câbles sont à toute épreuve, c'est à peine si, dans les fortes bourrasques, on ressent une sorte de roulis... on a un peu le mal de mer pour com-

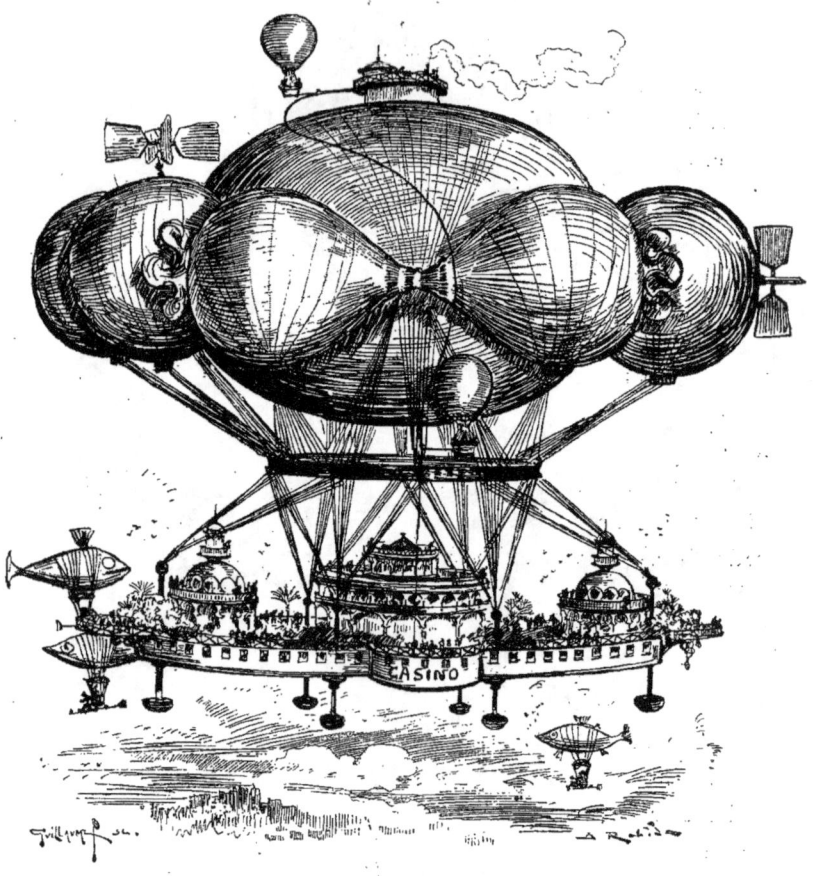

LE NUAGE-PALACE.

mencer, mais on s'y fait! Nuage-Palace, par un système ingénieux, tourne sous le vent sans changer de place... c'est très commode, parce que l'on a ainsi successivement toutes les expositions, tantôt Nord, tantôt Sud... C'est même un des attraits des appartements aériens: on n'a pas toujours la même sempiternelle vue sous ses fenêtres ».

Après avoir déjeuné en garçons au Nuage-Palace, les trois jeunes filles reprirent leur promenade.

« Nous avons jusqu'à six heures! dit Barbe. Remontons maintenant la Seine jusqu'au vieux Paris.

— Visitons les monuments, comme de simples provinciales que nous sommes!..

— C'est cela! Mécanicien, aux Tuileries! vous nous descendrez au jardin... »

L'aérocab vira de bord et piqua droit sur les Tuileries, éternellement couronnées du panache de fumée vomi par leurs hautes cheminées de briques. On sait que les Tuileries, après une période d'abandon au siècle dernier, ont été définitivement transformées en Musée de l'industrie, et consacrées aux sciences, comme leur voisin, le Louvre, l'est depuis deux siècles aux Beaux-Arts.

L'aérocab descendit au débarcadère central, sur la terrasse de l'Orangerie. Sous les arbres, deux lignes de grands hommes dessinaient leurs profils de marbre; c'était l'allée des Inventeurs, conduisant à la grande entrée du Musée de l'industrie.

Tous les inventeurs, ces bienfaiteurs ingénieux de l'humanité, ont leur statue qui rappelle au peuple les résultats obtenus par le courage mis au service du génie. — Personne n'a été oublié, depuis les premiers bégayements de l'industrie humaine ; les inventeurs des premiers âges, ceux qui ont trouvé les premiers instruments, ont leurs statues, tout aussi bien que les savants qui ont apporté au monde les gigantesques découvertes des temps modernes!

L'inventeur des tubes électriques et pneumatiques est à côté de l'inventeur de la machine à coudre ; l'inventeur du téléphonoscope, cette étonnante merveille qui permet de voir et d'entendre en même temps un interlocuteur placé à mille lieues, est flanqué de l'inventeur des bretelles à droite et de l'inventeur de la casserole à gauche.

Réunion d'une haute portée philosophique! N'est-elle pas vraiment sublime la pensée qui fait ainsi fraterniser, à travers les âges, l'inventeur de cet étonnant téléphonoscope avec l'inventeur de l'utile bretelle et avec celui de l'humble casserole! Ce grand homme n'a-t-il pas profité des travaux de ses humbles devanciers? Sans eux, sans les travaux des savants primitifs, des précurseurs de notre grande civilisation, aurait-il pu mener tranquillement à bien ses puissantes études? L'invention de la casserole indique le passage de l'état de nature à l'état de civilisation. Les derniers sauvages ne la connaissent pas encore. Là-bas, dans les îles perdues, celui d'entre eux qui l'inventerait, ouvrirait pour ses frères une ère nouvelle, sa tribu deviendrait soudain nation. La gastronomie fut le premier lien social: sans la casserole, les nations d'aujourd'hui n'existeraient pas! Saluons

RESTAURANT AÉRIEN.

donc l'inventeur de la casserole. Cet obscur grand homme a droit à une vénération toute particulière !

Le Musée de l'industrie est surtout rétrospectif; on s'est attaché à conserver le souvenir des méthodes industrielles abandonnées pour les nouvelles inventions. La vapeur, cet agent barbare et grossier de la vieille industrie, règne en maîtresse dans la grande usine rétrospective; partout son souffle brutal fait mouvoir d'antiques et bizarres engins dont nous avons maintenant peine à comprendre le mécanisme compliqué; partout elle siffle, fume et mugit, faisant tourner les roues, haleter les fourneaux, rouler les courroies de transmission, grincer les engrenages et frapper les marteaux pilons, avec un vacarme digne de l'antre des cyclopes de la fable.

Les jeunes filles, épouvantées par l'effroyable concert et suffoquées par la fumée, traversèrent la grande galerie en courant.

« Allons reposer un instant nos esprits dans le temple des Arts ! proposa Hélène en arrivant aux portes du Louvre.

— Voici le tramway circulaire, dit Barnabette ; nous ferons à l'aise le voyage à travers les chefs-d'œuvre... »

En effet, dernier progrès accompli par un ministre des Beaux-Arts ennemi de la routine, un charmant et élégant tramway, mû par l'électricité, court maintenant sur des rails à travers toutes les galeries du musée. Partant toutes les heures de la galerie des Antiques, le tramway, après avoir traversé toutes les salles du rez-de-chaussée, monte par des pentes préparées au premier étage, commence par la galerie des Maîtres primitifs, arrive au grand salon de la Renaissance, parcourt les galeries des écoles Italienne, Espagnole, Hollandaise, Allemande, suit doucement et religieusement la grande galerie de l'école Française et bifurque ensuite pour monter, par une pente adoucie, au second étage, réservé à la peinture moderne.

Ce voyage à travers les Arts dure une heure à peine. En une heure, les visiteurs ont parcouru toute l'histoire des Beaux-Arts, depuis les superbes époques grecques et romaines jusqu'à la grande révolution des modernistes ou des photopeintres ; en une heure, le visiteur le plus ignorant peut, s'il a des yeux et des oreilles, en savoir presque autant que le critique le plus transcendental.

Les jeunes demoiselles entreprirent avec délices ce pèlerinage artistique. L'effort est inutile et la fatigue supprimée, le tramway est bien suspendu et les coussins fort moelleux invitent au repos. Il suffit de regarder et d'écouter ; on n'a pas besoin de livret, car en passant devant chaque tableau le tramway presse un bouton et instantanément un phonographe donne le nom du peintre, le titre du tableau ainsi qu'une courte mais substantielle notice.

« Raphaël. Sujet religieux. La Vierge dite *la Belle Jardinière.* — La Fornarina posa, dit-on, pour la figure de la Vierge. Le calme et la sérénité des œuvres de Raphaël sont tout à l'éloge de cette jeune personne.

« Tiziano Vecellio. Sujet intime. *La Maîtresse du Titien.* Le Titien a réhabilité les rousses. Cette bonne action a été récompensée : l'illustre peintre vécut jusqu'à quatre-vingt-dix-neuf ans.

« Le Corrège. Sujet léger. *Antiope.* Le Corrège est un peintre vaporeux, etc., etc. »

Dans le grand salon carré, le tramway fait une station de huit minutes,

LE TRAMWAY DU MUSÉE DU LOUVRE

pour permettre d'étudier consciencieusement les œuvres des artistes géants de la Renaissance.

La grande galerie était pleine d'étudiants en peinture et de photo-peintres; partout des objectifs étaient braqués pour reproduire les tableaux célèbres sur toile sensibilisée.

LE MUSÉE DE L'INDUSTRIE AU PALAIS DES TUILERIES.

Les progrès de la science ont permis de supprimer à peu près com-plètement l'usage de la palette et du pinceau. Sauf quelques retardataires obstinés, les peintres ou plutôt les photopeintres collaborent avec la lumière électrique ou solaire; ils obtiennent ainsi presque instantanément de véri-tables merveilles en photopeinture sur toile, carton, bois ou peau d'âne; des reproductions fidèles, soit de tableaux célèbres, soit de modèles vivants habilement groupés.

Grâce à cette rapidité d'exécution, une toile comme les *Noces de Cana,* dont l'original, entre parenthèses, a dû demander un temps prodigieux à. Paolo Caliari dit Véronèse, — reproduite en grandeur de modèle, peut être livrée au public pour la faible somme de 99 fr. 95! C'est l'art à la portéé de toutes les bourses. Quel est le petit rentier, le capitaliste minuscule qui, pour la faible somme de 99 fr. 95, se refusera les exquises jouissances d'un tête-à-tête perpétuel avec le chef-d'œuvre de Véronèse? La question de grandeur du chef-d'œuvre ne fait rien à l'affaire, puisque les personnes habitant un local trop étroit peuvent se faire livrer les *Noces de Cana* non encadrées — moyennant rabais bien entendu — et les faire coller sur leurs lambris, à la place d'un vulgaire papier de tenture sans valeur artistique.

Lorsque, il y a déjà longtemps, l'invention de la photopeinture, exploitée en secret par quelques artistes, tomba dans le domaine public, l'État comprit vite la portée de l'invention et l'importance de la révolution artistique qui allait en découler.

Loin de prendre parti pour les artistes rétrogrades, acharnés défenseurs des vieux et naïfs procédés de Raphaël et de Rubens, — l'État aborda franchement la grande réforme de l'enseignement artistique. La vieille école des Beaux-Arts, regardée comme l'asile des antiques préjugés, fut supprimée et, à sa place, l'État fonda sur des bases nouvelles et scientifiques, à côté des Facultés de droit et de médecine, une troisième Faculté, la Faculté de peinture et de sculpture, qui eut pour mission de lancer la jeunesse artistique dans la voie de l'art nouveau.

L'antique constitution du quartier universitaire s'enrichit d'un élément nouveau : à côté de l'étudiant en droit et de l'étudiant en médecine parut l'étudiant en photopeinture ou en galvanosculpture. De tous côtés accoururent en foule au pays latin, les jeunes gens que les familles bourgeoises, moins éprises qu'autrefois du titre de docteur ou d'avocat, destinaient au métier de photopeintres ou d'ingénieurs en sculpture.

Quant au progrès réalisé, les ombres de Rubens, de Rembrandt ou de Michel-Ange, si on pouvait les convier à une promenade aux expositions, l'attesteraient par une stupéfaction respectueuse. — Gloire à l'art moderne, scientifique, puissant et génial !

Agréablement bercées par le tramway dans leur excursion à travers les richesses artistiques du Louvre, Barbe et Barnabette s'endormirent presque. Un coup de sifflet les tira brusquement de ce délicieux engourdissement; le tramway virait sur une plaque tournante pour reprendre sa promenade en sens inverse.

C'était assez pour un jour; les jeunes filles descendirent du tramway et quittèrent le Louvre.

« Si nous faisions un petit tour à pied sur les boulevards? dit Hélène.

— Et notre aérocab?

— Prévenons-le d'aller nous attendre quelque part.

LES NOCES DE CANA EN PAPIER DE TENTURE.

— C'est une idée, répondit Barnabette; papa m'a donné une clef d'abonné des téléphones publics, je vais téléphoner... »

Dans les rues, de distance en distance, se trouve une borne téléphonique dont la boîte s'ouvre au moyen d'une clef que possèdent tous les abonnés, c'est-à-dire la presque généralité des Parisiens. Barnabette, à la première borne, téléphona au débarcadère des Tuileries, où l'aérocab les attendait.

Le temps était excellent pour la promenade; un soleil radieux dorait les façades des maisons et faisait étinceler les milliers de fils téléphoniques qui se croisent dans tous les sens, à toutes les hauteurs, devant les maisons et par-dessus les toits, dessinant sur les architectures et sur le ciel tout un réseau de légères hachures.

Des promeneurs, en foule, suivaient les trottoirs et les allées du boulevard. Nul bruit de voiture sur ce boulevard. On n'est plus assourdi par le roulement de lourds véhicules qui faisait jadis trembler les maisons de l'aube à la nuit, et parfois de la nuit à l'aube, et qui donnait de si féroces migraines à nos pères; tout le transport des personnes se fait par les voies aériennes, et quant aux paquets, caisses, ballots, marchandises de toute

LES PHOTOPEINTRES AU LOUVRE.

espèce ou objets quelconques, le collecteur-commercial-tube-souterrain-pneumatique les distribue sans bruit dans les milliers d'artères forées sous les rues à ciel ouvert.

LA STATION D'AÉROCARS DE LA TOUR SAINT-JACQUES

Un tintement perpétuel a remplacé le vacarme assourdissant des véhicules terriens d'autrefois. Partout l'électricité circule, mêlée à toutes les manifestations de la vie sociale, apportant partout son aide puissante, sa force ou sa lumière ; des milliers de timbres et de sonneries venant du ciel, des maisons, du sol même, se confondent en une musique vibrante et tintinnabulante que Beethoven, s'il l'avait pu connaître, eût appelée la grande symphonie de l'électricité.

« Superbe, la grande symphonie de l'électricité et intéressante à détailler ! »

C'est ce que se disaient Hélène et ses compagnes, peu habituées à cette musique parisienne.

« Ce crescendo de tintements éclatant devant cette grande maison, disait Hélène, c'est un chef de maison pressant l'activité de ses employés, gourmandant des correspondants éloignés ; ce sont des commis affairés répondant à mille demandes venant des quatre coins du monde...

— Ce trémolo de sonneries, fit Barnabette, c'est une dame qui appelle sa femme de chambre ou qui réclame à sa modiste un chapeau en retard...

— Ces vibrations qui passent et s'éteignent comme un chant d'oiseau égrené dans l'espace, c'est tout simplement l'omnibus qui vole à deux cents mètres au-dessus des cheminées... ce petit timbre, c'est une demande de secours au poste des pompiers, ou c'est un locataire qui commande un aérofiacre à la station pour aller au bois de Fontainebleau... »

C'EST UNE DAME QUI DEMANDE SA MODISTE.

Les merveilles du téléphonoscope.
Cinquante mille spectateurs par théâtre! — L'orchestre unique.
Le théâtre chez soi.
Une représentation de Faust. — Les Horaces améliorés.
Cinq actes et cinq clous.

Parmi les sublimes inventions dont le xxᵉ siècle s'honore, parmi les mille et une merveilles d'un siècle si fécond en magnifiques découvertes, le téléphonoscope peut compter pour une des plus merveilleuses, pour une de celles qui porteront le plus haut la gloire de nos savants.

L'ancien télégraphe électrique, cette enfantine application de l'électricité, a été détrôné par le téléphone et ensuite par le téléphonoscope, qui est le perfectionnement suprême du téléphone. L'ancien télégraphe permettait de comprendre à distance un correspondant ou un interlocuteur, le téléphone permettait de l'entendre, le téléphonoscope permet en même temps de le voir. Que désirer de plus?

Quand le téléphone fut universellement adopté, même

Les téléphones publics.

pour les correspondances à grande distance, chacun s'abonna, moyennant un prix minime. Chaque maison eut son fil ramifié avec des bureaux de section, d'arrondissement et de région. De la sorte, pour une faible somme, on pouvait correspondre à toute heure, à n'importe quelle distance et sans dérangement, sans avoir à courir à un bureau quelconque. Le bureau de section établit la communication et tout est dit ; on cause tant que l'on veut et comme on veut. Il y a loin, comme on voit, de là au tarif par mots de l'ancien télégraphe.

LE THÉATRE CHEZ SOI
PAR LE TÉLÉPHONOSCOPE.

L'invention du téléphonoscope fut accueillie avec la plus grande faveur ; l'appareil, moyennant un supplément de prix, fut adapté aux téléphones de toutes les personnes qui en firent la demande. L'art dramatique trouva dans le téléphonoscope les éléments d'une immense prospérité ; les auditions théâtrales téléphoniques, déjà en grande vogue, firent fureur, dès que les auditeurs, non contents d'entendre, purent aussi *voir* la pièce.

Les théâtres eurent ainsi, outre leur nombre ordinaire de spectateurs dans la salle, une certaine quantité de spectateurs à domicile, reliés au théâtre par le fil du téléphonoscope. Nouvelle et importante source de revenus. Plus de limites maintenant aux bénéfices, plus de maximum de recettes! Quand une pièce avait du succès, outre les trois ou quatre mille spectateurs de la salle, cinquante mille abonnés, parfois, suivaient les acteurs à distance; cinquante mille spectateurs non seulement de Paris, mais encore de tous les pays du monde.

Auteurs dramatiques, musiciens des siècles écoulés! ô Molière, ô Corneille, ô Hugo, ô Rossini! qu'auriez-vous dit au rêveur qui vous eût annoncé qu'un jour cinquante mille personnes, éparpillées sur toute la surface du globe, pourraient de Paris, de Pékin ou de Tombouctou, suivre une de vos œuvres jouée sur un théâtre parisien, entendre vos vers, écouter votre musique, palpiter aux péripéties violentes et voir en même temps vos personnages marcher et agir?

Voilà pourtant la merveille réalisée par l'invention du téléphonoscope. La Compagnie universelle du téléphonoscope théâtral, fondée en 1945, compte maintenant plus de six cent mille abonnés répartis dans toutes les parties du monde; c'est cette Compagnie qui centralise les fils et paye les subventions aux directeurs de théâtres.

L'appareil consiste en une simple plaque de cristal, encastrée dans une cloison d'appartement, ou posée comme une glace au-dessus d'une cheminée quelconque. L'amateur de spectacle, sans se déranger, s'assied devant cette plaque, choisit son théâtre, établit sa communication et tout aussitôt la représentation commence.

Avec le téléphonoscope, le mot le dit, on voit et l'on entend. Le dialogue et la musique sont transmis comme par le simple téléphone ordinaire; mais en même temps, la scène elle-même avec son éclairage, ses décors et ses acteurs, apparaît sur la grande plaque de cristal avec la netteté de la vision directe; on assiste donc réellement à la représentation par les yeux et par l'oreille. L'illusion est complète, absolue; il semble que l'on écoute la pièce du fond d'une loge de premier rang.

M. Ponto était grand amateur de théâtre. Chaque soir après son dîner, quand il ne sortait pas, il avait coutume de se récréer par l'audition téléphonoscopique d'un acte ou deux d'une pièce quelconque, d'un opéra ou d'un ballet des grands théâtres non seulement de Paris, mais encore de Bruxelles, de Londres, de Munich ou de Vienne, car le téléphonoscope a ceci de bon qu'il permet de suivre complètement le mouvement théâtral

Le Théâtre chez soi par le Téléphonoscope

européen. On ne fait pas seulement partie d'un public restreint, du public parisien ou bruxellois, on fait partie, tout en restant chez soi, du grand public international !

Après dîner, comme on ne sortait pas, M. Ponto s'étendit dans son fauteuil devant son téléphonoscope et se demanda ce qu'il allait se faire jouer.

« Oh, papa ! surtout pas de tragédie, ou nous nous en allons ! s'écria Barbe en allant s'asseoir à côté de lui.

— Choisis toi-même alors, dit M. Ponto ; tiens, voici le programme universel que la Compagnie adresse chaque jour à ses abonnés.

— Un peu de musique, proposa Hélène.

— C'est cela, dit M. Ponto, j'aime la musique ; elle m'endort mieux que la simple prose ou les vers.

— Que joue-t-on à Vienne ? demanda Barnabette.

— Voyons : grand Opéra de Vienne... *les Niebelungen* de Wagner.

Effusions téléphonoscopiques.

— Ah ! mon enfant, à Vienne, c'est commencé ! l'heure de Vienne avance de quarante-cinq minutes sur celle de Paris ; il est donc huit heures quarante-cinq, nous n'aurons pas le commencement.

— A Berlin, alors ?

— Non, c'est commencé aussi.

— Voyons, l'Opéra de New-York, en ce cas !

— Non, il est trop tôt, ce n'est pas commencé. New-York retarde, il nous faudrait attendre quelques heures.

— Restons à Paris, alors, dit Hélène ; que donne-t-on à l'Opéra de Paris ?

— *Faust,* répondit Barbe.

— Va pour *Faust !* dit M. Ponto, je ne l'ai encore entendu que douze ou quinze cents fois... une fois de plus ou de moins !...

— Ah ! dit Barbe consultant son programme, on a ajouté trois grands ballets nouveaux et une apothéose.

— Très bien ! très bien ! dit M. Ponto ; attention, mes enfants, je sonne. »

Et M. Ponto appuya sur le timbre de l'appareil et prononça ces mots dans le tube téléphonique :

« Mettez-moi en communication avec Opéra de Paris ! »

Un timbre lui répondit immédiatement.

« La communication est établie ! dit M. Ponto ; baissez les lampes, nous n'avons pas besoin de lumière. »

Une sorte d'éclair traversa la plaque de cristal, un point lumineux se forma au centre, grandit avec des mouvements vibratoires et des scintillements, puis brusquement la scène de l'Opéra tout entière apparut avec la plus grande netteté.

En même temps éclata le tonnerre des cuivres de l'orchestre [1] ; les trombones, les saxophones et les bugles, habilement perfectionnés et portés à un très haut degré de puissance, rugirent une phrase musicale à faire crouler un édifice moins solidement construit que la maison Ponto.

Hélène sentit comme un grand souffle qui lui faisait voltiger les cheveux, les lampes s'éteignirent tout à fait et les faïences sur les dressoirs frissonnèrent.

« Je vais modérer un peu, dit M. Ponto en tournant légèrement la clef du compteur ; l'orchestre nous assourdirait. »

Le tumulte musical baissa de quelques tons et les cloisons de l'appartement cessèrent de vibrer.

Le docteur Faust en scène venait d'évoquer le Maudit ; quand il acheva son grand duo avec Méphistophélès, le téléphonoscope transmit comme un écho lointain le bruit des applaudissements de la salle.

« Ah ! on peut applaudir ? dit Barnabette.

— Parbleu ! répondit M. Ponto ; les spectateurs à domicile peuvent envoyer leurs applaudissements aussi. Tenez, j'ouvre la communication avec la salle, vous pouvez applaudir !

---

1. L'Opéra est un des rares théâtres qui ont conservé un orchestre particulier. Les théâtres lyriques, on le conçoit, ne peuvent s'en passer, mais les autres théâtres se sont entendus pour payer à frais communs un seul orchestre établi dans un local spécial construit selon des données scientifiques, et relié à tous les théâtres par des fils téléphoniques. L'orchestre central joue chaque soir quatre morceaux que les fils transmettent aux théâtres abonnés. Les théâtres ne sont pas forcés de jouer tous à la même heure ; par une combinaison phonographique, les morceaux sont retenus dans les tuyaux jusqu'au moment où le souffleur tourne le robinet placé dans le fond de sa boîte.

— Alors, fit Barbe en riant, on pourrait aussi transmettre des sifflets en cas de besoin ?

— Ah ! mais non, fit M. Ponto, c'est défendu ! Vous comprenez que s'il était permis de transmettre des marques d'improbation, des farceurs pourraient, du coin de leur feu, troubler des représentations...

LA SALLE DE L'OPÉRA.

— Mais alors, reprit Barbe, quand une pièce ennuie un spectateur à domicile, il n'a pas le droit de le dire ? C'est fort désagréable, il faut refouler ses sentiments et garder sa mauvaise impression pour soi.

— Mais non, petite sotte ; le spectateur à domicile peut siffler tout à son aise quand une pièce l'ennuie, mais il doit avoir soin de fermer la communication avec la salle ; de la sorte, il satisfait sa mauvaise humeur sans porter le désordre au théâtre ! Quand les spectateurs de la salle commencent, c'est une autre affaire, on a le droit de siffler avec eux... Ah ! voici un ballet nouveau; mes enfants, attention ! »

Sur la plaque un changement à vue venait de se produire : le décor du laboratoire de Faust s'était envolé dans les frises pour laisser voir un paysage immense et fantastique rougi par des embrasements de volcans et peuplé de centaines de diables et de diablesses noirs et roses.

« Charmant ! charmant ! soupira M. Ponto, bravo ! bravo ! »

Quand la toile se baissa sur le finale du ballet, le téléphonoscope s'éteignit subitement ; après un intervalle d'une demi-minute, la grande plaque de verre s'éclaira de nouveau; mais, au lieu de refléter la scène avec son rideau d'annonces, elle encadrait la salle de l'Opéra tout entière, de l'avant-scène de gauche à l'avant-scène de droite.

« Ah ! très bien ! on a retourné l'appareil, dit Barbe.

— Comme toujours, à chaque entr'acte on fait pivoter le téléphonoscope, pour permettre aux spectateurs à domicile de passer la revue de la salle et de saluer leurs connaissances...

— Ah ! voici la loge de Mᵐᵉ Hopstel, dit Barnabette; elle a toujours ses douze kilos de diamants, Mᵐᵉ Hopstel... M. Hopstel dort dans le fond de sa loge...

— Faut-il le réveiller? demanda M. Ponto; je vais lui demander des nouvelles de son affaire du Crédit Tripolitain ; il ne brille pas, le Crédit Tripolitain; il doit déposer son bilan samedi... Hopstel se retire, il a acheté un duché en Italie...

— Voici l'ambassadrice de Bornéo, un peu jaune aux lumières, malgré sa poudre de riz ; la duchesse de Rieux et ses trois filles, — pas encore mariées ; — Mᵐᵉ de Marcaussy, la loge de la Banque Tirman... Ah ! voici Mᵐᵉ de Montepilloy... très bien habillée, Mᵐᵉ de Montepilloy, et presque autant de diamants que la baronne Hopstel !

— Voulez-vous lui dire bonjour? demanda M. Ponto.

— Comment, dit Hélène, on peut lui parler?

— Certainement !... Ah ça, quelle éducation vous donnait-on au lycée de Saint-Plougadec-les-Cormorans, pour que vous soyez si peu au courant?... Non seulement nous pouvons, d'ici, sans nous gêner, lorgner Mᵐᵉ de Montepilloy, détailler ses toilettes et critiquer son goût, mais encore nous pouvons à volonté communiquer avec elle... Tenez, regardez-la bien dans sa loge, je vais lui parler... »

M. Ponto fit sonner le timbre du téléphone.

« Mettez-moi en communication avec Mme de Montepilloy, loge 24, 1er étage. »

Les jeunes filles virent presque aussitôt Mme de Montepilloy se retourner dans sa loge et saisir derrière sa chaise un cordon téléphonique.

« Attention, dit M. Ponto, voici le timbre de réponse ; la communication est établie, regardez bien la loge.

— Toujours charmante, chère comtesse ! dit M. Ponto dans le récepteur de son appareil.

— Ah ! c'est M. Ponto ! susurra l'embouchure du téléphone, et comment se portent mesdemoiselles vos filles ?

— Elles sont là, répondit M. Ponto, à côté de moi, qui vous admirent comme

Toujours charmante, chère comtesse !

moi... vous êtes toujours la plus charmante des belles, chère comtesse... Un peu bien maquillée ! ajouta M. Ponto en dehors du téléphone.

— Oh ! mon cher tuteur, elle va vous entendre ! s'écria Hélène.

— Pas de danger, répondit Ponto ; à moins que, par distraction, je ne fasse mes réflexions dans mon téléphone... mais soyez tranquille, je me surveille !... En vérité, comtesse, reprit-il en rapprochant le récepteur, une représentation de l'Opéra serait terne sans vous ! votre loge éclipse toutes les autres ; quand on vous voit, on ne voit plus que vous !

— Toujours galant ! répondit le téléphone, pendant que dans le cadre de cristal la comtesse souriait et semblait regarder son interlocuteur.

— Quelle constellation de diamants ! reprit M. Ponto, décidément, comtesse, pour vous admirer sans danger il faut mettre des lunettes bleues ! Ah, comtesse ! comme si vous ne pouviez pas éblouir sans eux !... Ils ne sont pas payés, dit-il en aparté, Montepilloy cherche à emprunter sur ses terres... sur quatrième hypothèque !...

— Et Mme Ponto ? demanda la comtesse toujours souriante, on ne la voit plus... la politique, n'est-ce pas ?... Vous aura-t-on à notre petite soirée de demain ? vous savez que M. de Montepilloy s'ennuie de ne plus vous rencontrer ?

— Parbleu ! fit M. Ponto en écartant le récepteur, le petit emprunt !...
Et vos bébés ? reprit-il.

— Ces chères petites vont bien, je vous remercie... elles deviennent
grandelettes...

— Des bébés de quinze à dix-sept ans ! dit M. Ponto à ses filles,

SPECTATEURS AFRICAINS PAR LE TÉLÉPHONOSCOPE.

madame leur mère a peur de les montrer, leur présence nuirait à ses airs
de jeune femme évaporée... »

Les trois coups annonçant la fin de l'entr'acte interrompirent la communication. Le rideau allait se relever sur le second acte de *Faust*.

« Assez d'Opéra pour aujourd'hui ! dit M. Ponto ; voyons, c'est jour de
répertoire au Théâtre-Français ; si nous entendions un petit morceau de
chef-d'œuvre classique... pour achever de m'endormir ?...

— Soit ! dirent Barbe et Barnabette en soupirant d'un air de résignation.

— Que joue-t-on ? dit M. Ponto en prenant le programme, voyons,

LES HORACES.

Tragédie en 5 actes et en vers
Par Pierre Corneille et Gaëtan Dubloquet
Avec 5 clous entièrement nouveaux
Musique de M. Gustave Boirot .
Décors de M. Roubières. — Trucs de M. Bertrand
Costumes dessinés par M. Gandolf
Artifices de la maison Godot.

LE SERMENT DES HORACES.

— Tiens, dit Hélène, Corneille avait donc un collaborateur? Au lycée, dans la leçon sur Corneille dans les classiques condensés, il n'était pas question de Gaëtan Dubloquet?...

— Parbleu! répondit M. Ponto, Corneille seul est un vieux classique, Dubloquet est un moderne, c'est le rajeunisseur des *Horaces*. Certes, Corneille avait du talent pour l'époque où il écrivait, mais Dubloquet est plus fort; Dubloquet est l'auteur des clous...

— De quels clous?

— Des cinq clous des *Horaces*... voyez ce que dit le programme : tragédie en 5 actes et 5 clous! Les anciens ne connaissaient pas les clous, aussi leurs pièces sont généralement assommantes... pas d'intérêt, intrigue insuffisante, tirades horriblement fastidieuses, etc.; sans clous, leurs vieilles pièces ne tiendraient pas; nous voulons bien du classique de temps en temps, mais du classique mis au courant des progrès modernes, du classique perfectionné! Le clou, voyez-vous, c'est le triomphe de l'art dramatique actuel!

— Et quels sont les clous des *Horaces?*

— Il y en a cinq, un par acte; voyons le programme...

1ᵉʳ clou. — Ballet imité de l'enlèvement des Sabines
Danses latines reconstituées d'après des documents découverts dans les fouilles
de Tusculum. — Finale. — Les Romains enlèvent les jeunes filles d'Albe
pour avoir des ôtages.

— Ce doit être joli, dit Barbe; vite, papa, établissez la communication avec le Théâtre-Français!

— Le premier acte doit être joué, nous n'arriverons guère que pour le second clou.

— Dépêchons-nous alors! »

M. Ponto établit rapidement la communication, et sur la plaque du téléphonoscope la scène de la Comédie-Française apparut, garnie d'une multitude de Romains et de Romaines; au milieu, le vieil Horace, le chef majestueusement orné d'une chevelure et d'une barbe du plus beau blanc, proférait d'une voix également majestueuse les derniers vers du second acte.

LE VIEIL HORACE.

... Allez, vos frères vous attendent;
Ne pensez qu'aux devoirs que vos pays demandent!

CURIACE, *enfonçant son casque.*

Quel adieu vous dirai-je? et par quels compliments...

A ce moment, les figurants et les figurantes se rangent sur les côtés de la scène et les trois Horaces apparaissent casqués, le bouclier et la lance à la main gauche, le glaive au côté. L'orchestre, sous la direction du maestro Gustave Boirot, entame une marche guerrière sur les motifs de la *Marseillaise.*

« Le clou! » dit tout bas M. Ponto à ses filles.

CLARA LA BELLE TRAGÉDIENNE

Sur quelques vers ajoutés par Gaëtan Dubloquet et dits par un général romain, les trois Horaces tirèrent leurs glaives et les remirent à leur père, pendant que Sabine, femme d'Horace aîné et sœur de Curiace, Camille, amante de Curiace et sœur des Horaces, et la confidente Julie, tombaient sur des sièges les bras étendus et les larmes aux yeux.

Sur ces derniers mots du vieil Horace,

Faites votre devoir et laissez faire aux dieux!

les trois Horaces se rangèrent en ligne, la jambe droite en avant, le bouclier au corps et la main droite étendue pour le serment, et le vieil Ho-

LES MIMES DE CHICAGO DANS LES *Horaces* AU THÉATRE-FRANÇAIS.

race, élevant vers le ciel une main frémissante, secoua sa barbe blanche et leur tendit les glaives homicides.

« Voici le clou, dit M. Ponto; c'est en tableau vivant la reproduction du célèbre *Serment des Horaces* du peintre David!

— Très beau, très beau! dirent les jeunes filles.

— Et bien propre à stimuler le patriotisme, acheva M. Ponto; aussi l'auteur vient d'être décoré, les journaux l'ont annoncé hier...

— Corneille vient d'être décoré?

— Non, pas Corneille, mais l'auteur des clous, Gaëtan Dubloquet!

— Ah! voici l'entr'acte! dit Hélène en voyant dans le téléphonoscope le rideau baisser au bruit des applaudissements de la salle.

— Il n'y a pas d'entr'acte, répondit M. Ponto en consultant le programme ; le rideau va se relever tout de suite pour le 3e clou. Voici le sujet : »

Grand intermède entre le 2e et le 3e acte

Le combat des Horaces et des Curiaces

Pantomime dramatique équestre et pédestre par les Crokson
et les mimes de Chicago.

L'orchestre du Théâtre-Français entamant une nouvelle marche guerrière, annonça le lever du rideau. Le décor était changé ; la scène représentait maintenant un site près de Rome, avec une exactitude d'autant plus complète que le décor était tout simplement une photochromie sur toile, agrandie par un procédé nouveau. Tous les touristes pouvaient reconnaître l'endroit ; avec une bonne lorgnette on distinguait sur la gauche des poteaux télégraphiques, que les décorateurs avaient, pour éviter un anachronisme trop brutal, déguisés en peupliers.

Les Crokson, déguisés en guerriers romains, firent leur entrée à cheval et commencèrent immédiatement à simuler un combat à la lance. Après quelques brillantes passes d'armes, ils jetèrent leur lance et sautèrent pardessus leurs chevaux pour reprendre la lutte avec le glaive seul. Les épées tourbillonnaient et s'abattaient sur les boucliers et sur les casques avec une violence propre à jeter l'effroi dans le cœur des spectatrices. Deux des Horaces tombèrent ; le troisième Horace, suivant la tradition, prit sa course pour éviter d'être attaqué par les trois Curiaces réunis.

Les mimes de Chicago, groupés dans le fond comme le chœur antique, mimèrent avec une verve dramatique le fameux :

Que vouliez-vous qu'il fît contre trois ? — Qu'il mourût !

Enfin le dernier des Horaces abattit successivement ses trois ennemis. La partie dramatique était terminée ; la pantomime prit un cours plus drôlatique : les Horaces et les Curiaces, ressuscités, entreprirent une lutte comique entremêlée de sauts périlleux, de culbutes et de contorsions du plus réjouissant effet. Le dernier des Horaces, poursuivi par toute la bande des Curiaces, sautait par-dessus leurs têtes et disparaissait dans le trou du souffleur, reparaissait à l'orchestre, et enfin, après avoir mis tous ses ennemis en capilotade, s'enlevait dans les frises par une corde à nœuds.

Le rideau baissa encore une fois. La salle, mise en gaieté, pouvait maintenant supporter un acte de la vieille pièce, dont les vers avaient à peine été retouchés. Il n'y eut pas trop de bâillements. Les scènes se déroulant avec monotonie furent entendues avec résignation ; les spectateurs fumaient, cela se voyait aux légers nuages blancs qui dessinaient leurs spirales sur la plaque du téléphonoscope. De temps en temps, des tintements de verres et de petites cuillers ou des bruits de pas ponctuaient les tirades du vieux

LES IMPRÉCATIONS DE CAMILLE AU THÉATRE-FRANÇAIS.

Corneille ; les spectateurs profitaient du peu d'intérêt de l'acte pour renouveler leurs consommations ou pour se dégourdir un peu dans le promenoir circulaire ménagé autour du parterre. On sait que depuis deux ans de grands travaux ont été exécutés dans la vieille salle de la Comédie : on s'y promène maintenant, on fume et l'on consomme comme dans tous les autres théâtres.

M. Ponto n'attendit pas la fin de l'acte pour s'endormir tout à fait. Bien étendu dans son fauteuil, il n'entendit même pas la musique annoncer le commencement du 4ᵉ acte et accompagner les exercices de trapèze de la très charmante jeune première du Théâtre-Français, Mˡˡᵉ Bertha, tragédienne et gymnasiarque de *primo cartello.*

Le clou de ce 4e acte était un intermède de haute gymnastique par la malheureuse amante de Curiace, intermède amené ingénieusement par le jeune collaborateur de Corneille. Mlle Bertha, après quelques vertigineux exercices, s'accrocha au trapèze par les pieds et dit, la tête en bas, avec une énergie de gestes et une puissance dramatique extraordinaires, les sublimes *imprécations de Camille.*

La salle, au comble de l'émotion, enlevée et surexcitée comme aux jours des grandes batailles littéraires, éclata en applaudissements, lorsque Mlle Bertha, à la fin de sa tirade, dit avec une maestria superbe :

> Voir le dernier Romain à son dernier soupir,
> Moi seule en être cause et mourir de plaisir !

Horace, paraissant alors sur la scène un pistolet à la main, ajuste sa sœur et fait feu.

> ...Ainsi reçoive un châtiment soudain
> Quiconque ose pleurer un ennemi romain.

Camille, atteinte, fait quelques tours, puis lâche brusquement le trapèze, et, par un prodige d'habileté, se rattrapant à une corde, exécute une audacieuse voltige pour tomber debout au milieu de la scène.

AU PALAIS-ROYAL.

VI

Le dernier clou de la pièce, à la fin de l'acte V, était un simple ballet : les noces de Curiace et de Camille ressuscités par le collaborateur de Corneille, avec un feu d'artifice et une apothéose pour laquelle 150 figurantes avaient été engagées.

« Ma foi, dit Barbe, pour voir ce ballet de la fin, il nous faut entendre tout un acte de tragédie classique à peine améliorée; c'est dur..... Nous dormirons toutes, comme papa, bien avant la fin de cet acte..... Si nous changions de théâtre ?

— Si nous profitions du sommeil de papa, s'écria vivement Barnabette, pour voir quelques scènes des pièces où l'on refuse de nous conduire?

— Bonne idée ! fit Barbe; voyons un peu le fruit défendu, les théâtres interdits aux jeunes filles. Ah! le Palais-Royal! j'ai des amies mariées qui ne manquent pas une pièce du Palais-Royal ou des Variétés.....

— Va pour le Palais-Royal! voyez le programme, qu'est-ce qu'on joue?

— Le *Dernier des célibataires,* charentonnade en 15 tableaux !

— Vite! Barnabette, établis la communication.»

Barnabette fit sonner le timbre d'appel du téléphonoscope.

« Mettez-nous en communication avec le *Dernier des*..... avec le théâtre du Palais-Royal! »

Le timbre répondit au bout d'une minute et le téléphonoscope cessa de refléter la scène du grave Théâtre-Français; mais lorsqu'au bout d'une éclipse de cinquante secondes la plaque de cristal s'éclaira de nouveau, au lieu d'encadrer la scène du Palais-Royal, ce fut la salle elle-même qu'elle montra aux jeunes filles.

« Oh! que c'est contrariant! fit Barnabette, un entr'acte! Il va falloir attendre..... pourvu que papa ne se réveille pas! »

En même temps que la plaque montrait la salle, le balcon, les loges et les fauteuils d'orchestre, le téléphonoscope apportait tous les bruits de la salle, le murmure des causeries, les frémissements des éventails et les petits rires perlés s'échappant du fond des baignoires obscures. La pièce devait être gaie, car les spectateurs semblaient en belle humeur.

« Pourvu que papa ne se réveille pas tout de suite! murmura de nouveau Barnabette, qui attendait les trois coups avec impatience.

— Chut! chut! fit Barbe, il remue. »

En effet M. Ponto se réveilla soudain.

« Hein? quoi? on rit? fit-il en se frottant les yeux, on rit au Théâtre-Français? qu'est-ce qu'il y a?

— C'est l'entr'acte, papa, répondit Barnabette faisant bonne contenance.

— Mais ce n'est pas la salle de Molière-Palace! s'écria M. Ponto; ah! friponne, vous avez profité de mon assoupissement pour changer de théâtre... vous avez été au fruit défendu, je parie... voyons, quel est ce théâtre?

— Papa, c'est... l'Odéon! répondit Barbe.

— Allons donc, je me reconnais très bien, c'est le Palais-Royal! Ah! mes enfants, vous irez plus tard, si vos maris vous le permettent, mais pas maintenant... ce n'est pas un théâtre de jeunes filles... mais... Voyons, je ne me trompe pas... là-bas, dans cette baignoire à gauche, c'est votre frère Philippe!

— Philippe est à Constantinople, papa, à la succursale de votre banque, vous le savez bien!

— C'est-à-dire qu'il devrait y être... mais voyez donc, dans la baignoire là-bas...

— A côté de la grosse dame en jaune?

— Non, deux baignoires plus loin; il y a une dame en chapeau rose sur le devant... c'est votre frère... il vient de se rejeter dans l'ombre... »

Les jeunes filles se penchèrent sur le téléphonoscope.

« Il me semble... dit Barbe.

— Mais oui! fit Barnabette.

— Non, ce n'est pas mon cousin Philippe, dit Hélène, je le reconnaîtrais bien...

LA SUPPRESSION DE L'ABSENCE.

— Il y a moyen de s'en assurer, reprit Barbe, téléphonez à la baignoire...

— Si c'est lui, il se gardera bien de répondre, dit M. Ponto; cependant...

— Ah! la fin de l'entr'acte, voici les trois coups! s'écria Barnabette.

— Interdit aux jeunes filles! » s'écria M. Ponto en fermant rapidement la communication du téléphonoscope. »

La plaque de cristal s'éteignit subitement et le salon se trouva plongé dans l'obscurité.

« Ah! firent les jeunes filles désappointées.

— Je vais savoir tout de même si c'est Philippe que nous venons de voir dans une baignoire du Palais-Royal, dit M. Ponto en reprenant l'embouchure du téléphonoscope; je vais téléphoner chez lui.

— Mettez-moi en communication avec M. Philippe Ponto, à la banque Ponto, boulevard Mahomet, 235, troisième étage! »

La sonnerie de réponse se fit attendre deux minutes, mais en même temps qu'elle retentissait, une faible lueur parut sur la plaque du téléphonoscope.

« Bon! fit M. Ponto, Philippe a oublié de mettre son téléphonoscope au cran de sûreté; s'il est là, nous allons le voir lui-même...

— Mais on ne voit pas grand'chose, dit Barbe.

— C'est la chambre de Philippe, éclairée par une simple veilleuse... voici le lit dans le fond...

— Philippe est couché! s'écria Barnabette, je le vois!...

— C'est vrai, dit M. Ponto, je l'aperçois, il dort... ce n'est pas lui qui se dissimulait tout à l'heure dans la baignoire du Palais-Royal; j'en suis satisfait...

— Mais il dort toujours, il n'a pas entendu le timbre de son téléphonoscope... si on le réveillait pour lui souhaiter une bonne nuit?...

— Mais non, c'est inutile... si tu veux lui parler demain matin, tu lui téléphoneras... ce soir, laissons-le dormir! »

Et M. Ponto coupa la communication et ralluma la lampe électrique.

« Comme c'est commode, dit Hélène, le téléphonoscope supprime l'absence!

— A peu près, répondit M. Ponto, puisque l'on peut, tant que l'on veut, causer avec l'absent que l'on regrette et le voir aussi longtemps qu'on le désire...

— A la condition d'être abonné...

— Ce n'est pas indispensable; il y a les téléphonoscopes de l'administration... il suffit, quand on n'est pas abonné, de se rendre au bureau de l'administration; la personne demandée se rend au bureau correspondant et la communication est établie... Excellent pour les voyageurs, le téléphonoscope!... on ne craint plus de s'expatrier, puisque tous les soirs on retrouve sa famille au bureau du téléphonoscope!

— Encore faut-il ne pas s'en aller dans les déserts...

— Il y en a si peu maintenant!... Excellent aussi pour la surveillance, le téléphonoscope! Vous voyez, Philippe ne se doute pas que nous venons de l'apercevoir dans son lit! Cela aussi peut avoir ses inconvénients;

dans les premiers temps on voulait des téléphonoscopes partout, jusque dans les chambres à coucher; alors, quand on oubliait de fermer tout à fait l'appareil, on pouvait se trouver exposé à des indiscrétions... Ainsi, par suite d'une erreur d'employé, l'autre matin, comme je demandais à entrer en communication avec un de mes confrères, au quatrième étage, l'employé

LE THÉATRE DE CHAMBRE.

du bureau central se trompe et ouvre la communication avec le troisième étage... des personnes que je ne connais pas du tout...

— Et? demanda Barnabette.

— Et au lieu d'un simple banquier à son bureau, la plaque de mon téléphonoscope me montra tout à coup une dame à son petit lever...

— Oh!

— Oui! j'étais indiscret; mais la dame ne s'en est pas doutée; j'ai signalé immédiatement l'erreur à l'employé et l'on a changé discrètement la communication... Je n'ai pas même osé présenter mes excuses pour mon involontaire indiscrétion... Voilà ce que c'est que d'oublier de fermer le téléphonoscope!

— Cet affreux téléphonoscope est un appareil bien dangereux! s'écria Barnabette.

— Il a ses inconvénients, mais que d'avantages! la suppression de l'absence, la surveillance facile, le théâtre chez soi...

— Avec le simple téléphone, on a aussi le théâtre chez soi ?...

— Oui, on entend, mais on ne voit pas ! jolie différence ! Voulez-vous en juger ? attendez ! »

M. Ponto se tourna vers le téléphone ordinaire et fit retentir le timbre.

« Mettez-moi en communication avec le *Théâtre de chambre!* dit-il. Ce théâtre, mes enfants, reprit-il en se tournant vers les jeunes filles, n'est pas un théâtre.

Le téléphone a fait naître une variété de comédiens, les acteurs en chambre, qui jouent chez eux, sans théâtre. Ils se réunissent le soir dans un local quelconque et jouent sans costumes, sans décors, sans accessoires, sans frais enfin ! C'est le théâtre économique; malheureusement, il ne peut guère jouer que la comédie ou le vaudeville !... Ah, voici la sonnerie de réponse ! écoutons ! »

Les voix des acteurs du théâtre de chambre commençaient à s'entendre dans l'appareil téléphonique.

« — Enfin, baronne, vous consentez ?

« — Vicomte, ces deux enfants s'adorent ! et moi qui mettais avec tant d'obstination des bâtons dans les roues de leur bonheur...

« — Me pardonneront-ils jamais ?

« — Ah, madame ! si vous consentez enfin à m'accorder la main d'Angèle, eh bien... eh bien, nous serons deux à vous adorer.

« — Cher Henri !

« — Chère Angèle !

« — Sur mon cœur, mes enfants, je vous unis !! »

Le téléphone s'arrêta.

« C'est la fin du cinquième acte, dit M. Ponto... Je vous avoue que cela ne m'a pas beaucoup intéressé...

— Nous sommes arrivés un peu tard, dit Hélène.

— Les théâtres de chambre ont de très bons acteurs, reprit M. Ponto, au grand préjudice des théâtres ordinaires, car lorsqu'un acteur a du talent, lorsqu'il est arrivé à se créer un public, il quitte le théâtre ordinaire pour fonder un théâtre de chambre avec des acteurs à lui ou même sans acteurs, car il joue parfois tous les rôles et se donne la réplique à lui-même. C'est très commode pour cet artiste : sans se déranger, il joue en robe de chambre. au coin de son feu, s'arrêtant de temps en temps pour avaler une tasse de thé...

— Mon Dieu, est-ce que dans la fin de pièce que nous venons d'entendre il n'y avait qu'un seul et unique acteur?

— Oui, mes enfants; la baronne et le vicomte, Henri et même Angèle, c'était le même monsieur : un gros joufflu, qui a un nez de structure très peu poétique. Il a du talent, mais j'ai bien entendu qu'Angèle parlait du nez !

— Je préfère décidément le théâtre téléphonoscopique ! s'écria Hélène.

— Nous avons aussi le théâtre rétrospectif, reprit M. Ponto.

— Rétrospectif?

— Oui, un théâtre où ne jouent que des acteurs disparus depuis longtemps, des artistes du siècle dernier !

UNE ERREUR DU TÉLÉPHONOSCOPE.

— Comment cela?

— Lors de l'invention du phonographe, à la fin du siècle dernier, on eut l'idée, excellente au point de vue de l'art et des traditions, de demander des clichés phonographiques aux artistes de l'époque. Les comédiens et les comédiennes détaillèrent dans des phonographes les morceaux à succès de leur répertoire; les tragédiennes déclamèrent leurs grandes tirades, les chanteuses dirent leurs grands airs. On constitua de cette façon une très curieuse collection de clichés qui furent déposés au Conservatoire pour servir aux études des jeunes artistes.

— Et les phonographes jouent encore?

— De temps en temps on donne une matinée rétrospective. Je vous y conduirai un jour. Quelle belle troupe, mes enfants, que celle de ce théâtre rétrospectif, et comme cependant elle donne peu de soucis à son directeur : il y a une douzaine de cantatrices célèbres, autant de ténors, cinq ou six tragédiennes, cinquante jeunes premiers, cinquante jeunes premières, des comiques fameux, des duègnes; et tout ce monde-là se tient tranquille. Les cantatrices, ô miracle! ne demandent pas d'appointements du tout ; les ténors ne réclament pas de décorations, les tragédiennes n'exigent pas des couronnes d'or et 50,000 francs par soirée, enfin les jeunes premières ne s'arrachent pas mutuellement les yeux. C'est inimaginable ! Il est vrai qu'ils sont en acier laminé et renfermés dans de petites boîtes. Dans ce musée de Cluny de l'art dramatique, tous les artistes sont rangés sur des tablettes; le jour de la représentation on les époussette, on les met sur une belle table recouverte d'un tapis vert et l'on commence... On presse le bouton du phonographe et Mounet-Sully rugit une scène de *Hernani;* on presse un autre bouton et une tragédienne, célèbre par ses talents et par ses découvertes dans l'Afrique centrale, lors de sa tournée de 1884 à Saint-Louis, Tombouctou, Ujigi, Zanzibar, etc., Sarah Bernhardt enfin, lui donne la réplique. On presse encore un bouton et l'on entend la voix de Daubray, un fin et joyeux comédien du Palais-Royal, alternant avec celle de Céline Chaumont dans une pièce de Victorien Sardou. On presse encore un bouton et le phonographe nous chante, avec la voix de Judic, des chansons fameuses aux Variétés du siècle dernier. Ensuite un autre phonographe nous donne des échantillons de Dupuis, chanteur et comédien, dans la belle série de pièces de Meilhac, Halévy et Offenbach : *la Belle Hélène, la Grande-duchesse de Gérolstein,* etc. Dans un autre phonographe, Judic et Dupuis nous jouent *les Charbonniers* de Philippe Gille... Il y a comme cela deux cents instruments; ce phonographe qui parle du nez, c'est Hyacinthe du Palais-Royal; celui-ci, qui ténorise avec tant de charme, c'est Capoul; cette voix si suave, c'est Lassouche... non, je me trompe, c'est Faure..., etc... Mais assez de théâtre comme cela, mes enfants, il se fait tard et j'entends descendre l'ascenseur qui nous ramène Mme Ponto du club des revendications féminines.

LA GRANDE USINE ALIMENTAIRE

LE GRAND CONSEIL DE LA COMPAGNIE NOUVELLE D'ALIMENTATION.

VII

Un dîner dérangé par la malveillance.
La grande lutte des compagnies d'alimentation. — Inondation de potage bisque.
L'usine culinaire. — Suicide d'un cuisinier. — Les cas de nullité.

Hélène et ses compagnes dînaient ce soir-là chez les Gontran de Saint-Ponto, des cousins de la famille, nouvellement mariés et somptueusement installés dans une des plus jolies maisons du quartier de Saint-Cloud. M. Ponto les accompagnait, ainsi que le vénérable oncle Casse-Noisette. Mᵐᵉ Ponto, entièrement prise par la politique, n'avait pu laisser ce soir-là son Comité central féminin du 33ᵉ arrondissement, mais elle avait promis de causer un instant par le téléphonographe avec la petite cousine de Saint-Ponto.

La charmante installation! Gontran de Saint-Ponto, trente-deuxième d'agent de change, n'avait pas lésiné. Son mignon petit hôtel, bâti avec le produit d'une heureuse opération de bourse, était un véritable bijou de maison électrique, où tous les services étaient combinés de façon à donner vraiment le dernier mot du confortable moderne : ascenseurs électriques, éclairage et chauffage électriques, communications électriques, réservoir électrique dans la cave et serviteurs presque électriques, que l'on ne voyait pour ainsi dire pas, leur service s'exécutant presque complètement par l'électricité.

Le personnel d'une maison aussi bien comprise est très peu important. Il suffit de deux mécaniciens pour les aéronefs, d'un valet de chambre, d'un concierge et d'une femme de chambre; pas de chef ni de cuisinière; la nourriture est assurée par un abonnement à la *Compagnie nouvelle d'ali-*

mentation et elle arrive par des tuyaux comme les eaux de la Loire, de la Seine, de la Vanne et de la Dhuys. C'est là un progrès considérable. Que d'ennuis en moins pour la maîtresse de maison! Que de soucis évités, sans parler de l'économie très sérieuse qui en est le résultat !

C'est du moins ce que ce brave Gontran de Saint-Ponto s'efforça de démontrer à M. Raphaël Ponto, lorsqu'en se mettant à table M. Ponto trouva devant lui, comme tous les autres convives, le menu suivant élégamment imprimé sur bristol rose.

COMPAGNIE NOUVELLE D'ALIMENTATION

CAPITAL SOCIAL, 350 MILLIONS

Bureaux et fourneaux, avenue des Champs-Élysées, à l'ex-Palais de l'Industrie

L'ingénieur en chef.

SERVICE D'EXTRA

MENU :

Potage bisque.

Quenelle de brochets
au beurre d'anchois.

Sole en matelote
à la havraise.

Timbale de mauviettes.
Émincé de chevreuil
à la compère Guillery.

Chaufroid
de perdreaux.
Flageolets à la maître d'hôtel.

Aubergines farcies au pont d'Avignon.

Glaces aux fraises.

Madère, Saint-Émilion 1925, Pomard 1920, Champagne frappé.

« Vous semblez faire la moue, mon très cher, dit Gontran, auriez-

vous découvert dans ce menu une faute gastronomique assez sérieuse pour
constituer une hérésie?...

— Non, ce n'est pas cela... Je suis, vous le savez, quelque peu con-
naisseur, et je pourrais facilement, à ce titre, vous signaler des petites
erreurs ; mais ce n'est pas ce
qui m'a fait faire la grimace
que vous avez surprise...

— Qu'est-ce donc ?

— C'est votre compagnie
d'alimentation que je n'aime
pas...

— Comment, fit Mme Gontran, vous ne nous approuvez
pas d'avoir suivi le progrès et
de nous être abonnés à...

— Je n'approuve pas votre
choix !

— Pourtant la *Compagnie
nouvelle d'alimentation* sert très
bien ses abonnés... je n'ai encore eu aucune plainte ou réclamation à formuler...

— Tant pis.

Le marteau pilon de l'usine
alimentaire.

— Ce qu'elle nous sert est excellent !... cuisine moelleuse, fine, déli-
cate et variée...

Tant pis...

— Ses vins sont exquis.

— Tant pis, vous dis-je.

— Comment, tant pis ?

— Mais oui, je déplore cette perfection dans le service, ce moelleux
et cette délicatesse des mets, cette exquisité des liquides... Comme convive,
je vais tout à l'heure savourer toutes ces qualités, mais comme actionnaire
d'une compagnie concurrente, j'en aurai la mort dans l'âme. »

Tous les invités des Saint-Ponto se mirent à rire.

« Comment ! s'écria Gontran de Saint-Ponto, vous, Ponto, banquier
plein de flair, vous avez encore des intérêts dans la *Grande Compagnie
d'alimentation?* Vous m'étonnez, mon cher ! Je ne donne pas quatre ans à

la Grande Compagnie pour être coulée par ses rivales, et surtout par la *Compagnie nouvelle!*

— Je ne pense pas comme vous.

— Mais les services de la Grande Compagnie sont défectueux, sa cuisine est de seconde classe! La preuve, c'est que vous, intéressé dans l'affaire, vous n'êtes même pas abonné!

— Sans doute; mais si notre cuisine est de seconde catégorie, nos dividendes sont de la première. C'est quelque chose, cela! tandis que votre Compagnie nouvelle, avec sa cuisine de première classe, donnera des dividendes d'une maigreur à impressionner désagréablement l'actionnaire!

— Cela n'est pas certain! Les abonnés quittent en foule la Grande Compagnie pour venir à la Compagnie nouvelle... c'est la grande lutte, la bataille à outrance entre les compagnies! Nous avons six compagnies principales d'alimentation : la *Grande Compagnie,* la *Compagnie nouvelle,* la *Lucullus-Company,* la *Cuisine nouvelle, les Éleveurs-réunis* et la *Rosbif-Company...* Ces six compagnies cherchent à accaparer la confiance du public en accablant le client d'avantages et de douceurs. C'est à qui servira le mieux ses abonnés et leur donnera les choses les plus exquises : primeurs, raretés, vins supérieurs etc. Cette concurrence tournant au bénéfice de l'abonné, je la bénis!

— Et les actionnaires, mon ami, les actionnaires?

— Cela ne me regarde pas! je n'ai pas pris d'actions.

— Moi, j'en ai, et beaucoup, de la Grande Compagnie! Et je vous dis ceci : notre Compagnie a les reins solides, nous lutterons sérieusement et nous ferons manger à la Compagnie nouvelle tout son capital de 350 millions! Si elle vous sert des dîners comme celui-là, elle n'en aura pas pour longtemps! Et tenez, je suis sûr qu'avant peu elle sera obligée de mettre un frein à ses générosités... Quand ce moment sera venu, les abonnés n'auront plus qu'une cuisine de catégorie très inférieure, et je puis très bien prévoir le jour où elle vous fera manger des plats de sixième ordre!

— La Compagnie nouvelle a les premiers chefs de Paris... elle s'est assuré les meilleures collaborations....

— Très bien! mais cela ne durera pas longtemps! Vous avez pour le moment des Vatel, nous les détournerons au bon moment en leur offrant des appointements supérieurs, et vous n'aurez plus que des gargotiers!

— Je te le disais bien, mon ami, dit à son mari Mme Gontran, tu as peut-être eu tort de t'abonner à la Compagnie nouvelle....

— Mais puisqu'elle nous sert admirablement.

— Mais si cela ne dure pas ?

— Jusqu'à présent, nous n'avons pas constaté de défaillance ! bien au contraire, nous avons tous les jours des surprises agréables ! tous les jours nous dégustons des petits plats confectionnés de main de maître....

— Mais puisque cela ne durera pas !

— En attendant les mauvais jours, savourons toujours ce repas ! dit Ponto pour en finir ; nous allons voir si la nouvelle Compagnie s'est en-

INTÉRIEUR DE LA GRANDE USINE ALIMENTAIRE.

core montrée digne, aujourd'hui, des éloges que vous lui prodiguez !
Gontran de Saint-Ponto frappa sur un timbre ; immédiatement un
domestique parut.

— Eh bien, et ce potage ? demanda Gontran.

— Pas arrivé, monsieur, dit le domestique d'un air surpris.

— Comment ! fit Gontran, pas arrivé ? il est sept heures et deux
minutes... le potage arrive régulièrement tous les jours à sept heures précises...

— J'ai tourné le robinet et rien n'est venu.

— C'est étonnant ! c'est la première fois qu'un retard se produit....

— Vous avancez peut-être, dit Ponto, ou bien il sera survenu quelque
accident aux chaudières... attendons quelques minutes. A propos, avez-
vous jamais visité l'usine de la *Grande Compagnie* d'alimentation ? c'est
une des curiosités de Paris... Vous connaissez le Creusot ? Eh bien, c'est
plus imposant ! Les hauts fourneaux rôtisseurs qui font rôtir 20,000 pou-
lets en même temps, ont été admirablement montés par des ingénieurs du
plus haut mérite... C'est un spectacle effrayant... Nous avons aussi deux
grandes marmites de briques et fonte, contenant chacune cinquante mille
litres de bouillon ! ces deux récipients sont sous la direction spéciale d'un
ingénieur mécanicien qui reçoit des appointements de ministre ! Vous comprenez l'immense responsabilité qui lui incombe. Une simple petite négligence d'une minute, quand les marmites sont en pression, et toute l'usine
saute ! et les rues environnantes reçoivent un véritable déluge de bouillon
brûlant.... cent mille litres !

— C'est effrayant ! fit Mme Gontran en frissonnant.

— Je ne vous parle pas des hachoirs à vapeur pour la fabrication de
la julienne, ni du marteau-pilon pour les purées....

— Ah ! je vous arrête à votre marteau-pilon, s'écria Gontran, voilà
précisément une des raisons pour lesquelles je ne me suis pas abonné à
votre *Grande Compagnie*... Vous vous rappelez l'affaire de ce cuisinier qui
a été mis en purée comme ses légumes avec votre marteau-pilon ?

— Parfaitement... mais c'était un suicide.

— Oui, mais on ne s'est aperçu de l'accident qu'après le dîner..., vos
abonnés ont dégusté votre cuisinier...

— Si les journaux n'avaient pas sottement ébruité l'affaire, on ne s'en
serait pas aperçu ! La preuve c'est que le bureau de dégustation, qui goûte
tous les plats avant de leur délivrer le laissez-passer, n'avait trouvé à la

purée aucun goût particulier... c'est un accident insignifiant... il en arrive tous les jours d'équivalents dans les usines! Dans tous les cas, la surveillance est maintenant organisée de telle façon que ce fait ne pourrait se renouveler... Au bureau de dégustation il a été adjoint un bureau de vérification; après la dégustation, les chimistes analysent... ils ne laisseraient passer rien de douteux... Et tenez... un dernier argument en faveur de la *Grande Compagnie*... le Gouvernement vient encore de nous accorder trois

L'ARRIVÉE DU REPAS CHEZ UN ABONNÉ DE LA COMPAGNIE.

croix de chevalier et une d'officier de la Légion d'honneur! Sans parler des administrateurs et ingénieurs qui sont tous décorés, la *Grande Compagnie d'alimentation* a parmi ses cuisiniers dix-huit chevaliers et un officier! La *Compagnie nouvelle* peut-elle en montrer autant?

— Parbleu, elle n'a encore que six mois d'exercice... Laissez au moins à son personnel le temps de se distinguer!

— En attendant, il me semble qu'elle commence à montrer de la négligence... son potage a du retard!

Gontran sonna de nouveau.

— Rien encore, monsieur! fit le domestique de plus en plus étonné.

Gontran se leva de table et, suivi de quelques-uns de ses convives, se dirigea vers l'office où les robinets et les plaques de la Compagnie s'alignaient en ordre de bataille, au-dessus d'un grand dressoir à carreaux de de faïence.

— Voyons ! fit Gontran en tournant lui-même le robinet, rien ne vient et cependant, messieurs, mon odorat perçoit très nettement des effluves de bisque... c'est très contrariant, mais je crains un accident...

— La Compagnie aurait dû vous téléphoner.....

— Ce ne doit être qu'un accident partiel, puisque je sens très bien l'odeur du potage... quelque tuyau dérangé... je vais en avoir le cœur net.

Et Gontran téléphona immédiatement à un abonné du bout de la rue pour savoir si le potage lui était arrivé comme à l'ordinaire.

— Pas de potage dans toute la rue ! — répondit le voisin; les rues voisines l'ont reçu, mais le potage ne va pas plus loin que votre maison... on est allé chercher l'ingénieur de la Compagnie.

Chauffeur de l'usine alimentaire.

— Diable ! fit Gontran, pourvu que le reste du dîner arrive !...

— Ah ! ce sera joli ! fit Mme Gontran, voilà un dîner manqué... Eh bien, elle est jolie, ta Compagnie... ayez donc du monde à dîner !... je te fais mon compliment sincère...

— Est-ce ma faute à moi si quelque tuyau s'est détraqué ?...

Au même instant le valet de chambre se précipita dans la salle à manger.

— Monsieur ! Monsieur ! il y a une fuite dans les tuyaux... le bouillon coule dans les appartements....

— Vite, vite, cherchons où est la fuite.... je vous demande pardon, mesdames, je vous fais toutes mes excuses...

— Quel dîner ! s'écria Mme Gontran, j'en perdrai la tête.

Comme pour achever de faire perdre à Mme de Saint-Ponto le peu de tête qui lui restait, sa femme de chambre accourut à son tour avec une horrible nouvelle.

— Madame ! Madame ! il y a un mètre de bouillon dans la chambre de madame !...

— Grand Dieu, un ameublement tout neuf, satin rose... tout est perdu ! ·

STATION CENTRALE DES AÉRONEFS A NOTRE-DAME

— Voyons, voyons, pas de cris ! fit Gontran ; s'il y a des dégâts, j'actionnerai la Compagnie en dommages et intérêts...

— Elle est jolie, votre Compagnie ! Vous avez été stupide, tout simplement, le jour où vous vous êtes abonné à une Compagnie qui a de si mauvais tuyaux...

UNE INONDATION DE POTAGE.

— Vous êtes bien sotte de vous tourmenter comme cela....

— Ah ! je suis une sotte ? fit Mme Gontran en jetant une assiette à la tête de son mari, et vous, vous n'êtes qu'un imbécile ! —

Ahuri par la catastrophe et par les reproches de Mme de Saint-Ponto, Gontran se laissa aller jusqu'à la violence; il osa répliquer à madame qu'elle était une triple sotte ! Il avait évité l'assiette, mais cette fois il n'évita pas la gifle qui vint immédiatement le punir de son forfait.

Les convives, atterrés, gardaient un silence mortel.

— Nous reprendrons cette conversation tout à l'heure, madame! fit Gontran avec dignité; voyons d'abord au plus pressé... si nous tardons à découvrir cette fuite, le bouillon va envahir toute la maison...

— Nous nous plaignions de ne pas en avoir assez tout à l'heure, dit Mme Gontran, nous en avons trop maintenant...

— C'est bien, ajoutez l'ironie à... l'inconvenance! Nous causerons tout à l'heure.

— Voici l'ingénieur, monsieur, dit le valet de chambre reparaissant suivi d'un monsieur inconnu.

— Je vous demande pardon, mesdames et messieurs, dit l'ingénieur, mais tout va être réparé; la fuite est trouvée, mes hommes réparent le tuyau; dans cinq minutes vous pourrez dîner... je vous prie seulement de me donner vos noms et prénoms pour le procès-verbal...

— Pour le procès-verbal?...

— Oui, monsieur; il y aura enquête sérieuse, car la malveillance n'est pas étrangère à l'événement... des tuyaux ont été coupés ou arrachés!...

— Coupés!

— Des malfaiteurs ont profité des travaux en cours dans la maison voisine pour accomplir leur odieuse manœuvre; mais nous saurons les découvrir... vous connaissez le vieil adage : Cherche à qui le crime profite!... c'est une Compagnie concurrente qui a fait le dégât pour nous faire du tort, c'est elle qui payera les frais!... J'ai l'honneur de vous saluer!

— Le robinet marche, voici le potage! s'écria triomphalement un domestique faisant son entrée avec la soupière.

— Veuillez encore une fois agréer toutes mes excuses! fit Gontran de Saint-Ponto qui avait repris tout son sang-froid et... à table!

— Vous avez raison, dit Raphaël Ponto après avoir dégusté le fameux potage, cette nouvelle Compagnie fournit de merveilleux potages, vraiment!

— Si vous en redésirez, fit Gontran en essayant de sourire, il y en a deux mètres dans la chambre de madame.

Malgré ce timide essai de plaisanterie, le dîner ne brilla point par la gaieté; il était visible que la brouille survenue entre M. et Mme Gontran de Saint-Ponto était très sérieuse.

A la fin du dîner, Gontran prit la parole avec une certaine solennité.

— Vous avez, dit-il aux convives, assisté tous à notre repas de noces, vous avez vu le commencement de notre union, vous en voyez la fin, car vous venez de prendre part ici au mélancolique repas du divorce !

— Mon Dieu oui, dit Mᵐᵉ Gontran; la situation était déjà tendue avant ce malencontreux dîner, l'événement de ce soir ne fait que précipiter les choses !...

— Il y avait décidément incompatibilité entre madame et moi....

— Entre monsieur et moi... fit madame.

— Autant en venir tout de suite au dénouement !...

— Permettez-moi, mon cher Gontran, dit Ponto, et vous aussi, ma-

INCOMPATIBILITÉ.

dame et chère ex-cousine, de boire à votre bonheur... Voyez-vous, je vous approuve : quand on ne l'a pas trouvé tout de suite, il vaut mieux ne pas s'obstiner et reprendre les recherches...

— Certainement !

— Et bénissez l'accident de ce soir; sans cette rupture du tuyau des potages, vous ne vous seriez peut-être pas aperçu de l'incompatibilité immédiatement... vous auriez balancé quelques années, et cela vous aurait été fort désavantageux au point de vue de votre établissement futur... Tout est pour le mieux ! vous êtes libres, vous êtes jeunes, vous ne resterez pas longtemps dans le célibat.

— Gontran? fit Mᵐᵉ Gontran avec émotion.

— Valentine ?

— Sans rancune, mon ami !

— Sans rancune, Valentine !... Et j'espère que lorsque nous nous rencontrerons dans le monde, nous causerons en bons amis...

Le dénouement de cette scène conjugale avait stupéfié Hélène. Quand

on passa au salon, elle glissa quelques mots tout bas à Barbe pour manifester son étonnement.

— Je ne comprends rien à tout ce que l'on vient de dire; le divorce est
donc rétabli ? dit-elle.

— Mais non, fit Barbe, tu le sais bien, tu as pourtant suivi le cours
de jurisprudence...

— Tu sais bien que je l'avais en horreur... je tâchais de ne pas
entendre !

— Tu avais tort ! moi, ça m'amusait...

— Mais si le divorce n'existe pas, M. et Mme Gontran plaisantaient
en parlant de séparation...

— Du tout; si tu avais écouté, tu aurais entendu notre professoresse
de droit nous dire — en parlant du nez : — Mesdemoiselles, le divorce n'existe
pas en droit, parce qu'il a toujours effrayé les législateurs; mais, rassurez-
vous, s'il n'est pas inscrit dans nos codes, il existe en fait ! Prenez note de
ceci, mesdemoiselles !... Il est expressément recommandé à tous officiers
ou employés de l'état civil de glisser dans tous les actes de mariage une
inexactitude pouvant fournir un cas de nullité, comme une erreur de noms
ou de sexe...

— Je comprends !

— C'est très simple, tu le vois; lorsqu'il y a incompatibilité entre les
époux, lorsqu'on a cessé de se plaire, on invoque le cas de nullité et tout est
dit ! C'est bien plus commode que le divorce !

Cependant une certaine mélancolie continuait à planer sur le salon ;
pour achever de dissiper cette mauvaise impression, Gontran conduisit ses
invités examiner les dégâts causés dans les appartements par l'inondation.
Des filets de bouillon coulaient dans l'escalier, et la chambre de Mme de
Saint-Ponto en avait encore quelques centimètres que les domestiques
épuisaient avec des casseroles.

— Et voilà, dit M. de Saint-Ponto en s'efforçant de rire, si l'on n'avait
pas découvert la fuite immédiatement, nous périssions tous noyés et cuits !

PARIS A VOL D'AÉRONEF.

VIII

Le bureau central des om-
nibus aériens sur les
tours de Notre-Dame. —
La tour Saint-Jacques
transformée. — Les fai-
blesses de M. Ponto. — Le
restaurant de la tour de
Nesle. — Paris la nuit. —
Attaque nocturne. — Mal-
faiteurs aériens et gen-
darmes atmosphériques.

Hélène et les deux
demoiselles Ponto se
promenaient depuis huit
jours. Comme de vérita-
bles provinciales, elles
avaient visité tous les
monuments de Paris,
admiré sur toutes les
faces, en aéronef ou en
ascenseur, toutes les
tours, tous les dômes,
toutes les colonnes de
la grande ville. Elles
avaient déjeuné au
grand restaurant de
Notre-Dame, élevé sur
une plate-forme aé-
rienne au-dessus des
deux tours.

Ah! la vieille ca-
thédrale gothique avait
bien changé d'aspect,
depuis qu'à la fin du

12

moyen âge, Victor Hugo, le grand poète, avait fixé son image dans un admirable roman. Les ingénieurs l'ont savamment remaniée et modernisée. Des ascenseurs ont remplacé les petits escaliers de cinq cents marches par lesquels on grimpait tortueusement et laborieusement au sommet des tours. Les façades latérales ont été louées aux entreprises d'affichage et d'annonces, enfin les plates-formes de l'édifice ont servi de bases pour l'établissement de la station centrale des aéronefs-omnibus.

A quinze mètres au-dessus de chaque tour, une seconde plate-forme pour les bureaux a été établie sur une solide charpente de fer; les piliers de fer s'élevant avec hardiesse par-dessus les bureaux, forment une arche immense entre les deux tours et portent à quarante mètres plus haut une troisième terrasse sur laquelle a été établi un café-restaurant de premier ordre. On ne saurait trop louer les ingénieurs pour la majesté de la construction et l'élégance pleine d'audace avec laquelle leur ferronnerie, si légère d'apparence, s'élance dans la nue. Ce couronnement du poème de pierre des architectes du moyen âge fait le plus grand honneur aux artistes modernes qui ont été chargés de le compléter.

La cuisine du restaurant de Notre-Dame est, disent les gourmets, à la hauteur des splendeurs de l'édifice. Et pourtant, comme on oublie facilement les œuvres de l'artiste culinaire qui préside aux cuisines, lorsque l'on jette les yeux par-dessus la balustrade et que l'on se perd dans la contemplation du merveilleux paysage de tours, de viaducs, de phares et de toits qui s'étend à perte de vue, coupé par le grand ruban de la Seine aux deux cent cinquante ponts et animé par un fourmillement d'aérostats de toutes les formes et de toutes les dimensions !

Et quels admirables premiers plans ! les clochetons du musée gothique fondé au pied de Notre-Dame, les arches des tubes du midi s'alignant au-dessus des toits jusqu'au fond de l'horizon, la vieille tour Saint-Jacques transforméee en station d'aérocabs et portant haut dans les airs toute une flottille de véhicules amarrés à sa plate-forme !

Hélène et ses amies avaient aussi consacré de longues heures aux splendeurs des grands bazars de l'industrie moderne. Les grands magasins de nouveautés du Trocadéro, surtout, les avaient émerveillées. Dans ces halles centrales de la coquetterie, dans ces docks de la mode et du bibelot, on trouve tout, depuis les vieilles dentelles de Malines à 12,000 francs le mètre ou les nouvelles à 60 centimes, jusqu'aux boîtes de sardines de Nantes, depuis les pâtés de foie gras, les faux cols, les nids d'hirondelle ou les barriques de vin de Bordeaux, jusqu'aux belles soieries lyonnaises, chinoises ou japonaises.

Huit cents galeries donnant un développement de 28 kilomètres courent sur quinze étages, dont quatre souterrains. Des ascenseurs aérostatiques portent les visiteurs des dernières caves consacrées aux rayons des fromages, salaisons et charbons de terre jusqu'aux galeries supérieures des toiles et cotonnades.

Il y a des restaurants avec cuisines de plusieurs nationalités, et les clients qui ne peuvent faire leurs achats en un jour ont le droit de coucher dans les magasins où de somptueux dortoirs ont été aménagés. Les seuls magasins du Trocadéro occupent quinze mille employés ou employées. Les employés masculins sont enrégimentés. Tous les mois, il y a grande revue et manœuvres militaires autour des magasins : spectacle très apprécié des Parisiens et des étrangers.

Dortoir des Grands Magasins du Trocadéro.

Par malheur, dans toutes ces promenades, Hélène n'avait pas découvert l'ombre d'une position sociale pour elle. Elle n'avait senti aucune vocation se révéler et elle avait beau se creuser la tête chaque soir, aucune idée ne lui venait, à son grand désespoir. Qu'allait-elle faire ? Qu'allait-elle répondre à son tuteur quand il allait lui demander si elle avait enfin choisi une carrière à embrasser ?

Un événement imprévu lui vint en aide.

M. Ponto était un excellent homme et un bon mari, mais il n'était pas exempt de certaines faiblesses inhérentes à la nature des hommes en général et des gros banquiers en particulier. Il se permettait parfois des excursions en aimable compagnie dans le gracieux pays du Tendre, et Mme Ponto, entièrement prise par les graves préoccupations de la politique, dédaignait d'abaisser sa pensée jusqu'à ces fadaises.

Nous avons dit que M. Ponto avait l'habitude de s'offrir, pour aider à la digestion après dîner, une petite audition téléphonoscopique au cours de laquelle il s'endormait généralement. M. Ponto avait un faible pour les pièces endormantes ; en ce siècle, les pièces endormantes se font de plus en plus rares, non que la prose de nos auteurs dramatiques soit moins chargée de qualités soporifiques que celle des vieux écrivains du siècle dernier, mais parce que nos dramaturges actuels ont soin de garnir leurs pièces de clous nombreux et de semer leur prose — ou leurs vers — de coups de fusil, pistolet ou mitrailleuse, de pendaisons, guillotinades, dissections et autres attractions qui tiennent forcément l'esprit en éveil.

M. Ponto, ennemi des émotions violentes, avait un faible pour les ballets, genre de littérature éminemment somnifère. Pour les ballets surtout,

CABINET PARTICULIER A LA TOUR DE NESLE.

le téléphonoscope est précieux; en assistant ainsi, pour la vingtième fois peut-être, à la représentation d'un ballet en vogue, M. Ponto avait fini par devenir amoureux d'un premier sujet, la très charmante Rosa, ballerine douée d'un grand talent et d'une pureté de lignes très appréciés des habitués de l'Opéra et des abonnés du téléphonoscope.

Au lieu de somnoler doucement dans son fauteuil, comme aux premières représentations de son ballet, M. Ponto s'était mis, premier symptôme, à rester éveillé jusqu'à la fin. Puis le téléphonoscope ne lui avait plus suffi et il était allé, pour voir Mlle Rosa de plus près, jusqu'au foyer de l'Opéra, dont il avait été jadis un des fidèles.

Mlle Rosa n'était pas de marbre — on le savait — et elle ne se montra pas cruelle du tout.

M. Ponto redevint, pour ses beaux yeux, un habitué du foyer de la danse. Les jours où, par hasard, il ne pouvait voler jusqu'à l'Opéra, il reprenait son téléphonoscope et suivait d'un cœur ému tous les pas de son

A Robida del   Imp. Eud

Paris la Nuit.

idole. Mlle Rosa était prévenue. Les sourires qu'elle semblait envoyer à la salle, le téléphonoscope fidèle les transmettait jusqu'au foyer conjugal de M. Ponto, et M. Ponto fatiguait les employés de la Compagnie par la transmission incessante d'applaudissements chaleureux destinés à la seule Rosa.

Un soir qu'elle ne dansait pas, la belle capricieuse eut la fantaisie de souper gaiement à la Tour de Nesle, le magnifique restaurant moyen âge,

LE GRAND RESTAURANT DE LA TOUR DE NESLE.

élevé par un restaurateur archéologue sur le terre-plein du Pont-Neuf, à peu de distance du véritable emplacement de la première Tour de Nesle de galante et sanglante mémoire.

Construit par des artistes soigneux, le restaurant gothique avait presque le caractère d'une reconstitution. Marguerite de Bourgogne et Buridan eussent reconnu leur vieille tour. La grande salle du restaurant, ouvrant sur la Seine par de hautes fenêtres à vitraux rouges, flamboie tous les soirs, remplie à déborder de joyeux viveurs; les cabinets particuliers sont dans la tour; ils ont été particulièrement soignés comme décor et mise en scène. Il n'y a même pas d'ascenseur, on monte jusqu'au dernier étage par un véritable escalier non machiné; les garçons portent en partie le costume moyen âge, c'est-à-dire des vestes à crevés et des capuches rouges.

« Par la sang-Dieu ! une belle nuit pour une orgie à la tour ! les huîtres sont exquises ! » ne manque pas de dire le patron du restaurant en allumant un feu de Bengale au pied de son castel à l'arrivée de chaque client.

M. Ponto avait donc gaiement soupé tout en haut de la tour, dans un cabinet tendu de drap noir, semé de larmes d'argent, de lions héraldiques tirant une langue rouge et de potences en croix. Rosa avait ri énormément et, au départ, avait tenu à embrasser sur son casque, le valet de pied enfoui dans une armure historique, qui faisait faction sur la plate-forme de la tour.

« Un aérocab ! » demanda Ponto en boutonnant son pardessus.

Le valet de pied bardé de fer alluma un feu de Bengale vert et tira la corde d'une cloche qui rendit un son lugubre. C'était le signal pour la station d'aérocabs de la tour Saint-Jacques. Un de ces véhicules démarra et fut en une minute au sommet du restaurant.

M. Ponto allait reconduire la charmante Rosa jusqu'au délicieux petit appartement qu'il lui avait fait meubler sur les hauteurs de Saint-Cloud. Il donna l'adresse au mécanicien et l'aérocab vira de bord.

Faut-il le dire ? M. Ponto s'endormit aussitôt. Il avait l'âme bien terre à terre, ce banquier, et la poésie n'était pas son fort. Paris la nuit ne l'intéressait même pas. Il ne donnait rien de plus qu'un regard dédaigneusement distrait au magique spectacle présenté par l'énorme cité, fantastiquement éclairée par ses phares électriques à réflecteurs.

Sous l'aérocab planant à deux cents mètres, Paris prenait des aspects diaboliques ; des masses confuses de maisons se déroulaient coupées par les raies lumineuses des rues et striées soudain par des éclats de lumière, par l'étincellement des places et le flamboiement des monuments électriquement éclairés de la base au faîte. De distance en distance brillaient les phares électriques, placés soit sur de vieux monuments surélevés, soit sur des édifices spéciaux ; pour aider à la circulation aérienne, ces phares ont des foyers de formes variées et donnent une lumière de couleur différente pour chaque quartier. De la sorte, quand un aérocab arrive dans la zone bleue, devant un phare en forme d'étoile, le mécanicien sait qu'il est au-dessus du vieux quartier Saint-Denis ; le foyer du phare à la forme de croissant de lune indique le quartier Bonne-Nouvelle et le foyer carré, toujours donnant une lumière bleue, annonce le faubourg Montmartre.

La nuit est donc à peu près supprimée ; à trois cents mètres d'altitude règne encore une sorte de crépuscule qui permettrait à la rigueur aux véhicules aériens de manœuvrer sans danger, mais pour plus de sûreté et pour parer aux brouillards, les aéronefs trouent l'atmosphère de jets de lumière électrique et les aérocabs s'annoncent par de puissantes lanternes à réflecteurs. On les aperçoit au loin voguant avec rapidité comme des bolides ou comme des astres doués d'une vélocité supérieure.

M. Ponto dormait. Mlle Rosa rêvait. Le mécanicien de l'aérocab avait sans doute bu avec ses camarades de la station, car il ronflait et laissait

ATTAQUE NOCTURNE AÉRIENNE.

l'aréocab filer sans se préoccuper ni de la direction ni des rencontres à éviter. Déjà une robuste aéronef de la ligne de Versailles avait dû faire un brusque crochet pour éviter un abordage et le mécanicien ne s'en était pas même aperçu.

Il ne vit pas davantage un aérocab suspect s'approcher, fanaux éteints, le longer à quelques mètres au risque d'accrocher, le dépasser et revenir tout à coup en arrière. Une brusque secousse réveilla le mécanicien, fit vaciller M. Ponto et sauter Mlle Rosa ; l'aérocab suspect venait de s'amarrer à l'arrière du leur. Le mécanicien, tiré de sa torpeur, lança son propulseur à toute vitesse, mais il était trop tard ; déjà deux hommes venaient de sauter dans l'aérocab et commençaient sans façon à dévaliser M. Ponto.

La navigation aérienne a ses inconvénients et ses dangers. Les abordages accidentels sont à craindre et aussi les abordages malintentionnés des écumeurs de l'atmosphère. Les attaques nocturnes ne sont pas rares, malgré la surveillance de la police aérienne et spécialement du corps de gendarmerie atmosphérique, dont les hommes et les patrouilles sillonnent sans cesse les régions dangereuses au-dessus de Paris.

Mais les malfaiteurs, bien que traqués à outrance, trouvent assez souvent moyen de mettre la surveillance en défaut et s'abattent la nuit des couches supérieures de l'atmosphère, comme des éperviers sur leur proie, sur de bons bourgeois revenant de soirée ou sur des maisons où quelque bon coup à faire leur a été signalé par des complices.

Les assaillants de l'aérocab étaient des gens pleins d'expérience ; en deux minutes, M. Ponto et sa compagne furent dévalisés et leur mécanicien lui-même fut débarrassé de sa montre. L'opération terminée, les malfaiteurs remontèrent dans leur véhicule et abandonnèrent leurs victimes.

Il n'y avait qu'une chose à faire. Gagner le plus prochain poste de police et faire sa déclaration. Immédiatement, quatre gendarmes munis du signalement de l'aérocab des voleurs, se lancèrent dans des directions différentes.

M. Ponto reconduisit Mlle Rosa et rentra ensuite chez lui assez contrarié.

Il eut des nouvelles de ses voleurs dès le lendemain. Les gendarmes lancés sur la piste, parvenus à une certaine hauteur, avaient masqué les fanaux de leurs hélicoptères pour ne pas se laisser apercevoir. Ils décrivaient dans les airs de vastes cercles et couraient des bordées depuis près de deux heures sans avoir rien aperçu de suspect, lorsque du côté de Fontainebleau, à près de douze cents mètres d'altitude, ils aperçurent un point lumineux, se déplaçant lentement dans l'atmosphère.

« Vérifions ! » dit le brigadier en resserrant sa troupe et en courant droit à l'aréostat en panne.

Arrivés bord contre bord sans être signalés, les braves gendarmes firent irruption dans l'aérostat et se trouvèrent en présence d'une société d'aspect douteux, jouant avec acharnement au lansquenet. L'aérostat était un tripot clandestin où toute la nuit se jouait un jeu d'enfer et qui prenait, au matin, l'honnête aspect d'une aéro-berline. Les joueurs furent tenus d'exhiber leurs papiers ; il y avait là quelques jeunes viveurs, naïfs pigeons mêlés à des grecs de profession. Parmi ces derniers, les gendarmes reconnurent les voleurs de M. Ponto, encore nantis des bijoux et du portefeuille du banquier ; leur coup fait, ils avaient remisé leur aérocab marron et s'étaient empressés de gagner le tripot aérien.

SÉCURITÉ PUBLIQUE — LA GENDARMERIE ATMOSPHÉRIQUE

M. Ponto, appelé chez le juge d'instruction pour y déposer contre les deux sacripants, fit la rencontre au Palais de justice de Mlle Malicorne, une

VOLEURS AÉRIENS.

jeune avocate en train de devenir une célébrité du barreau. M. Ponto avait été très lié avec sa famille et la voyait souvent dans les salons politiques. L'idée lui vint de parler d'Hélène à l'avocate et de lui demander conseil.

En rentrant chez lui, M. Ponto fit immédiatement venir Hélène et lui demanda si elle était enfin fixée dans le choix d'une carrière. La jeune fille, troublée, ne répondit pas.

« Enfin, vous n'avez rien trouvé ! dit M. Ponto ; eh bien, moi, j'ai choisi pour vous et je vous ai trouvé une situation. Vous entrez demain comme quatrième secrétaire chez Mlle Malicorne, la célèbre avocate !

— Avocate ! fit Hélène, je n'ai peut-être pas la vocation...

— Oui, je le sais, vous me l'avez dit... mais cela vous viendra... les femmes ont une disposition naturelle pour le barreau... les questions de jurisprudence vous ennuient, c'est possible ; mais sachez que les procès de droit, les affaires contentieuses sont généralement réservés aux avocats masculins, tandis que les avocats féminins ont la spécialité des causes criminelles... vous plaiderez pour les criminels, c'est moins ennuyeux ; et tenez, vous avez déjà une physionomie attendrissante, vous devez avoir la larme facile... je vous prédis des succès ! »

IX

Une cause célèbre. — Les avocats féminins
Comment Hélène, à ses débuts au barreau, épargna des désagréments
à l'intéressant et infortuné Jupille, coupable d'un homicide
par contrariété.

Hélène avait une physionomie attendrissante ! M. Ponto l'avait dit. Les premiers mots de Mlle Malicorne, lorsque
M. Ponto lui présenta sa pupille, furent
une remarque sur les lignes douces et
sur le caractère attendrissant de la figure
d'Hélène.

« Mademoiselle, s'écria Mlle Malicorne, votre tuteur a bien raison de vous
lancer dans le barreau, vous avez tout à

Une avocate attendrissante.

fait le physique de l'emploi... une figure régulière, une bouche expressive,
de grands yeux où les larmes doivent venir facilement... très bien !... très
bien !... avec des études et mes conseils, vous ferez très vite une bonne
avocate criminelle ! »

Mlle Malicorne était une des avocates les plus occupées du barreau de
Paris ; elle partageait avec Mlle Lachaud, l'arrière-petite-nièce d'un éminent
avocat du XIXe siècle, le monopole des grands procès criminels, des causes
célèbres qui tiennent les populations haletantes et font rêver les concierges
sur leurs journaux.

Pas un criminel poursuivi, pas un innocent injustement accusé, pas
un assassin célèbre ne voulait se faire défendre par une autre avocate que
l'une des deux. Quand ils ne pouvaient obtenir le secours puissant de la
parole et des larmes de Mlle Lachaud ou de Mlle Malicorne, les criminels
étaient désespérés et faisaient des façons pour se laisser juger, sachant
bien que nulle avocate ne saurait, mieux que ces deux célébrités, les tirer
d'affaire à meilleur compte.

Hélène Colobry, quatrième secrétaire de Me Malicorne, n'avait autre
chose à faire qu'à étudier les dossiers et débrouiller les menues affaires ;

cela lui prenait quelques heures dans la journée. Le reste de son temps était consacré aux cours de la Faculté de droit. Lorsque Mlle Malicorne plaidait, Hélène la suivait à l'audience, au milieu d'un état-major de jeunes avocates qui prenaient là des leçons de grande éloquence et d'attendrissement.

On ne voit plus guère maintenant dans la salle des pas perdus du Palais de Justice que des avocats féminins. Les avocats masculins sont en minorité ; ils ne plaident plus qu'au civil et encore dans les affaires où il est surtout question de chiffres ou de points de jurisprudence ennuyeux à éclaircir. A la cour d'assises, ils paraissent rarement et seulement pour les affaires vulgaires ou pour les procès féminins, par exemple quand il s'agit de défendre quelque vitrioleuse de bas étage.

Mlle Malicorne.

Les belles causes sont exclusivement réservées aux avocats féminins. Les crimes causés par la jalousie, ayant toujours un côté poétique, se prêtent merveilleusement à l'éloquence des avocates, et, nous n'avons pas besoin de le dire, dans ces causes sentimentales, il ne faut pas de grands efforts pour arracher des acquittements ; mais quand il s'agit de simples assassinats sans jalousie, avec ou sans circonstances aggravantes, la tâche est plus difficile. Il faut alors entendre les accents émus de Mlle Malicorne et voir avec quel art elle tire parti de sa physionomie naturellement attendrissante et des larmes dont elle arrose sa plaidoirie aux endroits pathétiques.

Le criminel, fût-il couvert de crimes accomplis avec préméditation et férocité, eût-il coupé plusieurs personnes en petits morceaux dans le cours de sa carrière, Mlle Malicorne arrive toujours à faire mollir le ministère public et à tirer des pleurs des jurés les plus récalcitrants. Les gendarmes et les municipaux fondent en eau et le criminel lui-même, gêné par ses menottes, prie de temps en temps un de ses gardiens de lui essuyer sa paupière humide.

La justice, d'ailleurs, a depuis longtemps mis au fourreau le vieux glaive qui faisait partie de ses attributs : les philanthropes ont obtenu, au commencement de ce siècle, l'abolition de la peine de mort, ce dernier vestige des siècles de barbarie qu'a traversés l'humanité.

Ce grand triomphe des idées modernes a donné le signal d'une foule

de réformes et d'améliorations dans le régime des bagnes et des prisons.
Il fallait mettre le système de répression en harmonie avec la douceur des
mœurs ; tous les philanthropes et tous les penseurs étaient d'accord là-
dessus. Tout d'abord les mots emprisonnement et prison furent supprimés

LA SALLE DES PAS PERDUS AU PALAIS DE JUSTICE.

comme attentatoires à la dignité humaine ; on les remplaça par les mots
retraite et maisons de retraite. Les bagnes furent supprimés aussi et la
peine des travaux forcés remplacée par la colonisation ou la villégiature.
Le système de répression comportait donc trois degrés : la retraite pour les
petites peines, la villégiature pour les condamnés à plus de six mois, et la
colonisation pour les condamnés à plus de deux ans.

Hélène était depuis près de deux mois secrétaire de M⁰ Malicorne,
lorsque s'ouvrit la session des assises. L'éminente avocate, satisfaite de
l'assiduité d'Hélène et de ses efforts, ne dédaignait pas de lui donner quel-

ques leçons particulières d'éloquence ; comme elle allait plaider une
affaire d'assassinat assez émouvante, elle choisit Hélène pour l'accompagner
à la barre et lui porter son dossier.

« Voyez-vous, ma chère secrétaire, lui disait-elle en arpentant la salle
des pas perdus, sachez ceci : Il n'y a pas de mauvaises causes ! une bonne
avocate sait tirer parti même des plus mauvaises circonstances. Ainsi
supposons un crime quelconque : de deux choses l'une, le crime devait profiter à l'accusé ou il ne devait pas lui profiter. Premier point. Le crime est
patent, préméditation, atrocité, cynisme, etc., tout y est... l'accusé a été
arrêté couvert du sang et du paletot de sa victime... très bien ! Je plaide :
Ce crime, messieurs les jurés, devait-il profiter à l'accusé ? Oui ! tout le
prouve, l'accusé a été poussé par un désir de lucre, par l'espoir d'un sérieux
profit... un impérieux besoin d'argent, des dettes criardes, peut-être, ont
armé son bras... donc, circonstance atténuante ! Second point du dilemme :
le crime ne devait rapporter aucun profit à l'accusé. Je plaide le crétinisme,
l'irresponsabilité, et je réclame l'acquittement ! Et voilà ! Il n'y a pas de
mauvaise cause, ma chère enfant ! »

Et Mlle Malicorne, enfonçant sa toque sur sa tête, se dirigea vers la
salle des assises, suivie par sa très respectueuse élève.

Des avocates en grand nombre et quelques avocats barbus s'empres-
sèrent autour d'elles et entamèrent une conversation sur la cause célèbre
du jour.

« Ce Jupille est un horrible gredin, dit une grosse avocate à mine
réjouissante qui avait la spécialité des causes gaies ou scabreuses, comme
procès en séparation, recherches de paternité, coups de canif et autres ;
vous aurez de la peine à le rendre intéressant.

— Mais je tâcherai ! répondit Mlle Malicorne.

— Escalade nocturne, effraction, meurtre d'une vieille tante, d'une
bonne et d'un caniche, c'est raide !

— Sans parler de la préméditation qui n'est pas discutable, car Jupille
avait donné, huit jours avant, des boulettes au caniche, dit une autre avocate
maigre, autre spécialiste des procès de coups de canif et renommée pour sa
manière d'accommoder ses adversaires à la sauce piquante.

— Oui, dit négligemment Mlle Malicorne, je sais que mon client est un
abominable scélérat, et je m'en félicite au point de vue de l'art !... Tant
mieux si la lutte avec le ministère public présente plus de difficultés ;
j'aime les difficultés, cela surexcite ma verve !... Hier, pendant l'audition

des témoins, je disais encore à mon client : Mon ami, ne vous gênez pas
pour moi, ne cherchez pas à diminuer ma tâche, ne bataillez pas pour des
broutilles; peu importe un chef d'accusation de plus ou de moins; au
contraire, plus votre affaire sera mauvaise, et plus je me sentirai enlevée,
inspirée !

— Vous savez, mademoiselle Malicorne, que vous m'avez promis deux
ou trois autographes de ce Jupille ! ce n'est pas pour moi, c'est pour des

L'ACCUSÉ JUPILLE DISTRIBUANT DES AUTOGRAPHES
AUX FEMMES DU MONDE.

dames du monde qui me tourmentent... Il paraît qu'elles ont des autographes de toutes les célébrités ; Jupille leur manque...

— Je le trouve un peu surfait, moi, ce Jupille ; je ne comprends pas
sa vogue, fit Mlle Malicorne ; ainsi voilà six fois qu'il se fait photographier,
ses portraits s'enlèvent aussitôt parus et il a déjà distribué cinq ou six
douzaines d'exemplaires de chaque pose, avec des dédicaces ! et pourtant
c'est un criminel bien vulgaire ! »

L'entrée de la cour et du jury interrompit les conversations.

« Affaire Jupille ! » glapit le greffier qui parlait du nez comme tous les
greffiers.

Une porte s'ouvrit et l'accusé parut entre deux gendarmes. Il était
réellement doué d'un physique peu sympathique, l'accusé Jupille ; on lisait
le vice et le crime à première vue sur ses traits, malgré certaines allures

chafouines et doucereuses qui donnaient à sa figure un caractère mélangé d'hypocrisie basse et de bestiale férocité.

Hélène alla s'asseoir avec un certain effroi au banc de la défense, à deux pas du gredin. Mlle Malicorne, avant de prendre la parole, communiquait avec l'accusé et lui demandait des autographes et des nouvelles de sa santé. Jupille, l'air ennuyé, bâillait au nez de la cour ; pour satisfaire son avocate, il emprunta une plume au greffier et se mit à bâcler les autographes demandés.

Tout à coup, au moment où Mlle Malicorne prenait son dossier des mains d'Hélène, pour y jeter un dernier regard avant de commencer sa plaidoirie, l'accusé Jupille bondit sur son banc.

« Une estant ! fit-il d'une voix rauque en arrêtant Mlle Malicorne, c'est pas vous que je veux, c'est cette petite-là !

— Plaît-il ? fit Mlle Malicorne, se retournant étonnée vers son client.

— C'est pas vous, que je vous dis ! je vous récuse comme mon avocate, je vous retire ma confiance....

— Qu'est-ce à dire ?

— Rendez le dossier, que je vous dis ! passez-le à la petite... C'est elle qui me défendra.

— Mon ami, mademoiselle est mon secrétaire... elle débute au barreau, elle porte la toge, mais elle n'est même pas avocate stagiaire !...

— Qu'ça m'fait ! j'ai le droit de m'en passer la fantaisie... C'est elle que je veux pour avocate ! voulez-vous que je vous dise? elle a une bonne balle, la petite ! j'ai idée qu'elle fera de l'effet sur les jurés... allons, larmoyez donc un brin, la petite avocate, que je vois un peu...

— Jupille, réfléchissez, mademoiselle manque encore d'expérience...

— Je suis entêté que je vous dis ! demandez-le plutôt à défunt ma tante !... je veux ma petite avocate, je m'y connais, peut-être, et si on me la refuse, j'en fais une maladie !

— Eh bien, soit ! mademoiselle vous défendra, mais je vais rester à ses côtés pour l'aider de mes conseils.

— Mais je refuse, s'écria Hélène épouvantée, je n'oserai jamais... je ne sais pas du tout ce que je pourrais dire...

— Je vous aiderai ! dit Mlle Malicorne, ne craignez rien et rappelez-vous ce que je vous disais tout à l'heure : ce crime devait-il profiter à l'accusé ?... »

Les femmes avocates

Hélène, poussée par la grande avocate, se leva très embarrassée au banc de la défense et se tourna vers la cour.

LE JURY ÉMOTIONNÉ.

« Messieurs les jurés ! souffla Mlle Malicorne à son secrétaire, allons, et un beau geste, arrondissez le bras et frappez sur la barre !

— Messieurs les jurés ! fit Hélène dont le bras blanc s'agita tremblant hors de ses larges manches, messieurs les jurés !...

— La tâche imprévue qui m'incombe, loin de m'accabler, souffla Mlle Malicorne...

FÉLICITATIONS A L'AVOCATE.

— La tâche imprévue qui m'incombe, loin de m'accabler, s'écria Hélène, surexcite mon courage...

— Élève mon âme.... souffla la grande avocate.

— Élève mon cœur.... non, mon âme, à la hauteur de...

— La difficile, mais noble mission !

— De la difficile, mais noble mission de défenseur d'un inno....

— D'un grand coupable !

— D'un grand coupable, égaré par les sophismes d'une conscience faussée et jeté dans le crime par... par...

— Par un concours de circonstances...

— Par un concours de circonstances fatales ! je trouverai dans mon cœur, je l'espère, la force nécessaire pour expliquer par quelle suite inouïe de nécessités inéluctables, Jupille a été amené, d'abord à envier la petite fortune de sa tante et ensuite à s'impatienter de la lenteur que cette petite fortune mettait à venir à lui, unique héritier de la vieille dame...

— Et père de famille ! souffla l'avocate.

— Père de famille, Jupille était aux prises avec toutes les difficultés de la vie, tourmenté par d'âpres créanciers et poussé par une adversité constante, par des échecs répétés, jusqu'à l'extrême limite du désespoir...

— L'ivrognerie... souffla Mlle Malicorne.

— Cette ivrognerie que le ministère public nous reprochait hier, reprit Hélène en consultant les notes de son dossier, je n'y vois autre chose que le refuge désespéré de Jupille contre les chocs de l'adversité ! Oui, dans ces habitudes d'ivrognerie invétérées, je vois le dernier effort de l'âme cherchant à s'échapper d'un abîme de misères. Dans ces excès alcooliques répétés, je vois la recherche de l'oubli, ce baume bienfaisant des douleurs morales ! et quant à la sauvage brutalité de Jupille, dont le ministère public a voulu aussi faire un grief contre lui, elle témoigne tout simplement d'un défaut de caractère dont il faudra lui tenir compte tout à l'heure, quand nous discuterons les circonstances du meurtre ; car si nous défalquons du crime en lui-même ce qui n'était d'abord que témoignages de mauvaise humeur ou accès de brutalité, nous resterons en présence d'un simple homicide par imprudence.

— Très bien ! dit Jupille.

— Les chagrins de Jupille ! souffla Mlle Malicorne, voyez mes notes, les effets sont indiqués !

— Sans vouloir faire de sentimentalité, reprit Hélène avec des larmes dans la voix, je vais tâcher d'expliquer l'état d'esprit de ce malheureux Jupille au moment de l'événement. »

Et, consultant les notes de Mlle Malicorne, Hélène entreprit une lamentable peinture de l'existence de Jupille, poursuivi dès son enfance par le malheur et conduit au crime par l'obstination de sa tante à lui faire attendre un héritage qui lui revenait de plein droit. Elle parla des quatre ou cinq enfants de Jupille et prouva, toujours d'après les notes de Mlle Malicorne, que si Jupille les avait abandonnés, comme le ministère public le lui avait reproché, c'était précisément par suite de la délicatesse de sa fibre paternelle, c'était pour ne pas les voir souffrir des privations qu'il n'était pas en son pouvoir de leur épargner.

PORTRAITS DE JUPILLE ESQUISSÉS A L'AUDIENCE
PAR UN DESSINATEUR SENSIBLE.

'Avant la plaidoirie.   Après la plaidoirie.

Quelques jurés commencèrent à donner des signes d'émotion.

« Vous êtes des pères de famille appelés à juger un père de famille, reprit Hélène en suivant ses notes, écoutez donc et jugez de la situation de l'infortuné Jupille à la veille de son accès de brutalité ! »

Et, feuilletant son dossier, essayant chacun des effets indiqués par l'éminente Mlle Malicorne, Hélène parla pendant une heure, frappant du poing sur la barre quand Mlle Malicorne le lui disait et s'attendrissant aux passages émouvants, lorsque la grande oratrice lui poussait le coude pour lui recommander de mettre quelques sanglots dans sa voix.

L'affreux criminel était devenu le pauvre Jupille, le malheureux Jupille, l'infortuné Jupille ! L'auditoire, prévenu d'abord contre lui, le considérait avec commisération; quelques dames pleuraient franchement dans leurs mouchoirs et les dessinateurs des journaux judiciaires *le Crime illustré* et la *Revue des assises,* qui d'abord avaient dans leurs croquis donné à l'accusé une physionomie d'abruti féroce, reprenaient leurs esquisses et faisaient de Jupille un criminel à l'œil sentimental et intéressant.

Jupille se frottait les mains et faisait des signes joyeux à Mlle Malicorne.

Quand Hélène, épuisée, se tut après une péroraison qui avait arraché des larmes à tout l'auditoire, toutes les avocates se portèrent à son banc pour la féliciter.

— Je salue une future gloire du barreau !

— Plus attendrissante que Mlle Lachaud elle-même ! je vous fais mon compliment.

— Mlle Malicorne, votre élève a un bel avenir devant elle ! les jurés ne lui résisteront jamais !

— Une émotion contagieuse au plus haut degré !

— De vraies larmes !

— Hein ? fit Jupille ; n'est-ce pas que j'ai du flair ? j'avais vu du premier coup que la petite ferait de l'effet ! j'en suis encore tout émotionné !... Dommage que ma pauvre tante n'ait pas pu l'entendre, elle qui n'avait que des choses désagréables à me dire !... »

Le ministère public tenta de prendre sa revanche dans une longue réplique qui fut écoutée au milieu d'un bâillement général, puis le jury se retira dans la salle des délibérations. On attendait l'arrêt avec une impatience fébrile ; enfin la cour rentra et le président donna lecture de la sentence.

L'infortuné Jupille, reconnu coupable d'homicide par contrariété, avec admission de circonstances atténuantes, était condamné à quinze mois de retraite. Il avait deux jours pour se pourvoir en cassation ou pour se décider sur le choix de la région qu'il lui convenait d'habiter.

« Merci ! dit le criminel en saluant la cour, l'air du Midi serait contraire à ma santé, je préfère les environs de Paris. »

Et il tendit la main à Hélène qui se recula avec horreur.

« Vous m'en voulez ? fit Jupille étonné, vous qui me disiez des douceurs tout à l'heure ; mais puisque je paye ma dette à la société, personne n'a plus rien à me dire !... Enfin, comme vous voudrez, je vous remercie tout de même du fond du cœur, là, en ami ! J'espère que vous viendrez me voir à la maison de retraite. »

X

Une grande soirée électrique. — Les derniers pianos.
La musique au xxᵉ siècle. — Les théâtres en trois langues.
Invention d'une langue nouvelle.

Hélène et Mˡˡᵉ Malicorne, se dérobant aux félicitations, gagnèrent le vestiaire pour se débarrasser de leurs robes et de leurs toques.

En rentrant dans son cabinet, Mˡˡᵉ Malicorne complimenta vivement sa secrétaire sur la façon remarquable dont elle s'était tirée de sa première plaidoirie.

ARRIVÉE DES INVITÉS A L'HOTEL PONTO.

« Vous avez de l'avenir, ma chère secrétaire; vos dons naturels, aidés par l'étude sérieuse de la jurisprudence et par l'expérience que les années vous apporteront, ne peuvent manquer de vous faire réussir au barreau. Ce début éclatant vous classe au premier rang des jeunes avocates....

— Mais je n'ai fait que suivre vos notes et développer les arguments préparés par vous ! ce n'est pour ainsi dire pas moi qui ai plaidé, c'est vous....

— N'importe, vous avez admirablement réussi ; ce sont vos dons naturels, l'émotion, l'attendrissement, qui ont tout fait; il faut cultiver ces dons naturels et vous mettre sérieusement à l'étude du droit ! »

Hélène poussa un soupir et se remit à compulser des dossiers avec résignation.

De nombreuses cartes étaient arrivées chez M. Ponto pour le féliciter du succès de sa pupille. Mme Ponto voyant poindre un nouveau champion féminin, était très satisfaite ; Barbe et Barnabette embrassèrent leur cousine et voulurent essayer sa robe et sa toque. Seules toutes les trois dans le salon, elles refirent, en riant comme des folles, la plaidoirie d'Hélène; l'infortuné Jupille, reconnu victime des mauvais procédés de sa tante, fut jugé digne de recevoir les palmes du martyre, accompagnées d'une forte indemnité.

Quant à M. Ponto, pour témoigner sa satisfaction, il résolut de donner une grande soirée en l'honneur d'Hélène.

Un beau soir, l'hôtel Ponto tout entier resplendit sous une féerique illumination ; de la base au faîte, des girandoles de lumière électrique dessinèrent des arabesques flamboyantes et lancèrent jusque sous les derniers arbres du jardin, de longues gerbes d'étincelles semblables à des queues de comète. Les fanaux de gala s'allumèrent sur les toits, pour indiquer de loin le débarcadère aux aérocabs des invités.

Dans les belles maisons modernes, les grands salons de réception sont à l'avant-dernier étage ; au dernier étage se trouvent les remises pour les aérocabs et les hélicoptères, les réservoirs d'électricité et les logements des mécaniciens. L'hôtel Ponto était aménagé d'une façon vraiment princière· Son belvédère d'arrivée s'élançait à dix mètres au-dessus des toits, porté sur des charpentes en ferronnerie artistique fermées par des vitraux de couleur. Ses remises étaient les plus belles de Paris et les mieux montées, et l'on citait au bois de Fontainebleau ses équipages comme des chefs-d'œuvre de carrosserie aérienne, ses mécaniciens comme les mieux stylés et les plus adroits des conducteurs électriciens.

Les visiteurs de l'hôtel Ponto débarquaient à couvert et descendaient aux salons par un ascenseur capitonné d'une sensibilité exquise. Le plus petit doigt de la plus mince des Parisiennes suffisait pour le diriger : on n'avait qu'à presser le bouton portant le numéro de l'étage où l'on voulait

LE PIANO UNIQUE DE PARIS, A L'USINE MUSICALE.

s'arrêter, et le véhicule descendait doucement pour remonter ensuite tout seul à son poste.

Les amis de la maison Ponto répondirent en foule à l'invitation du banquier. Le monde politique, gouvernemental ou opposant, était représenté par ses notabilités les plus marquantes, le faubourg de Saint-Germain-en-Laye et le monde élégant international par leurs personnalités les plus en évidence, par les reines de la fashion et par les gentlemen à la mode.

A l'hôtel Ponto, les dernières conquêtes de la science ont trouvé leurs applications. M. Ponto, homme de progrès, a résolument adopté pour principe d'utiliser partout et en toutes choses les forces électriques; une grande maison comme l'hôtel Ponto arrive ainsi à marcher sans le nombreux personnel qui encombrait les maisons d'autrefois. Plus de domestiques occupés à mettre le désordre au vestiaire, mais un appareil automoteur qui donne les numéros et rend les effets mécaniquement; plus de valet pour annoncer les invités à l'entrée du salon, mais un phono-annonceur à clavier. Les invités en entrant dans les salons trouvent une sorte de piano dans l'antichambre; ils n'ont qu'à jouer leurs noms sur le clavier, c'est-à-dire à frapper sur les touches syllabiques, pour que le phono annonce d'une voix discrète ou d'un organe de stentor, à volonté, suivant la force de la pression.

La musique n'est pas exilée de la fête, bien que M. Ponto n'ait engagé aucune artiste lyrique ni retenu aucun orchestre. Chez M. Ponto, comme partout maintenant d'ailleurs, la musique arrive électriquement par les conduits de la grande compagnie de la musique, qui a peu à peu centralisé tous les abonnements et absorbé les petites compagnies rivales, la compagnie de musique légère, la compagnie de musique sérieuse et la compagnie de musique savante.

L'usine de la grande compagnie de la musique s'élève seule maintenant dans Paris. Le musicien, ce fléau du siècle dernier, cet être insinuant et absorbant qu'on avait à juste titre surnommé le choléra des salons, le musicien a disparu. Les seuls survivants de l'espèce, au nombre d'une douzaine, sont employés à l'usine. Enfin il n'y a plus de pianos !

O progrès, peux-tu avoir encore des contempteurs ! science, soleil vivifiant et purifiant ! niera-t-on encore tes bienfaits ! Le piano a disparu, la paix, le calme, la douce tranquillité, exilés pendant un siècle, sont revenus au foyer de la famille; l'esprit a refleuri, les grâces de la conversation, si longtemps étouffées par les gammes, ont pu reparaître, victorieuses enfin de leur féroce ennemi !

Plus de maîtresses de piano, plus de malheureuses jeunes filles se déformant cruellement au physique et au moral, se desséchant le cœur et le cerveau et atrophiant en germe tous les charmes, toutes les exquisités féminines pour étudier sur le clavier l'art d'être désagréables en ménage !

Les fabricants de pianos seuls ont pleuré, les instruments de torture délaissés ont été transformés en buffets ou brûlés, ce qui valait mieux. Certains collectionneurs, par amour du bibelot, ont sauvé quelques-uns de ces barbares instruments, mais ils ne savent pas en jouer; enfin dans tous

les musées des horreurs promenés dans les capitales par des Barnums, le
piano a sa place marquée à côté de la guillotine, sa sœur cadette, née
comme lui vers la fin du XVIIIe siècle, aux plus sombres jours de notre histoire, perfectionnée comme lui au XIXe siècle et morte comme lui au commencement du XXe siècle.

La compagnie de la musique entretient encore cinq ou six pianistes,
deux violoncellistes, deux flûtistes et deux clarinettistes. Grâce à la modi-
cité de ses prix, la plupart des maisons ont maintenant la musique à tous

LA DOUBLE TROUPE DE LA PORTE SAINT-MARTIN.

les étages, comme l'eau; la concession de piano coûte pour toute la maison
10 francs par an, celle de violon ou de flûte 6 francs et celle de clarinette
2 fr. 50 seulement. C'est pour rien. Mais que l'on se rassure; de ce que l'on
a la concession de musique, il ne s'ensuit pas que l'on doive consommer
toute la musique envoyée par l'usine dans les tuyaux. Il y a un robinet de
trop-plein communiquant par un fil avec le toit, ce robinet doit toujours
être tenu ouvert pour éviter l'emmagasinement des sons dans les tuyaux;
par un système aussi simple qu'ingénieux, il suffit, quand on veut de la
musique, d'ouvrir le grand robinet, pour fermer automatiquement le robinet
de trop-plein.

M. Ponto avait, en plus, la grande concession pour bals et soirées.
Ce soir-là on se contenta d'un concert-salade où furent joués les morceaux
en vogue des grands opéras de tous les pays. Ceci était commandé par le
cosmopolitisme de la réunion.

Tous ou presque tous les invités de M. Ponto étaient Français, mais
Français mâtinés, c'est-à-dire Franco-Anglais, Franco-Belges, Franco-

Russes, Franco-Allemands, Franco-Espagnols ou même Franco-Russo-Anglais, Anglo-Italo-Français, etc., etc. Depuis près d'un siècle, par suite de l'excessive facilité des communications, tous les peuples européens se sont pour ainsi dire fondus en une seule et unique nation.

Il n'y a plus en Europe de types bien tranchés, bien originaux comme autrefois ; mais ce que les types ont perdu comme netteté, les nations l'ont regagné en moelleux et en coulant ; différant à peine par quelques nuances les uns des autres, les peuples s'accordent plus facilement.

C'est du moins ce que disent les philosophes. Les sceptiques pensent que la fusion des peuples n'a pas tout à fait tué la guerre ; on se chamaillera désormais en famille et voilà tout.

Dans un coin du salon, M. Ponto causait précisément de ces choses avec un diplomate belge ou plutôt italo-russo-belge, un député français de sang franco-anglo-italo-portugais et un homme de lettres franco-helvético-gréco-allemand.

« Cette fusion des peuples, disait le diplomate, amènera fatalement la fusion des langues ; il n'y aura pas triomphe d'une langue sur ses rivales ; le caractère éclectique du mouvement indique, au contraire, que toutes les langues actuelles se fondront en un seul idiome. Voyez en quelle quantité les mots étrangers s'infiltrent dans la langue française depuis un siècle, la moindre conversation est parsemée de termes anglais, allemands, italiens... et il en est de même dans toutes les langues.

— Oui, dit l'homme de lettres, le cosmopolitisme actuel est tel que les théâtres vont être obligés de jouer en plusieurs langues en même temps. On a déjà commencé, la Porte-Saint-Martin a deux troupes, une anglaise et une française ; il y a deux jeunes premiers et deux jeunes premières en scène en même temps, ils font exactement les mêmes pas, les mêmes gestes ; mais le jeune premier de l'un des couples roucoule en français et l'autre en anglais. Dans les scènes qui nécessitent un grand nombre de comparses, seigneurs, soldats, peuple, une moitié joue en français et l'autre moitié répète les mêmes phrases en anglais.

— C'est très amusant, dit le diplomate ; quand il y a un duel, un assassinat, on a double émotion ! et les scènes de passion, donc ! et les scènes de séduction !...

— Et le Gymnase ! dit Ponto, c'est encore mieux qu'à la Porte-Saint-Martin, on va jouer en trois langues !

— J'y ai vu jouer hier une vieille pièce du siècle dernier, *Antony,* de

LE THÉATRE EN TROIS LANGUES

Dumas père, en anglais, en allemand et en français ! La scène est coupée
en trois étages : à l'étage supérieur un Antony anglais, à l'étage inférieur
un Antony allemand et un Antony français à l'étage intermédiaire. C'est
très curieux et la tentative du Gymnase a parfaitement réussi. Les trois
troupes parlent en même temps.

— Mais cela doit produire une véritable cacophonie, ce n'est plus une
pièce, c'est une tour de Babel, dit le député.

— Du tout ! au bout de cinq minutes tout le monde est fait à ce
mélange de trois langues et chacun
suit la pièce dans son idiome particulier sans être aucunement gêné
par les autres Antony. Ç'a été un
triomphe quand au Ve acte, les trois
Antony, MM. Landesberg, Caillot et
Blackson, ont poignardé les trois
Adèle d'Hervey, Mmes Frisch, Mailly
et Mansfield, en jetant tragiquement
dans les trois langues aux trois colonels la phrase célèbre :

Le piano-annonceur.

Elle me résistait... je l'ai assassinée !

On n'a pu relever qu'une seule petite anicroche ; il n'y avait eu de
rappels qu'en anglais et en allemand et comme le rideau se relevait, l'Antony et l'Adèle d'Hervey français restèrent étendus le poignard dans
la poitrine, pendant que les deux autres couples répétaient la phrase bissée.
Cela jetait un froid, alors Antony et Mme d'Hervey se sont relevés, Antony a repris le poignard et en a frappé sa maîtresse en s'écriant :

— *Elle me résistait encore, je l'ai réassassinée!*

— J'irai voir cela ! dit le diplomate, je comprends les trois langues,
j'y aurai triple plaisir.

— Bon ! dit Ponto, je vais vous signaler à la direction ; vous payerez
triple place, puisque vous consommerez triple !

— Nous aurons donc le *salade-concert* et le *salade-théâtre,* reprit
l'homme de lettres, le *salade-langage* va les suivre. Quelques professeurs
travaillent en ce moment à faire adopter officiellement une grammaire
mixte où toutes les principales langues, habilement travaillées et amal-
gamées, se trouvent pour ainsi dire fondues en une seule. Cette mixture est

appelée à devenir la langue européenne et à remplacer avant peu toutes les autres langues. C'est très simple, écoutez cette phrase — la phrase traditionnelle de toutes les grammaires — par laquelle débute la grammaire du *salade-langage* :

> La grammar e l'arte of sprichablar y scribir correctement.

Vous voyez que cela peut être compris presque partout. Les auteurs ont trouvé un excellent système de conjugaisons : *ich bin, tu es, he is, siamo, este, sono !* On a pris dans chaque langue les

Le député et son surveillant.

termes les plus simples et les plus faciles à retenir, en éliminant les mots difficiles ou mal bâtis. C'est une sorte de concours entre toutes les langues; quand le terme anglais pour désigner une chose quelconque est meilleur que le même terme dans les autres langues, on choisit le mot anglais... quelquefois on a fondu deux mots ensemble, un radical français avec une terminaison anglaise.

— Pourvu que cela n'aboutisse pas à une sorte de patois nègre, dit M. Ponto en riant, et que bientôt l'on ne dise pas couramment des phrases comme celle-ci : *Volete permitt offrir mio corazon and ma main? Go chez maire!*

— Mais cela n'est déjà pas si petit nègre ! C'est assez joli comme son et cela, de plus, a le grand avantage de pouvoir être compris dans trois ou quatre pays. Les professeurs de *salade-langage* ont précisément voulu prouver par des exemples que la nouvelle langue prêtait fort à la poésie et sonnait merveilleusement aux oreilles. Ils ont traduit quelques fragments de nos chefs-d'œuvre en salade-langage :

> It was pendant l'horror d'una noche negra
> Ma madre Jézabel to my ey's se montra, etc., etc.

Vous voyez que c'est euphonique et très harmonieux ! Avant vingt ans, il n'y aura plus que les habitants des campagnes reculées qui s'obstineront encore à parler les langues actuelles...

— Et les savants ! dit Ponto.

— Parbleu ! les savants apprendront le français comme ils apprennent le latin, le grec, l'hébreu, le cingalais ou le tartare mandchou. Un jour viendra où tout le monde parlant le salade-langage, on ouvrira une chaire de français au Collège de France ! »

M. Ponto, s'arrachant à ces discussions linguistiques, se rappela le but de la soirée et présenta sa pupille, la triomphatrice de la cour d'assises aux notabilités présentes.

LA GIGUE DES SALONS.

« Dans toutes les carrières, dit-il, la femme se montre de plus en plus supérieure à nous autres, pauvres hommes ! ainsi voilà ma pupille Mlle Hélène Colobry, une jeune fille sortant à peine du collège, qui vient du premier coup de se placer au rang des premières avocates !

— J'ai entendu mademoiselle, dit le député de tout à l'heure en s'inclinant et j'ai admiré ses mouvements oratoires !

— Ma chère Hélène, je vous présente M. Zéphyrin Rouquayrol, le
député leading de la gauche, un des plus redoutables adversaires du gouvernement...

— Un peu mollasse ! dit un monsieur assez mal mis derrière le député.

— Et qui sera gouvernement lui-même avant peu, reprit le banquier.

— On ouvrira l'œil, alors ! continua le même monsieur. »

Le député, après avoir présenté ses compliments à Mme Ponto ainsi
qu'à Mlles Ponto, qui causaient finances dans un coin avec des banquiers de
Vienne et de Berlin, s'assit près d'Hélène et se remit à la complimenter.

— Oui ! mademoiselle, je vous ai entendue l'autre jour dans l'affaire
Jupille et j'ai été fort émotionné... Je ne vous cache pas que j'avais des
préventions contre cet infortuné Jupille, mais la puissance de vos arguments m'a ouvert les yeux... tout le monde était contre lui, le tribunal,
l'auditoire et les jurés. Quelle éloquence il vous a fallu déployer pour con-
vaincre les esprits prévenus et faire admettre comme chef d'accusation le
simple homicide par contrariété ! Je suis encore sous le charme...

— Permettez ! fit l'opiniâtre interrupteur du député en avançant un
siège entre Hélène et M. Rouquayrol et en s'asseyant sans façon.

— Oui, mademoiselle, continua le député, rien qu'en paraissant à la
barre... votre seul aspect a fait battre tous les cœurs... vos beaux yeux...

— Des fadeurs ! glissa l'interrupteur en s'interposant entre les cau-
seurs.

— Vos beaux yeux noyés de larmes, continua M. Rouquayrol, ont ému
jusqu'au ministère public !

— Monsieur ! fit Hélène embarrassée.

— Et les beaux gestes ! reprit M. Rouquayrol, vous avez une main de
déesse, mademoiselle ! c'est précieux pour une avocate, une main élégante
et fine sortant des plis de la toge pour frapper sur la barre ou levée trem-
blante, au moment suprême, pour faire valoir une péroraison et éblouir les
jurés... Celui à qui vous l'accorderez un jour sera bien heureux !

— Hum ! hum ! hum ! fit l'interrupteur comme pris d'un accès de
toux. »

Hélène rougit, de plus en plus embarrassée.

Heureusement Mme Ponto survenant la dispensa de répondre.

« Eh bien, mon cher député, vous étiez à l'audience, l'autre jour ?
Retenue au sein de mon comité électoral je n'ai pu assister aux débuts oratoires de ma chère pupille et j'avoue que je ne m'attendais pas à une réus-

site si prompte et si complète, notre cachottière ayant affecté jusqu'ici une certaine antipathie contre le barreau... Je suis enchantée ! voici une bonne recrue pour la cause féminine !... Gardez bien votre circonscription, on vous suscitera aux élections une concurrence féminine !

— Mademoiselle n'aurait qu'à paraître, dit le député, pour abattre toute candidature masculine.

— Des fadeurs ! fit l'interrupteur.

— Voulez-vous me donner votre bras, mon cher député, reprit Mme Ponto, nous causerons du programme féminin... En adversaire loyale, je tiens à vous signaler les points sur lesquels porteront nos réclamations et revendications... »

L'interrupteur du député mâchonna, d'un air de mauvaise humeur, des phrases incohérentes entre ses dents. Hélène, très surprise, saisit quelques mots : faudrait voir, corruption, high life, braves citoyens, méfiance, femme du monde !

M. Rouquayrol s'était levé pour

Le robinet aux liquides.

offrir galamment son bras à Mme Ponto. L'interrupteur se leva aussi et arrêtant le député par une basque de son habit :

« Dites donc, fit-il, vous ne me soignez guère ! vous n'avez pas soif ?

— Ah, pardon, dit le député, j'oubliais...

— Permettez, fit Mme Ponto, voici les robinets de rafraîchissements... Mon cher député, acceptez-vous un sorbet ou un verre de groseille framboisée ?...

— Un sorbet, dit le député.

— Moi, je prendrai un simple cognac, dit l'interrupteur, ou un verre de parfait amour !

— Voyez le robinet du cognac supérieur, répondit Mme Ponto sans s'effaroucher du sans-gêne de l'ami du député. »

Grâce aux Compagnies de rafraîchissements pour bals et soirées, on n'a plus, dans les salons, l'ennui de faire porter de groupe en groupe, par des domestiques souvent maladroits, les plateaux chargés de glaces et de liqueurs. C'est un embarras de supprimé et bien des robes tachées, bien des dentelles perdues en moins. Les dames sont moins exposées à prendre un bain de punch au rhum ou à recevoir dans le corsage une douzaine de glaces, vanille et pistache, versées par un domestique trop empressé ou trop distrait.

Il suffit aux personnes altérées de se diriger vers le coin de chaque salle spécialement réservé aux rafraîchissements, pour trouver des plateaux chargés de verres sous les robinets de liqueurs fines et variées fournies aux abonnés par la Compagnie.

Pendant que M. Rouquayrol dégustait, en compagnie de Mme Ponto, des sorbets arrivés par tube pneumatique, Hélène, très intriguée par les allures de l'interrupteur acharné du député, faisait part de son étonnement à sa cousine Barbe Ponto.

« Ce monsieur, là-bas, derrière M. Rouquayrol ? dit Barbe, en effet il n'a pas l'air d'un ambassadeur, mais ça s'explique. C'est M. Rouquayrol qui l'a amené, j'étais là à leur entrée et je les ai entendus s'annoncer : *Zéphyrin Rouquayrol, député de la plaine Saint-Denis et Jean-Baptiste Michu, membre du comité de surveillance de la plaine Saint-Denis !*

— Je ne comprends pas.

— Comment, tu ne comprends pas ? Maman me dit que te voilà devenue une femme sérieuse et tu ne sais pas ce que c'est qu'un comité de surveillance ?

— Non !

— Et tu seras bientôt électrice ! tu m'étonnes !

— Alors ce monsieur est du comité de surveillance ? il surveille la plaine Saint-Denis ?

— Mais non, il surveille le député de la plaine Saint-Denis ! Demande à papa, le voilà qui cause avec l'ambassadeur de Monaco... Dis donc, papa, Hélène qui ne connaît pas les comités de surveillance des députés ? »

M. Ponto et l'ambassadeur se mirent à rire.

« C'est pour le surveillant de ce pauvre Rouquayrol que tu dis cela ? fit M. Ponto, il me l'a présenté tout à l'heure... Ah ! le métier de député n'est pas des plus agréables, maintenant que les électeurs se sont mis en tête de surveiller étroitement leur mandataire, de diriger sa conduite et de lui dicter ses votes ! Les pauvres députés, je parle de ceux des grandes villes seulement, car les autres n'ont guère d'autres ennuis, en dehors de la période électorale, que les visites et les commissions des électeurs ruraux, les pauvres députés sont absolument tyrannisés par leurs comités électoraux !

Le mandat impératif, débattu et signé par-devant notaire, ne leur suffisait plus. Pour tenir un peu plus leur député dans la main, les comités de circonscription ont commis chacun une délégation de quatre ou cinq citoyens, choisis parmi les plus purs et les plus farouches, à la surveillance du malheureux député...

— Haute surveillance ! dit en riant l'ambassadeur de Monaco.

DANSES NOUVELLES. — L'AUSTRALIENNE.

— Surveillance de jour et de nuit ! continua le banquier, car le comité de surveillance a toujours deux de ses membres en permanence chez le député.

— C'est agréable !

— Et commode ! ces deux membres du comité de surveillance n'ont droit qu'au feu et à la chandelle ; ils ne sont pas nourris chez le député, pour éviter au député la tentation de chercher à les corrompre par des moyens gastronomiques...

— Et quand le député va dans le monde il est tenu de les emmener, d'après ce que je vois ? fit l'ambassadeur.

— Oui, mon cher marquis, le député est tenu d'emmener avec lui un au moins de ses surveillants ! Vous comprenez que les relations mondaines surtout sont dangereuses pour le député ! S'il allait se laisser entraîner hors de l'étroit sentier du devoir par des intrigues de salon ou par les beaux yeux d'une grande dame ! Bien dangereux, les salons! Aussi les comités n'auraient garde d'y laisser leur député papillonner tout seul ; le surveillant délégué ne quitte pas son député d'une semelle et le suit même au bal. Il garde dans la conversation sa rude franchise, le brave surveillant, et au besoin il empêche le député d'énerver son patriotisme dans de fades galanteries !

— Ouf! fit M. Rouquayrol, reparaissant au même moment, voici enfin un moment de tranquillité.

— Nous causions justement de vous, mon cher Rouquayrol, dit M. Ponto ; comment, vous voilà seul ? »

Hélène, Barbe, M. Ponto et l'ambassadeur de Monaco cherchaient en vain derrière le député son ombre inséparable. — Instinctivement M. Rouquayrol se retourna aussi.

« Vous cherchiez mon surveillant, dit-il, j'en suis débarrassé pour un quart d'heure ; il est allé fumer une petite pipe sur le balcon.

— Voyez-vous, dit l'ambassadeur, les comités ne pensent pas à tout, l'incorruptibilité ne suffit pas, il faut encore que les surveillants ne fument pas ! »

En ce moment les robinets envoyant les premières mesures d'une délicieuse gigue écossaise, les groupes se formèrent pour la danse ; M. Ponto entama très élégamment sa gigue avec l'ambassadrice de Monaco pour partenaire, Mᵐᵉ Ponto sauta en mesure avec l'ambassadeur, et le député Rouquayrol, après un coup d'œil en arrière, pour voir si le citoyen de la plaine Saint-Denis, son surveillant farouche et incorruptible, n'avait pas fini sa pipe, invita Hélène en termes des plus galants.

LE SURVEILLANT DU DÉPUTÉ.

XI

Les agréments du métier de député.
Le comité de surveillance. — Une demande en mariage
à l'audience.

Pendant une semaine, Hélène dîna ou dansa en ville tous les soirs avec la famille Ponto. Son succès au barreau en avait fait une étoile du monde parisien. Les invitations pleuvaient à l'hôtel Ponto. Il arriva jusqu'à des bouquets à l'adresse de la jeune fille, poétiques hommages envoyés par des admirateurs anonymes.

La jeune fille, assez ennuyée, ne pouvait se soustraire à ces petites corvées de salon. Il fallut aller dîner en cérémonie chez le député Rouquayrol, l'aimable représentant de la *Plaine Saint-Denis*.

« Il n'est pas mauvais, ma chère pupille, quand on se destine au barreau, qui touche de si près à la politique, de conserver de bonnes relations avec Rouquayrol, répondit le banquier aux objections de la jeune avocate ; c'est un homme aimable !

— Quand son comité de surveillance le lui permet ?

— Il ne l'aura pas toujours !

— Comment ! il renoncerait à représenter la plaine Saint-Denis ?

— Vous n'entendez encore rien à la politique ! En ce moment Rouquayrol est de l'opposition, il reste d'accord avec ses électeurs et avec son farouche et incorruptible comité de surveillance ; mais dès que ses électeurs l'auront porté au gouvernement, ce qui ne tardera pas, il enverra certainement promener son comité avec désinvolture. C'est dans l'ordre naturel des choses. »

Le député Rouquayrol était célibataire. Sa maison était tenue par sa tante, une bonne dame de province, très bourgeoise d'allures, et par son comité de surveillance. — À la bonne tante étaient dévolus les soins du ménage matériel, au comité de surveillance le ménage moral du député.

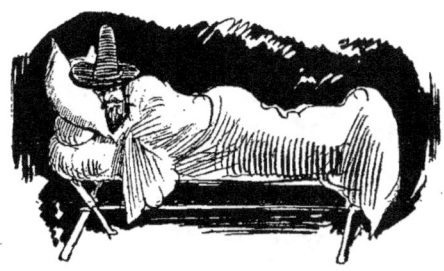

Surveillant en service de nuit.

Le caractère de sévérité et de puritanisme donné à la maison provenait de la vigilance du comité, toujours en éveil. Tout ce qui dans le mobilier manquait de cette sévérité, avait été peu à peu exilé au grenier, depuis l'élection de Rouquayrol.

Le député possédait un canapé sur lequel, étant étudiant, il avait aimé à fumer de douces cigarettes et à rêver sur les bouquins de jurisprudence ; ce canapé avait été enlevé et avec lui tous les fauteuils de la maison. Le fauteuil de bureau

Préférences artistiques du Comité.

dans lequel, sous prétexte de méditations politiques, Rouquayrol s'endormait quelquefois, avait suivi le canapé. Les tapis avaient été supprimés comme insultants pour la noble simplicité des électeurs.

Après les meubles, le comité avait un beau matin soumis à un examen sévère les tableaux accrochés aux lambris de leur victime.

Tout ce qui, en fait de tableaux ou gravures, avait été trouvé entaché de ce caractère amollissant et rétrograde propre, hélas ! à la grande majorité des œuvres d'art exécutées depuis le commencement du monde, avait dû être, sur l'heure, impitoyablement décroché. De simples paysages représentant des sites espagnols et norvégiens ne trouvèrent même pas grâce devant la rigidité des principes du comité. Ces vues, pour être pittoresques, n'en avaient pas moins été inspirées par des pays monarchiques, et comme tels ne convenaient point à l'ornementation du domicile d'un député républicain. Les vues de Suisse furent admises avec éloge ; toutes les autres durent prendre le chemin du grenier, malgré les protestations de la tante, qui prétendait les garder dans sa chambre. La bonne dame eut beaucoup de peine à sauver de la proscription le portrait de feu son mari, qui avait eu

VISITE DOMICILIAIRE.

le tort de se faire peindre en capitaine de la garde nationale de Montélimart, ce qui semblait indiquer au moins un penchant aux idées autoritaires et anti-égalitaires.

Sur les réclamations de la tante, qui se désolait de voir ses lambris réduits à la plus complète nudité, le comité voulut bien se charger de choisir et de faire encadrer un certain nombre de sujets civiques et patriotiques. A force de recherches, il trouva six tableaux pour la salle à manger : une prise de la Bastille, un plan de barricade modèle approuvé par une commission d'ingénieurs un paysage représentant une forêt qui se transforme quand on la regarde dans un certain sens, un buste de la République, la salle des séances du grand conseil municipal de Paris, avec les portraits de ses 880 membres, une section de vote de la plaine Saint-Denis en photographie instantanée, et les portraits des membres du comité de surveillance, gracieusement réunis en groupe.

Le dîner offert à la famille Ponto fut des plus brillants. Le député avait obtenu l'autorisation de faire un extra, sur le rapport du surveillant qui l'avait accompagné à l'hôtel Ponto.

« Nous n'aimons pas beaucoup que nos députés fréquentent les gens de la haute finance, dit le surveillant, mais Mme Ponto avait de l'excellent parfait amour, allez-y ! »

Naturellement les deux surveillants de service chez le député assistèrent au repas. — Hélène, l'héroïne de la soirée, avait été placée à la droite de Rouquayrol, mais, au moment de se mettre à table, le député fut obligé de reculer d'une place pour donner sa chaise à un membre du comité.

Le dîner envoyé par la Grande Compagnie était exquis. Ce qui surprit Hélène, malgré les explications fournies la veille par son tuteur sur le fonctionnement des comités de surveillance, ce fut de voir son voisin refuser le potage et repousser les verres à madère, à bordeaux et à champagne placés devant lui. Quand il eut ainsi fait place nette, le surveillant tira de la poche droite de sa redingote un saucisson enveloppé de papier et un petit pain et de la poche gauche un litre de vin entamé.

« Voilà ! fit le surveillant après avoir étalé ses provisions, les principes sont d'accord avec la politesse ; je suis à table, mais je ne mange pas la cuisine de mon député !

— Vous avez tort, dit Rouquayrol ; pour un dîner de cérémonie, vous pouviez vous départir de votre rigidité.

— Jamais ! répondit le surveillant, les principes sont les principes ! ma conscience n'est pas en caoutchouc, je ne jongle pas avec mes devoirs, moi !

— C'est beau, cela ! dit M. Ponto.

— C'est grand ! fit Mme Ponto.

— Je n'accepterai que le café et les liqueurs, dit le surveillant ; ma conscience ne me permet pas davantage. »

Et, pendant tout le temps du dîner, il mangea fièrement des ronds de saucisson, sans perdre un instant de l'œil son député et en suivant toutes ses paroles d'une oreille attentive, tout prêt à intervenir s'il le fallait pour le rappeler à la sévérité de son caractère de représentant de la plaine Saint-Denis.

Le lendemain de ce dîner chez le député Rouquayrol, Hélène reçut encore un autre bouquet.

« Serait-ce de M. Rouquayrol ? se dit-elle ; malgré son surveillant, il a été très aimable à table. »

Son portefeuille bourré de dossiers sous le bras, elle prit l'aérocab

UN CRIMINEL SENSIBLE.

pour le palais de Justice, où plaidait ce jour-là sa patronne. C'était encore à la cour d'assises. Il s'agissait cette fois d'un monsieur qui avait empoisonné sa femme.

La cause était encore plus mauvaise que celle de l'infortuné Jupille. Le prévenu, doué par la nature d'un physique peu agréable, même pour un assassin, n'avait rien d'intéressant ; il arrivait au tribunal entouré de l'antipathie générale. La presse, au premier moment, alors que l'on pensait que ce malheureux avait été poussé au crime par un motif sentimental, par quelque amour coupable hors du domicile conjugal, s'était montrée assez favorable au criminel ; mais l'instruction n'ayant pu découvrir au meurtre d'autre mobile que le caractère désagréable de la victime, les journaux et le public lui retirèrent leur sympathie.

Mlle Malicorne, la grande avocate, ne désespérait pas pourtant pour son client. Nous l'avons déjà dit, plus la cause était mauvaise et plus elle se sentait inspirée, ce qui est le propre des grands avocats.

Ce jour-là, après l'affaire Jupille et le triomphe de sa secrétaire, elle n'était pas fâchée de montrer qu'elle était toujours l'avocate éloquente qui triomphait des jurés les plus granitiques, la providence des malheureux assassins abandonnés. Tous les amateurs de beau langage et de grande éloquence furent satisfaits : Mlle Malicorne plaida pendant six heures avec le style et la verve de ses beaux jours.

Le jury fut retourné comme un gant, l'opinion publique virée radicalement à l'inverse du point où elle était la veille. — Hélène n'avait obtenu pour le trop infortuné Jupille que les circonstances atténuantes et excusantes ; sa patronne, Mlle Malicorne, enleva un acquittement.

Au bruit des applaudissements arrachés à toutes les âmes sensibles de l'auditoire et même à celles plus racornies de vieux juges qui, dans le cours de leur vie, avaient distribué chacun dix ou douze mille années de prison à plusieurs générations de malfaiteurs, le client de Mlle Malicorne fut élargi.

Ses premiers mots, quand les gendarmes lui eurent retiré les menottes qui déshonoraient ses mains, excitèrent une émotion générale.

— Mademoiselle Malicorne ! dit-il avec solennité, après les malheurs de mon premier ménage, je m'étais juré de rester célibataire, mais votre superbe plaidoyer m'a donné à réfléchir... le bonheur peut encore luire pour moi en ce bas monde...

— Sans doute, répondit Mlle Malicorne.

— Vous êtes la femme qu'il me fallait...

— C'est le plus bel éloge que j'aie recueilli dans tout le cours de ma carrière... j'y suis très sensible....

— Mademoiselle Malicorne, voulez-vous accepter ma main ?... Vous me comprenez si bien, vous avez si bien saisi mon caractère.... pas de danger d'incompatibilité avec vous....

— Cessez cette plaisanterie ! s'écria Mlle Malicorne, tournant brusquement le dos à son client et mettant ses dossiers sous son bras pour s'en aller.

— Vous refusez ! s'écria l'acquitté, est-ce possible ?.. après tout le bien que vous avez dit de moi... Voyons... je comprends tout ce que cette demande présentée à l'improviste a d'irrégulier... je suis trop homme du monde pour insister aujourd'hui... j'aurai l'honneur de vous revoir... »

MAISON DE 18 ÉTAGES EN PAPIER AGGLOMÉRÉ

Mlle Malicorne, entraînant Hélène, s'enfuit, suffoquée d'indignation, dans la salle réservée aux avocats.

Son aventure était déjà connue de ses confrères qui en faisaient des gorges chaudes. Un avocat masculin eut même l'impudence de féliciter son éminente confrère pour son double succès.

« Succès d'avocate et succès de jolie femme, dit-il, vous avez mieux fait que d'attendrir de simples jurés, vous avez attendri le criminel lui-même !... Ah, ce n'est pas nous, pauvres avocats masculins, qui recueillerions de pareils succès !...

— L'épouserez-vous? demanda malicieusement une avocate vouée aux procès en séparation et coups de canif.

— Si nous devions épouser nos clients, je préférerais comme vous ne m'occuper que des maris séparés à consoler,

Le directeur de la Maison de retraite.

répondit Mlle Malicorne faisant allusion à certains cancans de la salle des pas perdus, d'après lesquels la jeune avocate, prenant trop fortement à cœur la cause de ses clients, aurait à plusieurs reprises prodigué de douces consolations extra-judiciaires à de malheureux maris plaidant en séparation.

Les avocats masculins se frottaient les mains, tout prêts à crier bravo.

« Vous êtes trop charmantes, mesdames, voilà votre grand défaut ; vous sensibilisez jusqu'aux criminels... il ne devrait être permis qu'aux femmes pourvues d'un bon certificat de laideur de se faire inscrire au barreau.

— Allons, laissons ces persifleurs, ils osent nous reprocher de trop émouvoir notre auditoire, eux qui endorment jusqu'aux gendarmes. »

TERRASSE DE LA MAISON CENTRALE.

XII

La maison de retraite de Melun.
La répression par le bien-être et la régénération par la pêche à la ligne.
La fête de M. le directeur. — Un petit congé.

Mlle Malicorne et sa secrétaire retrouvèrent leur aérocab au débarcadère du palais de Justice.

« La demande de ce misérable m'a énervée ! s'écria Mlle Malicorne, j'ai besoin d'air pur et de fraîches émotions; nous allons aller voir votre client de l'autre jour, ma chère Hélène.

— Cet horrible Jupille ! s'écria Hélène.

— Sans doute... c'est votre premier client et la politesse vous impose une petite visite.... qu'il doit s'étonner d'ailleurs de n'avoir pas encore reçue...

— Il est en prison...

— Oui... j'ai soif de grand air et de verdure, nous allons en profiter pour visiter cette prison... et puis Jupille est notre client à toutes deux... il nous fera les honneurs de l'établissement. »

Hélène, très étonnée, ne trouva rien à dire. Elle avait des idées bien arriérées, que seul pouvait excuser l'éloignement du collège de Saint-Plougadec-les-Cormorans ; les aspirations idylliques et champêtres de Mlle Malicorne ne lui semblaient pas se concilier aisément avec le projet de visite à la prison de Jupille. Pour elle, le mot prison éveillait forcément des idées de cachot, de barreaux de fer, de lourdes chaînes cliquetantes et de paille humide, bref tout l'arsenal des vieux contes de Barbe-Bleue.

Mˡˡᵉ Malicorne donna l'ordre à son mécanicien de mettre le cap sur le sud.

« Maison de retraite de Melun ? demanda le mécanicien.

— Oui », répondit Mˡˡᵉ Malicorne.

Le mécanicien connaissait le chemin. Que de fois déjà il avait conduit l'éminente avocate chez des clients en villégiature à l'établissement !

LES DISTRACTIONS A LA MAISON CENTRALE.

La maison de retraite de Melun est située à cinq kilomètres de la ville, dans un site délicieux, sur les bords de la Seine ; elle s'annonce de loin au touriste et au philanthrope en tournée, par un élégant belvédère élevé d'une vingtaine de mètres au-dessus d'un pavillon central, bâti à l'italienne, avec une ravissante colonnade d'où l'on embrasse toute la vue des jardins.

Quand les visiteuses débarquèrent devant le chalet du concierge, ce fonctionnaire était occupé à trier les lettres et les journaux de ses pensionnaires et à les distribuer sur des plateaux étiquetés : quartier du Labyrinthe, quartier du Boulingrin, serre, orangerie, lac, etc.

« M. Jupille ? demanda Mˡˡᵉ Malicorne.

— C'est ici, répondit le concierge.

— Veuillez lui faire parvenir ces cartes et remettre en même temps celles-ci à M. le Directeur.

— Je ne sais si M. Jupille est revenu de la promenade, dit le concierge je vais voir. Dans tous les cas, je préviendrai M. le Directeur, qui sera heureux de recevoir ces dames. »

Hélène et Mlle Malicorne, sur les pas du concierge, se dirigèrent vers le pavillon central habité par le directeur.

« Vous savez, dit Mlle Malicorne à son élève, que le directeur de la maison de retraite est le plus éminent de nos philanthropes modernes. Membre de l'Institut, classe de philanthropie, il a fondé l'association fraternelle des *Criminels régénérés par la douceur,* et pour cette entreprise merveilleuse, pour cette œuvre colossale il a obtenu, outre les secours particuliers, l'appui et de fortes subventions du gouvernement. Vous allez voir ce penseur doux et profond, cet homme vénérable qui dompte par la douceur les fauves de l'humanité ! »

Les deux visiteuses, en attendant le directeur, prirent place sur le divan d'un grand salon où quelques personnes causaient dans un langage bizarre qu'Hélène ne connaissait pas, bien que, en sa qualité de bachelière, elle eût une teinture légère de toutes les langues européennes.

Un pensionnaire.

« C'est de l'argot ! dit tranquillement Mlle Malicorne que son élève interrogeait du regard.

— Alors, ces....

— Ces messieurs ? je les connais presque tous de vue... ce sont des clients. »

Hélène se serra contre Mlle Malicorne.

« Ne craignez rien, ils ont l'air bien tranquilles... ils doivent être régénérés.

M. le Directeur, paraissant tout à coup sur le seuil de son cabinet, calma les craintes d'Hélène. Le digne homme ! tout en lui respirait la philanthropie, son œil austère et doux, son menton replet, son front aux lignes bienveillantes, les méplats de ses joues, ses favoris, sa longue chevelure blanche et son faux col de penseur. La voix elle-même, quand il prit la parole, parut à Hélène onctueuse et régénératrice.

« Mesdames, dit-il, je suis heureux de vous recevoir au sein de cet asile des âmes régénérées. Voulez-vous me permettre de vous en faire les honneurs ?...

— Je suis, vous le savez, monsieur le Directeur, une habituée de la
maison, dit Mlle Malicorne en riant. J'ai quelques clients parmi vos pensionnaires, mais mademoiselle ne la connaît pas encore.... elle débute... elle
n'a même jamais vu de prison...

— Chut ! pas de ces vilains mots ici, fit le directeur en levant une
main blanche et grasse, quelque pensionnaire
pourrait vous entendre et s'en trouver justement froissé !

— C'est juste ! je retire ce mot
malsonnant, que je n'avais prononcé
que pour vous faire voir jusqu'où pouvaient aller les préjugés de mademoiselle. Nous venions
donc, mademoiselle et

LES PRISONNIERS DE LA MAISON CENTRALE EN PROMENADE.

moi, faire une petite visite de politesse à notre client, le sieur Jupille...

— L'infortuné Jupille ! dit le philanthrope, le concierge est allé lui
porter vos cartes... En attendant son retour j'aurai le plaisir de faire visiter
à mademoiselle notre maison de retraite, qu'elle qualifiait si cruellement
tout à l'heure... Nous avons même quelques embellissements sur lesquels
je serais heureux, mademoiselle Malicorne, d'avoir votre appréciation. Vous
savez que je mets mon amour-propre à ce que ma maison de retraite soit
véritablement un établissement modèle : sur ce point tous les philanthropes,

je l'avoue sans modestie, ont été unanimes à me décerner des éloges doux
à mon cœur. »

. M. le Directeur, suivi de ses visiteuses, traversa le groupe des pensionnaires réunis dans le salon.

« Voyez la douceur empreinte dans leurs regards, dit-il tout bas à
Mlle Malicorne ; le calme est rentré dans leurs âmes troublées... ils ont
retrouvé la vertu, cette santé de l'âme !...

Hélène, qui marchait la dernière, se sentit soudain comme frôlée par un
des vertueux pensionnaires du philanthrope, une légère secousse tirailla sa
poche ; elle y porta la main et s'aperçut de la disparition de son porte-monnaie. Cependant, pour ne pas causer de chagrin au vénérable directeur, elle
n'osa pas se plaindre.

— Voici les salles de récréation, dit le philanthrope en ouvrant une
porte, vous voyez que tous les jeux ont été réunis, depuis le billard jusqu'à
la roulette ; — oh ! une bien innocente roulette où l'on ne joue que des hari-
cots. Les gens sédentaires, les amateurs de plaisirs tranquilles ont là, sous
la main, le loto, les dames, le trictrac, les échecs. A gauche, c'est la bibliothèque : 30,000 volumes divisés en trois classes, épurés, demi-épurés et
non épurés. Quand des pensionnaires nous arrivent, pour ne pas brusquer
leurs idées et leur jeter tout d'abord une pâture intellectuelle trop sérieuse,
nous leurs donnons les volumes de la troisième classe, la littérature non
épurée. Après quelque temps de séjour, quand leur tête s'est calmée et que
la vertu commence à jeter quelques racines dans leur cœur, nous passons
à la seconde classe : littérature demi-épurée, qui donne des sensations
douces et tièdes ! Enfin, lorsque je les trouve suffisamment régénérés,
nous arrivons à la troisième classe : littérature épurée ! Calme de l'âme,
sérénité parfaite ! Certes, on ne se serait pas avisé autrefois de ces déli-
catesses un peu subtiles, mais, voyez-vous, mesdames, la délicatesse, tout
est là !

— Tout est là ! répondit Mlle Malicorne.

— Pour les jeunes gens ou pour les tempéraments remuants, dit le
philanthrope, nous avons un superbe gymnase et des jeux de jardin. Si vous
voulez venir sous la colonnade, nous verrons tous mes pensionnaires à leurs
jeux. Tenez, vous apercevez le grand jeu de boules, puis les quilles, les
places asphaltées pour le bouchon... tout le monde s'en donne ! Rien de plus
sain au moral comme au physique !

— Et vous êtes satisfait de vos pensionnaires ?

— Très satisfait ! Depuis longtemps je l'ai dit, le vice n'est jamais incurable ! Certainement on ne peut, et je le regrette, découvrir ce que j'appellerais une vaccine de l'âme, un préservatif moral et infaillible, mais on peut toujours guérir ! Tous les philanthropes sont d'accord, ce n'est point par la rigueur que l'on peut ramener à la santé morale ces âmes égarées, ce n'est point par les moyens coercitifs, si prônés autrefois, c'est par la douceur, par les bons traitements, par les égards, en un mot par le bien-être ! La voilà, la vraie persuasion ! Ce principe est généralement admis maintenant et ce n'est pas en vain que la philanthropie a bataillé depuis un siècle. Que cherchaient-elles dans le crime, ces âmes troublées et dévoyées ? la satisfaction de leurs appétits ! voilà le grand mot. Eh bien, donnons-leur ces satisfactions ; ces frères égarés dans le mal, ramenons-les au bien par le bien !

Pensionnaire en voie de regénération.

— Votre établissement est véritablement un établissement modèle !
— Attendez ! je vous ai dit que j'avais apporté tout récemment quelques améliorations, vous allez les

LE DINER DE L'ASSOCIATION DES CRIMINELS RÉGÉNÉRÉS.

connaître... J'ai obtenu la permission de conduire, le jeudi et le dimanche, tous mes pensionnaires en promenade dans la forêt de Fontainebleau.

Nous emportons des vivres, un déjeuner simple et frugal, et nous luuchons sur les rochers au bord de quelque source. Ce sont de gentilles petites tournées d'herborisation ; j'apprends à mes pensionnaires la botanique et un peu de géologie... c'est excellent, la botanique, pour amortir les instincts brutaux et jeter quelques grains de poésie dans les âmes. Ces tournées d'herborisation viennent en aide à la pêche à la ligne, mon grand moyen de régénération ! Vous savez que l'administration a fait détourner un petit affluent de la Seine pour l'amener dans notre parc..... vous verrez ce parc et sa petite rivière, mesdames, vous admirerez ce paysage moralisateur... rien ne porte mieux à la rêverie que de suivre, une ligne à la main, les sinuosités de notre ruisseau ou d'explorer ses archipels d'ilots dans un léger batelet.... Enfin, outre la rivière nous avons un lac très poissonneux aussi...

— C'est superbe !

— Voilà les importantes améliorations qui font de cette maison de retraite un établissement sans rival ! Elles sont de création bien récentes encore et déjà elles produisent de merveilleux résultats sur les pensionnaires; les actifs, les tempéraments violents s'amortissent par les exercices violents, tandis que les rêveurs errent sur les bords de ma rivière parmi les ajoncs et achèvent dans les douces émotions de la pêche à la ligne l'œuvre de leur régénération morale. Et tenez, un exemple ! voyez-vous cet homme qui se dirige, une ligne sur l'épaule et un panier à la main, vers le fond du parc ?

— Parfaitement.

— Comment le trouvez-vous ? bonne physionomie, n'est-ce pas ? œil calme, figure tranquille, allures douces....

— Oui, il a l'air d'un très brave homme... on dirait un petit rentier partant pour sa promenade du dimanche.

— Eh bien, il est ici pour six attaques nocturnes et quatre vols à main armée avec escalade et effraction ; mais il est aujourd'hui en bonne voie de régénération... Encore six mois de pêche à la ligne et je rendrai à la patrie un citoyen paisible à la place du scélérat qu'elle m'avait confié ! Et voyez cet autre là-bas, le gros qui fume une pipe en lisant un journal ; c'est, ou plutôt c'était un horrible gredin, envoyé ici pour je ne sais quelle affaire... comment le trouvez vous ?

— Bien portant surtout !

— Il prend du ventre... et il m'est arrivé maigre comme un clou !

PENSIONNAIRES DE LA MAISON CENTRALE DE MELUN

Notez ceci, quand un criminel prend du ventre, c'est que la régénération commence ! Quand mes pensionnaires prennent de l'embonpoint, je suis tranquille sur leur santé physique et morale...

— En résumé, ils sont très bien ici !

— C'est au point qu'ils ne veulent pas s'en aller quand ils ont fini leur temps... je suis obligé de les mettre à la porte, cela me fend le cœur, mais j'y suis forcé pour faire de la place à d'autres ! Et ils m'adorent, mes pensionnaires ! ils m'adorent !

L'INFORTUNÉ JUPILLE SUBISSANT SA PEINE.

Le vénérable philanthrope fut interrompu en ce moment par le retour du concierge.

« J'ai trouvé M. Jupille, dit le concierge ; il est à son jardin et il prie ces dames de lui faire l'honneur de pousser jusque-là...

— Certainement, répondit Mlle Malicorne.

— Je vous accompagne, fit le directeur. — M. Jupille est un nouveau, j'ai besoin de l'étudier... »

Le vénérable philanthrope offrit son bras à Mlle Malicorne et se dirigea, suivi d'Hélène et du concierge, vers le jardin de Jupille. Sur son passage les pensionnaires occupés à différents jeux s'arrêtèrent et saluèrent poliment les visiteurs. Un jeune homme de mauvaise mine s'approcha d'Hélène et lui demanda des allumettes ; Hélène s'aperçut très bien que cet estimable pensionnaire, en faisant sa demande, lui enlevait sa montre; mais elle n'osa rien dire.

Tout au bout d'un immense jardin divisé en compartiments séparés par des haies de rosiers, l'infortuné Jupille avait son jardinet. Les visiteurs l'aperçurent étendu dans une brouette, les jambes allongées sur l'herbe, le nez en l'air, la pipe à la bouche et gravement occupé à lancer le plus haut possible, vers les nuages, des bouffées de fumée.

« Il rêve! dit le philanthrope, c'est bon signe, c'est le commencement de la régénération.

— Bonjour, monsieur Jupille, dit Mlle Malicorne en ouvrant la porte du jardinet, vous vous étonniez peut-être de ne pas avoir encore vu vos avocates, mais nous étions si occupées... Et comment vous trouvez-vous ici?

— Pas mal, pas mal, je vous remercie... donnez-vous donc la peine d'entrer voir mon petit potager... et d'abord à mon avocate, faut que j'offre un petit bouquet confectionné à son intention... »

Et l'infortuné Jupille tira de dessous sa brouette un petit bouquet qu'il présenta galamment à Hélène.

« Vous êtes assez bien ici, dit Mlle Malicorne le lorgnon à l'œil; mais ça manque un peu d'ombre... »

Le philanthrope la poussa du coude.

« Pas même un petit berceau... »

Le philanthrope donna un nouveau coup de coude.

« Chut! glissa-t-il à l'oreille de l'avocate, il y avait une tente dans son jardin, je l'ai fait enlever, pour éviter de lui rappeler la tante qui lui causa tant de désagréments... Pas d'allusions, surtout, je vous en prie!

— Je comprends et j'apprécie toute la délicatesse de ce procédé, répondit tout bas Mlle Malicorne, je vais lui parler d'autre chose....

— Alors, reprit-elle tout haut, vous êtes confortablement ici?

— Mais oui, je ne me plains pas, répondit Jupille; la nourriture est convenable, on a des distractions... Je crois que je m'y plairai, il n'y a qu'une chose qui me chiffonne, c'est pas pour faire des reproches à la maison, mais...

— Quoi donc, mon ami? demanda le directeur.

— C'est le café qui me semble de qualité inférieure, vous devriez changer votre fournisseur... et puis, ça manque de billards...

— Mais il y en a six dans la grande salle de récréation!

— C'est pas assez! ils sont toujours pris, il faut attendre son tour un peu trop longtemps...

— Mon ami, vous avez bien fait de me le dire, je porterai votre réclamation au ministère et je suis certain qu'il y sera fait droit.

— Bon ! à part ça, je crois que je me plairai ici. »

Cependant Hélène, d'un air soucieux, regardait de puis quelque instants sans mot dire le bouquet que lui avait remis Jupille.

« Des roses superbes, des œillets magnifiques ! dit Mlle Malicorne en regardant aussi le bouquet.

— Vous les reconnaissez ? demanda Jupille à Hélène, je les cultive à votre intention...

— Grand Dieu ! fit Hélène pâlissant.

— Rien qu'à votre intention ! poursuivit Jupille ; je vous l'ai dit à l'audience, vous avez si bien parlé que ça m'a remué... là, vrai, vous avez fait ma conquête ! aussi je vous envoie mes fleurs...

— Ces bouquets que j'ai reçus ?... dit Hélène.

— C'est de mon petit jardin ! répondit Jupille la main sur son cœur et cherchant à sourire le plus gracieusement possible. »

Le caissier de la Maison de retraite.

Hélène jeta brusquement loin d'elle le bouquet de l'infortuné Jupille et, abandonnant sans cérémonie l'avocate ainsi que le philanthrope, prit sa course à travers les jardins comme si tous les pensionnaires de l'établissement eussent été à ses trousses.

Le digne philanthrope et Mlle Malicorne, surpris de la fugue d'Hélène, envoyèrent le concierge derrière elle, pour l'aider à traverser le parc sans se perdre et sans mésaventure. Ils présentèrent ensuite leurs excuses à l'infortuné Jupille et prirent congé de lui.

Le philanthrope avait offert son ras à l'éminente avocate et regagnait avec elle le pavillon central.

« Vous ne remarquez pas, dit-il, l'animation de mes pensionnaires... vous ne distinguez pas certains préparatifs ?...

— Mais si, fit Mlle Malicorne, on dirait comme des préparatifs de fête... mais, là-bas, il me semble, on dresse un portique de feuillages !

— En effet, c'est un arc de triomphe !

— Mon Dieu! attendrait-on quelque visite officielle?

— Non, c'est un arc de triomphe intime... vous ne devinez pas?...
je vais tout vous dire : c'est aujourd'hui la Saint-Alfred!

— Ah!...

— C'est ma fête!... mes pensionnaires se sont entendus pour me
faire une surprise... chut! n'ayons pas l'air de nous en apercevoir. Figu-
rez-vous que, depuis huit jours, des listes de cotisation circulent dans l'établissement et qu'avec l'argent recueilli, on a fait faire mon buste en photo-
sculpture, avec ces mots gravés sur le socle : A LEUR AIMABLE DIRECTEUR,
LES PENSIONNAIRES DE LA MAISON CENTRALE DE RETRAITE DE MELUN!

— C'est très touchant! fit Mⁱˡᵉ Malicorne.

— J'en ai déjà les larmes aux yeux, que sera-ce ce soir! » dit le philanthrope en tirant son mouchoir.

On était arrivé sous l'arc de triomphe; le philanthrope marchait les
yeux baissés pour avoir l'air de ne pas l'apercevoir et laisser à ses pensionnaires le plaisir de lui en faire la surprise.

« Chut! ne regardez pas! » dit le philanthrope en voyant Mⁱˡᵉ Malicorne prendre son lorgnon.

Mais il était trop tard, les pensionnaires, voyant leur directeur à portée, avancèrent la cérémonie et poussèrent de bruyants hourras en décou-
vrant l'arc de triomphe.

« Vive la Saint-Alfred! Vive notre directeur! »

Le bon philanthrope réussit à prendre un air suffisamment stupéfait
et, la main sur son cœur, s'arrêta pour considérer l'arc de triomphe.

« Mes enfants, balbutia-t-il, je suis touché... je suis ému... je suis...

— La députation! la députation! crièrent les pensionnaires, les
doyens de la maison!... »

Quatre hommes, portant un immense bouquet, sortirent des rangs.

« Allons! en chœur! dit l'un d'une voix enrouée.

VIVE NOTRE DIRECTEUR !

Vers composés pour la Saint-Alfred, par Baptiste, de la maison centrale de retraite de Melun.

C'est aujourd'hui sa fête,
Pressons-le sur nos cœurs
Et que vite il s'apprête
A payer des liqueurs !

— Bravo! bravo! cria la foule.

— Ces chanteurs sont les doyens de la maison, dit tout bas le philanthrope à Mlle Malicorne ; ils ont chacun fait douze ou quinze ans ici, en plusieurs fois...

— Et le poète? demanda Mlle Malicorne.

LA FÊTE DU DIRECTEUR.

— C'est Baptiste, un ancien caissier qui s'occupe de poésie à ses moments perdus! Il est ici pour quelques détournements accompagnés de plusieurs faux... il tient les livres de la maison, il m'a demandé cette place pour ne pas se rouiller... Il m'a révélé sur la cotisation un détail qui m'a fort touché...

— Quoi donc?

— Voilà, il manquait une certaine somme pour mon buste, alors deux de mes pensionnaires sont allés en cachette attendre sur la route un marchand de bœufs attardé... ils feront six mois de plus, mais la somme a été complétée!

— C'est très beau! »

Le poète venant de terminer sa lecture, le digne philanthrope, après avoir mis la main sur son cœur d'un air pénétré, prit la parole à son tour.

« Messieurs... mes enfants... toutes les punitions sont levées et je donne congé à tout le monde jusqu'à lundi matin !

— Bravo ! bravo ! des liqueurs ! des liqueurs !

— Attendez ! j'espère que chacun se conduira décemment et que je n'aurai de reproches à faire à personne... Donc, rentrée générale lundi à onze heures pour le déjeuner ; s'il y a des absences non motivées, les manquants seront privés de dessert pendant toute la semaine !

> Et que vite il s'apprête
> A payer des liqueurs !

entonna toute la foule.

— C'est juste ! dit le philanthrope, le congé ne viendra qu'après les réjouissances ! Je vais donner des ordres... »

Le philanthrope entraîna M\ :sup:`lle` Malicorne.

« J'ai les larmes aux yeux, fit-il ; vous voyez qu'ils sont en bonne voie de régénération... Cependant si j'ai un conseil à vous donner, c'est de ne pas trop vous attarder dans les environs ; tout mon monde est en congé, les routes ne seront peut-être pas très sûres tout à l'heure. »

M\ :sup:`lle` Malicorne hâta le pas et rejoignit Hélène dans la loge du concierge.

« Allons, en aérocab, ma chère secrétaire et rentrons !

— Mademoiselle, s'écria Hélène, je vous remercie infiniment pour les excellents conseils que vous avez prodigués à une bien pauvre élève, je vous en serai éternellement reconnaissante ; mais j'ai réfléchi, je ne veux plus être avocate...

— Comment ? vous renoncez à la carrière... vous n'y pensez pas, après un si beau début !

— Je suis décidée ! j'abandonne le barreau... et l'infortuné Jupille ! »

CIRCULATION AÉRIENNE.

DEUXIÈME PARTIE

I

Le Conservatoire politique. — Cours d'éloquence
parlementaire pour aspirants sous-préfets, députés, ministres, ambassadeurs, etc.
Grand concours d'ordres du jour. — Le grand parti féminin.

ORSQUE Hélène, en revenant de la maison centrale de retraite de Melun, annonça sa détermination de renoncer au barreau à son tuteur, M. Ponto bondit.

« Comment! s'écria-t-il, vous renoncez au barreau, une si belle carrière! Est-ce possible? vous renoncez à devenir une de nos grandes avocates... vous abandonnez la défense de la veuve et de l'orphelin!

— Non, je renonce à défendre ceux qui font des veuves et des orphelins...

— Vous êtes bien dégoûtée !... pour un client un peu trop sentimental !... vous êtes décidée ?...

— Tout à fait décidée ! J'ai donné à Mlle Malicorne ma démission de troisième secrétaire.

— Qu'allez-vous faire ?

— Je ne sais pas, dit tristement Hélène. »

M. Ponto se gratta le front d'un air contrarié.

« Et moi qui me croyais tranquille, dit-il, vous étiez casée, j'allais pouvoir vous rendre mes comptes de tutelle, et pas du tout... encore des tracas !... »

Il y eut un moment de silence.

« Pas d'idées arrêtées, reprit tout à coup M. Ponto, pas de vocation déterminée, aucune disposition pour n'importe quoi... En résumé, n'est-ce pas, vous n'êtes bonne à rien ?

— J'en ai peur, gémit la pauvre Hélène.

— Bon, ce point nettement établi, la route à suivre est toute tracée...

— Vraiment ? dit Hélène.

— Sans doute ! vous allez prendre la carrière politique...

— Mais...

— Puisque vous ne montrez pas d'aptitudes particulières, puisque vous ne vous sentez pas de disposition pour autre chose ! Après tout, la carrière politique est une carrière comme une autre et c'est la plus commode ! c'est la plus belle conquête de 89, mon enfant !... Avant la grande Révolution, on n'avait pas cette ressource et quand on manquait d'aptitude pour un art, une science ou un métier quelconques, dame, on restait forcément Gros-Jean comme devant !... Maintenant, cette bonne politique est là, qui tend les bras à ceux qui ne pourraient réussir dans une autre carrière...

— C'est que... balbutia Hélène, je craindrais...

— Quoi ? qu'allez-vous encore m'objecter ? on ne vous demande pas des facultés transcendantes...Vous ignorez sans doute que la plupart de nos grands hommes d'État ne se sont lancés dans la politique qu'après avoir échoué dans autre chose... Sans cette bonne carrière politique, ouverte à tous, tel homme d'État faisait un mauvais pharmacien, un épicier médiocre ou un notaire manqué ; tel illustre orateur pesait mélancoliquement du sucre toute sa vie, tel grand ministre devenait un simple photographe de petite ville... Au lieu de s'obstiner dans la pharmacie, au lieu de rester à végéter dans l'épicerie ou d'humilier le notariat, ils se sont établis politi-

LE NÉGOCIANT EN DENRÉES PARLÉMENTAIRES

(Caricature politique de 1952)

Le Conservatoire politique
avant et après.

ciers — on dit maintenant POLITICIER comme on dit *Épicier*, et ils sont devenus les aigles que tout le monde admire, les illustres hommes d'État, les grands hommes incontestés que les électeurs contemplent avec vénération, à qui les peuples obéissent et auxquels les cités qui ont eu le bonheur de leur donner le jour s'empressent d'élever des statues!

— Des hommes d'État, soit! dit Hélène, mais pas des femmes...

— Comment? mais la carrière est ouverte aux femmes aussi! La femme est maintenant en possession de tous ses droits politiques, elle est électrice et éligible ; demandez à Mme Ponto qui va se porter candidate dans notre circonscription en concurrence avec moi, candidat du parti masculin! La femme vote et elle a déjà une vingtaine de représentantes à la Chambre, c'est peu encore, j'en conviens; mais ce petit noyau grossira, le gouvernement commence même à donner des postes officiels aux femmes... On s'est aperçu que là même où échouait un préfet masculin, une préfète pouvait réussir... La femme a plus de finesse, plus de tact... avec elle les froissements qui se produisent inévitablement dans les cercles administratifs sont moins à craindre... Vous ferez peut-être une très bonne préfète !... »

Hélène hasarda un sourire.

« Il y a de l'avenir pour vous de ce côté, reprit M. Ponto et vous allez commencer tout de suite vos études... Je vais m'occuper de vous faire entrer au Conservatoire...

— Au Conservatoire ? dit Hélène surprise...

— Pas pour la musique, fit M. Ponto en riant, pas à ce Conservatoire-là, mais au CONSERVATOIRE POLITIQUE ! Vous ne connaissez pas ? vous ignorez tout, ma parole d'honneur ! Le Conservatoire politique est un établissement gouvernemental où les jeunes gens qui se destinent à la politique reçoivent une éducation spéciale; vous verrez cela... Le directeur est un de mes amis, je me fais fort de vous faire admettre d'emblée... »

Mme Ponto approuva fort la détermination de son mari et se chargea, pour aplanir toutes les difficultés, de conduire elle-même sa jeune pupille au directeur du Conservatoire politique.

Hélène dormit fort mal cette nuit-là; dans une sorte de cauchemar, elle mêla le palais de Justice et le Conservatoire, l'infortuné Jupille et les sous-préfets. Elle se trouva donc au matin fort peu préparée à affronter M. le directeur du Conservatoire politique, personnage auguste, homme d'État en retraite, qui employait noblement ses années d'invalides à préparer pour la France des générations nouvelles d'hommes politiques.

Mme Ponto la rassura.

« Mon enfant, dit-elle, il n'y a pas que des élèves masculins au Conservatoire politique, il y a aussi beaucoup de jeunes demoiselles. C'est tout à fait comme au Conservatoire de musique !... Vous allez trouver là de nombreuses compagnes... et notre recommandation vous assure un accueil empressé... vous verrez ! »

Tout le monde connaît, au moins de vue, le Conservatoire politique, le superbe édifice construit au centre de Paris, sur le boulevard des Batignolles. Dans cet immense pâté de bâtiments, il y a place pour des salles d'étude aérées, pour de vastes préaux consacrés aux méditations, pour une grande salle établie sur le modèle d'une Chambre de députés et réservée aux études parlementaires et enfin pour les logements des professeurs et pour les dortoirs des élèves internes, car il y a des élèves internes et externes.

Le directeur du Conservatoire politique, prévenu de la visite de Mme Ponto, la fit introduire immédiatement dans son cabinet. Le vétéran des assemblées législatives semblait la personnification même du parlementarisme : le corps sanglé dans un habit noir, le chef enchâssé dans un gigantesque faux col, cravaté de blanc, il pinçait majestueusement ses lèvres en clignant des yeux derrière des lunettes à branches d'or. Les nombreux orages parlementaires auxquels il avait assisté dans le cours de sa vie l'avaient sans doute rendu sourd d'un côté, car on lui voyait dans l'oreille droite un petit microphone en ivoire qu'il tournait avec une grimace du côté de ses visiteurs.

Le directeur du Conservatoire politique.

« Cher maître, dit Mme Ponto, avez-vous beaucoup d'élèves au Conservatoire ?

— Trop, répondit le directeur, tout le monde aspire à devenir homme d'État ! Au dernier concours d'admission il y avait douze cents aspirants et nous n'avions que deux cents places...

— Beaucoup de jeunes filles ?

— Presque le quart !

— Je m'en félicite ! dit Mme Ponto, je suis heureuse de voir la femme avancer peu à peu dans la voie des revendications... Pourquoi l'homme conserverait-il pour lui seul l'apanage des emplois politiques et administratifs ? place aux femmes d'État !

— Comme homme politique vous me permettrez, chère madame, de réserver mon opinion sur l'admissibilité des femmes aux fonctions publiques; mais, comme directeur du Conservatoire, je m'occupe avec impartialité de mes élèves des deux sexes, sans favoriser les uns au détriment des autres...

— Je n'en doute pas !

— Toutes les mères, maintenant, veulent faire de leurs filles des sous-préfètes, reprit le directeur ; jadis on en faisait des maîtresses de piano, maintenant ce sont des journalistes ou des aspirantes députées. Tout le monde veut faire de la politique, on encombre la carrière !

Professeur
Classe de gouvernément.

— Je vous amène pourtant une élève de plus, j'espère qu'en considération de notre vieille amitié, vous voudrez bien la faire passer par-dessus les ennuyeuses formalités d'admission...

— Trop heureux, madame, de vous être réable. Mademoiselle entrera de suite en première année ; au risque de m'attirer le reproche de favoritisme, je la dispense du cours préparatoire...

— Merci... je vous la laisse. Je suis attendue au comité féminin, je me sauve. »

Et Mme Ponto, toujours pressée, s'esquiva rapidement après une poignée de main à Hélène et au directeur.

Aussitôt après le départ de Mme Ponto, le vétéran du parlementarisme sonna un garçon de service qui conduisit Hélène à la salle d'études de la première année avec un mot pour le professeur.

Le professeur d'éreintement.

Dans une grande salle divisée en deux parties par une allée entre les rangées de pupitres, une soixantaine d'élèves des deux sexes étaient réunis, les élèves masculins à droite et les élèves féminins à gauche. Au fond se dressait, sur une estrade, la chaire du professeur.

On était au milieu d'une leçon, Hélène fut conduite à un pupitre libre et le garçon lui donna les quelques livres nécessaires à ses premières études, c'est-à-dire un précis de géographie politique, un code administratif et le Manuel du sous-préfet.

Toutes les têtes des élèves s'étaient tournées du côté de la *nouvelle*, les élèves masculins la regardaient en relevant leurs moustaches et les élèves femmes inspectaient rapidement sa toilette avec un sourire de mauvaise humeur tout à l'honneur du couturier d'Hélène.

Le professeur rappela ses élèves à l'attention en frappant avec sa règle sur sa chaire et la leçon continua.

« Messieurs, suivez-moi bien, dit le professeur ; en admettant que vous ne connaissiez pas à fond les maladies de l'espèce bovine, vous pouvez toujours vous tirer de la difficulté par des considérations générales sur les travaux

Le professeur d'insinuations malveillantes.

agricoles et sur le rôle important du bœuf. Mais si vous pouvez disserter avec assez de justesse sur les épizooties, ou tout au moins semer dans un discours général et vague quelques termes techniques bien employés, voyez quel prestige vous prenez tout à coup aux yeux des électeurs campagnards, tout étonnés de votre savoir, et quelle influence vous gagnez sur leurs esprits ! »

Hélène tournait des regards surpris vers l'élève sa voisine qui sourit de son étonnement.

« Est-ce un cours de médecine vétérinaire ? demanda-t-elle tout bas.

— Non, répondit la voisine, c'est ce qu'on appelle *l'école du député et du sous-préfet*. Nous en sommes au chapitre du député ou du sous-préfet *en tournée* — paragraphe du *comice agricole*...

— Alors ce que nous dit le professeur sur les épizooties...

Professeur de classe d'opposition.

— C'est une leçon sur les discours et allocutions du sous-préfet et du député au comice agricole.

— Je comprends, dit Hélène.

— Je rappellerai aux élèves, reprit le professeur, que la question doit se traiter au point de vue du député en tournée et au point de vue du sous-préfet. Ce dernier point de vue est naturellement tout à fait gouvernemental, je n'ai pas besoin de le dire. En ce qui concerne le point de vue du *député,* il faut distinguer si le député est gouvernemental et conservateur ou opposant. Les discours du sous-préfet et du député gouvernemental doivent rouler surtout sur le calme des champs, sur les progrès de l'agriculture, sur la prospérité des races bovine, ovine et porcine, avec quelques fleurs poétiques çà et là, bien entendu ; mais le discours du député opposant me semble devoir être d'un caractère différent. Voyons, messieurs, je vous le demande, avez-vous quelque idée sur le discours du député opposant ? »

Un élève du premier rang leva la main.

« — Expliquez votre idée, dit le professeur.

— Voici ce que le député opposant doit dire, il me semble, répondit l'élève en assurant sa voix : — Hum... hum... Permettez-moi de témoigner ici hautement de mon admiration pour les progrès immenses accomplis par l'agriculture française, cette nourricière de la patrie, cette féconde agriculture si peu favorisée, si négligée par nos gouvernants...

— Un peu plus d'amertume dans le débit, glissa le professeur, appuyez plus fortement sur les torts du gouvernement.

— Si abandonnée, que dis-je ? si pressurée par les tarifs fiscaux...

— Très bien trouvé, les tarifs fiscaux !

— ... Laissez-moi m'étendre, reprit l'élève, sur mon admiration pour les remarquables produits exposés par les éleveurs de notre beau département. Mon cœur se gonfle d'un orgueil patriotique quand je contemple la belle paire de vaches durham du poids de 1,500 kilos chacune, à laquelle le jury a décerné le premier prix avec une unanimité qui l'honore et je me dis qu'il y a encore, dans notre patrie, de beaux jours pour l'élevage des bestiaux et que, malgré la tristesse jetée dans tous les cœurs par les agissements des hommes néfastes qui tiennent le pouvoir, la race bovine ne périclitera pas, que la race ovine se maintiendra et qu'enfin la race porcine, l'honneur du département, la gloire la plus pure de notre région, gagnera encore, s'il est possible, en santé, en poids et en beauté ! Ces hommes politiques, ces ministres éphémères passeront ; mais la race bovine ne passera pas !

— Tout à fait bien ! dit le professeur, c'est ce qu'il faut dire. J'espère

que tout le monde a compris. Vous avez compris aussi, n'est-ce pas, mesdemoiselles? Vous allez donc étudier dans le *Journal des Éleveurs* l'article
sur *l'espèce porcine et son avenir* et vous me ferez, pour demain matin, le
discours du sous-préfet ou du député au comice agricole. »

Hélène passa le reste de la journée à essayer de s'intéresser à l'élevage des bestiaux et à pâlir sur le devoir commandé.

Le lendemain, quand les devoirs eurent été ramassés, toute la classe
passa dans la salle réservée aux études
parlementaires où tous les élèves du Conservatoire étaient réunis avec leurs professeurs.

« Que les élèves de la classe de
gouvernement passent sur les gradins
de droite, dit le professeur d'Hélène, et
que les élèves de la classe d'opposition se
groupent à gauche.

— Comment? demanda Hélène à
son officieuse voisine.

— Vous ne savez pas encore? répondit la voisine, en première année
comme en seconde et en troisième, nous
sommes divisées en deux groupes que
l'on appelle la classe de gouvernement et

Élève arrivant au cours.

la classe d'opposition. Chacun est libre de choisir selon son tempéra-
ment; moi je suis de la classe d'opposition, mais je fais comme les malins,
je suis les deux cours, je passe de la classe d'opposition à la classe de
gouvernement...

— Je ferai comme vous, dit Hélène.

— Je vous y engage! c'est excellent comme exercice... Venez avec
moi, nous nous placerons à l'extrême gauche, tout à fait derrière les professeurs d'opposition. »

Hélène suivit sa nouvelle amie et prit place à côté d'elle, tout à fait
au sommet des banquettes de gauche.

« Vous voyez, reprit l'obligeante voisine, c'est tout à fait une
Chambre législative... Notre salle a été construite sur le modèle de la
Chambre des représentants, c'est pour nous habituer aux discussions par-
lementaires... il y a un bureau de la présidence, une tribune et un banc

des ministres. Le président, c'est le directeur du Conservatoire lui-même qui présida jadis la vraie Chambre.

— Et ces messieurs au banc des ministres ?

— Ce sont des élèves de troisième année avec un professeur qui tient le rôle de chef de cabinet... Vous savez, les cours sont très sérieux ici ; c'est l'école préparatoire, non seulement des préfets et sous-préfets, mais encore des députés, ministres, ambassadeurs, etc.

— Et que font les professeurs éparpillés avec les élèves sur les bancs ? demanda Hélène.

— Mais ils professent, ils vont nous montrer comment on ouvre une discussion, comment on interrompt un orateur, comment on répond aux interruptions, etc. Notre professeur à nous, de l'extrême gauche, est très fort sur les interruptions, vous allez voir ça... Vous savez que tous nos professeurs sont d'anciens députés ou pour le moins des préfets en retraite ? »

La sonnette du président interrompit la voisine d'Hélène.

« Nous avons à l'ordre du jour, messieurs, dit le président, la continuation de la discussion de l'interpellation présentée par l'honorable M. Firmin Boulard sur la politique intérieure. La parole est à M. Firmin Boulard (de la Creuse).

— Vous savez, dit la voisine, c'est l'usage ici, on ajoute à notre nom celui de notre département ; ainsi, moi, je suis Louise Muche (de la Seine). »

Un jeune homme quitta les bancs de la gauche et escalada vivement la tribune, un formidable dossier de papiers sous le bras.

« Messieurs, prononça-t-il après avoir bu quelques gorgées d'eau sucrée, je n'ai pu dans la séance d'hier terminer l'examen des nombreuses protestations qui me sont arrivées de toutes parts contre les agissements vraiment scandaleux du gouvernement...

— A l'ordre ! à l'ordre ! crièrent quelques voix à droite.

— Très bien ! très bien ! s'écria le professeur de l'extrême gauche.

— Et je viens aujourd'hui, reprit l'orateur, apporter un surcroît de nouvelles preuves de la malfaisante et outrecuidante ingérence des fonctionnaires du gouvernement pendant la période électorale, de l'abominable pression exercée dans la plupart des collèges électoraux sur les électeurs troublés et trompés...

— Allons donc ! interrompit la droite.

— Trompés par vous ! crièrent quelques membres au centre.

— Méprisez ces interruptions ! tonna un professeur à gauche.

— Vos injurieuses vociférations ne parviendront pas, reprit l'orateur, à m'arrêter dans ma tâche et je vais continuer à signaler à l'indignation du pays honnête des agissements qui ne le sont pas !

LE DÉPUTÉ AU CONCOURS RÉGIONAL.

— A l'ordre ! crièrent la droite et le centre.

— N'écoutez pas ! riposta la gauche, ce sont les clameurs des complices du gouvernement !

— La censure à l'interrupteur ! »

Le président eut besoin de sonner à tour de bras pour apaiser le tumulte. La droite et la gauche gesticulaient et criaient à qui mieux mieux ; on se serait cru dans un véritable parlement. Enfin le président prononça un rappel à l'ordre avec inscription au procès-verbal pour l'interrupteur et l'orateur put continuer.

« Vous voulez des preuves, dit-il, en voici : je ne rappellerai pas la révocation d'une quantité de fonctionnaires soupçonnés de tiédeur et la nomination d'une fournée de préfets à poigne, mais je vais vous exposer les actes de ces préfets, pour vous montrer dans toute sa hideur la corruption électorale gangrenant les départements et faussant dans ses plus essentiels rouages le mécanisme du suffrage universel. Commençons par le département de Sarthe-et-Cher. A la veille des élections le ministère révoque le préfet et le remplace par une préfète remarquable par sa beauté et connue par ses penchants autoritaires, qui avaient déjà motivé de nombreuses plaintes alors qu'elle était sous-préfète de Castelbajac. La préfète de Sarthe-et-Cher commence par inviter par séries les maires et les adjoints du département à des dîners que la chronique locale a qualifiés de *balthazars intimes.* Le mot n'est pas de trop, messieurs, car dans les comptes de la préfecture de Sarthe-et-Cher je trouve une allocation supplémentaire de 25,000 francs pour frais de table et 15,000 francs d'achats de vins ! Ce n'est pas tout, non contente de festoyer abusivement avec les maires du département, la préfète donne des soirées et des bals et l'on remarque qu'elle valse surtout — et elle valse admirablement — avec les maires ou les conseillers municipaux regardés par le pouvoir comme douteux... N'est-ce pas là de la corruption électorale au premier chef, messieurs ? Et cette préfète qui enlace des électeurs influents dans un réseau de coquetteries fallacieuses, cette préfète qui soupe et qui valse si langoureusement, cette préfète se contente-t-elle de porter le trouble dans l'esprit des maires et des candides conseillers ? Non, messieurs, non ! Elle travaille encore l'esprit des électeurs féminins du département, elle les excite contre les candidats hostiles au gouvernement et pour faire échec à ces candidats, elle suscite des candidatures féminines et porte la division dans tous les ménages !

— Allons donc ! crièrent quelques voix au centre.

— Si vous mettez mes affirmations en doute, je vais vous donner lecture de la liste, malheureusement trop longue, des demandes en séparation formées depuis les élections dans le malheureux département de Sarthe-et-Cher...

— Non ! non !

— Et vous verriez, dans les motifs allégués, les désordres amenés par les agissements de la préfecture dans la campagne électorale ! Je poursuis. Pour amener le triomphe de ses candidats le gouvernement n'a reculé devant aucune manœuvre. Dans nombre de départements nous le voyons se coaliser avec les partis avancés et compromettre les intérêts masculins — le gouvernement, messieurs, est, ce me semble, encore un gouvernement masculin — dans une alliance avec le parti radical féminin.

— Le gouvernement a eu raison ; il s'engage dans la voie du vrai progrès, crièrent quelques voix féminines.

— Allons, messieurs, un roulement du couteau à papier, dit le professeur d'opposition ; étouffons les réclamations d'une insolente minorité.

— ... Avec le parti radical féminin, poursuivit l'orateur, avec ce parti qui ne craint pas d'afficher des prétentions à une suprématie contre nature, sur les citoyens masculins ! Oui, les hommes qui nous gouvernent se sont alliés avec les femmes qui sapent aujourd'hui les bases de la société ; dans nombre de départements ils ont déplacé des fonctionnaires masculins pour les remplacer par des femmes avan-

Le gouvernement remplace le maire
par sa propre femme!

cées... Dans la Charente, le gouvernement révoque sans motif le maire de Villerbourg et le remplace, par qui, messieurs, par qui? par sa propre femme !... »

L'orateur parla encore pendant une demi-heure en bravant les interruptions de la droite et de la gauche féminines. Il descendit de la tribune au milieu d'un brouhaha de clameurs et d'applaudissements et la parole fut donnée par le président à M. le ministre de l'intérieur.

Le ministre de l'intérieur était un élève de première année signalé comme très fort. Il faisait son dernier trimestre d'études et le bruit courait qu'il était déjà désigné par le vrai ministre de l'intérieur pour un poste de sous-secrétaire d'État.

« Messieurs, dit-il en sucrant lentement son verre d'eau, je n'abuserai pas de l'attention que vous voulez bien me prêter, je serai bref !...

— Allons ! des bravos ironiques, messieurs, dit le professeur de l'extrême gauche.

— Et il ne me sera pas difficile d'écraser en peu de mots les commérages indignes de la Chambre, que l'honorable orateur qui m'a précédé à cette tribune n'a pas craint d'exposer longuement en les enveloppant de commentaires venimeux !...

— A l'ordre, le ministre !

— Certes, j'eusse pu répondre aux accusations de l'honorable orateur par le silence du dédain, mais j'ai pensé qu'il était de la dignité du cabinet de procéder à une exécution plus complète des viles calomnies qui ont été apportées dans cette enceinte. »

Le ministre parla pendant un simple quart d'heure et il termina en déposant un ordre du jour de confiance pur et simple.

« Allons, messieurs, dit le président, après avoir agité sa sonnette, un concours d'ordres du jour ! Chaque élève va rédiger un ordre du jour, les moniteurs de chaque banc recueilleront les feuilles et les porteront aux professeurs qui mettront les meilleures compositions en discussion. »

Le silence régna dans l'école parlementaire pendant quelques minutes. Chaque élève, la tête dans ses mains, médita son petit ordre du jour ; puis les plumes grincèrent et les moniteurs passèrent devant les pupitres pour relever les compositions.

Louise Muche (de la Seine) daigna donner quelques bons avis à Hélène Colobry (de la Seine) sur l'élaboration de son ordre du jour.

« Vous n'êtes pas encore au courant, lui dit-elle, mais vous vous ferez bien vite à cet apprentissage des luttes parlementaires. Pour le moment, je vous conseille de rédiger un ordre du jour pur et simple, parce que si votre ordre du jour motivé se trouvait assez bien conçu pour mériter la discussion, vous seriez obligée de monter à la tribune...

— A la tribune ! s'écria Hélène effrayée.

— Sans doute, pour défendre cet ordre du jour... c'est un excellent exercice. Moi je vais rédiger un ordre du jour fortement motivé, portant approbation complète des actes du ministère avec quelques violentes attaques à la gauche masculine. »

Et Louise Muche (de la Seine) lut, cinq minutes après, sa composition à sa voisine.

« La Chambre, approuvant hautement le ministère d'avoir, dans quelques départements, tenu compte de la part d'influence à laquelle a très légitimement droit le parti féminin et comptant que le gouvernement va s'efforcer de faire droit à toutes les revendications des citoyennes françaises — passe à l'ordre du jour. »

— C'est net, dit Louise Muche (de la Seine).

— Un peu trop, fit Hélène Colobry.

— Vous me paraissez un peu molle, comme *citoyenne libre;* moi, je

MADAME LA PRÉFÈTE.

suis *avancée,* tout à fait *avancée!* Voyez-vous, il faut lutter pour la suprématie féminine, l'avenir est là! »

L'ordre du jour de Louise Muche (de la Seine) obtint une mention et fut discuté le troisième.

Quand vint son tour de parler, Louise Muche (de la Seine) descendit les gradins de la gauche et monta fièrement à la tribune.

« Mesdames et messieurs, dit-elle, en donnant son approbation aux actes du ministère, le parti féminin entend distinguer entre ces actes et couvrir seulement de ses éloges ceux qui, bravant d'antiques et vermoulus préjugés, ont eu pour conséquence de lever l'interdit séculaire jeté politiquement sur la femme ! Le ministère a reconnu enfin, comme tous les penseurs indépendants, l'aptitude de la femme aux plus hautes fonctions publiques. La femme est aujourd'hui électrice et éligible ; mais jusqu'ici elle avait dû borner son ambition à servir son pays dans les plus infimes emplois, l'admission aux grades supérieurs lui avait été refusée sans motif par tous les gouvernements qui se sont succédé depuis le grand jour de son émancipation. Le ministère — je ne veux pas considérer pour quels motifs et lui marchander ma gratitude — a fait officiellement cesser cette injustice. En nommant une femme préfète de Sarthe-et-Cher, deux autres femmes préfètes de l'Oise et des Bouches-du-Rhône, en nommant douze sous-préfètes et une certaine quantité de mairesses, le ministère a donné des gages à la cause de la liberté et de l'égalité. Les accusations que l'on a entassées contre la préfète de Sarthe-et-Cher ne reposent sur rien de sérieux. Les préfets masculins auraient-ils seuls le droit de se nourrir, les préfets masculins prétendraient-ils, pour se délasser du fardeau des affaires, se réserver le droit de valser ? Ces reproches sont ridicules et la Chambre en fera bonne justice...

— Bravo, ma fille ! » cria une voix dans les tribunes quand Louise Muche (de la Seine) regagna sa place.

Hélène leva la tête et vit que les tribunes de la Chambre étaient occupées par plusieurs rangées de dames qui suivaient les débats en travaillant à quelques petits ouvrages de tricot.

« Ce sont les mamans, dit une élève à Hélène ; les élèves hommes viennent tout seuls ; mais nous sommes accompagnées par nos mères.

— Et ces messieurs dans la grande loge ?

— Ce sont des élèves du Conservatoire aussi, c'est la classe de journalisme ; ils suivent les séances et rédigent des comptes rendus. »

II

Professeurs de politique. — La classe de gouvernement
et la classe d'opposition. — Le professeur d'éreintement. — Tas de ministres!
Les examens du Conservatoire politique.

Louise Muche (de la Seine).

Profitant des excellents avis de Louise Muche (de la Seine), Hélène se mit à suivre alternativement les deux classes du Conservatoire, la classe de gouvernement et la classe d'opposition.

Dans la classe de gouvernement, des hommes politiques en retraite, presque tous anciens ministres, apprenaient aux jeunes élèves, masculins et féminins, les principes généraux du grand art de gouverner, la manière de déjouer les attaques de l'opposition et de diriger les groupes parlementaires. Le plus éminent professeur de cette classe était un grand orateur qui avait été onze fois ministre et qui n'avait abandonné son portefeuille que pour se consacrer entièrement au professorat. En dehors de ses cours du Conservatoire et des leçons particulières à mille francs le cachet qu'il donnait encore, disait-on, à quelques députés, cet ancien ministre trouvait encore le temps d'écrire d'excellents traités sur l'art politique, à l'usage des élèves du Conservatoire et des hommes politiques en exercice eux-mêmes. Son GRAND MANUEL DE L'HOMME POLITIQUE était dans toutes les mains et les représentants de la France trouvaient d'utiles inspirations dans son FORMULAIRE DU DÉPUTÉ, *choix de discours et de thèmes pour toutes les circonstances.*

Les professeurs de la classe d'opposition étaient aussi des illustrations de nos assemblées parlementaires. La plupart étaient entrés dans l'enseignement par esprit politique, pour former des élèves habiles à lutter contre le pouvoir. Vétérans des grandes luttes, ils apprenaient aux jeunes élèves à saper convenablement les bases du gouvernement, à établir contre les ministères ennemis de savantes lignes de circonvallation, à les enserrer dans un adroit système d'interpellations et à les renverser ensuite au bon moment. Le gouvernement, en créant le Conservatoire politique, avait fixé les programmes d'études avec la plus complète impartialité, on le voit ; non seulement on formait, dans ce remarquable établissement, des hommes de gouvernement et de conservation, mais encore on y instruisait les hommes destinés à conduire la lutte contre le pouvoir. Une longue pratique de la liberté et surtout l'habitude d'être culbuté régulièrement, à des intervalles assez rapprochés, inspiraient au gouvernement cette large impartialité qui eût fait bondir d'étonnement nos arrière-grands-pères à l'esprit étroit.

Les mamans du Conservatoire.

Au premier rang des livres pédagogiques du Conservatoire, il faut mettre d'abord le MANUEL DU BACCALAURÉAT ÈS POLITIQUES — avec une s — en usage pour les deux classes, un merveilleux ouvrage didactique où toutes les sciences politiques sont étudiées, détaillées et enseignées avec assez de clarté pour que l'esprit le plus médiocre, l'inintelligence la plus constatée, puisse, avec quelques études consciencieuses, faire au besoin un sous-préfet passable, un conseiller général suffisant ou même un député à peu près sortable. Ce manuel forme la base de l'instruction, les livres qui viennent ensuite sont : la GRAMMAIRE DE L'HOMME D'OPPOSITION, la GRAMMAIRE DE L'HOMME DE GOUVERNEMENT, le MANUEL DE L'INTERPELLATEUR, les LEÇONS AU POUVOIR, COURS D'OPPOSITION RADICALE, etc., etc.

Hélène pâlissait sur ces livres, trop profondément sérieux pour son esprit encore empreint d'un féminisme arriéré ; malgré l'énergie de sa bonne volonté, elle ne pouvait venir à bout de se passionner pour la science politique et ses mille subdivisions.

LE CONSERVATOIRE POLITIQUE — COURS DE PARLEMENTARISME

Sa voisine, Louise Muche (de la Seine), suivait au contraire les leçons des professeurs gouvernementaux ou opposants avec une attention qui ne se démentait pas et elle ne manquait jamais, au cours pratique d'éloquence parlementaire, de se lancer ardemment dans la discussion. Aussi portait-elle régulièrement dans sa famille, à la fin de chaque semaine, des mentions honorables et de bonnes notes, tandis qu'Hélène ne pouvait obtenir sur son cahier de semaine que les mentions *mal, très mal, tout à fait mal, à peu près* ou *passable.*

M. et Mme Ponto s'en affligeaient. M. Ponto était assez ennuyé de voir de plus en plus reculer le moment où il pourrait se débarrasser du

CONCOURS D'ORDRES DU JOUR.

fardeau de sa tutelle et Mme Ponto renonçait avec peine à l'espoir de trouver en Hélène une bonne recrue pour le grand parti féminin.

L'excellente Mme Ponto s'en allait souvent trouver le directeur du Conservatoire pour lui parler de sa pupille, mais elle en revenait chaque fois avec des nouvelles peu encourageantes. Hélène ne faisait pas de progrès. Elle savait à peine opérer une distinction entre les attributions d'un député et celles d'un simple sous-préfet. Elle ne mordait pas au cours de parlementarisme et confondait souvent dans ses devoirs le gouvernement et l'opposition, attaquant les ministères dans la classe de gouvernement et défendant les mesures ministérielles dans la classe d'opposition.

Au cours d'éloquence parlementaire, elle n'avait pas une seule fois paru à la tribune, malgré les espérances que son heureux début comme avocate dans l'affaire Jupille avait pu faire concevoir. En trois mois, elle n'avait pas déposé une seule demande d'interpellation et les ordres du jour qu'elle rédigeait, forcément comme tous les élèves, se bornaient toujours à cette simple phrase :

La Chambre, approuvant — ou désapprouvant — les actes du ministère, passe à l'ordre du jour.

« Elle n'ira pas loin, disait chaque fois à Mme Ponto l'éminent directeur du Conservatoire; les notes des professeurs sont unanimes, elle manque de facilités... tout ce qu'on en pourra faire, c'est une petite sous-préfète et encore dans un arrondissement tranquille. »

Entre deux séances du cours de parlementarisme, les élèves du Conservatoire suivaient le cours de journalisme, également divisé en deux classes, la classe de gouvernement et celle d'opposition. Les professeurs étaient pris en dehors, dans le journalisme parisien, parmi les plumes les plus autorisées. Certains cours, horriblement ennuyeux, n'en étaient pas moins suivis avec la plus grande attention par les élèves qui comprenaient leur haute importance ; le cours de discussion, surtout, était assez rébarbatif; on y apprenait à disserter longuement sur l'interprétation du § 4 de l'article 145 de la Constitution, sur les attributions du pouvoir exécutif et du pouvoir législatif et autres matières peu réjouissantes.

Toutes les semaines les classes se réunissaient; on supposait une mesure prise par le gouvernement et les élèves avaient pour devoir les uns de l'attaquer et les autres de la défendre, sous la direction des professeurs. La semaine suivante les rôles étaient intervertis, les défenseurs du gouvernement devaient au contraire le combattre et les opposants le défendre. Cette excellente gymnastique assouplissait les plumes et les élèves journalistes y gagnaient de pouvoir, en sortant du Conservatoire, se lancer d'un côté ou de l'autre, avec toutes chances de réussir et avec facilité de changer de parti suivant l'occasion.

Si les professeurs gouvernementaux avaient pour qualité le sérieux et la solidité, les professeurs d'opposition étaient brillants et verveux. Le plus étincelant de tous, un pamphlétaire célèbre, faisait le cours d'éreintement; il n'avait pas son pareil pour retourner un adversaire, pour l'injurier, le houspiller et finalement l'écrabouiller dans une prose ricanante, sous un amoncellement d'accusations monstrueuses et d'épithètes férocement comiques.

Hélène s'endormait aux graves fariboles du cours de journalisme doctrinaire, elle ne pouvait venir à bout de trouver une toute petite raison

pour ou contre le § 4 de l'article 145 de la Constitution. Le cours d'opposition la réveillait un peu, sans pour cela l'intéresser. Tous les professeurs,
à l'unanimité, refusèrent de lui trouver la moindre vocation pour le journalisme. Un jour qu'elle sortait du *Cours d'insinuations malveillantes,* où elle
n'avait pas brillé, le professeur d'éreintement, furieux de la mollesse de ses
essais d'articles, l'interrogea sévèrement.

« Mademoiselle, dites-moi ?... qu'est-ce que je professe ici ? le bénissage ou l'éreintement ?

— Monsieur...

— Évidemment vous vous croyez à un cours de bénissage ! votre
dernier devoir est ridicule !... Qu'est-ce que je vous avais donné pour
thème ?...

— L'éreintement détaillé d'un ministère, répondit Hélène.

— L'éreintement ! et vous croyez avoir éreinté ce ministère dans votre
devoir ? C'est inimaginable !
Attendez un peu, je vais éplu-
cher votre morceau de style
pour l'édification de vos camarades.... »

Et le professeur d'érein-
tement chercha parmi la
masse des devoirs des élèves
le cahier d'Hélène.

« Le voici, reprit-il, je
lis !

Le Ministère !

Le gouvernement (type idéal)

— Hum, bien douceâtre,
bien bébête, ce titre, malgré le point d'exclamation.... il fallait quelque
chose de plus énergique, comme Le ministère de l'ignominie ou Tas de
ministres ! ! ! C'est avec un sentiment de profonde tristesse pour l'avenir
de notre pays que nous avons lu ce matin à l'*Officiel* la composition du
ministère que le pouvoir nous inflige. Malheureuse France, en quelles
mains es-tu tombée ? (Est-ce assez mauvais, ce commencement pleurni-
chard !) Ces hommes politiques (vous les appelez hommes politiques,
vous voyez bien que c'est du bénissage !) imbéciles (c'est mieux) et criminels (un peu mieux encore), nous ne les connaissons que trop ; nous

savons dans quelles voies ténébreuses ils vont conduire notre pays ami de la lumière et..... (voilà le pathos qui va commencer !)..... et vous appelez ça de l'éreintement ! J'en appelle à tous vos camarades ! »

Toute la classe se mit à rire, à la grande confusion de la malheureuse Hélène.

« Voici, reprit le professeur, comment il fallait commencer :

« Tas de ministres ! ! !

« L'être immonde qui préside à la distribution des portefeuilles a bien choisi ses acolytes. Nous nous y attendions ! Robert-Macaire ne saurait

TAS DE MINISTRES !

vivre sans Bertrand. Il ne lui confierait certes pas son porte-monnaie personnel, mais il lui prête celui de la France avec le portefeuille des finances. Les autres Bertrands sont dignes de ce boursicoteur, de ce coulissier failli, de ce trappeur de la Bourse. (Vous savez, jeunes élèves, que j'ai donné toute latitude pour les accusations à porter individuellement contre chaque ministre, je ne veux pas gêner votre fantaisie ni couper les ailes à votre inspiration.) Je reprends... le ministre de la justice est bien connu de la justice ; il a dans sa vie certaines histoires que nous nous proposons de raconter un jour ; sans trop appuyer aujourd'hui sur son hideux passé, nous pouvons bien dire qu'il s'agit d'un certain plat de champignons douteux qu'il offrit un jour à sa belle-mère. Le ministre de la guerre est un gendarme furibond et moustachu, mais ce n'est que cela ; le brave homme, intelligent comme son sabre, ne nous fait pas peur. Nous plaignons au fond cette vieille giberne, féroce, mais candide, de son accouplement avec l'homme à la cuistrerie sinistre, l'ignoble marmiteux, le venimeux, perfide et dégoûtant ministre de.... etc., etc.

« Voilà, jeunes élèves, ce qu'il fallait dire ; voilà un tout petit échantillon de style sur lequel il faut vous modeler... avec un peu d'imagination, on vient toujours à bout d'un adversaire, on trouve toujours quelque chose de désagréable à lui dire... Bien entendu, il ne faut pas trop vous soucier de la vérité stricte, ou même de la vraisemblance des accusations que vous lui jetez à la tête ; ce n'est pas votre affaire, c'est la sienne ! Quant à l'élève Hélène Colobry, je lui marque une mauvaise note ; elle refera son éreintement de ministère dans le sens indiqué et elle copiera toute ma série d'articles du mois dernier ! Je lui conseille de prendre exemple sur sa voisine, l'élève Louise Muche ; cette jeune personne ira loin, son dictionnaire d'invectives est suffisamment fourni et elle tourne bien l'éreintement fantaisiste et cascadeur ! »

Une lumière de la science politique.

Hélène, confuse, regagna sa place et se remit à piocher son article en implorant quelques conseils de Louise Muche.

Cependant l'époque des examens trimestriels approchait. Hélène fut accablée de travail et, pour se mettre en état de passer convenablement ses examens, elle dut pâlir sur des paquets de livres peu récréatifs.

Les dernières semaines d'études furent consacrées au *Cours particulier d'éloquence à l'usage du député rural ;* pour se loger dans l'esprit quelques notions vagues et une provision suffisante de termes techniques sur les céréales, l'assolement des terres, les mœurs et coutumes des bestiaux, etc., il lui fallut parcourir quantité de volumes indigestes ; puis il fallut apprendre à distinguer le trèfle du sainfoin, l'œillette du chanvre, le seigle de l'avoine et rédiger des projets de discours ou de rapports sur les maladies des betteraves, sur le rendement du colza, sur la dégénérescence des poules cochin-chinoises, sur l'amélioration de la race bovine, etc., etc.

Pour l'examen écrit, le directeur du Conservatoire donna en devoir à toutes les classes une série de discours pour député rural aussi complète que possible.

Un discours à ses commettants pour l'ouverture de la période électorale.

Un discours à la noce de la fille d'un électeur influent.

Un discours de comice agricole.

Un discours pour banquet de sapeurs-pompiers.

Un discours pour inauguration de statue.

Un discours au banquet du conseil général.

Une allocution à la foule du haut d'un balcon.

A la pensée que le jury, composé d'hommes politiques en exercice, de députés et de ministres, lirait ses compositions, Hélène eut des tiraillements d'angoisses. Cependant il fallait travailler, son avenir était en jeu. Les élèves bien notés aux examens, s'ils font partie de la classe de gouvernement, sont toujours pourvus de postes avantageux dans l'administration ou la diplomatie, et, s'ils sont de l'opposition, les collèges électoraux se les disputent.

Hélène, encouragée par Louise Muche, se mit à l'œuvre. Elle prit sept cahiers de papier, écrivit en ronde le titre de chaque devoir et les commença tous à la fois.

Citoyens et citoyennes !

Après plusieurs années consacrées à la défense énergique de vos droits, à la poursuite acharnée de toutes les améliorations et de tous les progrès, votre ancien représentant est heureux de venir se retremper au sein du suffrage universel, du suffrage vraiment universel que notre patrie a eu la gloire d'appliquer la première ! Citoyens électeurs et citoyennes électrices ! Votre représentant....

Mesdames et messieurs !

La vraie famille du député, c'est l'arrondissement tout entier, ce sont ses dignes électeurs et ses charmantes électrices ; c'est donc avec des sentiments presque paternels que j'assiste à la fête de famille qui nous réunit aujourd'hui autour du citoyen considéré, du conseiller municipal éminent, de l'heureux père qui....

Vous aussi, jeune épouse, vous allez devenir une citoyenne, une électrice de notre beau département; continuant les traditions de votre famille,

LE DÉPUTÉ A LA NOCE D'UNE ÉLECTRICE.

vous marcherez fermement dans la voie du progrès sage, du perfectionnement progressif de nos institutions et....

Permettez-moi de féliciter votre mari de....

Messieurs!

Agriculteur théorique et scientifique, je bois aux agriculteurs pratiques; éleveur également théorique, je bois aux vrais éleveurs et à leurs bestiaux!

L'agriculture, c'est la.... L'élevage, messieurs, n'est-ce pas le...

Officiers, sous-officiers et sapeurs, chers camarades!

Et moi aussi je suis sapeur-pompier! Si, retenu par les travaux législatifs, je ne suis pas là quand l'incendie s'allume dans notre ville, quand le clairon sonne et que les sapeurs accourent au pas de course, la pompe

nouveau modèle que j'ai offerte à la commune me remplace au poste du
danger ! Permettez au pompier honoraire de...

Mesdames, messieurs !

C'est avec un légitime orgueil que je prends la parole en ce jour de
fête, pour saluer l'effigie de bronze du grand homme que notre belle cité
s'honore d'avoir vu naître. L'illustre homme d'État, dont je suis l'humble
successeur, a représenté pendant trente-cinq ans notre arrondissement aux
Chambres législatives et nous nous souvenons tous avec orgueil qu'il tint
pendant sept jours, en 19.., le portefeuille des travaux publics et qu'ensuite,
à maintes reprises, il fut sur le point de figurer dans différentes combinai-
sons ministérielles....

Chers collègues !

Je suis heureux, chaque année, à la fin de la session du conseil général, de pouvoir vous dire à ce banquet qui couronne nos travaux...

Citoyens et citoyennes !

Un seul mot avant l'ouverture du scrutin. Je me sens trop au-dessus
des calomnies de mes adversaires pour y
répondre autrement que par le silence du
mépris. Les insinuations malveillantes de
mon honorable concurrent, cet homme vil,
abject et taré, ne sauraient m'atteindre. Je
suis et serai toujours le champion du progrès...

Et ce fut tout. Après ces quelques
phrases l'inspiration s'arrêta. Hélène, pendant huit jours et huit nuits, se tortura
l'esprit pour trouver quelque chose à y
ajouter. En vain elle consulta Cicéron,
Bossuet, Mirabeau, Gambetta, le souffle
lui manqua ; tout ce qu'elle put faire, ce

Au banquet des sapeurs.

fut de coudre à ces commencements de discours une brusque péroraison
en deux lignes.

La veille de la remise des devoirs, une idée lui vint. Puisque ces ennuyeuses harangues ne venaient pas en simple prose, si elle essayait de la langue des dieux ? Et, sans plus réfléchir, elle commença tout aussitôt à mettre en vers le discours du député au banquet des sapeurs-pompiers.

> Lorsque dans la cité la trompette électrique
> Fait sortir de son lit le courageux sapeur...

EXAMENS DU CONSERVATOIRE
POLITIQUE.

L'inspiration rebelle s'étant laissé attendrir aux accents de la lyre, Hélène put aligner cent quarante vers rimant suffisamment. La harangue du sapeur honoraire était terminée. C'était assez pour un jour, il fallut livrer les autres discours en simple prose.

Les examens oraux duraient huit jours, les professeurs et le jury du Conservatoire ayant à interroger près de cinq cents élèves. Les examens avaient lieu dans la grande salle des cours pratiques de parlementarisme, le jury au banc des ministres et à la présidence, les élèves à leurs bancs et les mamans dans les tribunes. Que de mamans et de papas, serrés dans leurs habits de fête, la figure pâle d'émotion et l'œil inquiet !

Leur fils allait-il sortir victorieux de ce terrible examen et enlever le poste d'attaché d'ambassade qu'on lui avait promis ; leur demoiselle allait-elle répondre convenablement et obtenir, avec sa médaille de lauréate, cette nomination de sous-préfète qu'on lui faisait espérer ?

Les tribunes de gauche avaient été réservées aux anciens élèves du Conservatoire aujourd'hui députés, préfets ou ministres. C'est de ce côté que partaient les plus chauds applaudissements lorsqu'au pied de la tribune un élève répondait victorieusement aux questions du directeur ou d'un membre du jury. Dans les tribunes des mères, des mots méchants couraient, chuchotés par des mamans nerveuses et rageuses.

« Pas fort! Injustice! Nous savons ce que nous savons! Ce grand-là est aussi capable de faire un député que mon concierge!

— Mlle Firmin est sûre d'avance de sa préfecture, c'est une préférée!

— Anatole de Chatigny a des protections... c'est le cousin d'un ministre qui est du jury! »

Hélène fut interrogée la trois cent cinquante-huitième. Quelques mots entendus en arrivant devant le jury lui rendirent le courage.

« Excellent concours! disait un membre du jury, le Conservatoire tout entier est en progrès. Cela nous promet une belle génération de préfets remarquables, de députés éloquents, de ministres hors de pair... »

Mme Ponto devait venir ce matin-là recommander sa pupille aux amis qu'elle comptait dans le jury; par malheur, prise par une importante réunion des comités féminins, elle n'était pas encore arrivée quand un membre du jury se mit en devoir d'interroger Hélène :

« Classe de gouvernement... n'est-ce pas? dit-il. Bien! Dites-moi.... Quand un projet de loi est présenté à la Chambre en opposition avec le ministère et que le ministère n'est pas certain de la majorité, quel est le rôle du député gouvernemental, ou, si vous voulez, ministériel?

— Il doit voter contre, répondit Hélène.

— Ma pauvre enfant, vous me semblez ignorer les premières notions de tactique parlementaire. Tous les efforts du député doivent tendre, d'abord à faire nommer une commission, puis à faire diviser la commission en sous-commissions et les sous-commissions en petites commissions particulières pour enterrer le projet par morceaux puisqu'on ne peut le faire d'un seul bloc. Supposons maintenant une mesure grave prise par un ministère battu en brèche.... Que devez-vous faire?

— Je dois déposer une demande d'interpellation.

— Comment, une demande d'interpellation!

— Pardon, dit Hélène se souvenant tout à coup d'un discours de Louise Muche, récompensé par une médaille de première classe, pardon, je veux dire, je demande la mise en accusation du ministère...

— La mise en accusation !!!... et vous êtes de la classe de gouvernement !... »

Hélène, déjà bien troublée, acheva de perdre la tête ; elle confondit
tout à fait les deux classes, le gouvernement et l'opposition, la gauche et la
droite, répondant à tort et à travers et bouleversant les professeurs par ses
étranges idées sur les ordres du jour, les interpellations, les amendements
et les propositions et
contre-propositions.

Les membres du
jury hochaient la tête
et préparaient des bou-
les noires. A ce moment
Mme Ponto apparut dans
le groupe de person-
nages de distinction
assis derrière le jury.
La séance des comités
féminins avait trop duré,
Mme Ponto ne pouvait
plus rien pour Hélène.

Distribution des prix au Conservatoire politique.

« Mais, dit tout à coup un membre du jury en feuilletant une liasse
de cahiers, n'est-ce pas mademoiselle, qui, dans le concours écrit, a osé
mettre un discours de député en vers ? »

Hélène balbutia une réponse.

« C'est inouï ! Il se peut, mademoiselle, dit le juré, que vous ayez des
dispositions pour la littérature ; mais, pour la politique, vous en manquez
complètement. Je ne vous conseille même pas, dans votre intérêt, de songer à vous présenter au baccalauréat ès politique, vous y recueilleriez,
comme aux examens d'aujourd'hui, une unanimité de boules noires ! »

Le juré grincheux se rassit en jetant sa boule noire dans l'urne.
Hélène regagna son banc au bruit des ricanements des tribunes.

« Allons, fit M. Ponto quand il apprit le lamentable échec
d'Hélène, encore trois mois de perdus !

— Décidément Hélène n'a pas la vocation politique, dit Mme Ponto ;
mais il paraît qu'elle a du goût pour la littérature.

— En effet, ses compositions littéraires au collège n'étaient pas
trop mal... qu'elle fasse de la littérature, alors ! »

III

Les 400 fauteuils et les 200 strapontins
de l'Académie française. — Hélène pose sa candidature. — Voyage en tube,
Départ du grand ballon transatlantique « le Tissandier ».

Divan d'académiciennes.

Hélène accueillit l'idée de son tuteur avec plaisir. Enfin elle allait être débarrassée de la politique; elle n'allait plus être obligée de se rendre chaque jour à cet odieux Conservatoire politique et de se raidir et courbaturer l'esprit pour arriver à s'intéresser à ces cours horriblement fastidieux de professeurs plus fastidieux encore.

« Et puisque c'est résolu, dit M. Ponto, puisqu'Hélène se lance dans la littérature, elle va dès demain matin présenter sa candidature à l'Académie française!

— Ma candidature à l'Académie! s'écria Hélène.

— Sans doute! il faut commencer sérieusement!

— Je ne savais pas qu'il fallût déjà... je croyais...

— Quoi?

— Mais c'est au moins trop tôt... je débute... je n'ai même pas encore débuté!

— C'est le vrai moment au contraire!... Et c'est l'usage général. Du moment où vous vous lancez dans la littérature, vous avez intérêt à poser votre candidature de bonne heure, parce qu'on est admis à l'Académie au choix et aussi à l'ancienneté...

UNE SÉANCE DE L'ACADÉMIE FRANÇAISE.

— A l'ancienneté ! s'écria Hélène.

— Sans doute ! vous ignorez donc cela ? La constitution de l'Académie française subit un remaniement complet en 1925. A l'origine, dans la nuit des temps, lorsque la France comptait à peine quatre-vingts ou cent littérateurs, on s'était contenté de quarante fauteuils ; mais quand le nombre des littérateurs se trouva plus que centuplé, l'Académie devint beaucoup trop étroite. Après bien des tergiversations, après avoir ajouté d'abord quarante tabourets et quelques divans pour académiciennes, on en

BUSTES D'ANCIENS ACADÉMICIENS ORNANT LA SALLE DES SÉANCES
DE L'ACADÉMIE FRANÇAISE.

vint à une mesure depuis longtemps réclamée par la presse. On démolit le palais de l'Institut pour le reconstruire dans des proportions convenables, avec une très vaste salle des séances, des salons particuliers et même quelques boudoirs pour les académiciennes. Puis, un décret du pouvoir exécutif porta le nombre des académiciens à quatre cents et fixa le nouveau mode de recrutement. C'était déjà gentil, mais ce n'était pas assez ; si l'on avait voulu rester dans les proportions du XVIIe siècle, il aurait fallu quatre mille fauteuils. La presse entreprit une campagne dans ce sens ; mais, vu les difficultés matérielles, on ajouta seulement aux quatre cents fauteuils de la nouvelle Académie deux cents strapontins d'attente.

— Et je dois poser dès maintenant ma candidature ?

— C'est l'usage. Votre candidature posée, l'Académie a les yeux sur vous ; si vous avez des succès, elle vous appellera dans son sein ; si vous n'y arrivez pas au choix, vous y entrerez par l'ancienneté, après trente ou trente-cinq ans de stage.... voilà pourquoi vous avez intérêt à vous faire inscrire de bonne heure... vous ferez vos visites demain. »

Hélène se retira dans sa chambre sur cette parole. Elle s'endormit joyeuse d'en avoir fini avec le Conservatoire, et se vit déjà en rêve assise sur un fauteuil à palmes vertes, sous la grande coupole de l'Institut.

M. Ponto la réveilla le lendemain matin de bonne heure par la sonnerie de son téléphone de chevet.

« Dépêchez-vous, disait-il, mettez-vous en toilette de cérémonie, vous commencez vos visites tout de suite ; j'ai demandé par téléphone au concierge de l'Institut l'adresse des académiciens à visiter... »

Hélène se hâta de s'habiller. Elle endossa une toilette délicieuse, à la fois élégante et sérieuse, une jaquette bleu lophophore avec jupe à retroussis, relevée au genou et laissant voir les culottes de velours et les bas de soie noire.

Elle déjeuna seule, ses cousines Barbe et Barnabette étant à leurs bureaux de la Banque et Mme Ponto déjà partie. M. Ponto redemandait un supplément de renseignements au concierge de l'Institut. Il arriva bientôt avec une longue liste d'adresses.

« Voici, dit-il, tous les renseignements qui vous sont nécessaires.

— Est-ce qu'il faut que je voie les quatre cents membres de l'Académie?

— Non, vous comprenez que la vie des candidats se passerait en visites... vous n'avez à voir que les chanceliers ; chaque groupe de quarante académiciens a un chancelier, cela fait dix chanceliers, car vous n'avez pas à vous occuper des deux cents strapontins... Voici les noms et adresses, avec quelques petits renseignements sur les œuvres de ces messieurs... vous aurez soin de semer adroitement quelques titres d'ouvrages dans la conversation...

— Et j'y vais seule ? demanda timidement Hélène.

— Sans doute !

— Oh ! que c'est loin ! fit Hélène en consultant sa liste ; voici un académicien qui demeure à Bordeaux...

— Une heure par le tube de Paris-Madrid-Oran, avec la course pour la gare...

— Et un autre à Dunkerque.

— Un quart d'heure de tube... Les autres sont à Paris même ou dans les environs, à Orléans... Compiègne... En trois jours vous pouvez en avoir fini avec vos visites. Commencez par l'académicien de Bordeaux. »

Un aérocab de M. Ponto conduisit Hélène à la gare de Paris-Madrid-Oran. Un train demi-express partait toutes les heures pour Oran, où la ligne se raccordait avec celle de Tombouctou-Koumassie et le Grand-Central africain des lacs Nyanza et Tanganika.

Que les esprits grincheux se plaignent encore de la lenteur des voyages, les tubes n'en sont pas moins une des plus merveilleuses conquêtes modernes. Sait-on ce qu'il fallait jadis d'heures pour aller à Madrid ? C'est inimaginable! Aujourd'hui le tube vous y transporte en une heure et demie par train omnibus et en moins d'une heure par le grand express.

La gare du Midi est une des plus animées; c'est une gare aérienne comme presque toutes d'ailleurs, puisque les tubes arrivent à Paris sur de longs viaducs de fer. Elle s'élève au-dessus du plateau de Montsouris sur de légères, mais solides arcatures de fer. Les voyageurs arrivant à l'embarcadère par les voies aériennes n'ont qu'à entrer dans le tube, les autres montent par les ascenseurs électriques toujours en mouvement.

Hélène arriva juste pour le départ du train. Elle avait son carnet de timbre-tubes

Strapontin de l'Académie française.

qui servent à payer les voyages sur n'importe quelle ligne, comme les timbres-poste pour les lettres, elle n'eut donc qu'à monter en tube. Chaque train se compose d'un certain nombre de cylindres creux et capitonnés, vissés les uns aux autres; ces cylindres communiquent entre eux par une allée et l'on entre par le dernier.

Chaque cylindre porte, écrit en grosses lettres, le nom de la station où il doit s'arrêter ; par un mécanisme ingénieux, en arrivant à cette station, il se détache de lui-même, pendant que le train continue sa course sans le moindre arrêt.

Hélène s'assit dans le cylindre à destination de Bordeaux. Elle sentit les cylindres se mouvoir pour entrer dans le tube, une manœuvre terriblement compliquée qui s'exécute pourtant en une minute et demie et soudain les puissantes machines électro-pneumatiques de la gare ayant joué, elle sentit ou plutôt elle devina que le train tout entier était lancé dans le tube.

Quelle formidable puissance que celle qui projette ainsi quarante cylindres et huit cents voyageurs avec une vitesse de quatre cents lieues à l'heure et, ce qu'il faut noter, avec la plus complète sécurité pour les personnes entassées dans les cylindres! Quel progrès réalisé depuis les capilotades de voyageurs du temps des chemins de fer! Dans les tubes on n'a rien à craindre. Pas de déraillements et pas de chocs avec des trains venant en sens inverse, puisque sur chaque ligne il y a deux tubes parallèles affectés l'un à l'aller, l'autre au retour.

Le pis qui puisse arriver, c'est de passer sa station, quand par suite d'un manque d'huile dans les pas de vis, un cylindre ne se détache pas au

Un tabouret de l'Académie française.

moment voulu, ou bien, ce qui est excessivement rare, lorsqu'un train en retard se trouve tamponné à l'arrière par le train suivant.

Ceci arriva justement au train d'Hélène. Par suite d'une petite distraction de l'ingénieur au moment de la fermeture du tube et de la mise en communication avec les machines, le train avait été lancé avec un dixième de perte dans la force réglementaire. Il en résulta que le grand express parti vingt-cinq minutes après rattrapa le train en retard un peu avant Bordeaux et le poussa violemment en avant.

Hélène, placée dans le dernier cylindre, ressentit une secousse qui la fit vaciller sur ses voisins ; une dame qui se levait pour prendre sa valise dans le filet s'assit par terre, et ce fut tout.

« Bon, nous sommes tamponnés par l'express ! dit un monsieur, nous allons à Madrid... C'est ennuyeux, moi qui suis attendu à déjeuner à Bordeaux !

— Comment ! nous ne nous arrêterons pas avant Madrid ! s'écria Hélène.

— Nous sommes lancés, nous ne pouvons plus nous arrêter ! Nous pourrons reprendre le tube de midi 55 à Madrid, mais nous n'arriverons à Bordeaux qu'à 1 h. 20 ! J'ai manqué mon déjeuner ! un déjeuner d'affaires ! j'intente un procès à la compagnie ! »

Hélène attendit philosophiquement que le train voulût bien s'arrêter. Une demi-heure après, en gare de Madrid, le grand express cessant de pousser, le train de Bordeaux s'arrêta. L'ingénieur de la gare fit bifurquer

LES TUBES — GARE DU TUBE DU SUD A PARIS

les cylindres et les embrancha dans la ligne de retour. Il était midi deux. Hélène avait cinquante-trois minutes pour visiter Madrid ; elle prit un aérocab et donna l'ordre au mécanicien de la conduire aux endroits intéressants. Elle visita — aériennement — le Prado, les musées, le Palais-Royal, avec un petit crochet de quelques lieues vers Tolède et descendit

acheter quelques oranges à la Puerto del Sol. Il eût été désagréable de venir en Espagne sans voir au moins une course de taureaux. Comme elle avait encore dix-huit minutes avant le départ, son mécanicien lui proposa de la conduire au-dessus de la plaza de taureaux où se donnait justement en matinée une grande corrida au bénéfice de l'œuvre des jeunes danseuses.

Hélène y consentit. En quelques minutes son aérocab la conduisit à 35 mètres au-dessus de l'arène. Un taureau noir courait après les bande-

Elle fit un crochet vers Tolède.

rillos, il venait d'éventrer quatre chevaux et d'étourdir deux picadors. Hélène, en frémissant, le vit jeter en l'air un malheureux chulo ; épouvantée, elle donna l'ordre à son mécanicien de repartir bien vite, mais elle avait affaire à un dilettante qui ne consentit à marcher qu'après la course.

Il était midi 54 lorsqu'Hélène descendit à la gare ; elle n'eut que le temps de monter dans le cylindre et le train partit.

Le seul inconvénient des tubes, c'est que l'on ne peut admirer le paysage. Il faut se résoudre à traverser les plus belles contrées sans même les entrevoir. On parle bien d'employer dans la confection des tubes le verre épais, mais transparent, à la place du fer ; mais ce progrès

23

n'est pas près de se réaliser, les compagnies reculant devant l'énorme dépense.

Hélène, regrettant de n'avoir pu apercevoir les vertes Pyrénées, arriva enfin à Bordeaux. — L'académicien était à Paris et ne devait revenir que pour le dîner. Il fallut encore attendre.

Quand, un peu avant l'heure du dîner, elle se présenta chez l'immortel, elle fut immédiatement admise.

« Monsieur, lui dit-elle, je viens vous prier de m'inscrire sur la liste des candidats à l'Académie ; si vous vouliez me faire l'honneur, à l'occasion, de m'accorder votre voix, je serais heureuse et fière de m'asseoir un jour à côté de l'illustre... »

La jeune candidate s'arrêta un instant, elle ne se rappelait plus si l'immortel était historien, poète ou simplement orateur. Troublée par l'accident du tube, elle avait oublié de consulter la note de M. Ponto contenant les renseignements indispensables.

« Du grand homme, reprit-elle, tournant la difficulté, dont les œuvres sont dans toutes les mains... »

Le mot était à peine parti qu'elle se souvint tout à coup que l'immortel était un grand orateur de la Chambre. Elle aurait dû dire *dans toutes les oreilles*. Mais l'immortel n'avait pas bronché, *dans toutes les mains* ne l'avait pas choqué, ses discours étant publiés en plaques phonographiques pour servir aux études des aspirants orateurs.

L'académicien ouvrant un tiroir de son bureau en tira un gros volume sur la couverture duquel Hélène lut les mots :

ACADÉMIE FRANÇAISE.

CANDIDATS.

— Voici mes listes, dit l'académicien, je vais vous inscrire... Voyons, vous avez le numéro 46,892.

— 46,892 ! s'écria Hélène, mais alors...

— Rassurez-vous, dit l'académicien ; on a commencé en 1925 et nous en sommes maintenant au numéro 38,722... à la promotion du mois prochain nous avons quatorze fauteuils ou strapontins à garnir, nous nommerons sept académiciens au choix et nous en prendrons sept à l'ancienneté... Ce sont les numéros 38,722 et suivants qui passent ! vous voyez que vous avez de l'espoir, dans trente ou trente-cinq ans au plus, ce sera votre tour...

— Monsieur, agréez tous mes remerciements...

— Il n'y a pas de quoi... je souhaite vivement, mademoiselle, répondre à votre discours de réception... dans trente-cinq ans ! »

L'aspirante immortelle reprit le tube pour Paris, heureuse d'être inscrite sur les registres de l'illustre Compagnie.

Pour se reposer de son voyage en Espagne, Hélène résolut de ne visiter le lendemain que les académi-ciens domiciliés à Paris. L'un d'eux, justement, demeurait dans le quartier de M. Ponto, du côté de Bougival. Hélène commença par celui-là ; mais avant de sortir, se souvenant de son embarras de la veille, elle demanda un supplément de renseignements sur l'académicien à son tuteur.

A la Puerta del Sol.

—M. Camille Gildas? dit M. Ponto, c'est comme reporter qu'il est de l'Aca-démie française, section des journalis-tes. Vous devez avoir souvent lu ou entendu de sa prose : LE QUADRUPLE ASSASSINAT DE LA RUE *** A *** ou bien, découpé en petites tranches étiquetées : *Le théâtre du crime... Le drame... Découverte des cadavres... Nos présomptions... La piste de l'as-sassin!* ou encore :

« La catastrophe de Tripoli. Six cents cadavres. Parti en toute hâte
« par train spécial du tube transméditerranéen, nous arrivons à Tripoli
« une heure et demie seulement après l'explosion ! Le quartier manufac-
« turier est en flammes ; l'horreur du spectacle nous pénètre malgré nous
« à cette première minute, mais nous revêtons notre costume incombus-
« tible et, la hache à la main, nous nous lançons à travers les flammes en
« déroulant derrière nous le fil qui vous transmet cette dépêche... »

« Bien, dit Hélène en montant en aérocab, je sais ce que je dirai... »

Son aérocab la porta en trois minutes au débarcadère de la maison de M. Camille Gildas.

« Que désire madame? demanda le concierge en sortant de son petit belvédère.

— M. Camille Gildas ? demanda Hélène.

— Il est sorti, répondit le concierge.

— Quand rentrera-t-il ?

— Je ne sais pas ; il vient de partir il y a dix minutes pour Buenos-Ayres.

— Quel ennui ! fit Hélène contrariée.

— Attendez, le ballon transatlantique lève l'ancre à onze heures, vous n'avez qu'à vous rendre aux docks aériens d'Asnières, vous pourrez encore voir M. Gildas.

— Aux docks des transatlantiques à Asnières, vite, dit Hélène à son mécanicien. »

En approchant d'Asnières, dix minutes après, Hélène put voir se balancer, à deux cents mètres en l'air, trois grands transatlantiques en partance. Une animation extraordinaire régnait autour de ces ballons monstres, des myriades d'aérocabs amenaient les voyageurs, des gabarres aériennes et des chalands montaient les caisses de marchandises ; des ingénieurs de l'administration, en aéronefs, faisaient une dernière inspection de la coque et de toutes les manœuvres des énormes aérostats. C'était un va-et-vient formidable entre les ballons et la terre. L'aérocab d'Hélène se glissa parmi l'escadre volante.

« Quel est le ballon en partance pour la République argentine ? demanda Hélène en passant devant une gabarre de l'administration.

— Le TISSANDIER ! » répondit un matelot.

Le TISSANDIER, un des plus beaux ballons de la Compagnie transatlantique, se balançait au souffle du vent entre le NADAR, en partance pour Melbourne, et la LANDELLE, chargée de marchandises pour Java, Bornéo et la Nouvelle-Guinée.

Le petit aérocab aborda le TISSANDIER par les échelles de tribord. Hélène, au milieu de la foule des voyageurs en train de faire leurs adieux à leurs familles, trouva enfin un officier du bord.

« Je voudrais voir un de vos passagers, M. Camille Gildas, de l'Académie ? dit-elle.

— Il est dans sa cabine, en train d'arrimer ses effets, répondit l'officier ; je vais vous y faire conduire. »

Hélène, guidée par un matelot, arriva en escaladant des montagnes de colis, en se faufilant parmi les groupes, jusqu'aux cabines de première classe.

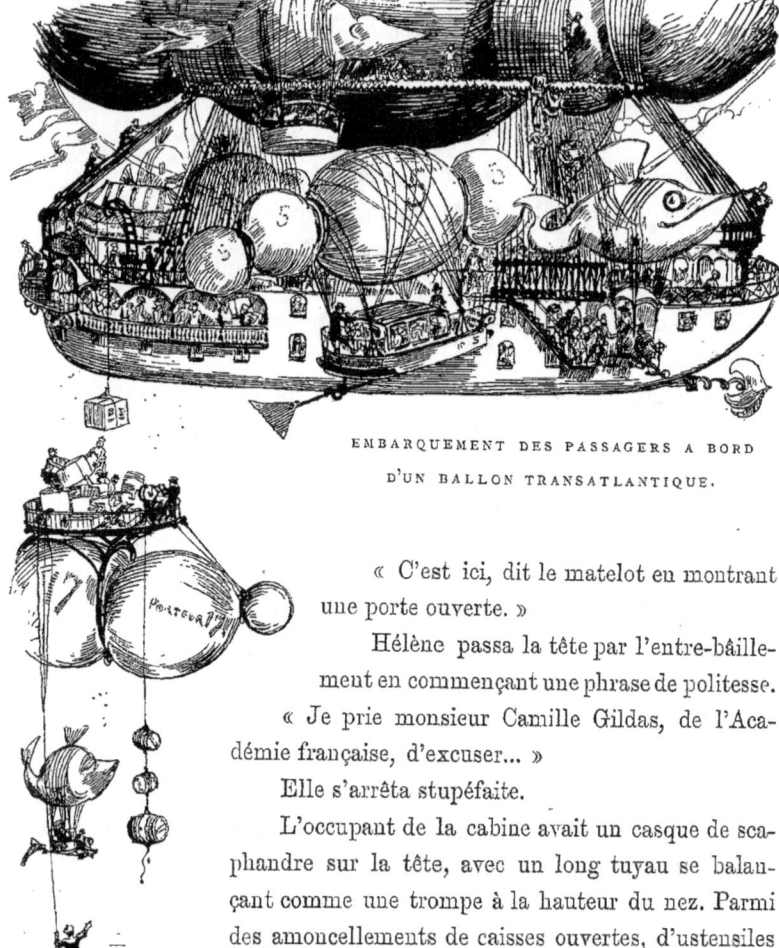

EMBARQUEMENT DES PASSAGERS A BORD
D'UN BALLON TRANSATLANTIQUE.

« C'est ici, dit le matelot en montrant une porte ouverte. »

Hélène passa la tête par l'entre-bâillement en commençant une phrase de politesse.

« Je prie monsieur Camille Gildas, de l'Académie française, d'excuser... »

Elle s'arrêta stupéfaite.

L'occupant de la cabine avait un casque de scaphandre sur la tête, avec un long tuyau se balançant comme une trompe à la hauteur du nez. Parmi des amoncellements de caisses ouvertes, d'ustensiles éparpillés, de paquets jetés sur le plancher, solidement campé sur les jambes, il essayait de rattacher la trompe de son scaphandre au réservoir à air qu'il portait sur son dos comme un sac de soldat. Était-ce bien un académicien qu'elle avait devant elle ? Hélène eut quelques doutes.

« Est-ce bien à M. Gildas, de l'Académie française, que j'ai l'honneur de parler ? demanda-t-elle.

— A lui-même, répondit le monsieur avec une voix qui sortait du tuyau à air.

— Monsieur, c'est comme candidate que je me présente devant vous. Je viens vous prier d'agréer ma candidature et de vouloir bien m'inscrire sur les listes de l'Académie... Je vais débuter dans la littérature et j'espère, par mes efforts, arriver à me rendre digne du grand honneur de m'asseoir sous la coupole de l'Institut, non loin de l'illustre journaliste que....

— Prenez un siège, je vous prie, mademoiselle, dit l'académicien qui venait de réussir à rattacher les courroies de son réservoir à air, je suis à vous immédiatement... vous voyez que je suis en train de vérifier le contenu de mes malles... on oublie toujours quelque chose... Je n'emporte que le strict nécessaire, les objets indispensables... revolvers, scaphandres, costume d'incendie, paraballes, parapluie-tente, hélicoptère de voyage, etc. Je vais à Buenos-Ayres pour la huit cent douzième révolution.... j'aurais pu prendre le tube maritime pour New-York et gagner la République argentine par les tubes terriens, mais j'ai préféré la voie aérienne; la révolution n'est annoncée que pour la semaine prochaine, le président m'a téléphoné que j'avais le temps...

— Ah! monsieur, dit Hélène, j'ai été si souvent troublée en lisant vos articles et vos dépêches, je vois que je puis encore me préparer à de violentes émotions!

— Nous disons donc, reprit Camille Gildas en tirant son carnet, candidate à l'Académie, mademoiselle?...

— Hélène Colobry....

— Dans quel genre comptez-vous briller?...

— Je ne sais pas encore, balbutia Hélène embarrassée.

— Bon, cela ne fait rien, je vous inscris... si vous n'avez pas de préférence, je vous conseille le journalisme; les autres branches de la littérature ont fait leur temps; la poésie, l'histoire, le roman sont bien usés... pensez-y, mademoiselle.

— Je vous remercie, monsieur, et je vous souhaite un bon voyage. »

L'académicien tendit cordialement la main à la candidate.

« Avez-vous fait toutes vos visites, mademoiselle; non? Ne vous donnez donc pas tant de peines, allez cette après-midi à l'Académie, il y a grande séance; vous trouverez tous mes collègues réunis, vous ferez ainsi vos visites en bloc.

— Encore une fois, merci, monsieur. »

Hélène sortit. La cloche du transatlantique sonnait le départ, les parents et les amis des passagers se dépêchaient de les embrasser une dernière fois et regagnaient leurs véhicules.

Hélène retrouva son aérocab amarré aux bastingages de tribord ; elle s'éloigna un peu et donna ensuite l'ordre au mécanicien de louvoyer doucement au-dessus des docks pour assister au départ.

Peu à peu toute l'escadrille d'aérocabs s'était détachée des flancs du TISSANDIER pour se ranger à une centaine de mètres; l'aéronef de la poste, apportant les lettres et les petits colis pour l'Amérique du Sud, s'éloignait aussi. La cloche sonnait toujours. Tous les passagers du transatlantique étaient sur le pont, accrochés aux bastingages, suspendus aux échelles, ou debout dans les petites nacelles amarrées aux palans et sur la passerelle des officiers.

La cloche s'arrêta tout à coup. Un coup de trompette électrique, strident et prolongé, déchira l'air. C'était le signal. L'énorme masse du transatlantique s'ébranla, les machines électriques venaient de donner la première secousse au propulseur. Tous les mouchoirs s'agitèrent, une acclamation prolongée partit de toutes les poitrines.

« Au revoir ! au revoir ! Bon voyage ! »

Le TISSANDIER monta d'un bond rapide jusqu'aux premiers nuages et vira de bord pour mettre le cap vers le Sud. On ne le vit plus que par le dessous de sa nef et bientôt il disparut dans les profondeurs de l'azur.

Hélène ne resta point parmi les flâneurs qui stationnaient au-dessus des docks pour voir partir les deux autres transatlantiques. Pressée de rentrer pour prier Mme Ponto de l'accompagner à la séance académique, elle donna le signal du départ.

IV

Académie française.
Fauteuil pour collaborateurs.

Une grande animation régnait dans les couloirs de l'Institut. Le public habituel des premières, tout ce que Paris comptait de mondains et de lettrés, gens de lettres, gens de salons et aussi gens de boudoirs, se pressait dans l'immense salle des séances et débordait dans les petits salons-annexes. Ceux qui n'avaient pu trouver à se caser à ces places privilégiées refluaient vers les salles éloignées du palais, où des téléphonographes leur permettaient de suivre les discussions et les péripéties de la séance.

Mme Ponto et sa pupille étaient au premier rang des places réservées. Mme Ponto, bien vue des académiciens et surtout des académiciennes — elle avait fondé un prix de 20,000 francs pour le meilleur mémoire sur *la Supériorité de la femme* — n'avait eu qu'à faire passer sa carte à l'archichancelier de l'Académie. Immédiatement reçue par les chanceliers de toutes les sections réunies, elle avait présenté sa pupille à ces messieurs et l'avait fait inscrire sur les listes de candidats.

Cette formalité remplie, Hélène n'avait plus qu'à produire quelque chef-d'œuvre pour passer *immortelle* au choix ou à patienter une trentaine d'années pour arriver à l'ancienneté. En attendant sa réception, la postulante et sa tutrice s'installèrent sur les banquettes académiques pour assister à la séance qui, d'après les indiscrétions, promettait d'être intéressante.

A deux heures, l'Académie se trouvant à peu près au complet, l'archi-directeur ouvrit la séance par un coup de sonnette magistral; on débuta

BANQUET DE RÉCEPTION A L'ACADÉMIE FRANÇAISE.

par recevoir en bloc huit académiciens nommés dans le courant du mois; il n'y eut qu'un seul discours prononcé par le rapporteur des huit élections, les discours de réception, si terriblement ennuyeux au temps jadis, ayant été remplacés par des banquets mensuels beaucoup plus gais.

« Mesdames et messieurs, dit l'archidirecteur, l'Académie a été, dans ces derniers temps, l'objet d'attaques aussi violentes que souverainement injustes ; des critiques acerbes et malveillants ont accusé la docte assemblée de se montrer un peu trop difficile dans ses choix et de tenir trop rigoureusement élevée la toise sous laquelle il faut passer — on me permettra cette comparaison familière — pour être déclaré, en une sorte de conseil de revision littéraire, bon pour le service académique ! On dirait que l'Académie, dans ses choix du mois dernier, a voulu tenir compte des réclamations formulées par les mécontents, et baisser encore — je continue la comparaison familière — le minimum de taille exigé jadis.

« Huit académiciens nouveaux sont venus prendre les fauteuils des éminents et vénérés collègues que la faux cruelle — on me permettra cette image — nous a enlevés. Puissent les nouveaux élus ne pas trouver la place trop large !

« Presque tous les genres, mesdames et messieurs, sont représentés dans cette série d'élus ; nous voyons d'abord la sévère histoire, puis le roman qui nous repose, l'éloquence qui nous séduit, — on me permettra surtout de le dire aujourd'hui, puisqu'il s'agit de Démosthènes féminins, — et le journal qui nous distrait.

« A l'historien, l'éminent M. Nestor Cordonnet, on reproche assez justement un style lourd et pâteux ; mais ces défauts sont, paraît-il, rachetés par des vues larges et profondes. Eh bien, dirais-je à ses détracteurs, la profondeur ne doit-elle pas être la qualité maîtresse de l'historien ? Je n'ai pas suffisamment lu les œuvres de M. Nestor Cordonnet pour y découvrir ces vues larges et profondes — elles doivent y être cependant et j'aurai manqué de persévérance pour mener à bien mes recherches.

« Par un système de compensation, pour racheter la profondeur et le poids de l'éminent historien, l'Académie lui a tout de suite adjoint deux romancières d'un talent exquis. Après la lourdeur, nous avons la délicatesse, la finesse, je dirai même la ténuité ! Les journaux de modes se disputent les œuvres de ces deux immortelles, c'est tout dire.

« A côté des deux charmantes romancières, nous voyons ici le directeur d'un journal téléphonique — ce n'est pas le premier académicien qui n'ait jamais écrit une ligne ; à celui-là je ne reprocherai nul crime contre la syntaxe, ses paroles volent, volent, volent — comme les hannetons — ses articles ont voltigé de ses lèvres aux oreilles de ses abonnés par le fil conducteur. Pfuit ! ! ! Bien des chefs-d'œuvre perdus sans doute !

« Les deux éminentes avocates sont des illustrations du Palais, je le veux bien. N'ayant pas encore découpé de femmes en morceaux, je n'ai pas eu jusqu'ici l'occasion de mettre leur éloquence à l'épreuve — je préfère en croire sur parole les journalistes qui par métier suivent les débats des cours d'assises. Deux de ces représentants de la presse sont appelés aujourd'hui à remplir les deux derniers fauteuils vacants ; personne n'a jamais su mieux qu'eux raconter un accident émouvant, décrire du haut

L'HISTORIEN FÉLICIEN CADOUL.

en bas la personne et l'appartement d'un homme en vue ou détailler agréablement le dernier assassinat. »

Une salve d'applaudissements accueillit ce discours de bienvenue ; les huit académiciens nouveaux assis dans leurs fauteuils se levèrent pour féliciter l'éloquent rapporteur et le remercier de ses aimables paroles ; puis l'un d'eux prononça pour les huit un discours de réception court, mais substantiel.

La vraie séance allait commencer. L'Académie, réunie en séance extraordinaire, devait recevoir communication d'un ensemble de travaux et de mémoires historiques du plus haut intérêt.

On sait que depuis 1940 toute une école nouvelle d'historiens s'est levée pour battre en brèche les vieilles traditions, à la suite et sous la direction reconnue de l'éminent académicien Félicien Cadoul, auteur d'une grande histoire de France en cours de publication, savant archéologue chercheur acharné de documents inédits, fureteur de vieilles archives. Félicien Cadoul lui-même devait, ce jour-là, entretenir l'Académie de ses découvertes nouvelles, développer des théories et répondre aux contradicteurs s'il s'en présentait. L'empressement du Paris intelligent à se rendre à la séance Cadoul montrait que l'école historique nouvelle possédait la faveur du public. On le vit mieux encore lorsque Félicien Cadoul, quittant son fauteuil académique, se dirigea vers la tribune.

Félicien Cadoul, quoique académicien depuis de longues années, est encore jeune. C'est un homme d'environ quarante ans, qui porte haut une tête au vaste front découvert par une calvitie due moins aux ravages des ans, qu'aux veilles pénibles sur les documents, aux travaux acharnés qui ont bouleversé le champ de l'histoire, effondré tant d'antiques erreurs et révélé au monde des vérités longtemps ensevelies sous la poussière des siècles.

En arrivant à la tribune, le grand historien inclina la tête pour remercier ses collègues et le public de leurs marques de sympathie et déposa un énorme dossier composé de larges cahiers attachés par une bretelle rouge. Deux huissiers, qui le suivaient chargés de livres, lui tendirent leur chargement qu'il rangea volume à volume devant lui; puis il se versa tranquillement un verre d'eau, y mit du sucre, remua et ingurgita ensuite avec lenteur.

« Mesdames et messieurs, prononça-t-il avec solennité, j'ai raconté dans la préface de mon histoire de France comment j'avais été amené à entreprendre mon grand travail de réfutation historique, je ne le répéterai pas, mais je vous dirai ceci : Prenez un événement contemporain quelconque, un événement bien simple, qui se soit passé en pleine lumière, aux yeux de tous, et vous allez voir cet événement raconté en cent versions différentes, grandi, grossi, amplifié, agrémenté de détails, enjolivé, dramatisé, poétisé, auréolisé ou diminué, rapetissé, remanié ou bien tout à fait nié par les gens mêmes qui en ont été les témoins ! Pour les événements contemporains, nous traitons tous ces racontars de cancans; dans le domaine du passé, ces cancans s'intitulent orgueilleusement l'histoire !

«Ceci étant reconnu, comment admettre comme vérité tout ce que nous rapportent les historiens sur les choses du passé? Comment, lorsque la lumière est si difficile à faire sur un événement contemporain, avec les dépositions des témoins, comment croire, sur les événements des siècles écoulés, des historiens qui n'ont pas été les témoins de ces événements et qui jusqu'ici n'ont fait que se répéter les uns les autres ?

« Pour les esprits nets et précis, — et ils sont nombreux en ce siècle de netteté et de précision, — l'histoire, comme on l'entendait jadis, n'est que du roman, du roman souvent agréable, je le reconnais, souvent pittoresque, dramatique, héroïque, mais d'autant plus dangereux quand ses fictions

COMMENT ON ÉCRIT L'HISTOIRE.

mensongères, prenant des allures d'épopée, entraînent les jeunes imaginations dans d'étincelantes chevauchées à la hussarde, à travers les rouges batailles, les chocs de peuples et les écroulements d'empires.

« L'histoire nouvelle, abandonnant les procédés faciles de l'ancienne école, doit être entièrement documentaire et critique. Pour les événements du passé, elle doit démêler à travers des entassements d'erreurs, des amoncellements d'inventions fabuleuses, ce qui est la vérité vraie, la vérité pure et simple, dégagée des racontars confus des contemporains et surtout des

enjolivements romanesques que les poètes, les romanciers et, avant nous,
les historiens, se sont plu de tout temps à donner aux faits les plus simples !

— Je proteste ! s'écria un vieil académicien à barbe blanche.

— Mon honorable collègue proteste comme poète, répondit Félicien
Cadoul.

— Comme historien ! reprit l'interrupteur.

— Comme poète ! répéta Félicien Cadoul. Mon honorable collègue est
un historien de l'ancienne école ; il a écrit en six volumes une histoire de
Napoléon qui n'est qu'un pur roman, car, je le prouverai tout à l'heure,
Napoléon fut un brave fonctionnaire, un homme tranquille et doux, qui se
borna, pendant tout le temps qu'il resta le premier magistrat du pays, pour
toute entreprise militaire, à commander en chef la garde nationale de Paris.
Je viens de parler des enjolivements romanesques des poètes et des
romanciers, l'histoire de Napoléon va me fournir les plus remarquables
exemples d'enjolivements. Son étonnante légende semble le produit d'une
conspiration littéraire ; en remontant aux sources, j'ai découvert, comme
point de départ, ceci : Bonaparte aimait l'équitation ; pour faire un
agréable cadeau à sa femme le jour de la Sainte-Joséphine, il se fit peindre
en grand uniforme sur un cheval fougueux par le peintre David. Un
écrivain du siècle dernier, nommé Adolphe Thiers, avait écrit une histoire
d'Alexandre le Grand que tous les libraires lui refusaient, parce qu'elle
manquait d'actualité ; un beau jour, le portrait de Napoléon à cheval tomba
sous les yeux de M. Thiers. Une idée folle lui vint, que son imagination
méridionale adopta aussitôt ; il rentra chez lui bien vite, reprit son
manuscrit et transforma la malheureuse histoire d'Alexandre en un grand
roman sur Bonaparte. Le nom de Bonaparte, considéré comme moins
euphonique, fut rejeté pour celui de Napoléon qui sonnait mieux. Partout
où il avait mis Alexandre, M. Thiers mit Napoléon ; le siège de Thèbes
devint le siège de Toulon et Chéronée la bataille de Marengo. Le Granique
fut transformé en Danube, Babylone en Vienne et Darius en empereur
d'Autriche. La bataille d'Arbelles s'appela Austerlitz, du nom d'un village
autrichien où l'on ne s'est jamais battu. Le même travail de transformation
se poursuivit dans tout l'ouvrage : Roxane devint Marie-Louise et les
généraux d'Alexandre reçurent les pseudonymes de Masséna, Ney, Murat,
Berthier, Lannes, Soult, etc. Grâce à ces changements, M. Thiers trouva
un éditeur et son roman eut un immense succès. Je vous le répète, voilà
tout simplement le point de départ de la grande erreur historique qui fait

du tranquille et doux Bonaparte, un fougueux conquérant et un destructeur de peuples. Il n'y a pas eu de batailles d'Austerlitz, de Marengo, de Leipzig, de Friedland, d'Eylau, de la Moskowa..... tout cela est de la légende, ces maréchaux, ces généraux, ces colonels n'ont jamais existé...

Le vrai Napoléon.

— Et la vieille garde? interrompit un académicien.

— C'était la garde nationale de Paris que Bonaparte aimait à passer en revue tous les ans au Champ de Mars! répondit Félicien Cadoul; satisfait de l'allure martiale de ces simples épiciers et marchands de nouveautés, il les appelait familièrement sa vieille garde! Voilà la vérité vraie!

— Et la colonne Vendôme? dit un autre académicien.

— Il y a cinquante ans qu'elle n'existe plus, on n'a que des renseignements bien vagues sur elle; mais, puisqu'elle s'appelait colonne Vendôme, il est évident qu'elle n'était pas dédiée à Napoléon. Les archéologues pensent que c'était une simple copie de la colonne Trajane de Rome...

— M. de Rothschild possède dans son cabinet les morceaux de la colonne Vendôme! objecta un académicien. Dans les bas-reliefs qui la décorent, on distingue les généraux et les maréchaux que vous dites n'avoir pas existé.

— Ces morceaux de la colonne Vendôme ne sont pas authentiques, des industriels peu scrupuleux se sont inspirés du roman de M. Thiers pour composer ces bas-reliefs et vendre très cher aux collectionneurs de faux débris de colonne Vendôme. La légende inventée par M. Thiers a reçu encore des enjolivements; par la suite, bien des écrivains se sont amusés à la continuer et à broder des détails nouveaux. C'est ainsi que Victor Hugo a inventé Waterloo pour corser un de ses romans... Il est regrettable que

Napoléon et sa vieille garde nationale.

les principaux dépôts de nos archives aient été brûlés accidentellement dans le cours de notre huitième révolution ; les historiens sérieux et méthodiques d'aujourd'hui ont beaucoup de peine à dégager la vérité des fictions et des légendes accréditées par des écrivains trop imaginatifs. Nous n'avons plus à craindre de semblables accidents avec nos révolutions décennales sagement réglées, et l'avenir trouvera sur notre époque des documents soigneusement classés par nous-mêmes. Il est vrai qu'ils se contredisent toujours entre eux, comme presque tous les documents; mais c'est l'affaire de la postérité.

« Donc, en raison d'abord de l'absence de documents tout à fait dignes de foi, et ensuite de l'accumulation des légendes et des romans historiques, l'obscurité et l'incertitude, pour ne pas dire la confusion complète, règnent en histoire ! Les historiens se contredisent mutuellement ; pour les uns, tel roi a sauvé son pays ; pour les autres, le même roi l'a précipité dans l'abîme ; des personnages très ordinaires sont devenus de grandes figures et des héros sont ramenés au rang de simples caporaux.

« La nouvelle école historique, avec sa méthode serrée d'investigation, a fait d'étranges découvertes au milieu de cette confusion. Une de ces découvertes est la reconstitution du véritable caractère de Napoléon et la très simple histoire de son règne tranquille. Je dépose sur le bureau de l'Académie les deux volumes dans lesquels j'ai, pour ainsi dire, disséqué la légende napoléonienne, et en même temps je remets à l'Académie la première partie, en cinq volumes, d'un autre travail aussi important, dans lequel je réduis en poudre une autre légende en prouvant que Louis XIV, le grand roi Louis XIV, le monarque du grand siècle, n'a jamais existé ! »

Cette révélation, quoique éventée déjà par des indiscrétions, causa une sensation profonde dans l'assemblée.

« Louis XIV n'a jamais existé, reprit M. Félicien Cadoul, comme roi, du moins ! Voici déjà longtemps que je suis sur la piste de cette découverte, aujourd'hui j'apporte une certitude absolue ! Louis XIV est l'infortuné connu dans les légendes sous le nom de *l'homme au masque de fer !*... Au siècle dernier déjà, quelques esprits clairvoyants ont eu comme une intuition de la vérité; mais ils ont bien vite fait fausse route dans leurs recherches ! Oui, messieurs, un ministre ambitieux, le cardinal Mazarin, fit enfermer le malheureux Louis XIV en bas âge dans une prison d'État, pour gouverner à sa place ! Ses successeurs, au lieu de tirer le roi de sa prison, aggravèrent encore sa situation et, pour dérober ses traits à tout

LA CONFUSION ARCHÉOLOGIQUE. — DERNIERS JOURS DE LA FÉODALITÉ A CHATOU

(D'après les plus récentes découvertes).

regard indiscret, lui couvrirent le visage d'un masque de fer et l'envoyèrent aux îles Sainte-Marguerite.

« Pendant que Louis XIV ou *l'homme au masque de fer* gémissait dans les cachots, Mazarin, Colbert, Louvois et Mme de Maintenon gouvernaient la France. Les journaux n'existaient pas alors, les ministres n'avaient donc pas à craindre le contrôle de la presse ; gagnés par des pensions, les

MADAME DE POMPADOUR, PREMIÈRE REVENDICATRICE
DES DROITS POLITIQUES DE LA FEMME.

quelques gens de lettres de cette époque reculée se firent les complices de ces ministres et célébrèrent à l'envi la gloire et la grandeur d'un roi qui n'existait pas... La légende grossit d'année en année ; au XVIIIe siècle, des écrivains se passionnèrent pour le grand roi et pour ce qu'ils appelèrent le grand siècle. Voltaire recueillit toutes ces légendes, les arrangea avec de considérables amplifications et les publia sous le titre de *Siècle de Louis XIV.* On rapporte que des amis lui faisant quelques légères observations à propos de certains événements inventés de toutes pièces, Voltaire répondit comme un autre fantaisiste, l'abbé Vertot : Tant pis, mon siècle est fait !

« Et de fait, jusqu'à présent, les historiens n'ont pas songé à élever le moindre doute sur les événements rapportés par Voltaire dans son roman ; et ce n'est qu'aujourd'hui, après deux siècles d'erreur, que la sévère histoire vous crie par ma bouche : Non, Louis XIV n'a jamais existé !

— Cependant, fit un académicien à cheveux blancs, il y a Louis XV...

— Nous n'avons pu encore fouiller l'histoire du xviiie siècle, je ne puis donc rien dire contre Louis XV ; cependant, tout porte à croire que, là encore, nous ferons d'étranges découvertes!... Nous avons des idées bien fausses sur le rôle de Mme de Pompadour, de la Dubarry et autres célébrités féminines du siècle de Louis XV; je ne suis pas éloigné de croire que ces dames furent tout simplement les premières revendicatrices des droits politiques de la femme... mais revenons à Louis XIV... J'espère, dans mon ouvrage, avoir démontré.....

— Versailles existe cependant, Versailles est un document ! dit un autre académicien.

— Le château de Versailles a été construit par un banquier, répondit Félicien Cadoul ; il fut racheté par l'État pour servir d'annexe à l'Exposition universelle de 1901 et revendu à M. de Rothschild qui l'a considérablement. remanié et agrandi.

— Cependant ce qui reste du château primitif porte bien le style de l'époque Louis XIV.

— Le style ne prouve rien. Il règne la même incertitude en archéologie qu'en histoire. Confusion complète ! ce que raconte le livre est démenti par le monument; ainsi certains historiens portent la date de la prise de la Bastille au 14 juillet 1789, tandis que la colonne de la Bastille, quoique abîmée dans les troubles de 1899, montre encore nettement tracée la date du 28 juillet 1830. Le moyen âge et la féodalité n'ont pris fin qu'au siècle dernier; les châteaux forts, les maisons de campagne à créneaux et mâchicoulis, construits en plein xixe siècle, le prouvent suffisamment; l'organisation féodale s'émiettait alors ; ce qui le prouve, ce sont les soixante petits castels crénelés bâtis sur le seul territoire d'Asnières...

— Pardon, dit un savant archéologue en se levant, ce qui cause cette confusion, ce qui brouille tous les styles, c'est la manie des reconstructions et reconstitutions qui sévissait au siècle dernier...

— Ceci est une explication inventée par certains archéologues pour se tirer d'embarras, mais le simple bon sens nous force à la rejeter. Outre Pierrefonds, Saint-Germain et autres grands donjons, nous rencontrons partout, comme je vous le disais, des manoirs gothiques, des petits castels crénelés, à Bougival, Asnières, Saint-Cloud, Trouville, Arcachon et autres centres aristocratiques du moyen âge ; comment admettre que de simples bourgeois se seraient sans nécessité construit des demeures à créneaux, tourelles, poivrières et ponts-levis ? Il ressort de l'étude approfondie des documents et de l'examen des dernières découvertes archéologiques, que les maîtres de tous ces castels guerroyaient sans cesse les uns contre les autres et que ce fut par l'émiettement de ses forces, par la division à l'infini des anciens grands domaines que périt le système féodal ; à la place des vastes duchés du XIVᵉ siècle, englobant des provinces entières, des comtés et des marquisats comprenant trente villes et deux cents villages, on ne vit plus que des domaines seigneuriaux se composant de quelques ares de jardin, entourant un manoir à peine en état de résister à un coup de main. Le XIXᵉ siècle, le siècle révolutionnaire, souffla et tout disparut ! Autre découverte ! Dans les derniers travaux d'édilité exécutés à Paris, on a trouvé des traces d'une occupation sarrasine, sur laquelle l'histoire se montre absolument muette. En déblayant les ruines du faubourg Poissonnière exproprié pour la création d'un nouveau quartier à deux étages — terrien et aérien — on a mis à jour des substructions arabes, quelques arcades mauresques assez bien conservées et une grande pierre portant l'inscription ALCAZAR en caractères français. Paris a donc possédé un castel arabe comme Tolède, Cordoue, Séville et les cités soumises à la domination des califes ! Les archéologues les plus éminents sont d'accord là-dessus ; mais j'ai eu beau

Ruines de la colonne
de Juillet.

fouiller les dépôts d'archives respectés par nos commotions civiles, je n'ai pu encore mettre la main sur aucun document relatif à l'occupation arabe. Était-ce avant les croisades ? était-ce après ? Je l'ignore encore...

— On a aussi trouvé les restes d'un temple chinois sur l'ancien boulevard Voltaire, dit un académicien ; il est permis de supposer qu'à une époque quelconque, une colonie chinoise habita sur ce point et l'histoire a négligé de le noter !

— Je vous le dis, confusion et chaos partout... »

A ce moment un huissier de l'Académie remit un billet à Mᵐᵉ Ponto qui le parcourut rapidement.

« C'est de M. Ponto, dit-elle aussitôt à Hélène ; ma chère enfant, votre tuteur vient de vous trouver une situation. Puisque vous voulez faire de la littérature, vous entrez à l'*Époque,* comme chroniqueuse mondaine. Vite, prenez des notes sur cette séance de l'Académie, vous débutez aujourd'hui même!

— Je ne suis guère préparée, fit Hélène.

LA CONFUSION ARCHÉOLOGIQUE. — UNE VILLE DE BAINS AU MOYEN AGE.

— Il le faut cependant! M. Ponto l'a promis au rédacteur en chef de l'*Époque*, Hector Piquefol... Vous le connaissez déjà, votre rédacteur en chef : il est de toutes nos soirées...

— C'est un compte rendu qu'il faut que je fasse ?

— Un petit tableau mondain de la séance, tout simplement : Vu madame une telle, charmante dans sa toilette de satin vert chou-fleur, à côté de la délicieusement souriante vicomtesse Trois-Étoiles, une représentante de la vieille noblesse de 1880, etc., etc. Vous comprenez, n'est-ce pas ? Je vais vous nommer les personnes de connaissance et vous raconter les petites anecdotes scandaleuses. »

Hélène tira son calepin et se prépara sans enthousiasme à débuter dans le journalisme.

M. Félicien Cadoul continuait l'exposé de ses théories historiques. Il fit part à l'Académie, avec preuves à l'appui, de quelques découvertes aussi intéressantes qu'inattendues, à savoir que Jeanne d'Arc était un jeune homme qui ne fut aucunement brûlé par les Anglais et qui se maria plus tard avec Agnès Sorel. Qu'un descendant des rois mérovingiens, s'intitulant Chilpéric IV, revendiqua le trône de France vers 1875 et fut sur le point d'être élu président de la République, mais qu'il succomba sous une coalition des autres partis et fut réduit par la cruelle fortune à fonder un journal intitulé *le Hanneton.* — Qu'Henri IV est le monarque le plus vertueux de l'histoire de France... — Que Louise Michel, qui fut dictatrice pendant six semaines en 1889 et rêva de se faire reine de France, fut transportée en Nouvelle-Calédonie par la réaction masculine, séduisit là-bas par ses discours un chef canaque qui l'épousa et fut, peu de temps après, obligé de la manger par suite d'incompatibilité, etc., etc.

Hélène ne suivait plus le discours du grand historien, elle prenait des notes pour son journal. Enfin la séance s'acheva, Félicien Cadoul termina son discours en proposant la nomination d'une commission académique chargée de tirer au clair tous les faits douteux de l'histoire de France et l'Académie, après un vote approbateur, rentra dans ses bureaux pour travailler avec ardeur à la confection du fameux dictionnaire, déjà poussé jusqu'à la lettre C.

V

Un grand journal téléphonique.
Comment les Parisiens purent assister à tous les épisodes du sac de Pékin
par les républicains chinois. — Les femmes d'Abd-el-Razibus.
Héroïsme d'un correspondant.

Episode de la révolution chinoise. — L'assaut
de la grande muraille.

Le journal *l'Époque* occupait un superbe hôtel sur le boulevard des Champs-Élysées, au centre du vieux Paris. Cet hôtel était une merveille architecturale bâtie sur les plans d'un ingénieur de génie qui avait voulu en faire comme un résumé du style du xxᵉ siècle.

L'aspect général était celui d'une pyramide tronquée au sommet, et couronnée à 25 mètres au-dessus du toit par une plate-forme portant sur des piliers de fonte. Tout l'édifice, sauf une sorte de squelette intérieur en poteaux de fonte, était en papier aggloméré et métallisé, une matière alliant la solidité à toute épreuve à la plus extrême légèreté et qui a détrôné la pierre et la brique dans les constructions modernes.

La plate-forme était à la fois débarcadère aérien et salle des dépêches; au-dessous, un élégant belvédère recélait le réservoir pour l'électricité indispensable au journal; les salles de rédaction occupaient le quatrième étage, la grande salle des fêtes le troisième, la salle d'armes et la salle de billard le second ; les salles à manger, les petits salons et les boudoirs réservés aux rédacteurs principaux, le premier étage. Le rez-de-chaussée était affecté à l'administration et aux magasins de clichés phonographiques formant la collection du journal.

Sur chaque côté du bâtiment principal s'élevait une haute et légère construction qui servait simplement de support à un immense cercle de cristal de vingt-cinq mètres de diamètre, dressé sur une arcature de métal.

ÉPISODE DE LA RÉVOLUTION CHINOISE. — SURPRISE DU PALAIS D'ÉTÉ.

Ces plaques avaient l'apparence de deux lunes, surtout lorsque, le soir venu, une étincelle électrique les faisait apparaître lumineuses sur le fond obscur du ciel. La lune de gauche était réservée à la publicité — un employé calligraphe dessinait l'annonce sur une simple feuille de papier, et, par le moyen d'un ingénieux appareil électrique, cette annonce se reproduisait aussitôt sur la plaque de cristal en caractères gigantesques.

Le cercle de droite était un téléphonoscope colossal en communication avec tous les correspondants du journal, aussi bien à Paris même qu'au cœur de l'Océanie. Un événement important se produisait-il, le correspondant, armé du petit téléphonoscope de poche, assurait sa communication électrique et braquait son instrument sur le point intéressant; aussitôt, sur le grand téléphonoscope du journal apparaissait, considérablement agrandie, l'image concentrée sur le champ limité du petit téléphonoscope.

On pouvait donc être, ô merveille! témoin oculaire, à Paris, d'un événement se produisant à mille lieues de l'Europe. Le shah de Perse ou l'empereur de la Chine passaient-ils une revue de leurs troupes, les Parisiens se promenant sur le boulevard assistaient devant le grand téléphonoscope au défilé des troupes asiatiques. Une catastrophe, inondation, tremblement de terre ou incendie, se produisait-elle dans n'importe quelle partie du monde, le téléphonoscope de l'*Époque*, en communication avec le correspondant du journal placé sur le théâtre de l'événement, tenait les Parisiens au courant des péripéties du drame.

Rien n'était plus précieux. L'*Époque* faisait de grands sacrifices en correspondants et en plaques de cristal pour suivre au jour le jour les événements intéressants. Le directeur du journal, un beau matin, ne s'était plus contenté des images muettes du téléphonoscope; il avait voulu mieux que cela, il avait voulu en même temps le son, le bruit, la rumeur de l'événement. Des savants, largement subventionnés, s'étaient donc mis au travail, et, après six mois d'essais, ils étaient parvenus à adjoindre au téléphonoscope une espèce de conque vibratoire qui reproduisait les bruits enregistrés sur le théâtre de l'événement par l'appareil du correspondant.

Au moment de la grande guerre civile chinoise, en 1951, les Parisiens émerveillés avaient pu entendre les détonations des canons chinois et la fusillade. Ils purent voir dans la plaque de cristal les armées aux prises, ils assistèrent aux grandes batailles de Nanking, de You-Tchang, de Ning-Po, au passage du fleuve Jaune par l'armée impériale, à la prise de Pékin par les républicains chinois, à l'assaut du palais du Fils du Ciel et aux lamentables scènes de carnage et d'orgie qui suivirent. Les Parisiens, attroupés jour et nuit devant le téléphonoscope, l'âme troublée et le cœur palpitant, assistèrent à des scènes que la plume se refuse à décrire ; ils virent les quatre cents impératrices chinoises au pouvoir d'une soldatesque effrénée, ils frissonnèrent à l'immense incendie allumé après le pillage, enfin, ils furent témoins de la surprise nocturne du camp républicain par le retour offensif du maréchal impérialiste Tin-Tun.

Le journal eut dix-huit correspondants tués ou disparus pendant la guerre et trente et un blessés. Le téléphonoscope se brisa sept fois rien que

A. Robida del.　　　　　　　　　　　　　　　　　　　　Imp. Eudes.

Les Parisiens assistant par le Téléphonoscope
aux horreurs du Sac de Pékin.

pendant le siège de Pékin, sous les effrayantes détonations des pièces de siège. Chaque plaque brisée coûtait cinquante mille francs à remplacer; mais les immenses bénéfices réalisés par le journal permettaient au rédacteur en chef Hector Piquefol de ne pas trop regarder à la casse, en plaques et en correspondants.

Les correspondants blessés dans l'exercice de leurs fonctions étaient rapatriés par le journal et recueillis dans un hôtel des correspondants invalides construit à la campagne, dans un site délicieux, au milieu d'un parc abondant en eaux vives et en fourrés giboyeux.

L'*Époque* avait des concurrents ; mais comme, à tout prix, elle s'était toujours assuré le concours des correspondants les plus intrépides, comme elle avait toujours été la première à adopter les progrès et les améliorations,

Le correspondant de l'*Époque.*

elle tenait la tête parmi les journaux parisiens. La première de toute la presse, elle avait abandonné le vieux mode de publication typographique, pour se transformer en un journal téléphonique, paraissant par jour autant de fois qu'il était nécessaire.

Régulièrement, le journal paraît quatre fois par jour, à huit heures du matin, à midi, à six heures et à minuit : mais, dès qu'un événement quelconque se produit, un supplément en porte aussitôt la nouvelle aux abonnés. De plus, deux fois par semaine, l'*Époque* publie un numéro extraordinaire typographique et photographique.

Les anciens journaux illustrés, qui suffisaient à nos simples aïeux du siècle dernier, ont tous été remplacés par des journaux photographiques :

au lieu de gravures reproduisant d'une façon toute fantaisiste les faits de la semaine, les journaux nouveaux donnent des photographies instantanées de ces faits ; l'*Époque illustrée* est le meilleur de tous les journaux photographiques ; ses illustrations sont la reproduction des images du téléphonoscope photographiées aux moments les plus intéressants. Les abonnés habitant la province ou l'étranger sont ainsi tenus au courant des événements téléphonoscopés.

En sortant de la séance académique, Mme Ponto conduisit Hélène aux bureaux de l'*Époque*. M. Hector Piquefol était là, présidant à la rédaction du numéro du soir.

« Chère madame Ponto, dit-il, vous me voyez dans mon coup de feu...

— Quoi de nouveau ? demanda Mme Ponto, je n'ai rien vu à votre téléphonoscope...

— C'est le Sahara que vous voyez sur notre plaque, regardez par cette fenêtre cette plaine de sable jaune à peine mamelonnée à l'horizon, c'est le désert à dix lieues au sud de Biskra, le désert dans toute sa nudité ; notre correspondant attend le retour de la garde nationale montée de Biskra qui est allée repousser et razzier des Touaregs nomades, en maraude du côté du tube de Tombouctou... Avant une demi-heure vous allez les voir ramenant les Touaregs ; on commence déjà à entendre faiblement les coups de fusil... écoutez !... »

En effet, en prêtant l'oreille, Hélène et Mme Ponto, penchées à la fenêtre, entendirent un crépitement de détonations lointaines.

« Revenons à Paris, reprit Hector Piquefol, mademoiselle est notre rédactrice ?... Très bien. M. Ponto m'a dit qu'elle marquait des dispositions littéraires très remarquables. Très bien. Vous avez assisté à la séance de l'Académie ? vous avez vos notes ? très bien !... Placez-vous à cette table et mettez-les au net... »

Un tintement de sonnette interrompit Hector Piquefol.

« Touaregs en fuite se rabattent par ici avec leurs troupeaux et leurs femmes ! prononça le grand téléphonoscope de la rédaction. »

Hélène, machinalement, regarda derrière elle.

« Rassurez-vous, mademoiselle, dit Hector Piquefol en riant, c'est notre correspondant de Biskra qui parle...

— Je me sauve, dit Mme Ponto, je suis pressée...

— Vous n'attendez pas un peu pour assister à la déroute des

Touaregs? cela doit être intéressant... mon correspondant dit que la garde nationale de Biskra est très animée contre eux... je vous promets des émotions!...

— C'est que...

— Rien que dix minutes, la fusillade se corse et voici les premiers Touaregs qui galopent sur leurs méharis en faisant le coup de feu...

— Touaregs cernés! reprit le téléphonographe, leur aga, surnommé

LES BUREAUX DE L' « ÉPOQUE ».

Abd-el-Razibus par nos troupes pour son penchant à la razzia, vient d'être blessé et ses femmes vont tomber entre nos mains!...

— Je reste pour voir les femmes d'Abd-el-Razibus, dit Mme Ponto en fixant son lorgnon sur le grand téléphonoscope où défilait une formidable débandade d'Arabes, de dromadaires et de moutons.

— Que c'est beau! s'écria Hector Piquefol en brandissant son porteplume, ça m'électrise! oh! la guerre! la guerre! c'était mon élément... si je n'avais le journal à conduire, je serais mon propre correspondant... »

Quelques hurras éclatèrent dans la rue au bruit d'une fanfare de clairons apportée par le téléphonoscope. C'étaient les Parisiens attroupés sur le boulevard ou pressés aux fenêtres des aéronefs, qui saluaient les premiers gardes nationaux de Biskra lancés à la poursuite des pillards touaregs.

Sur la plaque du téléphonoscope, au sein d'une poussière d'or soulevée en tourbillons, apparaissait une mêlée confuse d'Arabes et de gardes nationaux à dromadaires, roulant autour d'un groupe central formé par les femmes et les troupeaux de la tribu ; à coups de fusil, à coups de sabre ou de poignards, les derniers Touaregs défendaient leur smala.

Tout à coup le téléphonoscope s'éteignit subitement et tout disparut. La plaque de cristal avait repris sa netteté.

« Allons, bon ! s'écria Hector Piquefol, notre correspondant est blessé !... »

Tous les rédacteurs attablés sur leur copie coururent aux fenêtres. On ne voyait plus rien sur la plaque de cristal, mais on continuait à entendre, non seulement le fracas des détonations, mais encore les clameurs sauvages des combattants, les cris des femmes et les bêlements des troupeaux.

« La communication n'est coupée qu'à moitié, reprit Piquefol, l'appareil transmetteur du son fonctionne encore....

— Mon Dieu ! fit Mme Ponto.

— Notre correspondant est peut-être tué ; c'est un garçon hardi, il aura voulu nous faire voir de trop près la déroute des Touaregs.

— Mais comment expliquez-vous que l'appareil transmetteur du son fonctionne encore, tandis que le téléphonoscope a cessé de fonctionner ?

— Très facilement ! notre correspondant a l'appareil transmetteur du son fixé à sa boutonnière, tandis qu'il doit tenir son petit téléphonoscope à la main, tourné vers le point intéressant et relié au fil électrique par un fil flottant. »

Le tintement du téléphonographe interrompit le rédacteur en chef de l'*Époque.*

« Voici des nouvelles ! dit-il joyeusement, notre correspondant n'est pas tout à fait tué !

— Je viens de recevoir une balle dans le bras droit, dit le téléphonographe, et j'ai laissé échapper mon téléphonoscope..., bras cassé... je ramasse téléphonoscope... les Touaregs sabrés par la garde nationale demandent l'aman....

— Tenez ! dit Hector Piquefol en indiquant le téléphonoscope, il a ramassé l'appareil, nos communications sont rétablies. »

Sur une sonnerie de clairons, le feu venait de cesser. On voyait sur la

LE JOURNAL TÉLÉPHONOSCOPIQUE

plaque de cristal la garde nationale resserrer ses lignes et les Touaregs, descendus de leurs montures, jeter leurs armes en tas au pied d'un groupe d'officiers.

« Très bien, ces braves gardes nationaux franco-algériens, fit Hector Piquefol; pour de simples boutiquiers, ils ont de l'ardeur!...

— Touaregs se rendent à discrétion! reprit le téléphonoscope, le commandant de Biskra confisque leurs troupeaux et garde comme otages les femmes d'Abd-el-Razibus et celles des principaux chefs.

— Les voilà! les voilà! dit un rédacteur en saisissant une lorgnette. »

LES FEMMES D'ABD-EL-RAZIBUS.

Une longue file de femmes arabes ondulait vers le groupe des officiers. Avec une lorgnette on pouvait distinguer les traits des captives, leurs yeux profonds et noirs, leurs chevelures semées de sequins et les bijoux étincelant sur leurs oripeaux.

« Pas mal! pas mal! dit Hector Piquefol, les femmes d'Abd-el-Razibus..... même les négresses!

— La garde nationale de Biskra a fait une belle prise, dit Mme Ponto en riant.

— Les avez-vous suffisamment vues? oui?... Alors je vais téléphoner à notre correspondant de se rendre à l'ambulance... Et pour occuper notre téléphonoscope, nous allons donner son portrait en projection photographique. »

Et M. Hector Piquefol, ouvrant un tiroir de son bureau, en tira une feuille de verre qu'il tendit à un employé. Immédiatement sur la plaque du téléphonoscope, les femmes d'Abd-el-Razibus disparurent pour faire place à un gigantesque portrait en pied du correspondant de Biskra dans son costume de campagne.

Des bravos éclatèrent dans la foule massée sur le boulevard à la vue de cette héroïque figure. Le bruit de l'accident arrivé au correspondant avait déjà gagné les groupes — les applaudissements redoublèrent quand au-dessous du portrait apparurent les mots suivants en lettres de deux pieds :

NOTRE CORRESPONDANT DE BISKRA

GRIÈVEMENT BLESSÉ.

BALLE DANS LE BRAS DROIT. AMPUTATION PROBABLE.

« Nous aurons au moins deux mille abonnés de plus demain, dit Hector Piquefol; je vais envoyer à mon correspondant une prime de quarante mille francs... je suis très content de lui ! très content !

— Ma chère Hélène, dit Mme Ponto, vous voyez ce que vous avez à faire pour contenter votre rédacteur en chef...

— Non, fit Hector Piquefol, à moins que mademoiselle n'ait du goût pour les coups de fusil, nous ne l'enverrons pas à Biskra... elle nous fera les échos des Salons, c'est moins dangereux....

— Je pars décidément, dit Mme Ponto, je laisse ma pupille à son article. »

VI

La rédaction de « l'Époque ». — Un romancier à l'heure,
Le roman annoncier.
Débuts d'Hélène comme chroniqueuse mondaine. — Une pantomime militaire
pour l'Odéon. — Quatre provocations !

A la salle d'armes.

Hélène avait un fort mal de tête. La séance de l'Académie, les théories de M. Félicien Cadoul, la fusillade, la déroute des Touaregs et la blessure du correspondant, tant de choses pour une seule après-midi, c'était trop ! Et après toutes ces émotions, il lui fallait encore débuter dans le journalisme et rédiger son premier article.

C'était dur ! Les femmes d'Abd-el-Razibus lui avaient fait oublier les élégantes Parisiennes de l'Académie.

Hector Piquefol s'aperçut de son trouble.

« Je comprends, dit-il, le spectacle émouvant auquel vous venez d'assister vous a un peu brouillé les idées... Remettez-vous, relisez tranquillement vos notes... faites un article court, le combat de tout à l'heure va nous fournir un bon morceau de copie... Nous paraissons dans une demi-heure, votre article ne passera qu'après la chronique et l'affaire de Biskra, vous avez le temps... »

Hélène se mit à l'œuvre. Avec ses notes et celles de Mme Ponto, elle réussit à broder un article suffisamment intéressant. Mme Ponto lui avait fourni toutes les médisances du jour, tous les cancans en circulation sur les élégantes en vue ; pour abréger autant que possible sa besogne personnelle, elle fit entrer toutes ces médisances dans son article et le livra sans même le relire à son rédacteur en chef.

« Oh ! oh !... oh !..., fit Hector Piquefol en parcourant le manuscrit.

— Est-ce que c'est mal ? demanda Hélène anxieuse.

— Non, c'est un peu... un peu indiscret, parfois...

— C'est vrai !..., s'écria Hélène effrayée, j'ai noté très innocemment tout ce qu'on m'a dit... je vais supprimer...

— Trop tard, nous n'avons pas le temps, voici un phonographe clicheur, vous allez lire très distinctement votre article dans l'appareil, on portera le cliché au téléphonographe qui le répétera dès que la chronique en transmission sera terminée. — Je porte vos appointements à cinquante mille francs pour commencer.

— Il faut que je lise moi-même mon article ?

— Sans doute ! c'est ce que font tous les rédacteurs... Les abonnés aiment à entendre la voix des rédacteurs eux-mêmes. Passez dans la salle des transmissions et vous verrez tout le monde à l'œuvre. »

Hector Piquefol appela un jeune rédacteur qui offrit galamment le bras à Hélène pour la conduire dans la salle des transmissions. Comme l'avait dit Hector Piquefol, tous les rédacteurs étaient à l'œuvre ; la salle des transmissions était divisée en un grand nombre de cases dans chacune desquelles un rédacteur, séparé de ses collègues par une cloison et par d'épaisses portières destinées à étouffer le son, lisait son article dans un phonographe de petite dimension.

« Vous voyez, mademoiselle, chacun fait sa petite lecture dans son phonographe clicheur et les clichés sont ensuite recueillis par le secrétaire de la rédaction qui les porte au grand téléphonographe des abonnés...

— Pourquoi ne pas lire tout de suite ces articles dans le téléphonographe ? demanda Hélène; on gagnerait du temps...

— C'est ainsi que l'on procédait dans les premiers temps des journaux téléphoniques, mais le téléphonographe envoyait en même temps les commentaires et la conversation des rédacteurs... par le moyen des clichés on n'a plus ces inconvénients à craindre, chacun dit son article séparément...

— Pourquoi, les articles étant écrits, ne fait-on pas lire le journal tout entier par un employé spécial ?

— Pourquoi ? mais parce que le public tient à connaître aussi la voix de ses chroniqueurs préférés ; parce que l'article a beaucoup plus de sel quand il est lu par l'auteur même, qui peut, par des inflexions variées, par des intonations savantes, ajouter à la valeur de ses sous-entendus et faire entendre ce qu'il ne dit pas tout à fait... Les chroniqueurs beaux diseurs sont très appréciés ; de même ceux qui n'ont pas un certain talent de diction restent forcément dans les rangs inférieurs... ainsi tenez, nous avions

dernièrement un courriériste très remarquable, très fort; mais pour son malheur, il était né dans les montagnes du Cantal et il lisait avec un accent auvergnat trop prononcé; pendant quelques jours les abonnés n'ont rien dit, mais après une semaine, les réclamations ont commencé à pleuvoir : Plus d'auvergnat! assez de charabia! etc., notre courriériste a été remercié et on l'a remplacé par un Marseillais — tenez, voici sa case, écoutez-le : »

LES CAPTIVES.

En prêtant l'oreille, Hélène entendit derrière son rideau le courriériste marseillais qui jouait son article :

« ... Et je prétends que le sexe fort est l'aimable sexe auquel nous
« devons les épouses qui nous possèdent, et que nous autres, pauvres hommes
« si calomniés, nous sommes le sexe faible! Oui, la faiblesse est naturelle
« à l'homme, comme la douceur, la bonté sont ses apanages particuliers!
« Le sexe qui nous opprime s'est toujours posé en victime et toujours il
« affecte de se prétendre mené et terrorisé par nous; mais, ô hommes, mes
« frères, ô maris, mes confrères, les vrais terrorisés, les douces victimes,
« c'est nous !...

— Écoutez maintenant celui-ci, reprit le rédacteur en conduisant

27

Hélène un peu plus loin, c'est le célèbre romancier populaire Alexis Barigoul, une des gloires du siècle, le maître du roman moderne ! Pour se l'at-
tacher, l'*Époque* a dû faire de véritables sacrifices ; on lui paye son roman
à 1,000 francs l'heure et comme c'est aujourd'hui son 792ᵉ feuilleton, cela
fait 792,000 francs !... mais c'est un succès !...

— Comment s'appelle son roman ? demanda Hélène.

— Vous ne le suivez pas ? c'est pourtant très attachant, cela s'appelle
PURÉE D'IMMONDICES.

« — Mame la duchesse ! disait le romancier Barigoul, si vous conti-
« nuez à m'ennuyer, nom de nom ! je vous tords le cou comme à un pou-
« let !...

— Quelle voix ! dit Hélène.

— Il imite le ton et l'accent de chacun de ses personnages, répondit
le rédacteur ; écoutez maintenant quelle voix suave...

« — Je suis en votre pouvoir, monsieur ; vous pouvez me tuer, mais
« vous ne me forcerez jamais à...

« Un cri terrible interrompit la duchesse, un cri de désespoir et
« d'agonie qui semblait l'appel suprême d'un malheureux aux prises avec
« la mort !

« — Aaaaah ! ! ! ! »

Hélène recula effrayée ; le romancier Barigoul avait lancé son cri de
désespoir et d'agonie dans le téléphone avec une maestria qui faisait courir
des frissons dans le dos de ses auditeurs.

« Cela venait des massifs du jardin. Jules Désossé, qui venait de tirer
« son couteau de sa poche, le referma brusquement et se jeta dans la che-
« minée. En un clin d'œil il regrimpa sur le toit où l'aérocab de son com-
« plice était attaché. La duchesse s'était évanouie. (La suite au prochain
« numéro.) »

Le romancier Alexis Barigoul s'arrêta. On l'entendit repousser sa
chaise et fermer son phonographe ; en même temps les rideaux s'écartèrent
et il sortit de sa case.

« Ouf! dit-il en donnant une poignée de main au rédacteur, je ne
viendrai pas demain, je vais chasser en Écosse ; voudrez-vous faire passer
dans le prochain numéro la note habituelle :

« Notre collaborateur le grand romancier Barigoul étant enroué
« ce matin, son magnifique roman PURÉE D'IMMONDICES ne paraîtra pas
« aujourd'hui.

— Très bien, dit le rédacteur, ce sera fait et bonne chance ! »

Alexis Barigoul fit un grand salut à Hélène et disparut.

Un monsieur qui arrivait entra dans la case vide avec un phonographe et se mit immédiatement au travail.

UN CŒUR DE JEUNE FILLE.

CHAPITRE XLVIII.

« L'infortunée Valentine se demandait si des jours meilleurs n'allaient « pas luire enfin, lorsque de nouveaux malheurs fondirent sur elle.

LA SALLE DE RÉDACTION.

— Qu'est-ce que cela ? demanda Hélène, encore un roman ?

— Oui, répondit le rédacteur, c'est le roman annoncier... vous comprenez parfaitement que les journaux téléphoniques ne peuvent faire des annonces à la façon des journaux typographiques... l'abonné ne les aurait pas écoutées, il a fallu chercher un moyen pour les faire passer, alors on a inventé le roman annoncier... écoutez...

« Étendue sur sa chaise longue (bazar d'ameublement, boulevard de « Châtillon) dans un peignoir de mousseline d'une coupe exquise due au « génie du grand couturier Philibert, la pauvre Valentine souffrait cruel- « lement d'un rhumatisme aigu. Le docteur Baldy, si connu et si apprécié, « le médecin de toutes les élégantes (rue Atala, 945), lui avait prescrit « d'excellents sinapismes Godot et tout un assortiment des meilleurs spé- « cifiques connus : les pilules Flageois contre.... »

— C'est très ingénieux, dit Hélène.

— Pauvre Valentine ! fit le rédacteur; mais voici une case vide, mademoiselle, si vous voulez lire votre article, voici bientôt l'heure du journal. »

Hélène entra dans la case indiquée et s'assit devant une petite table sur laquelle elle posa son phonographe. Cela fait, son article de la main gauche, le récepteur du phonographe dans la main droite, elle commença la lecture de sa prose en tâchant de donner à sa voix le plus de charme possible.

Dès qu'elle eut terminé sa tâche, Hélène quitta le journal. Un aérocab de la station la conduisit à l'hôtel Ponto où elle arriva juste pour le dîner.

« Eh bien ! ma chère Hélène, vous voici donc journaliste, dit M. Ponto; j'en suis charmé ! Mettons-nous à table, nous allons avoir le plaisir de déguster votre article en même temps que le potage. »

M. Ponto était abonné à l'*Époque;* le phonographe du journal était sur la table au milieu des plats; on n'avait qu'à appuyer sur un bouton pour le mettre en train. Il fallut entendre la chronique, les échos, le bulletin politique, la séance de la Chambre, avant d'arriver à l'article intéressant.

M. Ponto laissa reposer sa fourchette pour donner toute son attention au plat de littérature ; à plusieurs reprises il daigna manifester son contentement.

« Très bien ! très bien ! dit-il encore à la fin, c'est très bien pour une débutante; un peu vif parfois, mais très fin... »

Hélène, cette nuit-là, fit des rêves d'or. Cinquante mille francs d'appointements pour commencer, c'était à peu près de quoi vivre. Et, en somme, on ne lui demandait pas des choses trop difficiles ou trop ennuyeuses. Le journalisme valait mieux que le barreau ou le Conservatoire politique. Une dépêche téléphonique du journal la réveilla le matin.

Hélène reconnut la voix de son rédacteur en chef.

« Mademoiselle, voudriez-vous avoir l'obligeance de venir de bonne heure au journal; nous avons reçu quelques petites rectifications pour votre article d'hier. »

Hélène s'empressa de déjeuner et avertit Mme Ponto de son départ pour le bureau de l'*Époque.* En arrivant au journal en aérocab, elle aperçut dans le téléphonographe une vue d'une ambulance de campagne dans les sables du Sahara. Sur un lit de camp, au milieu d'un groupe d'officiers et d'ambulanciers, elle reconnut le correspondant de l'*Époque*. Au-dessus du groupe, en grosses lettres, on lisait cette inscription :

LA BALLE était EMPOISONNÉE!!!

A 3 HEURES

NOTRE CORRESPONDANT DE BISKRA

SUBIRA

L'AMPUTATION du bras droit.

Hélène frémit et détourna les yeux. Un garçon de bureau l'introduisit dans le cabinet du rédacteur en chef. Hector Piquefol était en conférence

LE ROMANCIER BARIGOUL POUSSANT SON CRI.

avec un monsieur; il fit signe à Hélène de prendre un siège et continua la conversation.

« Je ne sais pas s'il sera en état de s'occuper des négociations, disait-il.

— Bah ! c'est un gaillard solide; l'amputation se fera à la machine électrique, il ne souffrira pas.... »

Hélène comprit que l'on parlait du correspondant.

« Enfin, quelles sont vos conditions ? Je veux bien lui téléphoner et s'il est en état de s'occuper de l'affaire, il s'y mettra de suite.

— Voilà, je lui donne carte blanche pour le prix, je lui demande de négocier avec la garde nationale de Biskra pour la rançon des femmes touaregs razziées hier et de les engager, coûte que coûte, fût-ce au poids de l'or, pour l'Odéon... Je les engage toutes ! je les ai vues hier, elles sont charmantes....

— Même les négresses ? vous voulez aussi les négresses ?

— Surtout les négresses ! Songez donc, cher ami, quelle couleur locale !... elles feront courir tout Paris, pour peu qu'elles aient quelques petits talents d'agrément, comme la guitare ou le mâchage des charbons allumés !... Et comme prime pour votre correspondant, je lui commande la pièce, une grande pantomime militaire intitulée *les Femmes d'Abd-el-Razibus* ! Quel succès ! mon très bon, quel succès !... le vieil Odéon en tressaille d'avance !

— Compris ! aussitôt après l'amputation, je téléphone ! au revoir ! »

Le directeur de l'Odéon donna une poignée de main à Piquefol et disparut.

« Ma chère collaboratrice, dit Piquefol en se tournant vers Hélène, êtes-vous forte à l'épée ?

— Plaît-il ? fit Hélène stupéfaite.

— Je dis : êtes-vous forte à l'épée ? Non... tant pis ! Et au revolver ?

— Je... je n'ai jamais touché à aucune arme, balbutia Hélène.

— Comment, vous vous lancez dans le journalisme avant de savoir tenir une épée ? Quelle imprudence ! Mais vous avez été au lycée ?

— Oui... mais j'ai tout à fait négligé l'escrime...

— Tant pis ! tant pis !... savez-vous bien, malheureuse enfant, que votre article d'hier a suscité de vives réclamations. Vous allez avoir au moins quatre affaires sur les bras !...

— Comment cela ? s'écria Hélène atterrée, je n'ai rien dit...

— Vous avez dit des choses très graves ! il y a dans votre article, entre autres piquantes indiscrétions, une amusante histoire d'enlèvement qui se serait passée la semaine dernière; vous racontez les faits et vous nommez presque la dame... Vous allez bien si vous trouvez que c'est peu de chose !

— J'ai répété ce que...

— Sans doute, mais le mari est accouru ce matin furieux, après m'avoir téléphoné toute la nuit !... La dame est rentrée au domicile conjugal après son escapade... et cette baronne en procès avec sa couturière, le baron annonce sa visite pour cette après-midi... et j'ai encore trois ou quatre lettres de gens qui se prétendent offensés !...

— Je ferai des excuses ! s'écria Hélène.

— Des excuses ! vous n'y pensez pas ? des excuses ! Jamais un rédacteur de l'*Époque* ne fait d'excuses ! vous vous battrez !

— Me battre ! gémit l'infortunée journaliste.

— Vous ne pouvez faire autrement... je comprends que cela vous contrarie, mais il le faut. Vous allez passer à notre salle d'armes et l'on

ARRIVÉE DU JOURNAL TÉLÉPHONIQUE CHEZ L'ABONNÉ.

va tout de suite s'occuper de vous mettre en état de répondre aux provocations... »

Hélène se laissa tomber sur un fauteuil.

« Je vous en prie, fit Hector Piquefol, pas de faiblesse ! votre rédacteur en chef peut vous passer cela, mais il ne faut pas que le public se doute jamais qu'une rédactrice de l'*Époque* hésite au moment d'aller sur le terrain... vous êtes nouvelle dans la carrière, j'espère qu'avant peu vous vous montrerez plus crâne ; en attendant, nos maîtres d'armes vont vous donner quelques bonnes leçons et je vais tâcher de gagner du temps... »

Et le rédacteur en chef griffonna rapidement quelques lignes.

« Tenez, dit-il au bout d'une minute, voilà ce que je vais faire passer dans le numéro de six heures :

LES DEUX DUELS DE CE MATIN.

« Notre collaborateur *Gardenia* ayant reçu cette nuit deux provoca-
« tions, s'est rencontré ce matin dans la forêt de Fontainebleau avec ses
« adversaires, MM. de J. et A. M. Ces derniers étant les offensés avaient
« le choix des armes. M. de J. a choisi l'épée et M. A. M. le revolver.
« L'ordre du combat ayant été réglé par les témoins, M. de J. eut le
« numéro 1. Après un engagement de treize minutes, M. de J. eut l'épaule
« droite traversée de part en part. Après une pause de cinq minutes, notre
« collaborateur Gardenia et M. A. M. prirent les revolvers et s'engagèrent
« dans le bois pour brûler leurs huit cartouches. Le sort favorisa encore
« notre collaborateur, qui logea une balle à trente mètres dans la jambe
« de M. A. M. »

L'entrefilet rédigé par Hector Piquefol eut un plein succès. Les provo-
cateurs d'Hélène, subitement radoucis, se bornèrent à réclamer une rectification que le rédacteur en chef accorda de bonne grâce.

« Vous voyez, dit Piquefol à sa collaboratrice, je vous ai fait gagner
du temps; mais ce petit stratagème ne peut servir qu'une fois; vous allez
travailler sérieusement l'escrime. »

Et, à compter de ce jour, Hélène fit deux parts de ses journées ; une
moitié fut consacrée au travail et l'autre moitié à l'étude de l'épée et du
pistolet. Elle courait le monde, assistant tantôt à une première, tantôt à
un lancement de navire aérien, à une soirée, à un bal, couvrant son carnet
de notes et brochant ensuite des articles pour le journal.

Ses articles terminés et lus dans le phonographe, elle passait à la
salle d'armes, où ses collègues se reposaient des fatigues de la copie en
bataillant le fer à la main. Elle n'était pas la seule représentante du sexe
faible dans la rédaction. Sept ou huit autres dames apportaient leur concours journalier à l'*Époque,* sans compter celles qui se bornaient à colla-
borer aux nouvelles à la main, aux échos de théâtre ou bien à la revue de
la mode.

Plastronnée et masquée, Hélène ferraillait tantôt avec une rédactrice
qui avait déjà eu deux duels et tantôt avec un vieux maître d'armes qui
s'efforçait de l'initier aux finesses de son art, et çe, il faut l'avouer, avec
assez peu de succès.

« Allons, grommelait-il, un peu de nerf, sacrebleu ! vous tenez votre
fleuret comme un éventail... tenez, en quarte, là ! à la parade maintenant...
ce n'est pas ça... un nourrisson de quatre jours vous boutonnerait... ma
parole, on n'a pas idée de ça ! et vous voulez vous faire journaliste... oh ! les

droits de la femme!!!... vous rompez toujours, sacrebleu! prenez garde, vous allez passer par la fenêtre!... et vous voulez vous faire journaliste! à votre première affaire vous vous ferez couper en deux.

Au tir, Hélène n'était pas plus heureuse ; le revolver ne lui réussissait

LA SALLE D'ARMES DU JOURNAL.

pas plus que l'épée. Elle fermait les yeux involontairement et mettait, à cinq pas, une balle à cinquante centimètres de la cible!

« Oh! les prétentions de la femme!!! » gémissait le professeur de revolver en regardant douloureusement le maître d'armes.

VII

Les théâtres de Paris.
Exercices de Clara la belle tragédienne. — Le comble de la réclame.
Le rôle du cheval. — Sport aéronautique.
Le grand prix de Paris.

Le Théâtre-Restaurant.

Hélène revoyait prudemment ses articles, et plutôt six fois qu'une, avant de les lire dans le phonographe ; instruite par l'expérience, elle analysait avec soin ses phrases et coupait tout ce qui pouvait occasionner à quelqu'un la plus petite contrariété, frôler désagréablement un épiderme sensible ou simplement mal impressionner une personnalité quelconque.

Les sous-entendus étaient sa terreur. Elle n'en mettait jamais dans ses articles, et cependant son rédacteur en chef en voyait parfois dans les phrases les plus innocentes, des sous-entendus nés précisément du soin extrême qu'elle mettait à tourner et retourner ses alinéas.

Hector Piquefol, voyant que sa vocation ne la poussait pas précisément vers la polémique, lui confia surtout les articles tranquilles et doux. Hélène fit le compte rendu des premières au point de vue toilettes et chiffons. Cela n'était ni dangereux ni désagréable, mais cela prenait presque toutes ses soirées.

Paris compte environ quatre-vingts grands théâtres. Nous disons *environ*, dans l'impossibilité de fixer un chiffre exact ; car, sur ces quatre-vingts, il y en a toujours une dizaine en faillite ou en transformation.

Les théâtres ne sont plus comme autrefois voués à un genre fixe de littérature, il leur faut varier et toujours varier ; quand ils ont servi pendant un an ou deux du drame à leur public, il leur faut changer le menu et donner de l'opéra-comique.

Et toujours ils doivent compter avec la mode, déesse capricieuse. Un théâtre est à la mode pendant deux ou trois saisons, et tout à coup, sans autre motif qu'un virement de gironette, la mode l'abandonne. Il lui faut alors se transformer, changer son genre, renouveler son personnel et trouver des attractions inédites — on voit le Quatrième-Opéra ou le Troisième-Théâtre-Lyrique congédier les musiciens et donner des pantomimes américaines ou des tragédies cornéliennes pendant qu'un restaurant-concert renvoie ses chanteuses ultra-légères pour se vouer à la grande musique, aux oratorios et aux symphonies.

Tous les soirs donc il y avait au moins trois ou quatre premières importantes. Hélène devait passer sa soirée à voler de théâtre en théâtre pour noter les toilettes à sensation et signaler aux abonnés de l'*Époque* les créations des grands couturiers, ces artistes surhumains que les cinq parties du monde envient à la capitale de la France.

M. Ponto ou Mme Ponto accompagnaient rarement leur pupille. Le temps n'est plus où les jeunes filles ne pouvaient sortir sans être tenues en laisse par un respectable chaperon; l'émancipation de la femme a

Phèdre arrangée.

fait justice de cette quasi-turquerie; les jeunes filles d'à présent sont des citoyennes, elles savent se faire respecter partout et toujours.

De temps en temps, quand elle était ennuyée de sortir, Hélène restait au coin du feu et faisait son devoir de courriériste en assistant aux premières du jour par l'intermédiaire du téléphonoscope de son tuteur.

L'*Époque* n'était pas moins bien renseignée ces jours-là, car son tuteur était là pour lui nommer les célébrités mondaines éparpillées dans les salles de théâtre et pour la mettre au courant des racontars du jour. Mme Ponto, esprit sérieux, préoccupé surtout de politique et de questions sociales, ne disait pas grand'chose; mais M. Ponto était terrible dans ses indiscrétions. Hélène tremblait toujours, en prenant ses notes, de donner sujet à de nouvelles réclamations, rectifications et provocations.

Hélène parvint ainsi, à force de soins et de minutieuses précautions, à la fin de son premier trimestre de journalisme sans une querelle et sans avoir soulevé d'autres réclamations que celles des couturiers, qui se plaignaient d'une certaine monotonie dans les louanges dont elle couvrait leurs créations, monotonie qui tournait presque à la froideur.

Pour les satisfaire, Hélène se livra dans le dictionnaire à de fatigantes recherches d'adjectifs flatteurs et d'épithètes agréables; elle inventa des tours de phrases ingénieux et fit de toutes ses trouvailles un petit cahier où elle n'eut qu'à puiser au fur et à mesure.

Les femmes d'Abd-el-Razibus avaient été engagées pour l'Odéon par l'actif correspondant de l'*Époque*. Ce courageux journaliste, amputé du bras droit, avait composé en douze jours, à l'ambulance même, la pièce à grand spectacle commandée par le directeur du deuxième Théâtre-Français.

Inutile de dire le colossal succès de cette pantomime militaire. Ce succès était devenu du délire quand l'auteur lui-même, de retour à Paris, avait consenti à figurer, dans sa pièce, dans le rôle du correspondant blessé.

Pour lutter contre la concurrence de l'Odéon, le Théâtre-Français se vit obligé de renouveler son affiche et d'engager avec des appointements fabuleux, d'abord une troupe nègre pour jouer le répertoire et ensuite une femme colosse qui avait fait courir tout Paris au Cirque où, entre autres exercices, elle récitait des tirades de Racine avec un canon du poids de 250 kilog. sur les épaules. Tout en déclamant comme un grand prix du Conservatoire, elle chargeait son canon, allumait une mèche et à la fin de la tirade mettait le feu à l'amorce.

Paris et la province, jusque dans les villages les plus reculés, furent couverts d'affiches et de réclames flamboyantes où l'on voyait le portrait de la femme colosse du Théâtre-Français avec ces mots :

Venez tous
Accourez tous
Précipitez-vous tous
Au Théâtre-Français
Ne passez pas ⎫
Ne partez pas ⎬ Sans voir CLARA
Ne mourez pas ⎭ LA BELLE TRAGÉDIENNL
!!!

Le directeur de Molière-Palace, homme d'esprit, trouva pour lancer sa femme colosse ce que l'on pourrait appeler le comble de la réclame. Tous les citoyens français reçurent un beau matin la dépêche téléphonique suivante : *Clara vous attend! Clara vous appelle! Venez vite voir Clara!*

Cette dépêche énigmatique brouilla douze cent mille ménages pendant vingt-quatre heures; il y eut plus de cent mille procès en séparation, intentés par des épouses en proie aux tortures de la jalousie, à l'occasion de cette Clara éhontée qui donnait si ouvertement des rendez-vous à leurs maris; mais la belle tragédienne était lancée!

Deux poètes et quatre machinistes se chargèrent de rajeunir les œuvres de Corneille, de Racine et de Hugo en y ajoutant quelques beautés nouvelles. Cela fut vite fait, ces vieux classiques sont si robustement charpentés qu'ils supportent avec facilité tous les genres d'embellissement et de transformation, sans rien perdre de leur grandeur première! *Clara la belle tragédienne* parut dans tous les grands rôles du répertoire tragique; elle fut Hermione, Chimène, Camille, Phèdre, dona Sol ou Maria de Neubourg et elle fit oublier à jamais les fameuses tragédiennes d'autrefois, qu'elle dépassait à la fois par la taille et par le talent.

La nouvelle dona Sol.

Mlle Clairon, Rachel ou Sarah Bernhardt déclamèrent-elles jamais les grandes tirades classiques, en portant Rodrigue, Hernani, Hippolyte ou Britannicus à bras tendu? Auraient-elles pu soupirer les strophes enflammées de dona Sol avec un canon de 250 kilog. sur l'épaule?

Le Théâtre-Français faisait chaque soir 45,000 francs de recettes, chiffre que n'avaient pu atteindre les éléphants et les lions savants du dernier succès. Jamais les belles chambrées du mardi ne furent plus brillantes, Hélène épuisait son assortiment d'adjectifs à décrire les toilettes splendides et les chapeaux empanachés qui garnissaient les loges.

Sur ces entrefaites arriva le grand prix de Paris. Les Parisiens ont toujours eu la passion des courses et l'institution du grand prix de Paris date du temps où l'on faisait courir les chevaux. Les dernières courses de

chevaux eurent lieu en 1915; à partir de 1916 les courses de chevaux ont
été remplacées par des courses aériennes d'aérostats. .

C'est que le rôle du cheval a bien changé depuis Buffon. Le superbe
coursier, *la plus noble conquête que l'homme ait jamais faite,* est devenu un
simple animal de boucherie. Les grandes inventions modernes ont permis
de le restituer à l'alimentation publique. La vapeur lui avait déjà porté
un premier coup, la navigation aérienne l'a tout à fait achevé.

Le coursier déchu ne doit pas être fâché, au fond, de sa situation
nouvelle ; tombé au rang de simple bétail, il vit sans rien faire, tranquillement, grassement, douillettement, dormant la nuit dans de bonnes étables
bien chaudes et se roulant tout le long du jour dans le foin des prairies
semées de pâquerettes ou dans les prés salés des côtes normandes. Quel
rêve, ô malheureux chevaux des fiacres d'autrefois!

A part quelques corvées dans les champs, juste ce qu'il faut pour la
santé, le cheval n'a plus de soucis. S'il y a encore dans les villes quelques
centaines de chevaux qui ne vivent pas tout à fait de leurs rentes, ce sont
des exceptions, la grande majorité de la race chevaline ne connaît plus le
fouet et les jurons du charretier brutal. Le cheval n'a plus qu'à engraisser;
sa vie est plus courte peut-être, mais elle est infiniment plus agréable.
Les honneurs l'attendent au bout de sa carrière, on a ressuscité pour lui
l'antique promenade du bœuf gras ; le cheval primé au concours de Poissy
est solennellement promené en aérocab par la ville et ses côtelettes paraissent sur les tables patriciennes.

Le grand prix de 1953 était attendu par les Parisiens avec une vive
impatience ; trois années de suite les Américains avaient enlevé le prix de
cinq cent mille francs donné par la ville, il s'agissait de savoir si la supériorité des véhicules américains allait encore être consacrée par une victoire.

Hélène ne pouvait manquer cette solennité, toute la rédaction de
l'*Époque* devant se rendre au *champ de course* — on a conservé cette locu-
tion des courses chevalines, — dans l'aéronef du journal.

Le soleil était brillant et chaud, la journée s'annonçait bien. Dès onze
heures du matin, tout Paris fut en l'air, ce qui n'est pas une métaphore ;
tous les véhicules aériens de la ville et des faubourgs, sortis de leurs remises,
volèrent dans tous les sens vers les embarcadères des stations et des maisons. C'était par milliers qu'on les comptait, dès qu'on levait le regard vers
le ciel et leurs ombres couraient sur l'asphalte des rues ou les façades des

maisons avec une rapidité troublante. Les grandes lignes d'omnibus aéronefs, aéroflèches, ballonnières, etc., avaient pour ce jour-là distrait une
partie de leur matériel, afin de former d'immenses convois à bon marché
vers le champ de courses.

LES BALLONS-RÉCLAMES AU GRAND PRIX.

Après le déjeuner, toute la rédaction de l'*Époque* s'embarqua dans
l'aéronef du journal, joyeusement pavoisée et trois coups de canon sur la
plate-forme de la salle des dépêches donnèrent le signal du départ.

Pour gagner le champ de courses, au-dessus des prés bordant le quartier de Mantes-la-Jolie (XLVIe arrondissement), il suffit de vingt-cinq
petites minutes; mais comme on avait le temps et comme on voulait jouir
du curieux spectacle de la route, le rédacteur en chef donna au mécanicien
l'ordre de marcher à demi-vitesse.

Quelle cohue, quel encombrement à toutes les hauteurs de l'atmosphère, depuis les cheminées des maisons jusqu'aux petits nuages blancs moutonnant dans le bleu! Les aérocoupés et les ballonnières de maître, construits légèrement et supérieurement machinés, couraient en longues files vers l'ouest, au-dessus de la grande foule des aérostats de place et des aéronefs-omnibus serrés les uns contre les autres, enchevêtrés à ne pouvoir virer de bord sans accrocs et obligés de marcher en une seule masse compacte.

A mesure que l'on approchait du champ de courses, l'aspect du ciel devenait plus fantastique. De tous côtés d'innombrables véhicules arrivaient, labourant les nuages, chargés de bourgeois joyeux en grande tenue. Les aérofiacres avaient leur complet chargement et les omnibus bondés à outrance portaient plus que le poids maximum fixé par les règlements ; l'individu le plus svelte n'aurait pu s'y insinuer et sur la dunette des bandes de jeunes gens s'accrochaient aux cordages.

L'antique carnaval n'existe plus depuis longtemps, il a rendu le dernier soupir dans les funèbres bals masqués de la fin du siècle dernier; mais la vieille gaieté française n'a pas tout à fait perdu ses droits et peu à peu elle tend à remplacer le défunt mardi gras par le grand prix de Paris. Ce jour-là tout est joie, on a liberté pleine et entière ; de véhicule à véhicule on s'interpelle gaiement, on se lance des bordées de dragées et d'oranges qui ne coûtent rien à personne, car les compagnies de publicité se chargent de fournir les projectiles préalablement bourrés de réclames et d'annonces.

Les ballons-annonces sont aussi un grand élément de gaieté. Une belle émulation porte les commerçants à chercher des formes de ballons ingénieuses et bizarres, pour fixer dans les mémoires les noms de leurs maisons ou de leurs produits. Cela remplace le carnaval industriel du Longchamps de jadis.

En approchant de Meulan, le champ de courses se signalait par ses tribunes élevées sur des échafaudages d'une prodigieuse hauteur. Tout le beau monde se faisait débarquer au sommet de ces tribunes et se répandait sur les plates-formes pour montrer ses toilettes et admirer de plus près les véhicules de course ancrés à la remise du départ. La grande tribune centrale réservée au monde officiel était pleine de députés et de ministres accompagnés de leurs familles. Sur la gauche se dressait la tribune de l'aéronautic-club, occupée par les notabilités du sport et par les juges des courses.

A. Robida del.   Imp. E.

Départ pour le Grand-Prix.

Un peu au-dessous, sur une vaste plate-forme, s'agitait le monde légèrement interlope des parieurs et des parieuses, tous se démenant et criant comme des possédés autour des agences de poules : *Je prends* Aquilon à cinq!... *Qui veut du* Fantasca?...

En face des tribunes stationnaient les ballons chargés de monde, rangés le mieux possible, échelonnés à perte de vue sur une dizaine de lignes en hauteur et maintenus à grand'peine par les ballonnets de la police. Rien de plus curieux, de plus étrange et de plus varié, comme

LES CONCURRENTS POUR LE GRAND PRIX DE PARIS.

aspect, que cette colossale flotte aérienne. Il y avait là tous les véhicules possibles, les plus élégants et les plus sordides, depuis le pimpant aérocoupé de la femme de mœurs légères ou le gros et lourd omnibus à cinquante places, jusqu'au vieil aérocab vermoulu, poussiéreux et fatigué des mécaniciens marrons et jusqu'à la petite ballonnière dans laquelle le fruitier du coin va chercher ses légumes aux halles centrales.

De cette foule immense s'échappait un bourdonnement confus et continu formé de mille cris et de cent mille rumeurs, traversé de temps en temps par une rumeur générale ou par des bordées de coups de sifflet. On sifflait le gouvernement, tranquillement installé sur les bons fauteuils de la tribune officielle. Il durait depuis si longtemps déjà, ce gouvernement, que tout le monde demandait à en changer, même les gens des tribunes, les spectateurs des hautes classes, qui sifflotaient comme les autres, jusque sous les nez officiels.

Hélène, naturellement, s'en alla où le devoir l'appelait, aux grandes tribunes bondées de toilettes inédites ; ses notes prises, elle s'assit tout en haut pour suivre les courses.

La piste n'avait que seize kilomètres seulement. Les ballons partant de la plate-forme centrale décrivaient un vaste cercle et revenaient au point de départ. Tout le long de la course se balançaient des obstacles à franchir, d'énormes ballons amarrés au sol et disposés deux par deux, à hauteur différente, de cinq cents mètres en cinq cents mètres.

Les membres de l'aéronautic-club, les gros parieurs, les sportmen importants se groupaient devant l'escadron chatoyant des coureurs, des aérocabs peints et décorés de façon à être reconnus de loin, bariolés de la manière la plus fantaisiste, quadrillés, rayés, pointillés, étoilés, zébrés, quelques-uns portant leurs couleurs en damier, — d'autres entièrement rouges, bleus, verts, jaunes, etc., etc.

Ce fut un charmant coup d'œil quand, sur un coup de sifflet électrique, ces ballons vinrent former une ligne multicolore, perpendiculaire à la tribune officielle et que, sur un second coup de sifflet, on les vit soudain bondir en avant et s'envoler légèrement dans l'azur.

Toute la bande franchit le premier obstacle avec ensemble; mais elle commença ensuite à s'éparpiller et lorsqu'au bout de sept minutes, les aérocabs reparurent du côté opposé, ils formaient une file allongée sur deux kilomètres.

Après quelques petites courses gentilles, mais peu passionnantes, le grand prix fut enfin couru.

Quatorze aérocabs étaient engagés : six français, quatre américains et quatre anglais. Les favoris du public étaient : Aquilon, ballon français, onze fois vainqueur en différentes courses ; Fantasca, américain, vingt-sept fois vainqueur en Amérique et en Europe ; Pierrot, ballon anglais et Troubadour, ballon français.

Après une course merveilleuse et palpitante, ce fut Troubadour qui gagna le grand prix en battant ses adversaires de trois bonnes longueurs; Catapulte, autre français, arriva second et Fantasca, le favori américain, troisième seulement.

Cette éclatante victoire fut saluée par d'immenses salves d'applau_ dissements. Un hourra formidable s'éleva, qui fit osciller la masse énorme des ballons. La joie nationale tenait du délire, on oublia de siffler le gou- vernement. En un clin d'œil les ballons envahirent la piste, malgré les précautions prises par le service d'ordre et s'en vinrent défiler dans un désordre complet devant les tribunes, pour saluer le vainqueur de plus près.

Quelques accidents se produisirent; il eut des abordages et quelques aérocabs furent crevés dans la poussée. Une aéronef chargée de monde chavira complètement et descendit en tournoyant sur le sol où elle acheva de se démonter. Ces fêtes aéronautiques se passent rarement sans accident. Cette fois le chiffre ordinaire, quarante ou cinquante blessés, fut un peu

UN ACCIDENT.

dépassé; il y aurait eu encore davantage de blessures à déplorer si bien des personnes prudentes ne s'étaient munies de la ceinture-parachute qui s'ouvre sur la simple pression d'un bouton. Quand l'aéronef chavira, ces prévoyants sautèrent hors du véhicule, leurs ceintures-parachutes s'ouvrirent et les déposèrent tranquillement sur le sol.

Pour achever de jeter le désarroi dans la foule, le temps changea tout à coup. Le soleil, très chaud depuis le matin, disparut sous de gros nuages noirs; le vent souffla en tempête et un violent orage, accompagné de trombes de pluie, déchaînant ses fureurs sur le champ de courses, balaya les cinq cent mille infortunés sportmen.

Hélène avait eu le temps de regagner l'aéronef de l'*Époque*. Hector

Piquefol faisait l'appel de ses rédacteurs. Pas un ne manquait, heureusement. Il donna le signal du départ et recommanda au mécanicien de s'élever le plus possible au-dessus de la masse des ballons en déroute.

Quel retour lamentable après le joyeux départ du matin ! Des torrents de pluie claquaient sur la carcasse des ballons, ruisselaient sur les aéronefs et sur les malheureux passagers des plates-formes. Les robes et les manteaux se soulevaient sous les bourrasques et les chapeaux, enlevés, nageaient à travers les ondes de l'atmosphère. Les parapluies, en état d'insurrection complète, ne rendaient aucun service; le vent les retournait ou les envoyait rejoindre les chapeaux.

Adieu les fraîches toilettes arborées pour la circonstance ! Les œuvres exquises des artistes couturiers se fripaient grotesquement sous les torrents de pluie qui les transformaient en oripeaux sortant de la lessive. Infortunées Parisiennes et surtout infortunés maris !

Les accidents continuaient. De temps en temps quelque levier de propulseur cassait sous les efforts faits pour tenir tête au vent, et le ballon, désormais incapable de se diriger, s'en allait aborder ses voisins et briser quelques cordages.

L'aéronef du journal, heureusement, se maintenait au-dessus de la foule et marchait sans peine contre le vent. Il fit la route en trente-huit minutes et les rédacteurs arrivèrent à l'hôtel de l'*Époque,* complètement trempés, mais sans autres avaries qu'un certain nombre de coryzas.

PARACHUTE.

RETOUR DES COURSES.

VIII

Le compositeur mécanique. — La terrible madame de Saint-Panachard.
Leçons d'escrime. — Un duel à grand spectacle.

Hélène fut au nombre des victimes. Un gros rhume contracté dans la débâcle du grand prix la retint pendant quelques jours chez elle.

Le journal n'en souffrit pas. Grâce au téléphonoscope de M. Ponto, elle put continuer son service de chroniqueuse mondaine. Elle put assister ainsi sans se déranger à un splendide bal au profit des victimes d'une inondation, à trois grandes soirées chez des personnes abonnées au téléphonoscope, à une kermesse internationale de bienfaisance, donnée à 80 mètres au-dessus des vagues, entre Calais et Douvres, sur la plate-forme du tube franco-anglais, ainsi qu'à une demi-douzaine de premières extrêmement intéressantes, à savoir :

1º Un grand opéra composé par une ingénieuse machine qui combine et triture les notes de façon à produire, à l'infini, des airs toujours variés. C'est la dernière découverte scientifique. Cette merveilleuse machine n'est pas sujette à explosion; elle ne fait pas de bruit, enfin elle ne joue pas ses airs comme le malfaisant piano, elle se contente de les noter.

2º Un drame réaliste mêlé de chants en cinq actes. Par acte, six assassinats perpétrés par les procédés les plus nouveaux et les plus émouvants. Pour faciliter l'ingestion de ces scènes de carnage, l'auteur a appelé la poésie à son aide ; les victimes en tombant chantent un petit couplet ; les criminels font des calembours et chantent des rondeaux.

3º, 4º, 5º Trois pièces du siècle dernier remises à neuf. Tout ayant été fait, les auteurs d'aujourd'hui sont bien forcés de travailler dans le vieux ; ils prennent un drame et le transforment en opérette, retapent une comédie en opéra et retournent un vaudeville pour en faire deux drames.

6º Une pantomime du cirque avec une grande entrée des clowns dans une vieille voiture omnibus du XIXe siècle, retrouvée dans une petite ville africaine et rachetée au poids de l'or.

Fut-ce négligence ou légère oblitération de ses facultés par le rhume, nous ne le savons, mais Hélène ne surveilla pas assez attentivement sa plume; elle n'éplucha pas suffisamment ses phrases, car un de ses articles lui attira une réclamation.

Le téléphone lui apporta un matin la voix de son rédacteur en chef.

« On vous demande au journal, disait Hector Piquefol, venez vite! »

Hélène, sans défiance, prit son chapeau et sauta en aérocab.

« C'est une réclamation suscitée par votre article de ce matin, dit le rédacteur en chef lorsqu'Hélène entra dans son cabinet... un peu mieux, votre article de ce matin, un peu plus nerveux... J'aime les réclamations, moi; le journal est plus vivant quand il a des polémiques et des batailles à soutenir! »

Hélène frémit.

« Un passage de votre article de ce matin a froissé quelqu'un... on est venu immédiatement au journal demander l'auteur de l'article... »

Hélène se sentit pâlir et chercha une chaise pour se laisser tomber.

« Je vous ai téléphoné tout de suite, je n'aime pas que les affaires traînent... les deux dames vous attendent...

— Ah ! ce sont des dames! dit Hélène en respirant.

— Elles vous attendent à la salle d'armes, reprit le directeur de l'*Époque.* »

Hélène redevint inquiète.

« Et je dois vous dire qu'elles n'ont pas l'air commode !...

— Si elles veulent des ex..... » balbutia Hélène.

KERMESSE INTERNATIONALE SUR LE TUBE DE CALAIS-DOUVRES.

Un regard terrible de son rédacteur en chef lui arrêta le mot dans la gorge.

« ... Des explications ! dit-elle, des explications ! je vais tout de suite leur en faire... leur en donner !

— Je vais avec vous ! dit le rédacteur en chef, je vois que vous n'avez pas la pratique de ces choses. »

Deux dames tout de noir vêtues, en tenue sévère et cérémonieuse, attendaient Hélène en ferraillant avec le maître d'armes et un rédacteur. En apercevant le rédacteur en chef, elles saluèrent du fleuret et s'arrêtèrent.

« Mesdames, dit Hector Piquefol, j'ai l'honneur de vous présenter Mlle Hélène Colobry, l'auteur de l'article en question.

— Mademoiselle ! dirent les deux dames en s'inclinant.

— Mesdames ! fit Hélène en saluant.

— J'irai droit au fait, mademoiselle, dit une des dames ; dans un article publié par l'*Époque* de ce matin, vous parlez de M. le baron Valentin de Saint-Panachard... »

Hélène se souvint. La veille, en suivant dans le téléphonoscope une première représentation au théâtre des Folies-Bougival, Mme Ponto lui avait fait la nomenclature des notabilités du tout Paris masculin et féminin, aperçues dans la salle. M. le baron de Saint-Panachard était dans le nombre; Hélène se souvenait de ce nom. Mais qu'avait-elle pu dire qui fût de nature à froisser ce susceptible Saint-Panachard? Elle n'en avait plus aucune idée.

Les témoins
de Mme de Saint-Panachard.

« Voici, poursuivit la dame, les propres termes de votre article : *Une baignoire d'avant-scène abrite M. Valentin de Saint-Panachard avec certain chignon roux, admirablement porté par une élégante demoiselle du corps de ballet de l'Opéra.* Nous avons l'honneur, mademoiselle, de vous demander des excuses ou une réparation par les armes, au nom de...

— En quoi cette simple phrase peut-elle froisser M. Valentin de Saint-Panachard? demanda Hélène considérablement ennuyée.

— Permettez, fit le rédacteur en chef; en principe, mademoiselle refuse les excuses et se déclare toute prête à vous accorder la réparation par les armes... mais elle vous demande quelle offense M. de Saint-Panachard a pu voir dans la phrase qui l'a froissé?

— Attendez ! fit la dame, nous demandons des excuses ou une réparation par les armes au nom de Mme la baronne de Saint-Panachard!

— De Mme la baronne ! s'écrièrent Hélène et son rédacteur en chef aussi surpris l'un que l'autre.

— Sans doute! c'est elle qui est l'offensée! dire qu'on a vu M. Valentin de Saint-Panachard dans une baignoire avec un chignon roux du corps de ballet constitue une injure grave envers Mme de Saint-Panachard; cela revient à dire que son mari la dédaigne, qu'il ne se cache pas pour afficher ses préférences pour les demoiselles du corps de ballet! Donc, Mme de Saint-Panachard se trouve gravement offensée et demande une réparation pour son honneur de femme outragé!

— L'offense vient de son mari, s'écria Hélène...

— Mais nous ne chercherons pas à discuter, s'empressa de dire le rédacteur en chef, vous voulez une réparation?...

— Ou des excuses formelles dans le journal! dit fièrement la dame.

— Mademoiselle n'en accorde jamais! riposta non moins fièrement le rédacteur en chef sans faire attention aux signes d'Hélène.

— Nous savons que mademoiselle a fait ses preuves, dit la dame en s'inclinant; nous la prions de croire qu'elle rencontrera dans notre cliente une adversaire digne d'elle.

— Mademoiselle vous demande un quart d'heure pour constituer des témoins, reprit Hector Piquefol.

Exercices à feu.

— Parfaitement, nous attendrons son bon plaisir. »

Hector Piquefol entraîna sa rédactrice pour l'empêcher d'intervenir dans la discussion et fit appeler le maître d'armes.

« Comment! s'écria Hélène quand elle fut de retour dans le cabinet du rédacteur en chef, il faut que je me batte avec cette dame parce que j'ai dit que son mari assistait à une première représentation aux Folies-Bougival avec une demoiselle rousse?... Je suis fâchée que cela la contrarie, mais je n'ai pas eu l'intention de l'offenser... C'est Mme Ponto qui m'a nommé toutes les personnes qu'elle voyait dans la salle, j'ai nommé M. de Saint-Panachard sans penser faire mal...

— Que voulez-vous? Mme de Saint-Panachard se déclare offensée de votre propos; son raisonnement est assez spécieux et pourrait prêter à la discussion; mais vous ne pouvez avoir l'air de reculer devant une affaire d'honneur...

— Qu'elle se batte avec son mari !

— Nous le dirons plus tard; mais en attendant, il vous faut lui accorder la réparation demandée. Voulez-vous de moi pour second avec Marsy ? nous allons arranger l'affaire avec les témoins de votre adversaire... restez là, je vous dirai tout à l'heure le résultat de la conférence... Tenez, voici des cigarettes pour prendre patience... »

Hélène repoussa les cigarettes et resta tristement affaissée dans un fauteuil.

Au bout de trois quarts d'heure, Piquefol revint avec Marsy et le maître d'armes.

« C'est arrangé, dit-il, vous vous battez demain à dix heures avec Mme de Saint-Panachard... Comme votre adversaire est l'offensée, elle a le choix des armes...

— Et elle a choisi ?

— L'épée ! vous vous battez sur la plate-forme de notre salle des dépêches... C'est notre maître d'armes qui nous a suggéré cette idée, il a remarqué que vous rompiez toujours; sur notre plate-forme qui n'a que six mètres de largeur, vous ne pourrez vous laisser aller à cette mauvaise habitude... on va prévenir nos abonnés et tenir des places à leur disposition... Avez-vous de la chance ! cette petite affaire, convenablement chauffée, va donner à vos débuts dans le journalisme un certain éclat ! »

Hélène se serait bien passée de cet éclat. Décidément le journalisme avait ses désagréments. Au risque de se faire traiter de vile réactionnaire et d'esprit rétrograde par Mme Ponto, elle osa devant elle articuler quelques plaintes et déplorer les fatales conséquences de la masculination de la femme. En ce moment elle eût fait bon marché de tous ses droits civils et politiques et sacrifié jusqu'à son inscription de citoyenne sur les registres électoraux et son éligibilité, pour retrouver la douce tranquillité et la parfaite quiétude des Françaises des siècles passés !

Pour achever son désarroi, le maître d'armes du journal lui donna dans l'après-midi une leçon de combat qui dura deux heures.

« Allons ! allons ! dit le brave homme en lui enseignant la manière de pourfendre son adversaire, un peu de nerf, sacrebleu ! Du coup d'œil et du poignet, sans cela vous vous faites embrocher comme un poulet !... Je la connais, moi, votre madame de Saint-Panachard; ma femme l'avait pour élève à sa salle d'armes. Elle n'est que d'une demi-force... et elle est un peu boulotte avec cela... si vous vouliez, avec du coup d'œil, vous en feriez une écumoire !... »

Hélène ne l'écoutait pas, elle ne songeait qu'à trouver un moyen ingénieux d'éviter la rencontre. Toute la soirée et toute la nuit elle le chercha,
ce moyen, et sans le trouver, hélas !

« Si je faisais dire que j'ai ma migraine ? se disait-elle, ou bien si je
partais en voyage ? »

L'heure fatale approchait. Mme Ponto, Barbe et Barnabette, scanda-
lisées par ses hésitations, l'accompagnèrent jusqu'au journal en l'exhortant
à faire son devoir.

Hector Piquefol et le chroniqueur Marsy attendaient Hélène.

MA FEMME L'AVAIT POUR ÉLÈVE A SA SALLE D'ARMES.

« Ma chère collaboratrice, dit le rédacteur en chef, votre duel fait
énormément de tapage ; tous les journaux en parlent... et voyez la foule
stationnant sur le boulevard, ou croisant en ballon devant le journal...
Quel succès ! »

Dans son trouble Hélène n'avait pas remarqué la foule rassemblée
devant le journal ni les aéronefs qui se balançaient dans l'atmosphère au-
dessus de la salle des dépêches.

« Tout ce monde-là vous attend, dit Piquefol en montrant à sa collaboratrice les gens pressés aux fenêtres et jusque sur les toîts et les têtes
penchées en dehors des aéronefs ; il s'agit de faire honneur au journal et de
montrer autant de vaillance que notre correspondant de Biskra ! mais voici

votre adversaire et ses témoins qui débarquent sur notre terrasse; ne les faisons pas attendre. »

Le maître d'armes l'avait dit, Mme de Saint-Panachard était un peu boulotte; c'était une femme d'une trentaine d'années, grande et bien portante, revêtue pour la circonstance d'un costume sévère étroitement boutonné. Les témoins des deux adversaires se saluèrent cérémonieusement et sur-le-champ développèrent un paquet contenant un assortiment d'épées.

« Quand il vous fera plaisir, mesdames! dit Hector Piquefol en conduisant ces dames à l'escalier de la plate-forme. »

Un formidable hourrah, poussé par les curieux du boulevard et des aéronefs, salua l'arrivée du cortège sur la plate-forme. Le maître d'armes, en costume de salle, avait suivi les duellistes pour les assister de son expérience ; il mesura les épées et les fit tirer au sort, puis les mit lui-même entre les mains des dames.

Hélène était pâle et regardait la pointe de son épée avec terreur.

« Allons ! allons ! lui dit tout bas le maître d'armes, du nerf, sacrebleu ! »

Mme de Saint-Panachard attaquait déjà. Hélène recula immédiatement jusqu'à la balustrade de la plate-forme. Il n'y avait pas moyen de rompre davantage ; à ce moment suprême, Hélène se souvint des leçons du maître d'armes et, du mieux qu'elle put, se mit à ferrailler.

L'épée de Mme de Saint-Panachard étincelait devant ses yeux, voltigeait et décrivait des paraboles rapides. Hélène, fascinée par cette pointe menaçante, ne songeait guère à attaquer ; tout en parant au hasard et sans souci des beautés de l'escrime, elle continuait à chercher le moyen de faire des excuses à sa farouche adversaire. Par bonheur pour la rédactrice de l'*Époque*, Mme de Saint-Panachard n'était même pas de sixième force et, de plus, son embonpoint la gênait visiblement, Hélène avait encore moins de science, mais elle était légère et svelte ; si elle avait eu plus de résolution, il lui eût été facile de faire repentir la susceptible Mme de Saint-Panachard de sa provocation.

Malheureusement, Hélène ne recouvrait pas vite son sang-froid et, loin de songer à l'attaque, elle se défendait de plus en plus mollement. Déjà, profitant d'un moment où Mme de Saint-Panachard soufflait un peu, elle avait tourné la tête en arrière pour voir si l'escalier de la plate-forme était libre. Hélas ! toute la rédaction de l'*Époque* s'y pressait pour suivre le

A Robida del.

Imp. Eudes.

Un duel de Journalistes feminins

combat. Toute retraite était coupée ! Hélène, désespérée, ferma les yeux et lança son épée en avant.

Horreur ! son épée traversa quelque chose.... Mme de Saint-Panachard poussa un cri et les ferraillements s'arrêtèrent. Hélène n'osait pas rouvrir les yeux, craignant d'avoir tué son adversaire.

Un ouragan de cris et de bravos avait éclaté dans la foule des spectateurs de ce drame. Enfin, Hélène, la main sur la poitrine pour comprimer les battements de son cœur, osa contempler sa victime.

Ce que l'épée d'Hélène avait perforé, ce n'était pas Mme de Saint-Panachard, c'était tout simplement un parapluie, qu'un spectateur du duel placé dans un aérocab à une vingtaine de mètres au-dessus de la plate-forme, avait laissé tomber.

L'épée d'Hélène, traversant le parapluie de part en part, avait été effleurer la poitrine de son adversaire, blindée heureusement par un fort corset. M^{n.e} de Saint-Panachard avait sur son corsage quelques gouttelettes de sang provenant non de la piqûre de son busc, mais d'une légère contusion sur le nez, occasionnée par la chute du parapluie.

Le parapluie sauveur.

Comme Hélène s'approchait de la blessée, celle-ci lui tendit noblement la main.

« L'honneur est satisfait ! dit gravement le maître d'armes.

— Et le déjeuner de réconciliation préparé, ajouta le rédacteur en chef. Et vite, dit-il tout bas au second témoin, un petit article pour le numéro, sur le duel... Inutile de parler du parapluie. »

THÉATRE. — LES CLOWNS.

IX

Demande en mariage.
M. Jules Montgiscard, jeune homme brûlant, est admis à faire sa cour
par téléphone. — Intervention inattendue.

Hélène, trop émotionnée par l'affaire Saint-Panachard, manqua d'appétit au déjeuner de l'*Époque*. Il lui fallut cependant rester jusqu'à la fin, assise à la place d'honneur à côté de la blessée — qui lui parla tout le temps de ses chagrins conjugaux et de la légèreté de M. de Saint-Panachard.

Enfin Hélène put se retirer. Elle regagna l'hôtel Ponto en faisant de tristes réflexions sur l'avenir qui l'attendait si elle persévérait dans le journalisme. Son premier duel avait bien tourné, mais le second se terminerait-il aussi convenablement?

Mme et Mlles Ponto avaient porté la nouvelle de sa victoire à l'hôtel. M. Ponto attendait sa pupille pour la féliciter.

« Eh bien! ma chère enfant, dit-il, vous voilà donc victorieuse !

— Oui, dit Hélène, mais sans ce bienheureux parapluie, je recevais un bon coup d'épée !

— Vous ne l'avez pas reçu, c'est le principal. J'ai maintenant une importante communication à vous faire... voulez-vous vous marier !

— Me marier ? fit Hélène.

— Oui ? On est venu vous demander en mariage pendant votre absence... un jeune homme charmant, distingué, aimable et en bonne situation... M. Jules Montgiscard et Cie.

— Et compagnie ?

— Oui... maison Montgiscard et Cie, fabrique de papiers agglomérés pour la construction. Bonne maison... Montgiscard et Cie fera un mari parfait, j'en suis sûr... vous pouvez bénir Mme de Saint-Panachard, c'est elle qui fait votre mariage...

— Mon adversaire ?

— Oui, Montgiscard vous a vue sur la plate-forme et, aussitôt le combat terminé, il est accouru me deman- der votre main !... Il a sollicité la permis- sion de commencer sa cour dès aujour- d'hui... cela me pa- raît un homme très brûlant, ce Mont- giscard, allez dans votre chambre, j'en- tends Montgiscard qui s'impatiente...

Théâtre. — La troupe nègre du Théâtre-Français.

— Comment, ce monsieur est dans ma chambre ? dit Hélène effarée.

— Mais non, pas lui, le téléphone... Écoutez la sonnerie !... vous savez bien que dans notre monde l'usage ne permet qu'une cour téléphonique... Pour éviter les effusions trop brûlantes, les pères de famille prudents ne permettent aux jeunes gens de faire leur cour que par télé- phone... C'est beau, la science, et c'est moral !... Plus tard, quand les jeunes gens se conviennent et que les fiançailles sont définitives, on laisse le téléphone de côté... allez causer avec Montgiscard et Cie. »

Hélène entra dans sa chambre où la sonnerie continuait et se laissa tomber dans un fauteuil.

« Il s'impatiente, dit-elle ; voyons, écoutons-le. »

Et elle fit sonner le timbre à son tour. La sonnerie s'arrêta.

« Mademoiselle, dit immédiatement le téléphone, monsieur votre tuteur a dû vous transmettre la demande que j'ai eu l'honneur de lui faire... il m'a autorisé à vous parler, j'ai l'espoir que vous voudrez bien ne pas refuser de m'entendre... Mademoiselle, mon bonheur est entre vos mains ! je vous aime, mademoiselle ! Depuis que j'ai eu le bonheur de vous apercevoir, mon cœur est plein de votre image... un trouble délicieux s'est emparé de mon âme... Ce matin, sur la plate-forme, quand mon parapluie...

— Quoi ! dit Hélène, c'était à vous le parapluie ?

— C'était à moi ! voyez mes initiales J. M., Jules Montgiscard, sur le manche...

— Combien je dois vous remercier ! dit Hélène après avoir vérifié les initiales sur le parapluie rapporté par elle comme trophée de sa victoire; sans la chute providentielle de votre parapluie, l'épée de mon adversaire me transperçait !

— Je l'ai bien vu ! c'est pour cela que j'ai lancé ce parapluie sur elle...

— Comment, vous l'aviez fait exprès ?

— Certainement et j'ai réussi !

— Monsieur, recevez tous mes remerciements, vous m'avez sauvé la vie !

— Ah ! mademoiselle, permettez-moi de vous consacrer la mienne. J'ai vingt-huit ans, mademoiselle, je suis blond, je dirige la grande maison Montgiscard fils et Cⁱᵉ, la première maison pour les papiers et cartons de construction, cinq cent mille francs de bénéfices nets pour ma part tous les ans... L'usine marche toute seule et ne me prend que deux heures par jour... j'ai une maison de campagne d'hiver à Menton et un aérochalet pour l'été... Voulez-vous me donner une heure tous les jours pour causer avec vous ?

— Je ne puis refuser cela à mon sauveur, répondit Hélène.

— Alors, tous les jours de cinq à six, voulez-vous ?... J'espère arriver à toucher votre cœur... Voulez-vous me permettre de vous envoyer ma photographie ?

— Je la recevrai avec reconnaissance ! »

Le premier entretien s'arrêta là. Hélène reçut dans la soirée un paquet de photographies de M. Montgiscard, de face, de profil et de trois quarts, en pied, à mi-corps et en buste. Il n'était pas mal, ce jeune homme, et il avait une barbe blonde agréablement frisottée.

MORALITÉ, TRANQUILLITÉ, FÉLICITÉ. — LA COUR TÉLÉPHONIQUE

« Et cinq cent mille livres de revenu, ajouta M. Ponto toujours pratique, une bonne petite aisance ! »

Hélène, le lendemain, recommença en soupirant son métier de journaliste. Son rédacteur en chef l'attendait.

« Encore une affaire ! lui cria-t-il quand elle entra dans la salle de la rédaction. »

Hé-
lène fit
un pas en
arrière
pour re-
gagner
la porte.

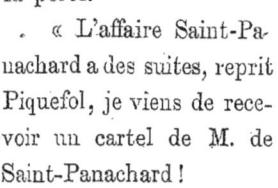

« L'affaire Saint-Pa-
nachard a des suites, reprit
Piquefol, je viens de recevoir un cartel de M. de
Saint-Panachard !

— Il faut que je me
batte avec M. de Saint-
Panachard après m'être
battue avec madame !

Hélène et M. Montgiscard.

— Pas vous, moi ! Il se prétend blessé par les termes de l'article dans lequel j'ai rendu compte de votre duel et il m'a envoyé ses témoins... Voulez-vous être le mien ?

— Merci, dit Hélène, c'est assez d'émotions comme cela...

— Ce n'est pas tout, il se pourrait que la danseuse au chignon roux signalée par vous dans la baignoire de Saint-Panachard vous adressât aussi un cartel... il paraît qu'elle prend des leçons de la femme de notre maître d'armes... tenez-vous prête !

— Voilà donc les agréments du journalisme », se dit amèrement Hélène.

Piquefol, le lendemain, décerna un bon petit coup d'épée dans le gras du bras au mari de Mᵐᵉ de Saint-Panachard, pour le plus grand agrément des curieux stationnés devant la plate-forme du journal. Le cartel de la danseuse ne vint pas, sans doute les malheurs du couple Saint-Panachard lui avaient fait peur.

Tous les jours, entre cinq et six, Hélène restait chez elle pour recevoir les effusions téléphoniques de M. Montgiscard. Ce n'était pas très amusant. Ce M. Mongiscard était bien poétique pour un fabricant de papier aggloméré, on ne pouvait toujours se contenter de répondre aux choses gracieuses transmises par le téléphone, par de secs *oui* ou *non !*

M. Ponto avait les meilleurs renseignements sur Montgiscard et Cie — ce soupirant téléphonique devait faire un mari parfait. En considération du service rendu à Hélène, il se disposait à l'autoriser à venir faire sa cour en personne, pour marier sa pupille le plus vite possible, lorsqu'un événement inattendu vint se mettre à la traverse de ses projets.

Il était cinq heures. Hélène, avec une exactitude de vieil employé de ministère, venait de s'asseoir devant son téléphone pour entendre les communications de l'aimable Montgiscard. Celui-ci, toujours ponctuel, fit retentir la sonnerie d'appel à la minute précise et commença son heure de galants discours par s'informer de la santé de la jeune fille.

« Ah, dit-il ensuite, quand aurai-je le plaisir de vous dire, sans intermédiaire de téléphone, que je vous adore ! quand aurai-je le bonheur de vous voir ? quand... »

M. Montgiscard s'interrompit brusquement. Hélène, surprise, entendit comme le bruit d'une gifle et le téléphone ne transmit plus qu'un murmure de voix confuses. Le téléphone garda ensuite le silence pendant quelques minutes, Hélène se disposait à quitter sa chambre, lorsque la sonnerie d'appel la ramena dans son fauteuil.

« Mademoiselle ! dit avec un accent courroucé une voix qui n'était pas celle de M. Montgiscard, je viens d'interrompre les roucoulements de Jules par une forte gifle ; vous l'avez peut-être entendu ? Jules est un polisson, un misérable ! voilà quinze jours que je le guette, je me doutais de quelque chose... ne croyez pas un mot de ce qu'il a pu vous dire, c'est moi qu'il aime et je ne lui permettrai pas de se marier ! Tout ce qu'il a pu vous dire, il me l'a dit ! il a promis, que dis-je ? il a juré de m'aimer toujours, et comme il n'y a encore que dix-huit mois de cela, je ne le tiens pas quitte ! Je lui ai fait jurer son amour dans un phonographe, j'ai les clichés de ses serments ....Hélas !.... j'aimais à me les faire répéter par le phonographe quand il n'était pas là, pour entendre sa voix toujours, toujours !... je l'aimais tant, le monstre ! l'infâme ! le scélérat ! ! ! Et il m'a déjà trompée.. et plus d'une fois... ah ! mademoiselle, je vais vous en raconter de belles sur Jules... c'est épouvantable... »

Hélène courut chercher M. Ponto à son bureau et l'amena devant le téléphone pour entendre les épouvantables révélations promises par sa rivale.

« Que dites-vous de cela? disait le téléphone quand ils entrèrent, n'avez-vous pas frémi ? Quelle duplicité !... Jules est un véritable monstre, ses infidélités constantes m'obligent à le surveiller... Il prétend vous adorer, parbleu, mais il en a adoré bien d'autres.. il m'a entraînée à l'oubli de mes devoirs et maintenant il songe à me quitter.. je ne le permettrai pas, mademoiselle !...

— Entendez-vous ! s'écria Hélène.

— C'est peut-être moins grave que cela paraît, fit M. Ponto avec l'indulgence masculine ordinaire; quelques petites fredaines...

Jules est un misérable.

— Mais vous entendez que cette dame vient de raconter quelque chose d'épouvantable...

— Bah ! bah ! n'écoutez pas... d'ailleurs cette conversation me semble inconvenante !...

— ... Jules ferait votre malheur, mademoiselle, continua le téléphone, c'est un monstre, tous les jours de cinq à six il vous parlait d'amour, eh bien, tous les jours de six à.... plus tard, il m'en parlait, à moi !.. Et si cela ne vous suffit pas pour rompre tout projet de mariage, si après ce que je viens de vous raconter... en rougissant... vous persistiez à me disputer Jules, sachez que je ne suis pas femme à m'incliner devant une rivale... je me défendrai ! à outrance! par tous les moyens... Prenez garde !

— Je ne persiste pas ! s'écria Hélène en se préparant à répondre par le téléphone.

— Un instant ! s'écria M. Ponto très ennuyé, ne brusquons rien... »

Une sonnerie dans le grand salon interrompit M. Ponto.

« M. Jules Montgiscard et Cie », annonça le téléphonographe.

Au même instant des pas précipités s'entendirent, des portes battirent et une voix bien connue d'Hélène s'écria:

« Monsieur Ponto ! Mademoiselle Hélène !... »

M. Ponto ouvrit la porte, un homme se montra sur le seuil.

« Mademoiselle... monsieur... je tiens à vous dire... à vous faire connaître... je ne veux pas vous laisser supposer...

— Inutile, monsieur, dit Hélène.

— J'ai été interrompu... tout à l'heure... un oncle , un oncle irascible et insupportable...

— Ah ! fit Hélène, c'était la voix de monsieur votre oncle, vraiment.. il nous avait semblé que c'était une voix féminine...

— Non, c'était mon oncle... ne croyez pas un mot de ce qu'il a pu vous dire... il a des absences...

— Parlez-lui alors, fit M. Ponto en poussant Montgiscard vers le téléphone, voyons, ne vous faites pas prier, ou bien vous nous feriez croire...

— Mon cher oncle, dit Montgiscard en s'efforçant de déguiser sa voix, mon cher oncle...

— Ah! rugit le téléphone, c'est toi, Jules !... misérable, suborneur, don Juan, monstre !... Jules, mon petit Jules, tu ne m'aimes donc plus?... j'en mourrai ! !..

— Monsieur votre oncle me paraît bien affectueux, fit M. Ponto en dissimulant une forte envie de rire. »

Montgiscard s'arracha quelques cheveux.

« Ah ! tu me trahis, poursuivit le téléphone, ah ! tu m'abandonnes !... Eh bien, tu vas voir ! je vais demander au bureau central des téléphones avec qui je suis en communication et je cours faire un esclandre... gare ! ! ! »

Montgiscard se leva précipitamment et, balbutiant quelques phrases d'excuses confuses, il s'enfuit vers l'ascenseur pour regagner l'aérocab qui l'avait amené.

« Pourvu que cette dame furieuse n'arrive pas ici, dit Hélène à son tuteur; je ne me soucie pas d'un nouveau duel...

— Je la recevrai si elle vient... allons, voilà un mariage manqué ! »

ENREGISTREMENT DES SERMENTS PAR LE PHONOGRAPHE.

X

Les vacances décennales.

Un trimestre de révolution régulière tous les dix ans. — Préparatifs du comité central d'organisation. — Programme des distractions.

Hélène continuait — sans enthousiasme — à faire du journalisme. Elle en était toujours à son premier duel, grâce à sa prudente circonspection ; mais son rédacteur en chef n'était pas très content d'elle et lui avait infligé une forte diminution d'appointements. Hélène patientait en attendant le moment des vacances décennales qui, en interrompant le cours des solennités mondaines, devaient lui donner d'agréables loisirs.

Les vacances décennales ! Le bon temps, le doux moment ! tous les Français en rêvent dix-huit mois à l'avance, aussi bien ceux qui ont déjà passé plusieurs fois ce trimestre enchanteur, rempli d'émotions et de drames, de coups de théâtre et de nuits de fête, que les jeunes citoyens qui en sont encore à leur première révolution !

Oh ! la première révolution ! oh ! le premier habit, le premier bal, le premier amour ! joies ineffables, battements de cœur délicieux, sensations nouvelles et charmantes !

La France est un gouvernement parlementaire tempéré par des révolutions régulières ou *vacances décennales*. Rien de plus sage et de mieux ordonné. En dix ans la machine politique, chauffée et surchauffée, a eu tout

le temps de s'encrasser et de s'abîmer. La révolution régulière est la sou-
pape de sûreté qui supprime tout danger d'explosion. Pendant le temps
d'arrêt des vacances décennales, la machine se nettoie, se remet à neuf et
au bout du trimestre, le gouvernement, réparé et rétamé, se trouve de nouveau en état de marcher dix ans sans remontage ni catastrophe.

Dix ans de politique ennuyeuse, c'est beaucoup ! Aussi comme on
trouve long chaque mois, chaque semaine de la dernière année ! Comme
on attend avec impatience le moment de la délivrance, le jour béni du
bouleversement et les distractions sans nombre des vacances révolutionnaires décennales !

On a tant abusé de cette ennuyeuse politique ! Depuis que la politique
est devenue une profession régulière à laquelle on destine les jeunes gens
dès l'âge le plus tendre, on en fait trop de politique. Les gens du métier,
les politiciers, font marcher sans cesse la machine à faire les lois, pour moti-
ver par une bruyante et apparente activité leurs appointements, émar-
gements ou émoluments. L'usine parlementaire chauffe toujours; quand
on n'a pas de lois nouvelles à fabriquer, on défait les anciennes pour les
refaire ensuite à la mode du jour. Si l'on s'arrêtait, grand Dieu ! que deviendrait le métier !

D'ailleurs, un politicier de génie a eu une idée triomphante, grâce à
laquelle ses confrères et lui sont certains de ne pas manquer d'ouvrage
jusqu'à la fin du monde; toutes les lois sont provisoires. On ne les pro-
mulgue que pour trois mois. Au bout de trois mois elles cessent d'être
appliquées et reviennent devant la Chambre des vétérans — l'ancien Sénat
— qui les transforme et les renvoie à la Chambre des députés. Excellent
prétexte à commissions, sous-commissions, commissions d'enquête, à projets,
contre-projets, amendements et contre-amendements.

Il faut voir avec quelle joie le pays, sevré d'émotions pendant dix
longues années, ennuyé par de sempiternelles discussions parlementaires,
accueille les vacances décennales ! Tout est préparé, organisé de longue
date pour rendre ces vacances plus agréables et plus pittoresques que celles
de la période précédente. Dans toutes les villes des comités se sont formés
pour l'organisation de la révolution et la préparation de distractions inédites, de surprises intéressantes et émouvantes. Partout on travaille, on
passe les nuits, soit à préparer les accessoires indispensables, soit tout
simplement pour se mettre en avance et n'avoir aucun souci d'affaires
pendant les trois mois de vacances.

Les dernières semaines avant les vacances furent agitées. La population surexcitée faillit avancer le grand jour fixé pour l'ouverture des événements et renverser irrégulièrement le gouvernement. Des rassemblements couvrirent les boulevards avant la date annoncée, de farouches et impatients tribuns tonnèrent dans les réunions publiques, les journaux chauffèrent les masses à outrance, tant et si bien que sans l'énergie du ministère, les vacances risquaient d'être gâtées par trop de précipitation.

En arrivant un matin au journal, Hélène trouva l'hôtel occupé par un détachement de soldats et son rédacteur en chef en train de parlementer avec les officiers.

« Et la liberté de la presse, messieurs ! s'écriait-il, que faites-vous de la liberté de la presse ?

— Qu'y a-t-il ? demanda Hélène, prête à se sauver.

— C'est le gouvernement, dit un rédacteur, l'horrible gouvernement qui fait couper les fils de notre téléphone ! l'*Époque* est supprimée !... Ça va mal ! ça va mal !

— Le volcan populaire va faire explosion ! dit un autre rédacteur.

— Vous ne pouviez donc pas me prévenir ? reprit Hector Piquefol, j'aurais appelé tous mes rédacteurs à la défense de notre journal et vous n'auriez encloué nos téléphones qu'après une prise d'assaut... Quel beau spectacle pour nos abonnés ! Enfin, je vais rédiger une protestation solennelle ! »

Hector Piquefol rassembla ses rédacteurs et les harangua du haut d'une table.

« Mesdames et messieurs ! encore huit jours et le gouvernement inique qui pèse sur notre malheureuse France aura sombré dans l'abîme

Le rédacteur en chef
de l'*Époque.*

où, depuis la chute des Capétiens, cinquante-huit gouvernements l'ont précédé ! La révolution est fixée au 2 avril et ce, sans aucune remise, — l'Observatoire, consulté, garantit le beau temps !... Au 2 avril, mesdames et messieurs ! Chacun de nous se rendra à son poste de combat, pour assister à tous les épisodes et donner à nos abonnés un table au fidèle de la grande révolution de 1953 !»

Hector continua pendant quelque temps. Il donna ses dernières instructions à chacun de ses rédacteurs, chargea l'un de faire un tableau pittoresque des barricades, donna pour mission à un autre de s'occuper spécialement du compte rendu des faits militaires, commanda une série d'articles sur Paris révolutionnaire nocturne, une autre série sur les faits aériens de la révolution, un roman intitulé *l'Enfant de la barricade*, etc., etc.

Hélène se croyait tranquille, plus de premières représentations, de concerts ni de soirées et partant, plus de courrier mondain ; mais Piquefol en avait décidé autrement.

« Vous, mademoiselle, dit-il, tout le côté féminin de la révolution vous appartiendra, vous me ferez les clubs féminins, la Mode révolutionnaire, etc.... je vous attache au bataillon des volontaires féminines de Marseille qui débarque le 2 avril au matin, par train spécial du tube méditerranéen.

— Mais...

— Quoi donc, mademoiselle? vous n'aimez pas à vous battre? soit, vous regarderez et vous prendrez des notes. Commandez-vous immédiatement un uniforme. »

Hélène rentra chez elle bien contrariée.

Mᵐᵉ Ponto parut à la fois étonnée et scandalisée du peu d'enthousiasme marqué par sa pupille en revenant du journal.

« Vous m'avez habituée à bien des surprises déjà, dit-elle, mais vraiment vous me paraissez bien difficile.... comment, vous n'êtes pas contente d'être attachée au bataillon des Marseillaises!... vous allez voir la révolution de tout près, aux meilleures places, vous irez partout et vous passerez partout... Ce sera délicieux! je vous donnerai une lettre pour la commandante, toutes les officières seront vos amies...

— Je ne tenais pas à voir de si près...

— Nous serons forcées de nous contenter des balcons et des tribunes... Barbe et Barnabette vont envier votre chance... Nous connaîtrons tout à l'heure le programme définitif de la révolution. M. Ponto a donné cinq cent mille francs à la grande souscription organisée pour payer les frais des vacances nationales et le comité central révolutionnaire l'a nommé son trésorier, de sorte qu'il assiste aujourd'hui à la réunion où doivent être définitivement arrêtés l'ordre et la marche des événements et divertissements. »

Hélène poussa un soupir de résignation.

« Je comptais, dit-elle, avoir, comme tous les Français, mes trois mois de vacances.

— Vous ne pouvez pas abandonner votre journal ; pour quelques articles à bâcler, vous serez constamment aux premières loges ! »

LES ÉMOTIONS DE LA GUERRE CIVILE

M. Ponto ne revint du *Comité central révolutionnaire* que très tard dans la soirée.

« Je suis exténué! dit-il en tombant dans un fauteuil, quel travail! mes collègues ne s'entendent pas, chacun a son programme et veut le faire triompher... il m'a fallu discourir pendant six heures pour arriver à quelque chose... il y a dans ce comité trop de journalistes et trop de politiciens sans goûts artistiques...

CONSTRUCTION DES BARRICADES.

voyant que l'on n'allait faire rien de bon, rien d'original, j'ai pris la parole pour combattre résolument leurs absurdes projets... Avant tout, soyons pittoresques, messieurs! me suis-je écrié, soyons pittoresques !.. j'ai trop mal à la gorge pour vous refaire mon discours, mais je vous prie de croire que j'ai été éloquent....

— Enfin, qu'a décidé le comité ? fit Mme Ponto, aurons-nous quelque chose de bien ?

— Ce sera très bien et surtout pas trop banal...

— Par quoi commence-t-on ?

— Par l'arrestation de tous les chefs de la gauche dans la nuit du 1er avril, c'est entendu avec le ministère... arrestation à la lueur des torches, charges de cavalerie, tocsin, générale, etc., incarcération brutale des prisonniers dans les cachots de la Bastille...

— De la Bastille ? mais...

— Nous avons encore huit jours, j'ai fait appeler immédiatement un entrepreneur et un décorateur ; la Bastille sera reconstruite, légèrement et sommairement, mais elle sera reconstruite... le traité est signé... que dites-vous de mon idée de reconstruction de la Bastille ? Superbe, n'est-ce pas ? Le matin du 2 avril, effervescence populaire, rappel, générale, tocsin, charges de cavalerie... A trois heures, défilé sur les boulevards du peuple marchant sur la Bastille. Attaque et défense. A neuf heures, assaut à la lumière électrique, sac et incendie ! Les 3, 4 et 5 avril, construction des barricades dans tous les quartiers, exposition des spécimens de barricades des ingénieurs barricadiers, promenades, feux de joie, etc. Le 6 avril mouvement offensif des troupes gouvernementales, attaque générale, enlèvement de la première ligne de barricades, combat nocturne sur toute la ligne des boulevards éclairés à la lumière électrique... Le 8 avril, les troupes mettent la crosse en l'air, journée de fraternisation générale. Fête du nuit aux Champs-Élysées ; attaque du palais du gouvernement. Pillage. Le gouvernement est culbuté, etc. Voici le commencement... je vous passe les détails, mais vous verrez que ce sera pittoresque ! »

PREMIERS TROUBLES DE LA RÉVOLUTION DE 1953.

XI

Travaux préparatoires des ingénieurs barricadiers.
Les économies du gouvernement. — Le sous-syndic de la faillite
de la Turquie.

Paris avait la fièvre. Les boulevards regorgeaient de promeneurs. Les aérocabs faisaient peu d'affaires, tout le monde préférant circuler à pied pour se tenir au courant des mille rumeurs en circulation. Les murailles se bariolaient d'affiches multicolores, *Proclamations de Comités révolutionnaires, appel de fonds de la grande souscription nationale, organisations de sociétés secrètes, fondations de clubs,* etc., etc.

Personne, sauf les organisateurs du Comité central, ne connaissait les détails du programme adopté ; ce mystère surexcitait la curiosité et donnait l'occasion aux gens se prétendant bien informés de lancer des vols de canards extravagants et aux imaginatifs de développer des projets plus fantastiques les uns que les autres.

Des farceurs, pour effrayer les vieux rentiers et les bonnes dames timides, annonçaient que le comité, désireux de corser la révolution, avait préparé quelques atrocités à sensation ; mais ces vilaines choses n'étant plus dans nos mœurs, peu de personnes ajoutaient foi à leurs assertions. Les révolutions périodiques et régulières, seules dignes d'un peuple civilisé, ont précisément été inventées pour en empêcher à jamais les excès coupables des bouleversements politiques irréguliers.

Des rassemblements se formaient sur les boulevards et dans les carrefours, autour des ingénieurs et des architectes du comité, occupé à lever des plans et à préparer le terrain pour les barricades futures. Les curieux avaient beau interroger ces ingénieurs, ils n'en tiraient que des détails relatifs aux accessoires, par la bonne raison que ces agents du comité central ne savaient rien eux-mêmes.

Enfin les journaux, ordinairement si indiscrets, n'éventèrent point le fameux programme ; les quelques rédacteurs en chef mis dans le secret gardèrent religieusement et fermement le silence, pour ne pas ôter à leurs abonnés la sensation de la surprise qui double tous les plaisirs.

Hélène avait reçu un uniforme de volontaire marseillaise rouge et bleu qui lui allait très bien. La commandante lui avait donné rendez-vous au tube pour le 2 avril au matin. De là, sans doute, elle partirait avec le bataillon pour concourir à la prise de la Bastille, la grande idée de M. Ponto. La reconstruction de la forteresse marchait admirablement ; on y travaillait jour et nuit. La carcasse en charpente était déjà faite, les grosses tours devaient être en plâtre et briques et les courtines peintes sur toile, tout simplement, comme un décor de théâtre.

Le 1ᵉʳ avril, à quatre heures, tous les ministères et toutes les administrations fermèrent pour trois mois. Les bureaux, les usines, les magasins congédièrent leurs employés et leurs ouvriers. Toutes les affaires furent remises pour un trimestre ; seuls les épiciers, les bouchers, les boulangers et tous les marchands de denrées alimentaires devaient rester ouverts au milieu du chômage général, au grand chagrin de leurs infortunés commis.

M. Ponto congédia les employés de sa banque en leur payant trois mois d'appointements et il s'en fut avec sa famille faire une promenade aux rassemblements.

Les afficheurs étaient en train d'apposer partout une énergique proclamation du *Comité central général.* Les griefs du parti avancé contre le gouvernement y étaient exposés en phrases brûlantes qui sentaient la poudre et mordaient les hommes du pouvoir en pleine chair, avec des grésillements de vitriol.

Les mots MINISTRE IGNOBLE, PRÉSIDENT INEPTE, HIDEUX, VENTRIPOTENT, en grosses majuscules, alternaient avec des amabilités plus générales,

comme GOUVERNEMENT LACHE, FÉROCE ET CORROMPU, MINISTÈRE DE LA
PUTRÉFACTION, etc.

AUX ARMES! concluait l'affiche, AUX ARMES!
CITOYENS ET CITOYENNES
LA PAROLE EST AUX FUSILS!!!

SCÈNES PITTORESQUES DE LA RÉVOLUTION DE 1953.
LA GARDE DES BARRICADES.

Hélène vit avec étonnement au bas de ce manifeste la signature de
M. Ponto.

« Comment, s'écria-t-elle, vous signez des choses comme cela ! mais,
mon cher tuteur, ces ministres que vous qualifiez d'ignobles, vous les
aviez encore à dîner l'autre jour... et vous m'avez conduite la semaine
dernière en soirée chez ce président de la Chambre que vous traitez de
hideux personnage !

— Ma chère pupille ! vous n'avez donc aucun sens politique ? répondit
M. Ponto, je signe cela comme trésorier du comité, cela ne m'empêche pas
d'être bien avec ces ministres que je veux renverser...

— Mais vous m'avez dit que, cette nuit, le ministère allait faire arrêter tous les chefs de la gauche et les membres du comité central?

— Oui; mais, moi, chargé de la partie purement artistique et financière, je ne serai pas arrêté...

— Bon, mais les autres? Et si le gouvernement les gardait sérieusement sous les verrous?

— Je vous répète que vous n'entendez rien à la politique! C'est une révolution sage que nous allons faire, une révolution de santé pour ainsi dire, prévue par la constitution pour éviter l'engorgement des vaisseaux du corps social et inventée pour infuser à des intervalles réguliers du sang plus jeune et plus généreux! Au bout de dix ans, ma chère, les hommes politiques au pouvoir ont donné tout ce qu'ils avaient et surtout ils ont cessé de plaire. Place à une fournée nouvelle! Place aux jeunes!

— Et si les autres résistent?

— Nous y comptons bien qu'ils vont résister! c'est prévu! mais s'ils voulaient s'en aller tranquillement tout seuls, on ne le leur permettrait pas! Il nous faut une résistance, une bonne petite résistance, juste ce qui est nécessaire pour donner du pittoresque à leur renversement, de la saveur aux événements! Mais s'ils allaient plus loin qu'une petite résistance, ils perdraient leur pension de retraite et naturellement ils y tiennent, à leur pension de retraite... En ce moment, ces braves ministres sont en train de mettre leurs comptes au net... Ordre, régularité, c'est la devise de tous nos gouvernements... »

En ce moment, M. Ponto fut interrompu par un brusque mouvement de la foule. Tous les promeneurs se précipitaient vers un afficheur grimpé sur une échelle et en train de déployer tranquillement une immense affiche blanche.

« Dépêchez-vous donc, lui criait-on, collez plus vite que ça!... qu'est-ce que c'est?

— Ah! dit M. Ponto, c'est le règlement des comptes du gouvernement... voyons un peu.

RÉPUBLIQUE FRANÇAISE.

Vacances décennales 1953

Gouvernement de 1943 à 1953.

ÉCONOMIES RÉALISÉES : 3,546,692,749 fr. 27 1/3.

Versés à la Banque de France.

— Comment! dit Hélène, on va renverser un gouvernement qui a
économisé trois milliards et demi en dix ans ?

— Certainement ! vous ne savez donc pas que toutes les économies
faites par le gouvernement pendant sa période de dix ans, les excédents de
budget, les suppléments de recettes et tous les petits bénéfices imprévus
servent à constituer ce qu'on appelle la *Caisse de la Révolution.* Tout le

CADEAU AU SYNDIC DE LA FAILLITE.

monde va vivre là-dessus pendant les vacances décennales. Vous étiez trop
jeune à la dernière révolution pour vous souvenir, mais votre professeur
d'histoire du lycée aurait dû vous apprendre que le gouvernement précédent
avait réalisé quatre milliards passés d'économies, ce qui a permis d'ajouter
une semaine de plus au trimestre de vacances... on néglige trop l'histoire
contemporaine, au lycée !... trois milliards et demi seulement, c'est bien
peu ! les adversaires du gouvernement avaient raison, ces ineptes gouvernants ont dilapidé la fortune publique... C'est très ennuyeux pour moi,
j'avais proposé au comité de terminer les vacances par un immense
banquet populaire et aussi pantagruélique que possible... deux hors-d'œuvre,
quatre plats, desserts variés, deux bouteilles par personne, cafés et liqueurs.
Je serai obligé de supprimer une bouteille et deux plats au moins ! »

Et M. Ponto donna des signes de contrariété pendant tout le reste de la promenade.

Philippe Ponto, le frère de Barbe et de Barnabette, arrivait de Constantinople par le tube de 8 h. 45 pour prendre sa part des vacances décennales. Depuis plusieurs années, des affaires importantes et embrouillées le retenaient à Constantinople à la succursale de la banque Ponto. On sait que lors de la faillite de la Turquie en 1935, M. Ponto, qui venait de donner un colossal essor à sa maison, fut nommé syndic de la faillite. Ceci d'abord avait nécessité de fréquents voyages en Turquie, puis un jour était venu où M. Ponto avait pu donner sa procuration à son fils et l'installer à la tête de sa succursale de Byzance.

Disons-le tout de suite, Philippe Ponto ne donnait pas à son père une satisfaction sans mélange ; il n'était pas tout à fait aussi pratique que ses sœurs, et il avait dans son passé une chose terrible, un sonnet, inachevé, il est vrai, mais enfin un sonnet de treize vers et demi, trouvé, avec des frémissements d'horreur, dans ses cahiers d'études, par l'éminent directeur de l'École des hautes études commerciales et financières. Si tout autre que le fils du grand banquier Ponto se fût rendu coupable d'une pareille orgie poétique, sans nul doute il eût été impitoyablement mis à la porte du sanctuaire des sciences pratiques. Philippe en fut quitte pour un mois d'arrêts et pour un immense pensum, consistant à résumer en un travail de trois cents pages tout ce que les économistes avaient écrit sur la formation des capitaux et sur la monnaie, métal ou papier, et autres signes représentatifs des valeurs.

Philippe dormit jour et nuit pendant trois mois, presque sans interruption ; ce terrible châtiment coupa les ailes à sa muse, et plus jamais il n'osa se permettre d'aligner deux rimes. Ensuite son père l'envoya en Turquie, pays pittoresque, où même les questions de finances revêtent un certain caractère fantaisiste et azuré. Philippe, sous-syndic de la faillite, fut accablé d'amabilités et de prévenances par le commandeur des croyants ; il habita un palais de marbre sur le Bosphore, il eut les caïques dorés de la cour à ses ordres et les pachas à ses pieds.

Ce fut grâce à l'influence de Philippe qu'en 1949, après quatorze années de misérables chicanes avec tous les huissiers et avoués du globe, après le grand Congrès d'huissiers de 1948, le sultan obtint enfin son concordat, en donnant seulement 7 1/4 pour 100 à l'âpreté de ses créanciers. La chronique scandaleuse parla d'un certain cadeau de quatorze Circas-

SAISIE MOBILIÈRE ET IMMOBILIÈRE DU SÉRAIL PAR LE CONGRÈS D'HUISSIERS RÉUNI A CONSTANTINOPLE

siennes de la plus grande beauté, amenées avec mystère à la demeure du sous-syndic par les employés du harem impérial, et prétendit que les beaux yeux de ces dames avaient été pour beaucoup dans l'obtention du concordat; mais cela ne fut jamais prouvé, bien que certains créanciers criards eussent fait tout exprès le voyage de Constantinople pour réclamer des explications au sous-syndic.

CONGRÈS D'HUISSIERS ALLANT SAISIR LA PORTE OTTOMANE.

Et l'almanach de Gotha de 1950 cessa d'enregistrer le nom de M. Ponto parmi les souverains de l'Europe, comme il faisait précédemment ainsi qu'il suit :

TURQUIE.

Sultan MAHMOUD VII, commandeur des croyants,
à Constantinople.
Syndic de la faillite, M. RAPHAEL PONTO, rue de Chatou, à Paris;
Sous-syndic, M. PHILIPPE PONTO, à Constantinople,
palais de Dolma Bagtché.

Philippe n'en resta pas moins à Constantinople. Bien des affaires restaient à liquider. Grâce au téléphonoscope, il put voir chaque soir sa famille et converser avec elle, sans avoir besoin de faire le voyage de Paris.

Hélène, à part les entrevues au téléphonoscope, ne l'avait pas vu de près depuis son départ pour le lycée de Plougadec-les-Cormorans, c'est-à-dire lorsqu'il n'était encore qu'un turbulent adolescent d'une quinzaine d'années et elle une gamine de neuf ans à peine. Aussi fut-ce avec un vif plaisir qu'elle accompagna Mme Ponto au tube de huit heures quarante-cinq pour y recevoir le jeune homme.

Le train eut du retard. Des trains de plaisir amenaient de Munich, de Vienne, de Belgrade, de Bucharest et même de Téhéran, des masses de curieux pour l'ouverture de la révolution. Philippe n'arriva qu'à neuf heures vingt. Ce grand garçon de vingt-cinq ans, vif, nerveux, basané, n'avait pas du tout l'air d'un homme de chiffres. Le séjour de l'Orient l'avait empêché de contracter la raideur et l'air glacialement pratique des financiers occidentaux. Hélène ressentit au fond du cœur une certaine satisfaction de voir que le compagnon des jeux de son enfance était resté l'aimable Philippe d'autrefois.

« Philippe ! dit M. Ponto quand il eut embrassé son fils, tu sais la nouvelle ? trois milliards et demi seulement...

— Quels trois milliards ?

— A la caisse de la révolution... Trois milliards et demi seulement d'économies ! quel infâme gouvernement... j'avais rêvé un banquet splendide pour terminer les vacances, et nous allons être obligés d'y renoncer... A propos, tu as vu la petite Hélène ? tu sais que je n'en suis pas content... Je lui ai fait donner une éducation pratique, comme c'était mon devoir de tuteur, et elle n'est pas pratique !... c'est inconcevable ! Elle a déjà essayé de plusieurs carrières sans réussir... je l'ai mise au Conservatoire et elle n'a pas mordu à la politique ; elle a tâté du barreau et, après un petit succès flatteur, elle l'a quitté sans raison... pour le moment, elle fait du journalisme...

— Je sais, dit Philippe, Hélène est rédactrice de l'*Époque*... je suis abonné, et j'ai su l'histoire de ses duels...

— De son duel... où, entre nous, elle n'a pas brillé... »

Hélène rougit.

« Je ne veux rien dire contre les revendications féminines, si ardentes aujourd'hui, dit Philippe ; mais...

— Chut! fit M. Ponto, ta mère est candidate... je la combattrai à la tribune, mais ici je ne dis rien !

— Bien, j'admets encore les droits politiques; mais le droit au duel me paraît assez inutile... le vrai rôle et le vrai caractère de la femme me semblent méconnus...

— Réactionnaire! s'écrièrent Barbe et Barnabette. »

GRANDES SCÈNES DE LA RÉVOLUTION. — LA NUIT DU 2 AVRIL 1953.

Les premiers coups du tocsin sonnant dans toutes les églises de Paris interrompirent l'entretien. Tout le monde courut aux fenêtres.

« Est-ce qu'il y a quelque chose à voir ce soir? demanda Philippe.

— Non. Le tocsin sonnant dans la nuit est destiné seulement à donner une impression de trouble et d'effroi à la population... en ce moment, on arrête les chefs de la gauche et on les conduit à la Bastille. Il y aura une petite émeute à Belleville et à Montmartre, mais rien de grave, rien à voir... A six heures, demain matin, commencement du bouleversement. Nous allons tâcher de bien dormir cette nuit, bercés par le tocsin, pour nous lever à l'aurore.

XII

L'insurrection! — Arrivée des volontaires marseillaises.
Fusils pittoresques, — Le bataillon des photo-peintres. — Les nouveautés,
en avant!

Hélène en uniforme.

Le tocsin sonna toute la nuit. Cette vive émotion, cette impression de trouble et d'effroi que le comité d'organisation voulait faire goûter à la population, Hélène la ressentit tout à fait. Il lui fallut une grande force de caractère pour se décider à se lever et à endosser son uniforme de volontaire marseillaise.

Enfin, elle parvint à s'habiller et à boucler un ceinturon chargé d'un sabre, d'un poignard et de deux revolvers ; elle prit son carnet et se rendit à la salle à manger, où toute la famille Ponto déjeunait à la hâte. Philippe parut surpris à la vue de sa cousine en uniforme.

« Comment, Hélène, dit-il, je vous croyais dépourvue de ces goûts masculins si fort à la mode... vous êtes volontaire?

— Non, dit Hélène, j'accompagne les volontaires marseillaises, mais comme journaliste seulement.

— Avant de partir, dit M. Ponto, vous allez endosser ce gilet paraballes... vous savez, il y a toujours des écervelés qui laissent des balles dans les cartouches... il est bon de se prémunir contre ces distractions...»

Hélène n'avait pas besoin de cet avertissement pour trouver son métier de journaliste à la suite des volontaires marseillaises dépourvu de tout attrait. Même la satisfaction de porter un coquet uniforme ne pouvait balancer l'ennui d'avoir à circuler au milieu des pavés soulevés, au son d'une fusillade vive et entraînante, agrémentée de quelques sifflements de balles oubliées dans les cartouches.

« Et maintenant, dit M. Ponto en lui serrant la main, allez, recueillez le plus possible de notes intéressantes... Nous vous verrons à deux heures sur le boulevard, aux charges de cavalerie. »

Est-il au monde spectacle plus sublime que celui d'un peuple généreux s'armant pour lutter contre la tyrannie ! Est-il tableau plus saisissant que celui d'une ville entière, bouleversée par le souffle révolutionnaire, lançant ses citoyens et ses citoyennes contre les séides d'un pouvoir abhorré ! Ce sublime spectacle pouvait se voir de temps en temps jadis, mais plus rarement et bien plus difficilement qu'aujourd'hui ; le penseur, l'artiste ou simplement le curieux, pour savourer ces émotions, risquait dans les bagarres les coups, la fusillade ou l'emprisonnement suivi de la déportation. Les révolutions régulières décennales ont fait disparaître ces inconvénients ; ne nous lassons pas d'admirer cette belle institution que l'Europe et l'Amérique nous envient et s'efforcent en vain d'imiter !

Paris avait pris sa physionomie des grandes journées révolutionnaires. Tout était bruit, mouvement, bousculade ; d'innombrables affiches imprimées ou manuscrites couvraient les murailles ; des orateurs improvisés haranguaient la foule à chaque coin de rue, personne n'entendait, mais tout le monde criait et applaudissait. De vieilles armes qui avaient figuré dans toutes les guerres et toutes les révolutions depuis cent ans, des fusils dix fois transformés, fusils à piston changés en fusils à tabatière, puis en chassepots, en Gras, en fusils à répétition, à réservoir, en fusils électriques, etc., revenaient encore une fois luire au clair soleil et revoyaient les pavés retournés comme au temps de leur bruyante jeunesse. O vieux fusils cachés sous la poussière, au fond des greniers ou alignés le long des murs dans les musées, ces journées-là payent bien des années d'inaction et de pesant ennui !

Astiquage et fourbissage dans les familles.

Toutes les rues regorgeaient de citoyens en train de fourbir et d'astiquer ces vieux camarades couverts de gloire et de rouille. Ceux qui n'avaient pas de fusils se contentaient de revolvers ou de pistolets, même à pierre ; les gamins eux-mêmes traînaient des sabres légués par les ancêtres et décrochés des vieilles panoplies.

Les dilettanti, les gens à goûts artistiques, dédaignant les fusils trop modernes qui se chargent par la culasse, trop vite et presque comme des mécaniques, descendaient dans la rue armés de vieux mousquets à pierre et harnachés de gibernes pittoresques. Le plaisir est certainement bien moindre à faire rouler un fusil à répétition, qu'à charger en quinze mouvements un de ces vénérables mousquets à silex, à faire sonner la baguette dans le canon, musique délicieuse et émouvante, et à faire grincer les ressorts du chien.

Quant aux collectionneurs, aux amateurs de bibelots et de belles armes, ils se seraient bien gardés de perdre une si belle occasion d'endosser de brillantes ferblanteries de reîtres, de se coiffer de casques, de bourguignottes, de salades et de se barder de dagues féroces et de pistolets d'arçon monumentaux.

En se rendant en aérocab au tube méditerranéen, Hélène aperçut même dans un quartier habité par des artistes photo-peintres un bataillon de patriotes brandissant avec coquetterie des hallebardes du plus pur moyen âge.

La gare des tubes du sud était encombrée d'insurgés et surtout d'insurgées ; des députations de tous les clubs féminins attendaient les volontaires marseillaises avec des drapeaux, des couronnes et des musiques. Hélène arriva juste comme le train de Marseille entrait en gare, elle eut sa part de l'ovation enthousiaste qui accueillit les volontaires. Pour un peu, n'était la pensée des cartouches oubliées par les gens distraits dans les fusils et son paraballe qui la gênait aux entournures, elle se fût laissé gagner par l'enthousiasme.

Ce fut si joli, le défilé des volontaires marseillaises devant la gare et son groupement devant les objectifs de vingt photographes accourus pour le saisir au passage ! La commandante, une femme de tête, correspondante à Marseille de la grande société des citoyennes libres de France, reçut admirablement Hélène, lui parla de Mᵐᵉ Ponto et des services rendus par la banquière à la cause féminine, et la présenta immédiatement au corps d'officières.

« Vous marcherez à côté de moi, dit-elle, au premier rang, sabrebleu !

— Non, dit Hélène, je suis journaliste, je préfère marcher au dernier rang pour mieux embrasser l'ensemble...

— C'est juste, dit la commandante, suivez-nous à l'arrière-garde...

nous allons camper au boulevard des Italiens où nous aurons à recevoir à deux heures plusieurs charges de cavalerie...»

Hélène tira son carnet et, tout en marchant, esquissa un commencement d'article.

Le bataillon campa sur le boulevard devant un café à deux étages, ouvert au rez-de-chaussée pour les piétons et au huitième étage pour les promeneurs aériens. Hélène trouva la famille Ponto installée commodément

FORMATION DE SOCIÉTÉS SECRÈTES.

à une fenêtre de l'entresol et déjeunant en attendant les charges de cavalerie.

La commandante groupa militairement sa troupe et monta voir les Ponto avec Hélène.

« Sabrebleu! dit la commandante en distribuant des poignées de main dans le café, on se sent vivre aujourd'hui, on respire une atmosphère de liberté qui fait plaisir !

— Encore une étape pour le progrès ! dit Mme Ponto.

— Le parti féminin doit faire ses preuves aujourd'hui, il nous faut au moins six portefeuilles dans le futur ministère...

— Je fais mes réserves, mesdames, dit M. Ponto. J'envisage la révolution d'aujourd'hui avec l'œil désintéressé du penseur et du philosophe, sans chercher quelles seront ses conséquences et quel bénéfice en tirera tel ou tel parti... ce qui me plaît surtout dans nos révolutions décennales, ce sont les distractions honnêtes, les plaisirs purs qu'elles offrent à la jeunesse... Plus de journées perdues dans les tripots, plus de nuits consacrées aux orgies, la jeunesse régénérée du xxᵉ siècle a de plus nobles aspirations, il lui faut les luttes du forum, les émotions de la guerre civile, les vives sensations de... »

M. Ponto fut interrompu dans ses théories par une violente rumeur sur le boulevard.

« Descendons, sabrebleu ! s'écria la commandante en bouclant son ceinturon. Ayez les yeux fixés sur moi, mademoiselle, et ne m'oubliez pas dans votre article ! »

Un escadron de cuirassiers refoulait la foule sur la chaussée. Les casques et les cuirasses étincelaient, les sabres brillaient, c'était superbe. M. et Mᵐᵉ Ponto ne purent s'empêcher d'applaudir.

« Vivent les cuirassiers ! s'écrièrent cent mille voix sur le boulevard, à bas le gouvernement, mais vive l'armée !

— Escadron ! cria le commandant, en avant, chargez ! »

La foule se rabattit sur les bas côtés et l'escadron continua sa charge dans la direction de la Madeleine.

« Cela ne se gâtera qu'à deux heures ! » dit M. Ponto.

A deux heures, une nouvelle charge de cuirassiers fut reçue par la foule avec quelques pierres et un immense cri de : A bas le gouvernement !

Un flot d'insurgés armés de fusils se porta au milieu de la chaussée, les volontaires de Marseille croisèrent la baïonnette. Derrière eux, la foule abattit les échafaudages d'une maison en construction et se mit en devoir de soulever les pavés. Les applaudissements éclatèrent à toutes les fenêtres du boulevard — A bas le gouvernement ! A bas les ministères masculins ! A bas tout ! En un clin d'œil des barricades s'élevèrent en avant et en arrière des cuirassiers ; l'escadron essaya de franchir la barricade devant le café, quelques cavaliers roulèrent sur les pavés, les autres ne purent ni avancer ni reculer.

Une officière des volontaires de Marseille saisit par la bride le cheval du chef des cuirassiers.

« Commandant, s'écria-t-elle, vous avez fait votre devoir; pas de carnage inutile. »

La vieille moustache se dressa sur ses étriers pour chercher un passage ; partout des pavés, partout des barricades, l'escadron était cerné.

« Allons, dit le commandant, autant me rendre à vous, charmante ennemie, qu'à un épicier insurgé... voici mon sabre ! »

RÉVOLUTION DE 1953

LE BATAILLON DE LA SUPRÉMATIE FÉMININE ARRIVANT AUX BARRICADES

— Gardez-le, commandant, criez seulement : A bas le gouvernement !

— A bas le gouvernement !!! cria le cuirassier d'une voix de stentor.

Immédiatement l'officier fut enlevé de cheval et porté en triomphe sur les bras d'une foule en délire jusque dans le café où les volontaires de Marseille se disputèrent l'honneur de l'embrasser.

LE BATAILLON DES *Droits de l'homme*
ET LE BATAILLON DES *Droits de la femme* AUX BARRICADES.

« Vite, dit M. Ponto à Hélène, une nouvelle à sensation pour le journal je dicte :

PREMIÈRES DÉFECTIONS DANS L'ARMÉE.

2 h. 15. — Boulevard des Italiens. — Un escadron du 14ᵉ cuirassiers vient de passer à l'insurrection, l'enthousiasme remplit tous les cœurs. Le gouvernement est démoralisé. Aux barricades, citoyens et citoyennes !!!

L'observatoire n'avait pas trompé le Comité central en annonçant une journée splendide pour la révolution. Le soleil lui-même semblait prendre part à la fête ; pour faire honneur au lion populaire il avait mis ses rayons du dimanche. Deux cent mille fusils étincelaient sur le boulevard au milieu d'un féerique déploiement de drapeaux, de bannières et d'oriflammes ornés d'inscriptions révolutionnaires. Toute cette foule, en marche sur la Bastille où gémissaient les chefs de la gauche arrêtés dans la nuit, semblait se déplacer d'un seul bloc, escaladant les barricades avec des cliquetis de ferraille et redescendant de l'autre côté sur les tas de pavés.

Un roulement continu d'applaudissements et de vivats courait sur toute la ligne de la longue colonne, certains bataillons ou pelotons d'insurgés furent particulièrement acclamés. Ce furent, entre autres, le bataillon des photo-peintres si artistement équipé, le bataillon des citoyennes libres, le bataillon des élèves du Conservatoire politique et le bataillon des Marseillaises.

Les employés des grands magasins de nouveautés, enrégimentés, s'avançaient précédés de tambours et de clairons. Ils furent d'abord applaudis, mais on leur marqua ensuite une certaine froideur quand on lut les inscriptions de leurs drapeaux. Les patrons, industriels sans pudeur, n'avaient pu résister au désir de battre la grosse caisse au profit de leurs magasins; mêlant la réclame à la politique, ils marchaient contre la Bastille avec des devises comme celles-ci, inscrites sur d'immenses bannières :

République française. — Grands Magasins de CHAILLOT, les plus immenses du MONDE.

A BAS LE GOUVERNEMENT! EN AVANT LES NOUVEAUTÉS!

Malgré les vacances décennales, ouverture d'un rayon de Nouveautés révolutionnaires et patriotiques.

Prochainement EXPOSITION des nouveautés d'ÉTÉ.

Vive le prochain gouvernement!

PREMIÈRES DÉFECTIONS DANS L'ARMÉE.

LES VOLONTAIRES MARSEILLAISES.

XIII

Première exposition internationale de barricades. — Médailles et récompenses.
La barricade fallacieuse.

La nouvelle Bastille était tombée. Sur ses ruines une splendide fête de nuit fut donnée au peuple insurgé. Quant au gouvernement, il massait ce qui lui restait de troupes fidèles dans l'avenue des Champs-Elysées. On lui prêtait l'intention de tenter un retour offensif sur les quartiers au pouvoir de l'insurrection ; les vieux généraux, appelés au conseil de guerre, discutaient un plan d'attaque.

En attendant la reprise des hostilités, le peuple se mit à fortifier, sous la direction d'habiles ingénieurs, ses rues et ses carrefours.

Le Comité central, voulant signaler la révolution de 1953 par une innovation, inaugura sur la ligne des boulevards la première exposition universelle et internationale de barricades. Cette exhibition si intéressante et si pittoresque était préparée de longue date ; des circulaires avaient été envoyées partout dès 1950. — Les barricades de la première heure enlevées, le boulevard fut livré aux exposants avec quarante-huit heures seulement pour délai maximum de construction. La rapidité étant une question des plus importantes dans la construction des barricades, l'exposition devait être, pour ainsi dire, improvisée.

Le 5 avril, au matin, eut lieu l'ouverture solennelle de l'Exposition. Après une cantate et un discours du citoyen président du comité central, un illustre vieillard qui avait vu trente révolutions irrégulières, plus les cinq régulières depuis l'institution des vacances décennales, les barrières s'ouvrirent et la foule put circuler à travers l'exposition.

Cent quatre-vingt-deux exposants avaient pris part au concours, cent trente-sept Français, vingt-quatre autres Européens, sept Américains, deux Australiens, un Chinois et onze Japonais.

M. Ponto, trésorier du Comité, faisait partie du jury, bien que manquant de connaissances spéciales. Toute sa famille, y compris Hélène, se mêla au cortège officiel pour suivre les opérations des jurés, écouter les explications des exposants et profiter de l'expérience des savants ingénieurs barricadiers.

De l'aveu de tous, jamais exposition ne fut plus réussie. L'originalité était un attrait de plus. Tout est usé en matière d'expositions, les grandes expositions industrielles et artistiques sont bien rebattues ; des expositions de chevaux, de chiens, de tapisseries, de costumes, de sauvages, de volailles ou de fromages, tout cela est bien vieux, bien usé. Une exposition de barricades, voilà qui est vraiment nouveau ? Et c'est une idée française. Nous le constatons avec satisfaction, notre France n'a pas abdiqué son rôle d'initiatrice et de guide dans le chemin du progrès !

« Prenez des notes ! prenez des notes ! » disait M. Ponto à sa pupille en avançant à travers les monticules de pavés.

Tout d'abord l'éclatante supériorité des produits français apparut aux yeux de tous ; les membres étrangers du jury international, les ingénieurs, militaires et journalistes ainsi que le public en tombèrent d'accord. Nos barricades se distingueront toujours par leurs qualités pratiques et aussi par leur élégance, cette qualité si française : légèreté, solidité, facilité de démontage rapide, commodité et sécurité pour les défenseurs, tel était le caractère général de nos barricades.

« Nous n'avons pas la prétention d'égaler vos produits, dit le président de la section étrangère, nous venons au contraire étudier vos modèles, pour essayer de faire quelque progrès dans l'art si difficile du barricadier.

Les tourniquets placés aux extrémités du boulevard ainsi qu'à l'entrée de toutes les rues aboutissantes constatèrent douze cent mille entrées dans cette seule journée d'inauguration ; pour égayer la fête, des tambours à vapeur, installés de distance en distance, battaient sans relâche le rappel, la générale, la charge, la chamade, la retraite et toutes les batteries connues.

RÉVOLUTION DE 1953

PREMIÈRE EXPOSITION UNIVERSELLE DE BARRICADES

Le jury avait à sa disposition une médaille d'honneur, six médailles d'or, douze médailles d'argent, vingt médailles de progrès et vingt médailles d'encouragement. La médaille d'honneur fut à l'unanimité décernée à

M. Virgile Barlincourt, ingénieur constructeur à Paris,

UNE BARRICADE DE FAMILLE.

pour sa barricade aérienne se démontant et se remontant en 35 minutes et pouvant porter 900 kilog., soit douze combattants du poids moyen de 75 kilog.

Cette barricade, élevée du coin du boulevard Montmartre, au-dessus d'une autre barricade ancien modèle, se compose d'une espèce de longue plate-forme blindée, large d'un mètre et longue de dix-huit, soutenue par trois ballonnets cuirassés d'une forte enveloppe de gutta-percha à l'épreuve de la balle.

L'œuvre de M. Barlincourt parut mériter une récompense exceptionnelle; outre la médaille d'honneur, M. Barlincourt reçut du Comité central un bon pour quatre décorations à son choix, tiré sur le futur gouvernement.

Les modèles les plus remarqués, après la barricade aérienne, furent les suivants, dont nous copions la description dans le livret de l'exposition :

M. Sébastien Houzé, capitaine d'artillerie à Lyon.

N° 5. BARRICADE FORTERESSE, *boulevard des Capucines,*

MÉDAILLE D'OR.

Barricade de 15 mètres avec poterne pour les sorties, fossé, chevaux de frise, etc., présentant un front de bastion de huit mètres de hauteur sans le fossé, avec trois embrasures pour le canon et une ligne de créneaux. Terre et pavé. Construction en trois heures.

M. Valentin Mousseron, ingénieur constructeur à Rouen.

N° 38. BARRICADE MOBILE, largeur huit mètres, MÉDAILLE D'OR.

Gros chariot porté sur quatre roues et traîné par une petite locomotive-pompe à vapeur (vieux système).Front de barricade blindé et capitonné, élevé de quatre mètres au-dessus du chariot. Deux étages de banquettes pour les défenseurs, meurtrières en bas, créneaux en haut. Cette barricade peut être transportée avec rapidité sur les points menacés et offrir un sérieux point d'appui. Le capitonnage est à l'épreuve de la balle et des obus de campagne. La locomotive-pompe à vapeur permet en cas d'assaut d'appuyer les défenseurs de la barricade par un violent jet d'eau chaude ou froide à volonté.

M. Jules Barbizot, concierge à Paris.

N° 41. BARRICADE ROULANTE, MÉDAILLE D'OR.

Cette ingénieuse barricade ressemble à un énorme fromage de Hollande; c'est une sphère creuse et blindée, de trois mètres de diamètre, percée de meurtrières et pouvant contenir quatre défenseurs. Poids de l'appareil complet, 70 kilog. Les défenseurs la roulent dans un endroit menacé, entrent dedans et, l'ouverture refermée, peuvent défier l'assaillant.

M. Narcisse Boulard, artiste photo-peintre,

boulevard des Italiens.

N° 19. BARRICADE PITTORESQUE, MÉDAILLE D'OR.

En petits madriers préparés et boulonnés, terre et pavés. Cette barricade est remarquable surtout par son allure pittoresque qui rappelle en petit les fiers castels des burgraves du Rhin. Les madriers peuvent se combiner de mille façons différentes et composer des barricades de tous les styles.

Le coût des matériaux indispensables et des boulons est de 250 francs. L'inventeur abandonne généreusement son idée et ne prendra pas de brevet.

Il y avait encore dans la section française de nombreuses barricades blockhaus, une barricade rasante ne dépassant le sol que de 50 centimètres

LE TORRENT RÉVOLUTIONNAIRE.

seulement (médaille d'or), une barricade en sacs de chiffons (médaille d'argent), plusieurs barricades en carton aggloméré d'une seule pièce, etc., etc. La section étrangère présentait peu de modèles originaux, la plupart des exposants s'étant contentés de copier ou d'arranger les vieux modèles de la tradition. Il nous faut cependant noter une barricade en meules de gruyère (Suisse) récompensée par une médaille de progrès, une remarquable barricade chinoise ornée de dragons de porcelaine et quelques barricades japonaises trop coquettes.

Un exposant de la section américaine obtint un succès d'étonnement : il avait, sur le trottoir du boulevard Montmartre, disposé une douzaine de fauteuils à larges dossiers avec cette inscription :

M. Gordon Stripp, ingénieur, Chicago.

BARRICADE FALLACIEUSE. (Brevetée à New-York, Honduras, Nicaragua, Montevideo, etc.)

« Mais vous n'êtes pas barricadier, dit sévèrement le vénérable président du comité central à M. Stripp, vous êtes un simple ébéniste... vous vous êtes trompé d'exposition, mon ami !... »

Pour toute réponse, l'Américain montra le mot *Fallacieuse* avec sa canne.

LA BARRICADE AÉRIENNE. (Médaille d'honneur.)

« Je sais lire, fit le président, mais je ne comprends rien à vos fauteuils. »

L'Américain montra au dos de chaque fauteuil une espèce de ressort..

« Ah ! il y a des pièges ? dit M. Ponto en essayant de faire jouer un des ressorts.

— Des pièges à gouvernement ! répondit l'Américain.

— Je commence à comprendre, dit le président.

— Vous prenez douze hommes déterminés, dit l'Américain.

— Bon !

— Chacun de ces hommes prend un de ces fauteuils...

— Et il s'assied dessus ?

— Non, il le met sur son dos...

— Comprends pas !

— Vous allez comprendre... Les douze hommes déterminés prennent les douze fauteuils et s'en vont tranquillement du côté des troupes du

gouvernement, on les prend pour des ébénistes et on les laisse passer...
Arrivés au bon endroit, les douze hommes posent les douze fauteuils à terre
et poussent les douze ressorts. A chaque fauteuil le dossier se dédouble et
forme un grand bouclier... comme ceci, tenez... puis les douze hommes
vissent les douze fauteuils ensemble en travers d'une rue et voilà une
barricade... Alors, dame, il suffit d'avoir douze ou vingt-quatre revolvers
dans la poche ; dans chaque siège il y a une petite carabine... les douze

PETITE BARRICADE ARTISTIQUE SE DÉMONTANT
ET SE REMONTANT EN DEUX HEURES.

hommes s'asseyent sur les douze fauteuils blindés et pan ! pan !... pan !
pan !...

— Très ingénieux ! dit le président.

— Très confortable ! dit l'Américain.

— Oui, mais trop coûteux ! dit M. Ponto.

— C'est un inconvénient, je ne dis pas, reprit l'Américain ; mais il est
largement compensé par les avantages particuliers que je viens de vous
signaler... Ma barricade a été expérimentée partout en Amérique... on a été
très content ; j'ai des certificats, si vous voulez les voir...

— Nous appellerons, si vous voulez, ce modèle *Barricade pour quartier opulent*, dit M. Ponto à ses collègues, et nous récompenserons son
inventeur par une médaille d'or de seconde classe.

35

— Merci, dit l'Américain, mais j'en veux une de première classe...
sans cela je vais porter ma barricade au gouvernement... Vous comprenez,
moi, je ne suis pas du pays, un côté ou l'autre, ça m'est égal !

— C'est juste ! allons, messieurs, mettons la médaille de première
classe.

— Ajoutez un bon pour une décoration, dit l'Américain, et je fais l'expérience de ma barricade avec mes hommes dès demain, où vous voudrez !
Où voulez-vous que j'aille la poser ? »

Les membres du jury se consultèrent.

« C'est entendu ! dit le président du comité central au bout d'un instant, voici le bon... vous irez poser votre barricade demain après déjeuner,
rue Saint-Honoré, devant le palais du gouvernement.

— J'irai, dit l'Américain. »

LA BARRICADE ROULANTE. (MÉDAILLE D'OR.)

BARRICADE MOBILE BLINDÉE ET CAPITONNÉE.

XIV

Tocsin, générale et canon! — Où les Parisiens savourent les vives
sensations d'une attaque de nuit.
Les nouveaux modèles de barricades sont appelés à faire leurs preuves.
A bas le gouvernement!

Le 6 avril, à trois heures du matin, les troupes du gouvernement,
massées dans les Champs-Élysées, reprirent l'offensive. Les citoyens armés
qui gardaient les barricades du faubourg Saint-Honoré goûtèrent la vive
sensation d'une surprise nocturne ; éveillés par le fracas des détonations
éclatant dans la nuit, ils furent sur pied en un clin d'œil comme de vieux
troupiers et coururent aux créneaux de leurs barricades. Sur chaque trottoir
une longue file noire s'avançait rasant les maisons; c'était l'ennemi !

« Feu ! cria le chef de la barricade et à bas le gouvernement ! »

Les petites barricades formant les avant-postes de l'insurrection ne
pouvaient résister longtemps ; leurs défenseurs tiraillaient plus ou moins
longtemps selon leur inspiration, puis se repliaient sur la barricade suivante.
Cette attaque de nuit, pleine de saveur pour les combattants des barricades
et pour les voisins réveillés en sursaut, fut conduite avec rapidité et intelligence par de vieux officiers habitués à la guerre des rues. A six heures,
trente-cinq barricades étaient tombées au pouvoir de l'armée ; on avait

brûlé quinze mille cartouches et des deux côtés savouré des impressions délicieuses.

Un roulement confus produit par des milliers de tambours s'entendait de tous les côtés : c'était la générale qui, de ses notes terribles, appelait aux barricades tous les citoyens de bonne volonté.

Le commandant en chef des troupes régulières fit bivouaquer ses soldats autour de la Madeleine, en tête de la longue ligne des vieux boulevards, coupée par les 182 barricades de l'exposition. Aussi loin que la vue pouvait s'étendre, on n'apercevait que pavés soulevés, bastions improvisés, forteresses volantes, créneaux, sacs à terre, tout un pittoresque ensemble de constructions armées de canons, hérissées de fusils et fièrement couronnées de drapeaux battant sous l'air vif du matin.

Pendant que les troupes déjeunaient joyeusement, le général, mâchonnant sa vieille moustache grise, examinait avec une lorgnette son futur champ de bataille.

« Pas mal ! pas mal ! grommela-t-il, ça va chauffer tout à l'heure... Allons, colonel ! sacrebleu, colonel !... six pièces en batterie sur le boulevard et des gargousses blanches d'abord... Je ne veux pas trop les abîmer, ces braves insurgés ! »

Un combat d'artillerie s'engagea sur le boulevard entre la troupe et la première barricade. A sept heures, une sonnerie de clairons avertit les insurgés qu'on allait tirer à gargousse pleine ; quelques acharnés défenseurs de la barricade persistèrent à rester. Ce fut un héroïque et superbe spectacle pour les heureux habitants des maisons voisines. La barricade, récompensée par une médaille d'argent, ne manquait pas de solidité ; une vingtaine d'obus arrivant en plein ne suffirent pas à la démolir et n'ouvrirent que des brèches insignifiantes que les braves insurgés comblaient instantanément avec des sacs de terre. A la fin les deux pièces de canon de la petite forteresse ayant été démontées, le général lança une compagnie d'infanterie à l'assaut. Les insurgés eurent le temps de se replier et ne laissèrent à la barricade qu'un homme contusionné.

Les trois barricades suivantes prirent quatre heures aux troupes. Leur enlèvement eut lieu à peu près comme pour la première, avec le concours de l'artillerie. La cinquième — la barricade-forteresse de M. Sébastien Houzé (médaille d'or) — montra que l'exposant n'avait pas volé sa médaille ! Conçue selon les principes de Vauban améliorés par l'expérience, elle résista vaillamment au canon et repoussa deux assauts de l'infanterie. Les maisons

Révolution de 1953. — Défense des Barricades.

voisines furent légèrement écornées dans l'ardeur de la lutte; mais les propriétaires, certains d'être indemnisés, ne songèrent pas à s'en plaindre; quant aux locataires, ils gagnèrent beaucoup d'argent en louant aux curieux de l'intérieur leurs fenêtres et leurs balcons.

Le général, voyant cette résistance, résolut de tourner la barricade. Une compagnie de ligne réquisitionna tous les véhicules d'un loueur d'aérocabs et tomba sur les défenseurs, occupés en avant par une fausse attaque. La barricade était prise.

Pour éviter la possibilité d'une

Parisiens savourant les vives sensations d'une surprise nocturne.

nouvelle surprise, les insurgés amenèrent quelques barricades aériennes construites pendant la nuit et surveillèrent le ciel avec la plus grande attention.

La bataille continuait. Les troupes se fatiguaient visiblement; derrière chaque barricade prise, une autre se dressait menaçante ! La barricade artistique du citoyen Narcisse Boulard (médaille d'or de 1re classe) fut le théâtre d'un combat extrêmement pittoresque. Sur leur demande, les photo-peintres fédérés avaient été chargés de défendre l'œuvre de leur collègue ; pour donner à la lutte le caractère artistique réclamé par

la barricade elle-même, ils avaient tiré du musée d'artillerie quatre cou-
leuvrines du temps de François Ier ; mais à la quatrième bordée les couleu-
vrines éclatèrent avec ensemble ; les vaillants artistes, loin de se découra-
ger, clouèrent leur drapeau au sommet de la barricade et continuèrent
la lutte avec leurs arquebuses à roues et leurs escopettes à silex. La barricade fut prise enfin, malgré deux sorties opérées par le bataillon des artistes.

Les volontaires féminines de Marseille gardaient la barricade suivante ;
toutes brûlaient de se signaler, depuis la commandante jusqu'à la canti-
nière, sauf Hélène qui, simple journaliste à la suite, ne se croyait pas
tenue d'opérer des prodiges de valeur.

Déjà quelques citoyennes avaient concouru à la défense des barricades
précédentes, la commandante marseillaise, jalouse de leur gloire, se lança
au secours de la forteresse artistique avec l'espoir de l'arracher aux mains
de la troupe. Hélène, objectant la nécessité de prendre des notes, resta en
arrière.

Hélas ! les volontaires marseillaises avaient trop présumé de leurs
forces ; tout le bataillon, cerné par un flot de lignards, allait être fait pri-
sonnier.

Les insurgés, voyant la mauvaise position des courageuses Marseillaises, poussèrent rapidement la barricade roulante du citoyen Barbizot
du côté de l'ennemi ; Hélène, prise dans le mouvement, se trouva tout à
coup au milieu de la bagarre, au moment où de nouvelles troupes de
ligne s'élançaient pour repousser le mouvement des insurgés. Signalée par
son bel uniforme aux coups de l'ennemi, elle allait tomber entre les mains
des troupes, lorsque dans une bousculade, elle se trouva jetée contre la barricade roulante, que poussaient toujours le citoyen Barbizot et quelques
braves. L'ouverture de la barricade-boule se trouvait justement devant
elle, elle se précipita dedans et verrouilla précipitamment la porte de tôle.
Elle était sauvée, pour le moment du moins.

Le citoyen Barbizot et ses acolytes poussaient toujours leur boule en
avant. Hélène, cramponnée à la banquette, exécuta quelques tours sur elle-
même, sans se faire de mal, heureusement ; puis la boule s'arrêta. Le citoyen
Barbizot essayait d'entrer dans sa barricade pour canarder l'ennemi à son
aise ; Hélène l'entendit tirer sur la porte.

« Sapristi ! s'écria le malheureux inventeur, ma barricade est fermée !...
et voilà les séides de la tyrannie qui arrivent... pas moyen d'entrer ! sapristi
de sapristi !... »

Hélène s'était fourrée sous la banquette, elle entendit les garnisaires expropriés frapper à coups redoublés sur la solide plaque de tôle.

« Pas moyen !... quelle déveine, gémissait le pauvre Barbizot, on va me retirer ma médaille !...

— Vite, en retraite ! » dit un de ses hommes.

Les volontaires de Marseille étaient prisonnières, les troupes approchaient. La boule du citoyen Barbizot ne leur disant rien qui vaille, par prudence, les soldats dirigèrent sur elle un feu violent à distance; puis voyant que personne ne répondait, quelques hommes s'approchèrent et se mirent en devoir de la rouler vers leurs lignes.

Hélène recommença donc à tourner comme un écureuil en cage.

Cet exercice violent ne cessa que derrière la barricade prise.

« Voilà une prise, mon général, dit une voix, et il doit y avoir quelqu'un dedans.

— Allons, rendez-vous ! » dit le général.

Hélène ne répondit pas.

« Rendez-vous et ouvrez votre boîte, reprit le général, ou j'ouvre moi-même avec de la dynamite !... »

Au mot de dynamite, Hélène se précipita sur les boulons et ouvrit la souricière où elle se trouvait prise.

Une prisonnière.

« Ah ! fit le général, encore une volontaire... qu'on la conduise au quartier général. »

Et la pauvre Hélène dut suivre avec quatre hommes et un caporal les boulevards jusqu'aux Champs-Élysées.

Ce fut la dernière victoire du gouvernement. A partir de ce moment, les troupes cessèrent d'avancer. Le combat s'arrêta au moment du dîner ; le soir il reprit sur les boulevards, magnifiquement éclairés par les lampes électriques et se continua pendant une partie de la nuit dans les petites rues où des colonnes s'étaient aventurées pour tenter des mouvements tournants.

Hélène, prisonnière au palais du gouvernement et, vu sa qualité de journaliste, traitée admirablement par des épouses de ministres qui nourrissaient l'espoir d'être citées dans ses articles, se croyait hors de danger, lorsque, dans le courant de la seconde journée de bataille, elle vit tout à coup une douzaine d'hommes en tabliers de tapissiers se présenter devant le palais, en portant chacun un fauteuil sur la tête. Tout d'abord elle n'y fit pas attention et se remit à écouter le bruit de la fusillade; mais, en reportant les yeux sur celui qui marchait en tête, elle reconnut l'exposant américain de la *Barricade Fallacieuse*.

Son cœur battit. Allait-elle encore se trouver au milieu d'une bagarre ?

Les douze faux ébénistes entrèrent tout droit dans le palais. Sous le vestibule, un sergent leur barra le passage.

LA BARRICADE FALLACIEUSE. (MÉDAILLE D'OR.)

« On ne passe pas ! cria-t-il.

— Ce sont des fauteuils pour le conseil des ministres, dit l'Américain.

— Drôle d'idée de renouveler leur mobilier en ce moment-ci, dit le sergent d'un ton bourru. Allons, premier étage, la porte en face ! »

Les ébénistes grimpèrent l'escalier. Hélène ne perdait pas un de leurs gestes. Elle les vit déposer leurs fauteuils sur le palier, en travers de la porte du conseil et se mettre en devoir de les visser tranquillement.

« Qu'est-ce que vous faites donc ? cria le sergent.

— Nous emménageons, reprit un des ébénistes.

— *All right!* » dit l'Américain en poussant le ressort.

Les douze fauteuils ne formaient plus qu'un seul corps, la barricade était faite.

L'Américain ouvrit tranquillement et sans frapper la porte du conseil des ministres.

Les ministres, stupéfaits d'être ainsi interrompus dans le cours d'une grave séance, tournèrent des regards étonnés vers les intrus.

« Vous êtes prisonniers ! » cria l'Américain.

La capture des membres du gouvernement, ainsi opérée sans coup férir, acheva de porter le trouble dans les opérations de l'armée. Leurs communications coupées avec les ministres, les généraux mirent une certaine mollesse dans l'attaque des barricades.

LE BATAILLON DES PHOTO-PEINTRES A LA DÉFENSE
DE LA GRANDE BARRICADE ARTISTIQUE.

Les insurgés, profitant de ces hésitations, poussèrent à leur tour des colonnes du côté des Champs-Élysées pour faire leur jonction avec les douze Américains qui continuaient à garder à vue les pauvres ministres. L'après-midi de ce jour mémorable, sur le bruit qu'un nouveau gouvernement venait de s'introduire dans le palais national, les troupes mirent la crosse en l'air.

La bataille était finie, la fraternisation commença. Hélène, délivrée par les insurgés, retrouva M. et Mme Ponto près de la Madeleine.

« Eh bien, mon enfant, qu'en dites-vous ? dit M. Ponto, superbe ! superbe ! Je vous ai aperçue au moment où vous vous êtes enfermée avec tant de présence d'esprit dans la barricade roulante ! avez-vous recueilli des notes pour le journal ?

— J'ai bien mal à la tête, dit Hélène, et j'ai perdu mon carnet ! »

Le soir, M. Ponto, revenant dîner à l'hôtel, rapporta les épreuves d'une proclamation et d'un décret du gouvernement provisoire, ainsi conçus :

République française. Vacances décennales 1953.

Gouvernement provisoire.

Français,

L'infâme gouvernement qui déshonorait notre belle patrie et pesait d'un poids si cruel sur nos cœurs de patriotes, l'ignoble et criminel gouvernement a succombé dans la lutte ouverte dans les rues de la capitale.

Le lion populaire en a fait justice !

Vive le futur gouvernement !

(Suivent les signatures.)

République française. Vacances décennales 1953.

Le gouvernement provisoire décrète :

Les citoyens ministres de l'ex-infâme gouvernement sont nommés sénateurs. Ils font partie, à compter d'aujourd'hui, de la Chambre des vétérans.

Le futur ministre des finances sera chargé de liquider leur pension de retraite.

Vive le futur gouvernement !

(Suivent les signatures.)

AU BOIS DE FONTAINEBLEAU.

TROISIÈME PARTIE

I

La Bourse des dames. — Les grandes entreprises
de M. Ponto. — Craintes exagérées
d'une invasion américaine par le tube transatlantique
jeté entre Brest et Panama.

TOUT à fait réussie d'un bout à l'autre, la Révolution de 1953! Les vacances décennales, si agréablement commencées, se sont terminées de la même façon; le banquet patriotique, imaginé par M. Ponto pour achever de manger les économies du précédent gouvernement, a eu lieu le même jour et à la même heure par toute la France. Les élections se sont bien passées; suivant l'usage, les anciens députés sont entrés au Sénat, — la Chambre des vétérans — et les nouveaux députés ont pris possession de leurs sièges à la Chambre.

M. Ponto, on s'en souvient, s'était présenté dans le XXXIIIᵉ arrondissement comme candidat des intérêts masculins, contre Mᵐᵉ Ponto, candidate du grand parti féminin. Ainsi qu'il s'y attendait, M. Ponto a été outrageusement battu ; Mᵐᵉ Ponto l'a emporté de haute lutte avec onze mille voix de majorité. N'importe, M. Ponto a fait son devoir ; devant le flot envahissant des prétentions féminines, il a planté courageusement le drapeau des revendications masculines, et il s'en remet à l'avenir pour apporter le triomphe à la cause des opprimés.

Le candidat malheureux est revenu à ses chères études, à ses grands travaux financiers. Il a pris Hélène pour secrétaire. La jeune fille vient de quitter le journalisme ; nous avons déjà laissé entrevoir que le rédacteur en chef de l'*Époque,* M. Hector Piquefol, n'était pas tout à fait enchanté de sa collaboratrice ; à la suite d'une polémique avec un journal féminin de Marseille, mécontent de la façon un peu froide avec laquelle Hélène a parlé des hauts faits et de la prestance de la commandante des volontaires marseillaises, la rédactrice de ce journal a envoyé ses témoins à l'*Époque* pour demander raison de cette froideur. Hélène ne s'est pas montrée à la hauteur de sa situation de journaliste parisienne, et, au jour et à l'heure convenus pour vider la querelle, son adversaire et les témoins l'ont vainement attendue !

Une dépêche téléphonique de Piquefol apprit à Hélène que sa démission de collaboratrice était acceptée.

« Encore une carrière manquée », dit M. Ponto en apprenant la nouvelle; voici une jeune personne qui me donne bien des tracas !... Allons, je vais tâcher d'en faire une financière ! »

Et M. Ponto s'efforce d'initier sa pupille aux questions de chiffres et de lui faire prendre goût aux grands problèmes économiques de l'équilibre entre la production et la consommation, de la liberté des échanges et de l'assiette définitive des budgets, toutes matières extrêmement attrayantes, et débordant d'une haute poésie pratique.

Hélène profitera-t-elle des leçons de M. Ponto? Des aptitudes jusqu'ici latentes se développeront-elles tout à coup? autre problème ! Pour

1½ %

LA BOURSE DES DAMES

le moment, tout ce que la jeune fille sait faire, c'est d'accompagner M. Ponto à la Bourse et de se promener sous les arcades avec un porte-feuille noir sous le bras ; tout ce qu'elle a compris, c'est que le 2 pour 100 n'est pas tout à fait le 2 1/2 et qu'il existe une certaine différence entre des actions et des obligations. Le reste viendra sans doute avec le temps.

LES SUBLIMES HORREURS DE LA GUERRE CIVILE.

La Bourse, fermée pendant les vacances décennales, est d'une anima-tion excessive depuis sa réouverture. La spéculation, inactive pendant trois mois, s'est remise à l'œuvre avec une ardeur fiévreuse ; il y a chaque jour au moins six émissions d'actions de sociétés nouvelles. Les journaux finan-ciers appellent cela sortir de l'engourdissement.

Paris regorge de visiteurs. Le bois de Fontainebleau n'a jamais été si brillant ; sur les boulevards, des flots de curieux se succèdent sans relâche, attirés tant par le désir d'admirer les belles ruines de la guerre civile que pour prendre leur part des dernières journées de la Révolution et pour assister aux émouvantes séances de la Chambre nouvelle.

Le premier acte de la Chambre, où siège maintenant une imposante minorité féminine, a été de créer un certain nombre de charges nouvelles d'agentes de change, pour mettre à égalité le parquet masculin et le parquet féminin. De plus, l'agrandissement de la *Bourse des dames* a été décidé. Une vingtaine de maisons de la rue Vivienne seront expropriées pour faire place à un second temple identiquement pareil au premier. Au lieu de la simple salle en bois et fer accrochée à la colonnade et de l'étroite corbeille, les agentes de change et les spéculatrices auront enfin un palais et une corbeille dignes d'elles !

En attendant, les dames sont forcées de se contenter de leur corbeille provisoire; la petite salle est pleine à éclater, les agentes de change s'agitent bruyamment; on crie beaucoup, autant qu'à la Bourse d'à côté, mais sur un ton plus aigu; les banquières, les commises, les boursicotières et les tripoteuses se bousculent, glapissent des offres et des demandes, crient des ordres ou des cours. C'est un spectacle des plus intéressants; sans doute les philosophes arriérés des siècles derniers, qui professaient de si ridicules idées sur le rôle social de la femme, auraient reculé d'horreur à cette vue; mais les penseurs du xxᵉ siècle se félicitent de voir la femme, si longtemps retardataire sur le chemin du progrès, prendre souci maintenant des choses sérieuses et pratiques.

Chacun de ces types de financières et de spéculatrices vaudrait un croquis. Tous les mondes sont représentés à la Bourse des dames; voici la femme du monde, admirablement moulée dans un costume du grand faiseur, le crayon d'or à l'oreille et le carnet coquettement relié à la main, qui spécule en grand pour arriver à mettre l'équilibre dans un budget forcément surchargé : la vie est si chère et l'élégance si coûteuse ! Voici l'agente de change, généralement d'un certain âge, à tenue correcte et froide; la grosse bourgeoise retirée des affaires, qui spécule par goût; la femme politique, toujours à la recherche d'une affaire nouvelle à lancer, d'une société à fonder; la banquière, importante et sèche, donnant des ordres d'une voix brève; la petite coulissière qui tripote sur la rente ou les actions des tubes, et enfin, en passant par un nombre infini de types secondaires, la boursicotière à cabas, descendante de celles qui, de concert avec les femmes du monde, fondèrent au siècle dernier la Bourse des dames.

Au milieu de toutes ces dames, se faufilent des commis masculins, apportant des communications de la corbeille d'à côté ou des coulissiers écumeurs d'affaires qui croient trouver ici un champ meilleur pour leurs opérations.

Hélène aperçoit de temps en temps sa cousine Barbe, très sérieusement occupée à défendre contre les tentatives des baissiers la très importante affaire du tunnel sous-marin transatlantique, une création de la maison Ponto, attaquée assez déloyalement par un syndicat de spéculateurs. M. Ponto lutte de son côté, Hélène se rend utile en portant les communications du banquier à sa lieutenante. Le soir elle assiste, comme secrétaire de M. Ponto, aux séances du conseil d'administration du tunnel transatlantique. M. Ponto est admirable dans ces séances. Avec l'énergie d'un père, il défend son tunnel, démasque les batteries des ennemis et fait voter par le conseil les mesures qu'il juge nécessaires.

LA MINORITÉ FÉMININE A LA CHAMBRE.

« Oui, messieurs, dit-il un jour que les actions du tunnel ont perdu 250 francs dans une seule séance, il faut le reconnaître, le grand danger pour l'Europe, c'est l'Amérique ! les adversaires de notre tunnel ont touché juste, notre vieille Europe est fortement menacée par la jeune et remuante Amérique. Les trois cents millions d'hommes du Nord-Amérique et les deux cents millions du Sud commencent à se trouver à l'étroit sur leur continent, et ils regardent vers l'Europe d'une manière qui doit singulièrement préoccuper nos gouvernants, j'en conviens ! mais je prétends que notre tunnel n'ajoute en rien au danger ; les inquiétudes que les adversaires de notre entreprise sèment dans le public ne reposent sur aucune base sérieuse. Je prétends qu'une invasion américaine par le tunnel est chose matériellement impossible, et je soutiens que jamais un général américain ne pourrait songer, sans folie, à se risquer dans l'immense tube de fer que nous avons jeté de Brest à Panama, avec tant de peines et au prix de tant de sacrifices d'argent !

— Parfaitement, dit un membre du conseil; mais on n'en a pas moins jeté l'alarme dans le public, et voici nos actions descendues de 7,580 fr. 50 à 6,112 francs en huit jours !

— Je vais faire écrire une brochure et ouvrir une campagne dans la presse pour montrer le ridicule des craintes répandues dans le public. Je propose au conseil de lancer hardiment une émission de cent mille obligations nouvelles, dont le produit sera destiné à porter les moyens de défense du tunnel au comble de la perfection, pour couper court désormais à tous bruits fâcheux sur la sécurité de notre entreprise !

— Quels moyens de défense ? demanda un membre du conseil.

— Vous allez voir ! D'ailleurs le tunnel pur et simple de quinze mètres de diamètre, qui court au fond de la mer de Brest à Panama, ne me suffisait plus ; dès le lendemain de l'inauguration, il y a onze ans, j'ai songé à le transformer... Les attaques dont notre œuvre est aujourd'hui l'objet me fournissent l'occasion d'appliquer mes idées d'embellissements et de transformation en les faisant tourner au profit de la défense... Voici mon plan : juste à moitié de notre tunnel, à l'endroit où il s'infléchit vers le sud, dans les bas-fonds au nord-ouest des Açores, je sectionne le tunnel et j'établis au fond de la mer une large voûte de cinq cents mètres de diamètre coulée sur des blocs de granit, éclairée par une rangée d'arcades à vitres de cristal ; au centre de mon anneau de cinq cents mètres, je construis un fort susceptible de contenir une garnison de cinquante hommes sous la direction d'électriciens et d'ingénieurs... c'est assez pour couper au besoin le tunnel en cinq minutes ou pour déterminer, au moyen d'une simple fissure, l'envahissement par les eaux de toute la partie américaine du tunnel... Voici pour la défense ! Pour l'embellissement, j'élève autour du fort un village et des hôtels sous-marins, avec une belle promenade circulaire le long des arcades vitrées, ce qui nous constitue un aquarium supérieurement monté, puisque c'est l'océan lui-même qui nous sert de fond !... Naturellement je construis un casino, et j'installe une roulette... L'aquarium nous amène les savants et la roulette les gens du monde...

— Excellent ! firent quelques membres du conseil.

— Pour plus de sûreté, je construis à six lieues en avant de Brest un autre fort, relié au premier par un fil électrique, et je sème quelques torpilles par-ci par-là... Voici, je pense, qui répondra victorieusement aux craintes exagérées des adversaires du tunnel. Sécurité absolue, plus d'invasion possible... du moins par le tunnel, car, nous pourrions le dire à nos

LA VILLE INTERNATIONALE ET SOUS-MARINE DE CENTRAL-TUBE

ennemis, est-ce que notre tunnel existait, lorsque les Américains sont venus fonder leurs premières colonies européennes?... Est-ce par le tunnel transatlantique que la grande république mormone de Salt-Lake City, composée des anciens États d'Utah, Colorado, Arizona, etc., a envoyé ses légions de prédicateurs catéchiser l'Angleterre et la convertir au mormonisme? Non, le grand mouvement a commencé bien avant notre tunnel; il y a quarante ans que l'empire allemand, entraîné par ses sujets, a émigré de l'autre côté de l'eau et qu'avec la partie non mormone des anciens États-Unis, il a fondé l'Allemagne américaine, capitale New-York, avec la Deutschland d'Europe pour colonie, comme le Brésil a le Portugal pour colonie européenne. J'espère vous avoir convaincus, messieurs, et je vous propose de voter une émission de cent mille actions nouvelles pour les travaux de défense et la construction de notre ville sous-marine! »

Toutes les mains se levèrent, l'émission était votée à l'unanimité. Huit jours après, les projets de M. Ponto exposés au public, étudiés par les ingénieurs et discutés par la presse, faisaient monter les Tubes transatlantiques à 11,742-50 au comptant et 13,000 francs à terme.

Quant à M. Ponto, il pensait à autre chose déjà.

LE TUBE TRANSATLANTIQUE. — GARE DE BREST.

II

Changements politiques. — L'argent empereur
des temps modernes. — Achat de l'Italie et sa transformation en parc européen.
Le royaume de Judée reconstitué par Salomon II.

Une agente de change.

Salut, Argent ! empereur des temps modernes, salut ! Les destinées des peuples se brassent maintenant à la Bourse et dans les cabinets des gros banquiers ; cela vaut mieux après tout que les boudoirs suspects des favorites ou les chancelleries retorses, antres galants ou diplomatiques où tant de fois on a découpé les nations comme des parts de galette.

La puissance de Sa radieuse Majesté l'Argent éclatait surtout d'une façon suprême à certains jours, lorsque, dans le cabinet de M. Ponto, se réunissait un syndicat formé des six plus gros banquiers parisiens. Ces jours-là, Hélène, de plus en plus secrétaire de son tuteur, qui cherchait à développer en elle des goûts sérieux et pratiques, sentait sa tête éclater sous les formidables chiffres jetés à chaque instant dans la conversation.

Le million semblait la véritable unité monétaire de ces messieurs ; on parlait de 500, de 800, de 1,200, de 1,500 sans ajouter le mot million après, absolument comme s'il se fût agi de 500 malheureux petits francs. Quand il s'agissait de mesquines affaires au-dessous de 200 millions, les banquiers ne daignaient pas s'en occuper et laissaient ce soin à leurs commis. L'affaire la plus importante, traitée par le syndicat, était la fameuse création du *Parc européen,* une colossale entreprise issue du cerveau sans cesse bouillonnant de M. Ponto. Cette affaire, M. Ponto, tout milliardaire qu'il fût, n'avait pu l'entreprendre à lui tout seul, le *Grand syndicat* était né de cette nécessité d'associer quelques gros capitalistes à l'entreprise.

Les études préliminaires et les négociations avaient pris six années. Maintenant tout était prêt et l'affaire allait entrer dans la période d'activité. Dans une grande séance du syndicat, M. Ponto, président-fondateur de la société d'exploitation du *Parc européen,* acheva de poser les bases de l'entreprise. — Étaient présents à cette mémorable séance (nous copions le compte rendu publié par les journax) les membres du syndicat, plus Mᵉ Rollot, notaire à Paris, chargé de pouvoirs de S. M. Humberto III, ancien roi d'Italie, propriétaire à Monaco; M. le marquis Foscarelli, ambassadeur de la République italienne de la nouvelle Rome (Montevideo, Amérique du Sud); M. Hector Piquefol, rédacteur en chef de l'*Époque*, et quelques autres journalistes des deux mondes convoqués par le chef de publicité de l'entreprise.

« Messieurs, dit M. Ponto sans préambule, j'ai le plaisir de vous annoncer que le *Parc européen* est fait, tous les traités sont conclus, tous les actes de cession signés et enregistrés. — L'Italie tout entière, des Alpes au cap Passaro, au sud de la Sicile, appartient à la Société. (Bravo! bravo!) Tout est acheté, les derniers propriétaires qui se refusaient à nous vendre leurs terres et leurs maisons sous différents prétextes ont enfin cédé à l'appât de fortes primes et les derniers contrats ont été signés cette semaine à Palerme, à Trapani, à Reggio de Calabre et autres localités. — Le notaire de S. M. Humberto III, Mᵉ Rollot, vient de me remettre l'acceptation de son client ; Sa Majesté nous cède, sans aucune espèce de condition ou restriction, tous ses droits à la couronne d'Italie moyennant la somme de trois cents millions. Sa Majesté pourrait suivre ses sujets expropriés en Amérique, mais elle préfère vivre en simple particulier à Monaco. — Si le conseil approuve le traité, j'ai préparé un chèque que je vais remettre immédiatement à Mᵉ Rollot...

Boursière du high-life.

— Approuvé ! fit le conseil tout d'une voix.

— Maître Rollot, dit M. Ponto, voici un chèque de trois cents millions que vous pourrez faire toucher quand il vous plaira... Je continue... M. le marquis Foscarelli, ambassadeur de la République italienne de Montevideo, vient de me notifier une proposition de son gouvernement. Il était convenu que le payement de deux milliards d'indemnité au gouvernement de la République italienne nouvellement installée en Amérique aurait lieu en deux termes après la constitution définitive de la Société du *Parc européen*. La nouvelle République, engagée dès son arrivée dans une guerre avec l'empire Argentin, son voisin, a besoin d'argent, pour suivre les opérations du siège de Buenos-Ayres... les sièges sont si coûteux!... Elle nous propose donc, par la voix de M. l'ambassadeur, d'avancer le payement de l'indemnité moyennant un escompte de 5 pour 100... Comme l'économie qui va résulter de cette avance est assez considérable, je propose d'accéder à la proposition de M. l'ambassadeur...

— Mais nous n'avons pas de fonds disponibles, objecta un membre du conseil.

— Nous les aurons dans huit jours, le moment me semble venu de faire appel au public... notre grande émission est préparée...

— Oui, oui, très bien!

— Nous acceptons donc la proposition de M. l'ambassadeur; dans huit jours, la République italienne touchera ses fonds, sauf l'escompte de cent millions. — Ces deux points réglés, reste l'affaire de la neutralisation du *Parc européen.* Je viens de recevoir une dépêche téléphonique de Rome et j'ai la satisfaction d'apprendre au conseil que le congrès réuni en cette ville vient de nous accorder la neutralisation que nous sollicitions ; pour plus de sûreté, j'ai tenu à payer cette neutralisation, mais je pense que le conseil ne regrettera pas les cinq cents millions consacrés à cette affaire. — Tout est donc terminé, l'Italie appartient en toute propriété à la Société, les trois quarts des Italiens expropriés ont été transportés en Amérique à nos frais, et avec l'argent reçu, ils s'occupent en ce moment de se fonder une patrie sur les territoires de l'ancien Uruguay achetés par nous. Beau pays, air pur, sol fertile, nous espérons que la nouvelle Italie prospérera. L'autre quart des Italiens a consenti à rester au pays natal pour animer ses splendides paysages... Les Italiens du *Parc européen* jouiront sous notre administration d'un bonheur sans mélange; ils recevront des appointements...

— Mais... fit un banquier connu pour être un peu liardeur.

— Soyez tranquille, les recettes du *Parc européen* nous permettront d'agir avec grandeur ! Nous avons conservé tous les aubergistes, cuisiniers, commissionnaires, gondoliers et ciceroni de la Péninsule — et même, ceci est une idée de moi, une troupe de quarante brigands pour la Calabre et la Sicile. — Le reste de la population s'occupera des travaux des champs sous la direction de nos agents et de l'entretien des curiosités; les hommes guideront les étrangers, joueront de la mandoline, les femmes danseront la tarentelle... Bien entendu, ils seront tous revêtus de costumes nationaux, ceci regarde le directeur de la partie artistique, qui veillera sans cesse à ce que tout soit chez nous pour le plaisir des yeux !

AÉROCHALETS BOURGEOIS AUX BAINS DE MER

— Très bien ! parfait !

— L'Italie, la vieille Italie d'autrefois, poussiéreuse et j'ose le dire très mal entretenue, voyait cependant des flots sans cesse renouvelés de

LE PARC EUROPÉEN.
Le golfe de Naples
amélioré.

touristes accourir chez elle de tous les coins du monde civilisé et ce, malgré sa détestable cuisine dont la mauvaise réputation était universelle. Que sera-ce, lorsque notre Italie à nous, transformée en parc européen, aura reçu toutes les améliorations que nous méditons : villes nettoyées, ruines entretenues, curiosités améliorées, promenades créées, populations costumées! etc., etc. Déjà le nombre des visiteurs a augmenté dans des proportions considérables, depuis le commencement des travaux, depuis la construction de nos premiers casinos, de nos hôtels et surtout depuis notre premier envoi de douze cents chefs de cuisine sortant de l'École nationale de cuisine française. Des calculs rigoureux nous permettent de compter sur une moyenne de 500,000 visiteurs par année ; en portant le chiffre moyen de leurs dépenses à 5,000 francs par tête, nous obtenons la somme de deux milliards cinq cents millions de revenu, plus un milliard pour le produit des terres ense-mencées, des coupes de bois, des mines, carrières et pêcheries que nous continuerons à faire exploiter, ci : trois milliards et demi au budget des recettes. Le budget des dépenses ne s'élevant qu'à un milliard cinq cents millions pour frais d'exploitation et appointements des Italiens, la Société du *Parc européen* recueillera donc deux milliards de bénéfice par an ! Nous faisons appel à l'épargne publique par une émission d'un million d'actions de cinq mille francs chacune et nous promettons à nos actionnaires un dividende de 40 pour 100, susceptible d'une augmentation considérable lorsque tous les travaux seront exécutés !

— Bravo ! bravo ! très bien ! succès colossal certain ! émission cin-quante fois couverte en deux jours ! s'écrièrent les membres du conseil.

— Le Parc européen est appelé à une prospérité sans exemple ! dit un banquier ; je propose au conseil de voter une adresse de remerciements à M. Ponto, l'illustre financier, son fondateur !... le Parc européen est la plus belle pensée de sa carrière !...

— Et moi, je propose, dit un autre membre, d'offrir à M. Ponto, pour lui et ses descendants, la couronne de l'Italie régénérée !...

— Je suis touché, messieurs; je suis ému... plus que je ne puis dire, mais je n'accepte pas... je préfère mon titre de directeur-fondateur du Parc européen...

— Cependant, M. de Rothschild a bien accepté la couronne du royaume de Judée...

— Ce n'est pas la même chose. En groupant les seuls capitaux juifs, M. de Rothschild, S. M. Salomon II, a réussi à refaire le royaume de Judée ; il a reconstitué les douze tribus, rebâti Jérusalem avec un Temple et une Bourse dignes de lui et de son peuple... Une merveilleuse et glo-rieuse renaissance du peuple juif va dater de son règne... Les Juifs le tiennent pour le vrai Messie... c'est un grand homme, messieurs, que S. M. Salomon II...

— Eh bien ! et vous ? »

M. Ponto sourit avec modestie.

« Je ne parle pas de moi... N'oublions pas, messieurs, que notre

entreprise à nous est essentiellement européenne... ne la diminuons pas !...
A propos de Salomon II, la Bourse de Jérusalem, qui donne le ton à toutes
les Bourses du globe, est très favorablement préparée pour notre émission;
mon ami le duc de Jéricho m'en a donné l'assurance.

— Que font aujourd'hui les consolidés juifs ? demanda un banquier

— 998 75, répondit M. Ponto sans même consulter la cote, les
bitumes du lac Asphaltite sont à 1,250, le Crédit foncier de Jérusalem à
1,827 35, les scieries du Liban à 1,784 47 1/2, les huiles d'olive à 1,672,
et la Compagnie d'irrigation et de reboisement à 7,525...

— Et l'hôtel des ventes universelles ?

— Mauvaise affaire, le public ne donne pas, on ne veut plus vendre à
Jérusalem, les actions sont à 137 50, et elles descendront encore, à moins
que n'aboutisse enfin la transformation de l'*hôtel des ventes* en *docks* pour
les marchandises achetées à travers le monde, centralisées à Jérusalem et
réexpédiées partout suivant les demandes... Mais revenons à notre Parc
européen; l'émission dans huit jours, les derniers travaux poussés avec
activité et l'inauguration solennelle dans trois mois...

— Vous pouvez compter sur le concours de la presse ! s'écria Hector
Piquefol.

— Messieurs, je vous convie à un grand banquet solennel au sommet
du Vésuve, avec une éruption artificiellement obtenue au dessert ! »

CONGRÈS DE CUISINIERS A NAPLES.

LE SIÈGE DE BUENOS-AYRES.

III

On demande des monarques milliardaires.
Le président mécanique de la République française.
La grande idée de M. Ponto
sur la constitution de la France en société financière, — La ville sous-marine
de CENTRAL-TUBE.

M. Ponto est extrêmement occupé. Deux colossales entreprises à faire marcher de front, la grande affaire du Parc européen et la non moins grande affaire du tube transatlantique, plus les menues broutilles de la Banque à surveiller : mines, tubes, usines électriques, sociétés alimentaires, téléphonoscopes, etc., etc.

De midi à minuit et de minuit à midi, tous ses instants sont pris. La matinée se passe à écouter les rapports téléphoniques des sous-directeurs, chefs de service ou ingénieurs de Rome, Naples, Vésuve, Florence, Central-Tube, Panama, et à donner des ordres, à répondre aux demandes, à donner à tout, enfin, le coup d'œil et l'impulsion de la direction.

Hélène est là; sa mission consiste à écouter les rapports comme

M. Ponto et à prendre des notes, soit pour les transmettre aux chefs de service de Paris, soit pour rappeler au besoin à M. Ponto quelque détail oublié.

L'après-midi est consacrée à la Bourse et aux réunions de conseils ou de comités. Un dîner en famille, en écoutant les journaux téléphoniques du soir, une discussion avec Mme Ponto, une audition téléphonoscopique d'un acte d'opéra, donnent un peu de calme au cerveau de M. Ponto;

STATUE DE S. M. SALOMON II, LIBÉRATEUR DU PEUPLE JUIF,
A JÉRUSALEM.

l'esprit reposé et réparé, le banquier rentre dans son cabinet avec Hélène pour entendre les rapports du soir et prendre les notes nécessaires.

Ce n'est pas fini. Quand il fait nuit à Paris, il fait jour à San-Francisco, à Rio, à Pékin et ailleurs ; pendant que l'on dort à Paris, la Bourse est ouverte à Yédo ou Chicago, des événements politiques et financiers se produisent qu'il importe de connaître le plus vite possible ; de plus, à Central-Tube, au fond de l'Océan, où le jour et la nuit sont inconnus, où la même lumière crépusculaire baigne éternellement de ses teintes vertes les plaines sous-marines, ouvriers et ingénieurs, répartis en deux équipes, travaillent sans interruption ; en Italie, sur cinquante points différents, les employés du Parc européen continuent leur œuvre d'embellissement et de réparation à la lumière électrique. A toute heure, des dépêches arrivent. Le téléphone de chevet de M. Ponto est rarement muet pendant soixante minutes, et souvent les dépêches nécessitent des réponses ou des ordres urgents. Dans sa chambre à coucher, Hélène reçoit les mêmes dépêches; son tuteur lui a recommandé d'écouter avec attention les communications du téléphone pour se tenir au courant de la marche des opérations au Parc et au Central-Tube. Les premières nuits, Hélène n'a pas dormi du tout, elle a écouté les dépêches, ensuite elle les a seulement *entendues;* maintenant, malgré les recommandations de son tuteur, elle ne les écoute ni ne les entend, elle dort. Le téléphone a beau tinter à son oreille, cette musique la berce au lieu de la réveiller.

M. Ponto reçoit de onze heures à midi. Défilé rapide d'ingénieurs, d'inventeurs, de clients ou de solliciteurs ; affaires proposées, exposées, acceptées ou rejetées, tout est expédié rapidement. Le temps est un chèque en blanc, signé par le DIRECTEUR GÉNÉRAL DIEU ! Sait-on combien d'années ou combien de jours on doit encore toucher à la banque de l'éternité !

A grande vitesse! telle est la devise des gens sérieux et pratiques.

Et il faut voir comme M. Ponto a vite expédié les gens à propositions oiseuses, comme il sait s'en débarrasser électriquement. L'ambassadeur de tel petit État que nous ne voulons pas nommer put s'en apercevoir un jour qu'il venait pour la sixième fois proposer à M. Ponto le trône de son pays.

« Vous êtes trop aimable, monsieur le duc, répondit M. Ponto; encore une fois, je ne songe pas à me retirer des affaires...

— Réfléchissez, c'est une véritable occasion, fit l'ambassadeur en insistant, un vieux trône, illustré par tant de rois héroïques, par tant de reines majestueuses, quelquefois un peu légères, mais si souverainement belles !... mille années de gloire !... un pays charmant !... l'amour d'un peuple... Vous n'avez qu'un mot à dire, et les députations vous apportent la couronne... vous fondez une dynastie ! Les temps nouveaux sont venus : après les dynasties féodales des hommes de guerre, les dynasties d'hommes de finance...

— Gardez votre couronne, s'écria M. Ponto; j'en ai déjà refusé d'autres ! Si vous désirez une dynastie de rois financiers, c'est parce que vos finances sont horriblement obérées, je le sais très bien... Votre pays n'a plus le sou, ses soixante-douze emprunts en cent ans ont ruiné son crédit, et vous ne seriez pas fâchés de redorer votre trône comme on redore son blason, par une mésalliance... Plus tard, quand je quitterai les affaires, peut-être me donnerai-je cette petite satisfaction, une petite couronne ou une présidence de république; mais, pour le moment, non! »

L'ambassadeur déconfit prit son chapeau et déclara qu'il allait proposer la couronne à un membre de la famille Rothschild.

« Patriote avant tout, je me dois à mon pays, dit M. Ponto à Hélène;

FONDATION DE DYNASTIES FINANCIÈRES.

avant de songer à faire le bonheur d'un pays étranger, je pense à la France!... j'ai une idée!... »

En effet, M. Ponto devait avoir une idée, car Hélène le voyait depuis quelque temps, lorsque Central-Tube ou le Parc européen lui en laissait le loisir, réfléchir longuement la tête dans les mains, ou couvrir des feuilles de papier de légions de chiffres accumulés les uns sur les autres dans un désordre fantastique.

M. Ponto ne s'expliqua pas davantage, et il continua les jours suivants à jeter des chiffres sur son papier; il y avait tant de zéros à la suite les uns des autres que la secrétaire intime Hélène, qui montrait toujours presque aussi peu de goût pour l'arithmétique, en avait des éblouissements! Et M. Ponto s'entourait de volumes de statistique, de mémoires sur l'assiette de l'impôt en France, de rapports sur les contributions directes et indirectes, de budgets anciens et nouveaux, etc., etc.

Que pouvait être l'idée de M. Ponto ?

Un beau jour, Hélène le sut enfin. Après déjeuner, M. Ponto ramassa tous ses papiers couverts de chiffres; il dit à Hélène de prendre son chapeau et son portefeuille et de le suivre.

« Au palais du gouvernement ! dit-il au mécanicien en montant en aérocab avec Hélène ; nous allons voir le président de la République, ajouta-t-il en s'adressant à sa secrétaire, il s'agit de ma grande affaire...

— Du tube transatlantique ou du Parc européen ?

— D'une plus grosse affaire que cela !... »

L'aérocab fut en quinze minutes au palais du gouvernement. Hélène reconnut de loin le vaste édifice qu'elle avait habité pendant vingt-quatre heures comme prisonnière de guerre au début de la dernière révolution. Il n'y avait rien de changé, la façade avait été seulement reblanchie ; une immense inscription en lettres tricolores la paraphait du haut en bas : *Vive le nouveau gouvernement !!!* C'était un bataillon de peintres en bâtiments, entré un des premiers dans la place, qui avait tenu à barioler les murailles de cette déclaration d'amour.

M. Ponto n'eut qu'à faire passer sa carte pour être introduit.

Un officier brillamment chamarré le fit conduire dans la *salle du conseil* et partit prévenir le président du conseil des ministres de l'arrivée du puissant banquier.

« Voici, ma chère Hélène, dit M. Ponto, où se décident les destinées de la France, voici la table du conseil, avec les fauteuils des ministres ; ces deux fauteuils un peu plus élevés que les autres sont les fauteuils du président du conseil et du président de la Chambre... Et voici M. le président de la République... »

Hélène se retourna rapidement.

« Je ne l'avais pas vu », dit-elle.

M. Ponto frappa sur le président qui rendit un son creux.

« Voilà notre nouveau président, dit M. Ponto; notre dernière révolution marquera dans l'histoire, elle s'est signalée par un nouveau progrès ! jusqu'aux dernières vacances décennales, le président de la République était tantôt le président de la Chambre et tantôt le président du conseil des ministres ; de là, rivalité, intrigues, lutte sourde qui pouvait dégénérer un jour en lutte ouverte et déranger l'ordre de nos institutions si bien réglées, provoquer des révolutions intempestives, en un mot nous jeter dans l'abîme! Un mécanicien de génie nous a sauvés. Regardez-moi ce président! Jamais il n'intriguera, lui; jamais ce premier magistrat ne deviendra un danger pour le pays!... Il est en bois, sévère, rigide, immuable! Il règnera, mais ne gouvernera pas; le pouvoir restera aux mains des représentants de la nation! Le premier acte de la Chambre nouvelle a été d'adopter le grand principe du président mécanique... La grande objection des monarchistes contre la forme républicaine était

LE PRÉSIDENT MÉCANIQUE DE LA RÉPUBLIQUE FRANÇAISE.

l'instabilité du pouvoir, eh bien! avec ce président en bois, la République, c'est la stabilité!... L'inventeur, un mécanicien de génie, je le répète, a construit son automate en deux mois!

— Je suis contente de l'avoir vu, dit Hélène.

— Il est très réussi... Vous voyez la main qui tient la plume, elle est rigide, on a beau la toucher, la secouer, elle ne bouge pas! il y a un ressort secret... sécurité complète! le mécanisme est horriblement compliqué, il y a trois serrures et trois clefs... Le président du conseil des ministres a une clef, le président de la Chambre en a une autre et le président du Sénat ou Chambre des vétérans possède la troisième. Il faut au moins deux clefs pour faire marcher le mécanisme. En cas de conflit entre le président du conseil et celui de la Chambre, le président du Sénat est convoqué avec sa clef, il se range d'un côté ou de l'autre et donne un tour à la serrure ; le mécanisme marche, et le président automate donne des signatures.

L'arrivée du président du conseil interrompit les explications de M. Ponto.

« Vos instants sont précieux, mon cher président, dit M. Ponto après les politesses d'usage, je sais que tout votre temps appartient à la France et si je viens aujourd'hui vous prendre une heure de ce temps si précieux, c'est qu'il s'agit de la France.

— Ah ! ah ! dit le président du conseil, il s'agit de la France ?

— Du bonheur de la France, monsieur le président !

— Notre devoir à nous, hommes d'État en qui elle a mis sa confiance, consiste à essayer de la rendre heureuse... A l'accomplissement de ce grand devoir nous consacrons nos forces, notre intelligence, notre cœur !... et j'ose me flatter que nous réussissons assez bien... La France est heureuse !

— Bonheur relatif, monsieur le président ?

— Comment, vous seriez déjà de l'opposition ?... voyons, les vacances décennales ont été agréables ?

— Charmantes, monsieur le président ! mais ça ne peut pas durer toujours... Je vous le dis, vous n'assurez à la France qu'un bonheur relatif et passager... un petit bonheur fugitif...

— Avez-vous mieux à lui offrir ?...

— Parfaitement ! et je viens apporter au président du conseil, à l'illustre homme d'État, au grand patriote, les moyens de réaliser dans notre patrie un idéal de bonheur absolument complet, un bonheur large, délicieux, immense et définitif !

— Définitif ?

— Je donne le présent et j'assure l'avenir !

— Quels sont ces moyens ?

— Je vais vous exposer mon grand plan, la grande idée de ma vie ! C'est excessivement simple, comme tout ce qui est grand et beau... suivez-moi bien : Qu'est-ce que la France ?

— Je vais répondre comme au cours de géographie : c'est une république de l'Europe occidentale, baignée par l'Océan et la Méditerranée, bornée au nord par, etc., etc., et admirablement gouvernée par...

— Eh bien, je vais en faire une société en commandite avec tous les Français pour actionnaires ! comprenez-vous ?

— Non !

— Comment vous n'embrassez pas d'un seul coup d'œil toute la beauté de mon idée et l'immensité des conséquences ?

— Je ne vois pas très bien...

— Je vais m'expliquer. Qu'est-ce que la France ? Pour moi, penseur, c'est une pure abstraction géographique et sentimentale, une simple nébulosité d'avant les temps scientifiques. Je veux faire sortir la France de cette forme abstraite de simple patrie et lui donner la forme concrète d'une grande Société financière, composée de tous les Français, pour l'exploitation du territoire compris dans les limites connues...

— Je commence à comprendre...

— Parbleu! et tout à l'heure vous admirerez ! Ce que je viens de vous dire est l'idée, je vais passer aux explications. Tous les biens de l'État forment le fonds primitif de la Société ; improductifs jusqu'ici, il va sans dire que nous les faisons rapporter. Tous les Français sont actionnaires, sans autre versement de fonds qu'une certaine somme annuelle, contribution unique remplaçant les impôts, supprimés tous sans exception. Avec ces fonds, le gérant de la Société fait marcher tous les

Le plan de M. Ponto.
Les contribuables actionnaires.

services, il garantit la sécurité et la tranquillité... Pour intéresser tout le monde à la bonne tenue de la République, en même temps que pour organiser en grand l'exploitation de notre sol, nous lançons cinq millions d'obligations de mille francs dont nous plaçons une bonne partie à l'étranger, afin d'intéresser également nos voisins à la prospérité de l'affaire... admirez-vous?

— Il y a du bon et du mauvais ; j'ai besoin d'étudier avant de me prononcer... Les avantages financiers me paraissent douteux...

—Douteux! vous ne comprenez pas que l'administration de la Société, se substituant aux innombrables administrations de l'État, va réaliser d'abord d'immenses économies en supprimant tous les rouages inutiles, tous les services si peu nécessaires et si coûteux... tout sera simplifié et centralisé...

— Mais où seront les bénéfices pour les actionnaires ?

— Où seront les bénéfices? mais je viens de vous le dire, tous les

Français, nos actionnaires, ne payeront qu'une petite contribution unique que nous réduirons le plus possible au fur et à mesure... tous les impôts sont abolis... Voyons, vous savez qu'actuellement, il n'y a rien de plus coûteux à entretenir qu'un gouvernement, il faut toujours payer. Pour un gouvernement ancien modèle, tous les citoyens sont des débiteurs à qui l'on fait rendre le plus possible, très brutalement et très impoliment, à grand renfort de percepteurs et d'huissiers... Je supprime tout cela. Dans mon gouvernement nouveau modèle, les citoyens sont des actionnaires et leur dividende, c'est l'économie qu'ils réalisent sur les frais de gouvernement...

— Vous supprimez les Chambres ?...

— Rouages inutiles, puisqu'il n'y aura plus de politique...

— C'est impossible !

— Rouage inutile, puisqu'il n'y aura plus de gouvernement, mais des administrateurs !

— Monsieur Ponto, vous êtes un utopiste !

— Vous repoussez une combinaison qui assurerait à la France une prospérité inouïe... Réfléchissez : la France société financière, tous les Français actionnaires, chaque Français payant une simple petite somme... Actuellement le gouvernement coûte en moyenne à chaque Français deux cents francs, j'abaisserai la moyenne à cinquante francs pour la première année... J'ai fait tous les calculs... en quinze ans je compte former un capital suffisant pour permettre à notre France de vivre de ses rentes... C'est donc l'administration, ou le gouvernement, comme vous voudrez, pour rien !... Je ne m'arrête pas là, le capital de la France grossit d'année en année par la capitalisation de bénéfices sans cesse grossissants; à partir de la vingt et unième année, non seulement je ne demande rien pour frais de gérance, mais encore je commence à distribuer des dividendes palpables aux Français nos actionnaires ! C'est assez superbe, ce me semble : chaque Français, au lieu de payer de lourdes contributions, s'en ira tous les six mois, au bureau de son canton, toucher sa part de bénéfice !

— Utopie ! pure utopie ! s'écria le président du conseil.

— Parbleu, cela ne s'est pas encore vu, cela renverse toutes les idées reçues : un gouvernement qui ne coûte rien, un gouvernement qui rapporte !...

— Monsieur Ponto, vous êtes un socialiste !

— Vous repoussez mon projet? j'aurais dû m'y attendre, les grandes

THÉATRE DES VARIÉTÉS. — RIDEAU-ANNONCES MATRIMONIALES

idées ont toujours eu à combattre, pour se faire jour, les ennemis du mouvement et du progrès, les satisfaits, les égoïstes et les repus... Nous lutterons ! je vais présenter mon projet à la Chambre, ma femme est députée, elle le déposera elle-même...

— Vous supprimez la politique, la Chambre repoussera votre projet sans discussion par la question préalable !

— C'est vrai... j'ai contre moi l'égoïsme gouvernemental et parlementaire, mais il me reste l'avenir... Je vais écrire une brochure! je ferai le bonheur de nos descendants malgré vous, et dans cinquante ans la France sera une raison sociale !

— Allons, cher monsieur Ponto, sans rancune... Comment, fit le président du conseil en frappant sur le président de la République, nous venons à peine d'installer notre président mécanique, et vous voulez déjà le renverser !

— Eh, mon Dieu, répondit M. Ponto, nous en aurions fait un gérant suprême mécanique, avec des sous-gérants... je m'en remets à l'avenir ! »

Anciens ministres, membres de la Chambre des vétérans.

M. Ponto et sa secrétaire remontèrent en aérocab.

« Ouf ! fit M. Ponto en s'asseyant sur les moelleux coussins, ma grande idée n'a pas eu de succès dans les sphères gouvernementales, j'ai besoin de distractions... Voyons, allons à Central-Tube voir où en sont nos travaux... Mécanicien, au tube de Brest ! »

Il était trois heures ; en vingt minutes, le tube transporta ses voyageurs à Brest, à l'embranchement du tube transatlantique. L'ingénieur de la ligne accourut au-devant de M. Ponto.

« Un train spécial pour Central-Tube tout de suite, dit M. Ponto, je suis pressé ! »

L'immense tube de fer du tunnel transatlantique sert d'enveloppe à deux autres tubes, un pour l'aller et un pour le retour, dans lesquels circulent les trains. Tous les quatre kilomètres, dans le grand tube, se trouvent un aérateur et un poste pour deux hommes chargés de veiller sur la ligne. Ces hommes jouissent d'une parfaite sinécure, car le tube est excellent, et jusqu'à présent on n'a eu que deux ou trois petites fissures à boucher dans un tunnel de 8,000 kilomètres.

« Il n'y a pas de danger ? demanda Hélène en jetant un coup d'œil dans l'immense trou noir.

— Décidément, ma chère, vous n'êtes pas de votre temps ! Dans une heure nous serons à Central-Tube. »

M. Ponto employa cette heure à causer des travaux avec l'ingénieur, ou à donner des ordres, par un fil téléphonique relié au wagon, à Central-Tube et à Paris.

Enfin, après une heure sept minutes de trajet, le train s'arrêta tout à coup. L'ingénieur ouvrit la portière.

« Où sommes-nous ? demanda Hélène.

— A onze cent dix-huit mètres au-dessous du niveau de la mer ! répondit l'ingénieur ; mais ne craignez rien, mademoiselle, vous n'avez pas besoin de savoir nager... »

Le spectacle était étrange. Les voyageurs se trouvaient sous une immense cloche de fer, large de cinq cents mètres et haute de quarante. A la place de ciel, une voûte constellée de boules de lumière électrique et encore garnie d'échafaudages volants, sur lesquels travaillaient de véritables fourmilières d'ouvriers, battant le fer, rivant les plaques avec un tapage à épouvanter tous les poissons de l'Océan.

« Où en sommes-nous ? demanda M. Ponto à l'ingénieur en chef des travaux.

— Vous voyez, répondit celui-ci, en quelques semaines tout le gros œuvre a été fait ; je vous ai téléphoné tout à l'heure que nous allions commencer les premiers travaux du fort ; vous avez vu la gare de Central-Tube côté Europe, nous allons établir un tramway électrique pour le transbordement de Central-Tube-Europe à la gare Central-Tube-Amérique. Voici l'emplacement du fort avec les lignes tracées. Voici le grand casino en construction ; tous les morceaux nous arrivent des usines de la Compagnie, nos ouvriers n'ont plus qu'à monter... Cela va très vite, on fait un étage du palais par jour. Les parties en granit de notre fort nous arriveront la semaine prochaine, les tourelles de fer sont déjà livrées et boulonnées, nous les monterons tout d'une pièce... voyez le plan. »

— Très bien, dit M. Ponto, et que renferment ces caisses sur lesquelles nous sommes assis ?

— Ce sont les torpilles, » répondit l'ingénieur.

Hélène se leva d'un bond.

« Faites-les semer dès demain aux endroits indiqués, dit M. Ponto, pas d'emmagasinement, ce n'est peut-être pas prudent. »

A CENTRAL-TUBE. — LE GRAND AQUARIUM.

L'ingénieur conduisit ses visiteurs du côté américain de Central-Tube.

« Voici que l'on commence à ouvrir la rangée d'arcades, dit-il, on pose les plaques de cristal, les volets de fer s'ouvrent en faisant jouer ce ressort... Ce sera très beau, voyez! on a des perspectives dans les rochers du fond de l'eau...

— Superbes, ces paysages sous-marins! s'écria M. Ponto; ces lueurs glauques, ces traînées de lumières étranges, et ces trous noirs, ces antres mystérieux où s'agitent comme des tentacules de monstres inconnus, ces énormes blocs couverts d'une végétation presque animale, tout cela est d'une saveur! C'est le roi des aquariums!

— Ça vaudra le voyage à Central-Tube. En ce moment, les poissons sont un peu effrayés, mais dans quelque temps ils viendront se cogner à nos vitres.

— Je suis satisfait. Il faut que les autres attractions de Central-Tube soient à la hauteur de celle-là...

— Nous avons découvert, à cinquante mètres du tube, un parc d'huîtres délicieuses. J'ai installé une drague qui nous en ramène des milliers de douzaines...

— Parfait! Casino, roulette, restaurant, grand bassin pour parties de pêche, ascenseur montant à onze cents mètres, à l'îlot flotteur-indicateur, c'est déjà gentil; mais il faudrait trouver le moyen d'organiser des promenades et des chasses sous-marines hors de Central-Tube... Vous allez chercher à combiner un appareil donnant toute sécurité aux promeneurs...

— Excellente idée! répondit l'ingénieur, c'est très facile; la semaine prochaine, quand j'aurai installé mon fort, je m'en occuperai.

— Je suis très content. Vous ferez distribuer ce soir une bouteille de simili-champagne par homme! »

Et M. Ponto, Hélène et l'ingénieur de Brest profitèrent de l'arrivée du train de Panama pour repartir pour la France.

CHASSES SOUS-MARINES A CENTRAL-TUBE.

LE PARTAGE DE L'AMÉRIQUE.

IV

Changements politiques. — L'Angleterre mormonne.
Grands arrivages aux Docks du mariage. — Le nouveau cens électoral.
Mormonisation forcée. — Désagréments arrivés à Philippe Ponto,
réfractaire matrimonial.

A quelque temps de là, M. Ponto eut un grave sujet d'inquiétude.

C'était encore l'américanisation de l'Europe qui en était cause. Il ne s'agissait pourtant plus du tube transatlantique ; la ville sous-marine de Central-Tube, avec son fort, son casino et ses hôtels, se trouvait presque terminée, et les actions de la Compagnie étaient montées à 17,645 fr. 50.

Le fils de M. Ponto, le jeune Philippe Ponto, ancien sous-syndic de la faillite turque, avait été envoyé pour affaires à Londres. Grave imprudence ! Il n'est pas maintenant en Europe de pays plus dangereux que l'Angleterre. Depuis longtemps, la Calabre, la Grèce, la Sicile ou la Sierra Morena se sont améliorées au point de vue de la sécurité; mais l'Angleterre a hérité de leur antique réputation. Elle est horriblement dangereuse, non pas précisément à la façon de la Calabre ou de la Sierra Morena, mais d'une façon particulière non moins désagréable.

Bachelors imprudents, célibataires continentaux qui débarquez sur le pavé de Londres, prenez garde ! Si vous ne possédez de puissantes qualités cérébrales, la souplesse du tigre, la ruse du Peau-Rouge, l'astuce du serpent, *lasciate ogni speranza !*

Lorsqu'en 1910 se produisit le grand détraquement de l'Amérique du Nord, trois États se formèrent sur le continent nord-américain, une république chinoise avec San-Francisco ou New-Nanking pour capitale, un empire allemand, capitale New-Berlin (ex-York) ou Obustadt, et une république mormonne étroitement serrée entre ses deux puissants voisins, menacée du côté de la ville sainte de Salt-Lake-City, par le flot envahissant des Chinois et poussée de l'autre côté par les Germains d'Amérique. La république mormonne vit clairement que sa destinée était de servir un jour de champ de bataille pour le choc inévitable des deux races chinoise et allemande et d'être étranglée par le vainqueur, qu'il fût le féroce Sou-tchou-pang, président de la république jaune ou le vieux Bismark III, le troisième chancelier de la dynastie des grands ministres allemands.

Les regards des mormons se portèrent vers le berceau de leur race, vers la vieille Angleterre. Là devait être le refuge au jour des malheurs. Justement, à la suite de longues difficultés, le gouvernement venait d'émigrer à Calcutta, laissant le champ à peu près libre. Aussitôt des légions de prédicateurs mormons envahirent le sol d'Albion, prêchant dans les rues, ouvrant des conférences, des écoles, bâtissant des temples, fondant des journaux et distribuant des bibles selon Hiram Smith et Brigham Young.

En moins de dix ans, la mormonisation de l'Angleterre fut complètement opérée. Le gouvernement lointain de Calcutta lutta mollement d'abord, puis dut laisser faire. Un beau jour les mormons d'Angleterre arborèrent le pavillon étoilé de Salt-Lake-City et chassèrent le gouverneur général, vice-roi de la Grande-Bretagne pour S. M. l'empereur des Indes et tout lien fut brisé entre les deux fragments de l'empire britannique.

C'est ainsi que la vieille et pudique Angleterre, patrie du *cant* et du *shocking*, terre des misses rougissantes et des ladies pudibondes, devint le pays le plus *shocking* du globe, le plus effarouchant au point de vue de la morale continentale et le plus dangereux pour les célibataires sans expérience qui se risquaient sur son sol semé de traquenards.

A Paris on avait beau ne parler de la Nouvelle-Angleterre qu'avec des sourires et faire les plaisanteries les plus réjouissantes sur ces braves Anglais que l'on rencontrait dans la saison des voyages, flanqués de leur demi-douzaine d'épouses, le danger n'en existait pas moins.

M. Ponto n'y avait pas songé d'abord, quand il avait envoyé Philippe régler quelques comptes difficiles avec une grosse banque londonnienne et l'inquiétude ne lui était venue qu'à la réception d'une dépêche énigmatique de Philippe ainsi conçue :

« Je reviens sans terminer l'affaire, le séjour est impossible, on veut absolument me convertir ! »

Et Philippe n'était pas revenu. Tout d'abord M. Ponto patienta; puis,

LES DOCKS DU MARIAGE A LONDRES.

ne recevant aucune nouvelle, il téléphona à l'hôtel où Philippe était descendu. Pas de réponse. M. Ponto téléphona au représentant londonnien de la Banque et reçut cette réponse inquiétante :

« Je n'ai pas vu M. Philippe Ponto depuis trois jours, il devait venir hier prendre le thé chez moi et il n'est pas venu. Mes femmes en ont été très surprises ainsi que mes filles Lawrence, Amy et Valentine, que M. Philippe devait accompagner dans une petite excursion aux lacs d'Écosse. »

Pour le coup M. Ponto fut épouvanté. Philippe en danger, Philippe disparu ! Il en négligea le Parc Européen et Central-Tube et sa secrétaire Hélène en profita pour commettre une erreur de 745, 886 fr. 75 dans une opération de banque qu'elle comprit tout de travers.

Que faire ? où chercher ? M. Ponto se fit conduire à l'ambassade d'Angleterre pour réclamer l'aide de la police anglaise. M. l'ambassadeur venait de partir pour faire prendre les bains de mer en Bretagne à ses onze femmes.

En rentrant chez lui, de plus en plus tourmenté, M. Ponto trouva une lettre venue de l'hôtel des postes par le tube pneumatique. Une lettre !

c'était rare ; on n'écrivait plus maintenant, on téléphonait. C'est à peine si la grande maison Ponto recevait deux ou trois lettres par semaine, écrites par de vieux clients maniaques.

M. Ponto prit la lettre et reconnut l'écriture. C'était de Philippe !
M. Ponto pâlit; que signifiait cette lettre et pourquoi Philippe ne téléphonait-il pas ? Le banquier déchira l'enveloppe et lut ce qui suit à sa famille accourue dans son cabinet :

Bachelor's-Prison, 7 août 1953.

« Bachelor's-Prison ! s'écria Mme Ponto. Philippe en prison ! que signifie...
— Nous allons bien voir », dit M. Ponto.

« Mon cher père,

« Drôle de pays que cette Nouvelle-Angleterre telle que l'a faite le mormonisme, et comme je rirais si je n'étais pour le moment en prison. Rassurez-vous, je n'ai assassiné personne ni commis le plus mince méfait, je suis enfermé à *Bachelor's-Prison*, prison des célibataires, tout simplement comme *réfractaire matrimonial!* Ne riez pas, c'est très grave ! Mon voyage a été un vaudeville désopilant dès sa première heure et je pourrais le raconter sous ce titre : Mésaventures d'un jeune célibataire aux pays des mormonnes.

« En sortant du tube de Calais, je trouve, comme il avait été convenu, l'aérocab de notre correspondant de Londres, M. Percival Douglas, et ce gentleman lui-même qui m'attendait. Au moment de partir pour la Banque, j'aperçois un rassemblement sur les quais, devant deux énormes ballons transatlantiques fourmillant de monde. On courait, on se bousculait pour en approcher.

« Qu'est-ce donc ? demandai-je à Percival Douglas.

« C'est un arrivage d'épouses, répondit-il froidement.

« Je me mis à rire, naturellement, et je demandai à voir d'un peu plus près l'arrivage. Notre aérocab stationne à dix mètres au-dessus des quais et je distingue alors sur le pont des ballons, des centaines de jeunes filles et de femmes de toutes couleurs et de toutes conditions, les unes bien mises, couvertes de bijoux, drapées dans de superbes vêtements et les autres pauvrement vêtues.

« Qu'est-ce que cela? dis-je, des femmes jaunes, blanches ou basa-
nées, des négresses même...

« C'est le trop-plein des Indes, de l'Amérique et de l'Australie, reprit

GRAND ARRIVAGE D'ÉPOUSES AUX DOCKS.

Percival; là-bas on n'épouse qu'une seule femme, il reste donc de nombreuses jeunes filles non pourvues; les agences que nous possédons dans
les cinq parties du monde les enrôlent pour la terre promise de la Nouvelle-
Angleterre...

« Alors toutes les dames de cet arrivage vont trouver des époux?

« On va les conduire aux *Docks du mariage,* où elles resteront tant
qu'elles n'auront pas été demandées en mariage...

« J'éclatai de rire. Comme les institutions de la Nouvelle-Angleterre
sont peu connues, j'ignorais l'existence de ces docks si utiles ! Sur ma prière,
M. Douglas consentit à attendre le débarquement des jeunes personnes et
j'eus la satisfaction de les suivre — aériennement — jusqu'aux *Docks du
mariage.* Supérieurement montés, ces docks ! Situés à côté des autres docks,
ceux des vulgaires ballots, ils ont l'apparence d'un immense caravansérail.
Quatre corps de bâtiments, huit étages de chambres, des salles de travail
ou de cuisine où les jeunes personnes montrent leurs capacités aux visiteurs, des salons, un jardin où tous les visiteurs sont admis. C'est superbe !
L'édifice est dominé par un phare. M. Douglas m'a donné la raison de cette
singularité. Ce phare est le *Phare du mariage.* Ses feux emblématiques,
rayonnant sur toute la ville de Londres, rappellent aux amateurs qu'ils
peuvent venir aux docks allumer d'autres flammes. Un officier d'état civil,
établi dans le phare même, a ses registres ouverts à toute heure de jour
et de nuit.

« M. Douglas me tira de ma contemplation et nous reprîmes le chemin de la Banque. Sa famille l'attendait : quatre femmes seulement; je
n'ai pas compté les enfants, j'en ai vu un certain nombre s'échappant de
temps en temps de la *nursery.* M. Douglas me présenta ses trois filles,
Mᴵᴵᵉˢ Lawrence, Valentine et Amy, une brune et deux blondes à peu près du
même âge, et fort gracieuses. Dès la première minute, il me fut facile de voir
que M. Percival Douglas et les quatre dames Douglas aspiraient à
me posséder pour gendre. C'était flatteur ! Très pittoresque, un ménage
mormon ; j'étais enchanté de mon voyage. Mᴵᴵᵉˢ Amy, Valentine et
Lawrence m'offrirent ce soir-là une quantité invraisemblable de tasses
de thé et me questionnèrent longuement sur mes goûts.

« La première personne que je vis, le lendemain, fut un prédicateur
qui vint m'entretenir des beautés du mormonisme. En partant, il me remit
un assortiment de bibles et de petits livres : *la Vertu mormonne,* par le
révérend J.-F. Hobson; *Honte au célibataire, Pitié au monogame,* sermon
prêché au grand temple par M. Clakwell, marchand de vins de Champagne
en imitation et archevêque; *l'Art de conduire les femmes,* traité par
M. Fréd. Twic, archevêque mormon, etc., etc. Les petites bibles aussi
étaient pleines de renseignements sur la vie des patriarches hébreux, ces
mormons sans le savoir, et de peintures charmantes de leur bonheur

domestique ; on y trouvait la nomenclature de leurs épouses et même les
petits noms des trois cents femmes du grand roi Salomon, avec quelques
détails sur le physique ou le caractère des principales.

« C'était le commencement. A partir de ce moment, je ne pus faire un
pas dans la rue sans être abordé par un prédicateur ou un distributeur de
bibles, le premier m'ayant signalé comme un étranger à convertir.

DOCKS DU MARIAGE. — GRAND CHOIX D'ÉPOUSES EN TOUT GENRE.

« Les affaires de la Banque se trouvant en voie d'arrangement, j'avais
presque tout mon temps à moi, je commençai à l'utiliser de mon mieux.
Curiosités, monuments, paysages célèbres, j'avais bien des choses à voir :
le GRAND TEMPLE, construit sur le modèle du temple sacré de Salt-Lake-
City, le PALAIS DU CHEF DE L'ÉTAT, à la fois pape et président des républiques mormonnes d'Europe et d'Amérique, palais splendide élevé au milieu
de Hyde-Park; WINDSOR CASTLE, affecté aux veuves des évêques et arche-
vêques, etc., etc. Malheureusement, toutes ces agréables excursions étaient
gâtées pour moi par la présence d'odieux prédicateurs qui s'acharnaient
sur ma personne et se relayaient pour me catéchiser.

« Le curieux pays ! Les hommes boivent, fument ou chantent des can-
tiques dans les tavernes, les femmes restent au logis et travaillent ; seuls

les pauvres diables qui n'ont pu épouser plus d'une femme ou deux sont obligés de travailler. Pour les autres, pour les gaillards qui ont eu la chance de conduire sept ou huit misses devant l'officier de l'état civil, la vie s'écoule heureuse et tranquille. J'ai pénétré dans quelques intérieurs de patriarches, et j'ai vu que la devise était : *ordre et discipline!* L'époux est le chef, on le vénère et on le choie ; d'ailleurs, il y a dans chaque district et arrondissement une espèce de salle de police ou de maison de correction pour les épouses qui se montreraient acariâtres ou récalcitrantes. Un simple mot du mari au commissaire de police, et les policewomen viennent chercher l'épouse coupable pour la conduire à la *Correctional House,* où la solitude et les sermons des prédicateurs attachés à l'établissement l'induiront en de salutaires réflexions.

« Tout l'ancien système politique de l'Angleterre a été changé ; les lords étant partis dans les Indes à la suite de l'ancien gouvernement, la Chambre des lords est devenue la Chambre des évêques ; la Chambre des communes est restée, mais le système électoral a été profondément modifié.

« Voici sur quelles bases le cens électoral est établi :

Est électeur de *paroisse*	le mari de	2 femmes.
— d'arrondissement	—	4 femmes.
— pour la Chambre haute	—	6 femmes.
Est ÉLIGIBLE	—	8 femmes.

« Je viens d'assister à un meeting électoral à Chelsea, spectacle du plus haut comique. Les candidats sont sur une estrade, chacun avec ses épouses. Ces dames prennent part à la lutte oratoire, chantent les louanges de leur mari et abîment ses concurrents. Ce qui donne un intérêt palpitant à l'élection de Chelsea, c'est que la femme d'un candidat est une ancienne épouse divorcée d'un autre candidat (le divorce, bien entendu, est admis par l'Angleterre mormonne). L'épouse divorcée houspille avec fureur son ancien mari ; elle l'attaque d'abord dans sa vie politique, l'accusant d'hypocrisie, de vénalité, de tiédeur, et passe ensuite à sa vie privée. Le candidat riposte vigoureusement, ses épouses fidèles prennent part à la lutte... La joute oratoire dégénère bien vite en bagarre, ces dames se giflent et se dérangent quelques fausses nattes.

« Le soir, quand je rentre de mes promenades, M. Percival Douglas continue à me combler d'attentions et ses filles à me bourrer de gâteaux et de tasses de thé. L'aimable patriarche et ses épouses dévoilent de plus en plus leur plan ; ils voudraient devenir mon beau-père et mes belles-mères. Amy, Valentine et Lawrence sont à marier toutes trois; c'est une véritable occasion. Et le brave Percival de me chanter tous les soirs les beautés du mormonisme et les braves dames de célébrer les joies d'un foyer triplement conjugal, l'agrément d'avoir des épouses variées, etc.

« Mais voici le drame.

« C'était avant-hier dimanche.

« Pour les étrangers, le dimanche anglais a de tout temps été un jour lugubre et néfaste. Jadis, au temps de l'Angleterre convenable et mono-

MAISON DE CORRECTION POUR ÉPOUSES MORMONNES.

game, c'était le jour de l'ennui intense, de l'ennui complet ; maintenant que la perfide Albion est devenue extraordinairement *shocking*, le dimanche est le jour du péril ! Je ne savais pas qu'en vertu d'un décret d'Abraham Hirbings, deuxième président de la république mormonne, du 6 mai 1941, tout individu qui se promène tout seul dans les rues anglaises, le dimanche, de six heures du matin à six heures du soir, est arrêté et conduit chez le coroner. S'il est reconnu célibataire, le magistrat l'envoie pour huit jours réfléchir en prison sur les inconvénients du célibat; si ces huit jours ne suffisent pas pour le convertir, le délinquant est envoyé dans une colonie matrimoniale, où l'on s'efforce de le catéchiser et de le marier.

« Vous devinez maintenant. Dimanche dernier, au matin, comme je venais de descendre d'aérocab sur le pavé de Regent street, avec l'intention de prendre un peu d'exercice avant de déjeuner, je m'aperçus que les passants me considéraient d'un air bizarre, des pères de famille me jetaient

des regards irrités, des dames faisaient en me voyant des gestes qui témoi-
gnaient que j'étais pour elle un objet d'horreur. Je me creusais vainement
la tête pour chercher la cause de ces manifestations répulsives, lorsque
tout à coup deux policewomen, envoyées par une vieille dame, vinrent me
saisir par le bras.

« *Are you married?* me dirent-elles.

« *No!* répondis-je étonné.

« *No spouse?*

« Du tout !

« Oh !!!

« Et elles me saisirent résolument au collet. Je me laissai faire. Nous
arrivâmes ainsi chez le coroner. Ce magistrat débuta par me faire la même
question : *are you married?* — Non, monsieur, pas encore ! — Alors,
vous êtes célibataire ? — Apparemment ! — C'est grave ! très grave !
murmura le coroner en me regardant d'un air désapprobatif, je vais être
obligé de vous envoyer à la prison des célibataires ! — Mais je suis étranger ! — Ceux que l'on arrête disent tous la même chose ! — Mais, écoutez-
moi, à mon accent vous voyez bien que je suis Français ! — Tout le monde
parle plus ou moins français, cela ne prouve rien. Avez-vous des papiers ?
— Vous savez bien qu'il n'y a plus de passeports depuis le moyen âge...
— Alors, tant pis pour vous, je vais vous envoyer à Bachelor's Prison. Vous
tâcherez de vous faire réclamer.

« L'aventure me semble tellement drôle que je me laisse conduire en
riant à Bachelor's Prison, curieux de connaître cette Bastille des infortunés
célibataires.

« Oh ! oh ! des murs de dix mètres de hauteur, des fenêtres grillées, des
portes massives, c'est une prison sérieuse. La guichetière — car à Bachelor's
Prison les guichetiers sont des guichetières — m'inscrit froidement sur un
registre et me fait conduire dans une cellule meublée d'un lit, d'une table
et d'une chaise. Une autre geôlière m'apporte un paquet de vieilles cordes
et me dit ce seul mot : — Travaillez ! Je demande des explications. Je suis
condamné à huit jours de travaux forcés ; si je veux déjeuner et dîner, il
faut que je défile le chanvre de ces vieilles cordes, sans arrêt, de six heures
du matin à six heures du soir ; à six heures je dînerai, à sept heures je
passerai à la chapelle, où j'entendrai des sermons mormons jusqu'à
minuit.

« Ce genre d'existence me semble assez peu récréatif, et je songe à me faire réclamer. Je retourne au greffe, où se trouve le téléphone, et je prie M. Percival Douglas de venir immédiatement certifier ma qualité d'étranger et me tirer d'embarras. Pas de réponse. J'attends jusqu'au soir. Je retéléphone, et M. Percival Douglas continue à ne pas donner signe d'existence.

LES ÉLECTIONS EN ANGLETERRE.

« Cela devient grave.

« Je fais part de mon ennui à la guichetière, qui m'apprend que si au bout de huit jours je ne suis pas réclamé, si je persiste à croupir dans le célibat, on m'enverra dans une colonie matrimoniale jusqu'à ma conversion. Je frémis. Je passe une mauvaise nuit. Le lendemain matin, je retourne au téléphone, je passe la journée à conjurer Percival Douglas de me tirer de peine et à filer du chanvre. Percival ne répond pas. Je commence à comprendre son jeu. Dans huit jours, quand je serai sur le point d'être dirigé sur la colonie, Percival arrivera avec ses trois filles et tâchera de me persuader que ma seule ressource est de les épouser. Le mariage ou la colonie pénitentiaire matrimoniale !

« En attendant, je continue à filer du chanvre pour gagner mes deux maigres repas et à m'endormir le soir sous les torrents d'éloquence des prédicateurs mormons. C'est là une triste existence. »

« J'ai encore quatre jours. Si dans quatre jours vous ne m'avez pas tiré d'ici, on m'enverra dans une colonie matrimoniale où je resterai jusqu'à ce que mariage s'ensuive !

« Philippe Ponto, *réfractaire matrimonial,* cellule n° 149.
Bachelor's Prison, London. »

« Diable ! fit M. Ponto, c'est très grave ! quel pays ! quel pays ! il faut nous dépêcher... Si j'allais moi-même !...

— Ce serait peut-être imprudent, dit Mme Ponto.

— Il y a un moyen, s'écria Barnabette. Hélène n'a rien à craindre, elle, chez ces horribles mormons ; elle va prendre le tube et courir délivrer ce pauvre Philippe ! Au besoin elle se fera passer pour sa femme ou sa fiancée...

— Bravo ! s'écria M. Ponto, excellente idée. Vous allez partir, ma chère Hélène ; je vais vous donner l'acte de naissance de Philippe et quelques papiers...

— Je suis prête, dit Hélène.

— Vite ! vite !, dit Mme Ponto, il y a un express à trois heures. Vous serez à Londres à trois heures quarante, vous courrez immédiatement à Bachelor's Prison. »

Hélène prit rapidement son chapeau, son parasol et son petit sac de voyage. M. Ponto lui remit les papiers de Philippe et un carnet de chèques et sauta en aérocab avec elle.

« Au tube de Londres ! dit-il au mécanicien, à toute vitesse ! »

L'express allait partir ; Hélène n'eut que le temps de se glisser dans un compartiment où se trouvaient justement deux gentlemen mormons avec leurs épouses.

« Vous allez à Londres, mademoiselle, dit un des Anglais, serait-ce pour vous convertir ? La cité des saints est ouverte à toutes... »

Hélène rougit.

« Permettez-moi de vous offrir cette brochure, dit le second Anglais, en tendant à la jeune fille un petit livre intitulé la Terre promise, *lettre à nos sœurs d'Europe, par un général mormon.* Toutes les femmes d'Europe sont nos sœurs !...

— Je... je suis mariée ! dit Hélène en continuant à rougir.

— C'est dommage ! soupira le gentleman.

— Monsieur Smith ! s'écria une Anglaise en lançant des regards d'indignation à son mari.

— Madame Smith ! fit le mormon d'un air digne, refrénez ces velléités de jalousie; je n'aime pas cela... Songez à la *Correctional-House*.. On ne vous a pas gardée assez longtemps la dernière fois; en arrivant à Londres, je vous y mets pour deux jours ! »

Hélène, en descendant du tube, se hâta de quitter le trop inflammable M. Smith et prit un aérocab pour Bachelor's Prison. Le mécanicien, un

UN RÉFRACTAIRE MATRIMONIAL.

gros bonhomme réjoui, rouge de nez et de cheveux, sourit au nom de la prison.

« Ah ! ah ! dit-il, il est là-bas et vous allez le chercher ?... Je ne le plains pas !

— Vite ! vite ! dit Hélène, je suis pressée. »

Le mécanicien continua tranquillement à rire et à bourrer sa pipe.

« Allons ! hop ! dit-il en tournant la roue du propulseur; allons délivrer le coquin ! »

A l'aspect des hautes murailles de la prison, Hélène eut un petit frisson de peur. Ces murailles qu'elle allait affronter lui semblaient bien terribles. Le mécanicien s'aperçut de sa frayeur et se remit à rire.

« Il n'y a pas de danger pour vous, dit-il, c'est pour les autres, vous savez bien !... Tenez, prenez ça... c'est instructif... »

Et il tendit à la jeune fille une brochure toute graisseuse qui sentait le tabac et le whisky : *Mon cœur est ouvert à toutes,* sermon par le colonel Dolby.

Hélène frappait à la porte de la prison.

« Je voudrais parler à M. le directeur, dit-elle à la guichetière qui vint entre-bâiller la porte.

— Entrez dans le greffe, je vais prévenir Mme la directrice, répondit la geolière. »

Mme la directrice arriva bientôt; c'était une majestueuse dame d'un certain âge, vêtue d'un costume sévère.

« Madame, dit Hélène en mauvais anglais, je viens réclamer une personne arrêtée par erreur, dimanche dernier; ce monsieur n'est pas...

— Un réfractaire, dit Mme la directrice, quel numéro ?

— Cellule n° 149, répondit Hélène.

— Cellule n° 149, voyons, fit la directrice en consultant un registre. Philippe Ponto, vingt-six ans, voyons les notes... très mauvaises, les notes... Le n° 149 s'est encore endormi hier soir à la chapelle pendant le sermon du révérend Higgins... il a mal répondu aux exhortations particulières du révérend Higgins. C'est grave... Ah ! il doit avoir de la visite ce soir; M. Percival Douglas et Mlles Douglas ont demandé une permission pour le voir...

— Ce monsieur est Français, dit vivement Hélène; il n'est pas mormon... Voici ses papiers... Je viens demander son élargissement immédiat !

— Voyez le coroner qui l'a envoyé... C'est à lui de décider s'il doit être maintenu en prison. »

Hélène reprit son cab et vola jusqu'au bureau du coroner, heureusement peu éloigné.

« J'ai encore retrouvé une autre brochure, lui dit le mécanicien en arrêtant son cab au débarcadère public; c'est du juge Tubbins... vous lirez ça ! »

Hélène lui laissa sa brochure et entra vivement chez le coroner. Ce magistrat fit d'abord quelques difficultés et parla de conserver les papiers pour les examiner.

« Mais enfin, dit Hélène, M. Philippe Ponto est étranger; voici qui le prouve... et, de plus, il n'est pas réfractaire; je suis... nous sommes... il est mon mari !

— Allons, je pourrais réclamer une attestation de l'ambassade... Mais vous me touchez... voici l'ordre d'élargissement ! »

Hélène repartit triomphante. Elle promit un pourboire considérable au mécanicien et fut en quelques minutes à destination. Un grand aérocab déposait en même temps qu'elle à la porte de Bachelor's Prison un gentleman accompagné de trois jeunes demoiselles.

« Grand Dieu ! je parie que c'est M. Percival Douglas », se dit la jeune fille.

Et, se précipitant dans le greffe, elle remit l'ordre à Mme la directrice.

« Élargissez le n° 149 ! » dit celle-ci à une geolière.

Philippe ne se fit pas attendre.

« Ouf ! dit-il, me voici donc sauvé. Merci, ma chère Hélène. »

Et il embrassait sa libératrice, lorsque Percival, entrant dans le greffe, accompagné des tendres Valentine, Amy et Lawrence, s'arrêta pétrifié sur le seuil.

« Sauvons-nous, glissa Hélène à l'oreille du réfractaire matrimonial.

— Et le plus vite possible ! répondit Philippe ; vite, au tube de Paris ! »

LA PRISON DES CÉLIBATAIRES.

LES CHARMANTES DEMOISELLES DOUGLAS.

V

M. et Mme Ponto remercièrent chaudement leur pupille, lorsque, le soir même, Hélène et le réfractaire arrivèrent à l'hôtel. Les aventures tragi-comiques de Philippe firent les délices de la soirée. Maintenant que Philippe était sauvé, on pouvait rire des mormons grands et petits, des évêques, des prédicateurs, des colonies matrimoniales et de *Correctional House*, la salle de police des épouses, des mormonnes en général et de Mlles Douglas en particulier, des charmantes demoiselles Douglas qui offraient si gracieusement le thé aux célibataires !

« C'est égal, Philippe l'a échappé belle! dit M. Ponto en terminant, et nous qui l'avons fait revenir de Turquie, pays moins *shocking* que la Nouvelle-Angleterre, pour terminer la grande affaire de son mariage... Tu sais, Philippe, que tout est réglé... Tu épouses dans six semaines Mlle Cardonnaz.

— Ah ! dit Philippe assez froidement.

— La famille Cardonnaz est à Mancheville ; nous allons partir ces jours-ci pour faire quelques semaines de villégiature, tu reverras ta fiancée à Mancheville.

— Ah ! » dit encore Philippe.

Hélène avait quitté son fauteuil et sans bruit était montée à sa chambre. Sa gaieté de tout à l'heure, quand elle racontait les épisodes de la délivrance de Philippe, était partie tout à coup. Pourquoi ce changement soudain, ce serrement de cœur, et pourquoi cette larme que, dans l'obscurité, la jeune fille laisse couler lentement sur sa joue ?

Le soir même, M. Ponto dit à Mme Ponto :

« Hélène aussi est à marier; j'ai une idée, je vais la confier à une agence matrimoniale! Voici la saison des bains de mer, c'est le moment !

EN AÉRO-YACHT.

— C'est le moment! » répondit Mme Ponto.

On sait quel essor l'industrie matrimoniale a pris depuis cinquante ans. Son étonnante prospérité est due à diverses causes, au nombre desquelles on doit placer en première ligne la grande honorabilité des agences. Et d'ailleurs, en ce siècle affairé, où trouverait-on le temps de se marier soi-même ? Recherches, renseignements, démarches, les agences se chargent de tout cela, et elles simplifient même au besoin les formalités quelquefois ennuyeuses de la cour. Tout est avantage. Sécurité, facilité, tranquillité! Plus de demoiselles s'occupant, mornes et désespérées, à tresser les nattes de sainte Catherine, les agences trouvent toujours dans leurs collections de célibataires les âmes sœurs à elles destinées par le ciel.

On ne se marie donc plus guère que par l'intermédiaire des agences ou des journaux matrimoniaux. L'annonce matrimoniale est florissante ; outre les catalogues que les grandes agences publient à cent mille exemplaires à l'entrée de chaque saison, on affiche souvent des listes de partis exceptionnels ou même des portraits en chromotypie. *L'association indépendante des pères de famille* affiche ainsi, tous les ans, ses enfants masculins ou féminins parvenus à l'âge de s'établir. La plus importante de toutes les maisons matrimoniales, l'*Agence universelle*, a monopolisé, depuis de longues années déjà, les rideaux des principaux théâtres, tant à Paris qu'en province et à l'étranger. Chacun de ces rideaux est divisé en cent cinquante cases pour cent cinquante portraits accompagnés de quelques indications.

A Paris, les rideaux de l'Opéra, de l'Opéra-Comique et de Molière-Palace, où vont les demoiselles, sont affectés spécialement aux portraits des célibataires-hommes, tandis que les rideaux des Variétés, du Palais-Royal et autres théâtres légers sont réservés aux portraits des jeunes personnes à marier. Bien entendu, les demoiselles qui désirent un mari parisien ne sont affichées qu'à Paris, et celles qui souhaitent au contraire le calme des champs et la tranquillité de la vie de province ne paraissent que sur les rideaux d'annonces des petites villes.

L'*Agence universelle* est admirablement organisée. Elle se charge de produire les jeunes filles dans le monde et de leur trouver l'époux de leurs rêves. Le plus souvent, les pères de famille traitent pour trois mois à forfait ; pendant ces trois mois, la jeune fille reste à l'agence, soit dans les locaux superbes de Paris, un vaste et luxueux pensionnat où des fêtes charmantes réunissent presque chaque soir l'élite de la société, soit à la campagne dans les succursales, soit dans les villes d'eaux ou de bains où l'agence accomplit tous les ans, de juin à septembre, une tournée presque toujours triomphale.

Ce fut à l'*Agence universelle* que M. Ponto confia le soin de trouver un mari pour la pauvre Hélène.

« Ma chère enfant, dit-il à sa pupille en la conduisant au pensionnat matrimonial, nous avons parlé mariage hier; cela m'a fait penser qu'il serait peut-être temps de m'occuper du vôtre...

— Pourquoi ? dit Hélène surprise.

— Ma chère enfant, je commence à désespérer... Vous ne parviendrez pas vous-même à vous créer une situation sociale... Vous n'avez pas de goût pour la finance, je le vois bien; les chiffres ne sont pas votre affaire; cette petite erreur de l'autre jour, 745,886 75, le prouve suffisamment...

A MANCHEVILLE.

Nous allons donc vous chercher un mari avec une position toute faite... c'est mon devoir de tuteur! »

Un quart d'heure après, Hélène, malgré quelques timides protestations, était inscrite sur les registres de l'agence et installée dans une chambre charmante du pensionnat.

« Et dans trois mois la noce ! Allons, vous n'allez pas avoir le temps de vous ennuyer », dit M. Ponto en prenant congé de sa pupille.

M. Ponto, son devoir de tuteur rempli, rentra chez lui plus tranquille et put s'occuper de ses préparatifs de villégiature. La Chambre venait de se mettre en vacances après une laborieuse session de quinze jours; Mᵐᵉ Ponto, la députée du 33ᵉ arrondissement, un peu fatiguée par ses travaux législatifs, avait besoin de repos. Toute la famille, sauf Barbe, partie pour diriger la succursale de New-York, devait donc s'en aller savourer pendant un mois ou deux les fortifiants effluves marins et puiser au sein bienveillant de la nature la force nécessaire pour reprendre, au retour, l'accablante vie de Paris.

Le banquier n'abandonnait pas pour cela la direction de sa maison;

tous les jours après déjeuner, il devait prendre le tube de Paris, donner quelques heures de l'après-midi à ses grandes entreprises et à la Bourse, et revenir ensuite dîner en famille à Mancheville.

Enfin, les trente-huit toilettes de Mme Ponto et les quarante-deux costumes de Barnabette ayant été livrés par le grand couturier Mira, Mme Ponto se déclara prête à partir.

On pense bien que la famille Ponto ne devait pas s'en aller en villégiature par le tube, comme une famille de petits boutiquiers. M. Ponto avait son aéro-yacht, l'*Albatros*, un délicieux petit bâtiment aérien, véritable bonbonnière, meublé avec tous les raffinements de l'élégance et du confortable, et disposé pour recevoir une dizaine de personnes, outre les trois hommes de l'équipage.

Un matin donc, par un beau soleil d'août, l'aéro-yacht, ciré, frotté, peinturluré et pavoisé, arriva de la remise et vint toucher à l'embarcadère de l'hôtel Ponto. Il avait à sa remorque un deuxième aérostat de plus grande dimension, un aéro-chalet de dix-huit mètres de long sur neuf mètres de large, construit dans le style des vieilles maisons normandes, modifié, bien entendu, suivant les nécessités de la navigation aérienne, avec façade à poutrelles, balcons, large toit et une belle plate-forme chargée de fleurs à l'avant.

Les hommes des deux équipages et les domestiques de l'hôtel passèrent la matinée à charger les bagages, engins de pêche, malles ou caisses à toilette, et à les arrimer dans les chambres du grand aéro-chalet. A deux heures seulement, M. Ponto quitta son cabinet, où il venait d'avoir une dernière conférence téléphonique avec Central-Tube et avec les ingénieurs du Parc européen, auxquels le roi de Monaco, ennuyé de voir une concurrence à côté de chez lui, créait des difficultés.

La famille Ponto était déjà installée à bord de l'*Albatros*. Mme Ponto rangeait dans sa cabine les dossiers et les paquets de projets de loi qu'elle avait emportés pour occuper les loisirs forcés des jours de pluie, Barnabette esquissait sur la table du salon un projet de costume de bains qu'elle avait l'intention d'envoyer au couturier Mira; Philippe était à bord de l'aéro-chalet, occupé à quelques rangements.

« Allons, dit M. Ponto en montant sur la dunette de l'*Albatros*, tout est paré?

— Tout est paré, monsieur, répondit le patron, il fait une belle brise de S.-S.-E. qui ne gênera pas notre marche. Le temps est bon...

— Prenez tout de suite l'altitude de 1,500 mètres, pour respirer l'air pur, et marchons à quart de vitesse pour n'arriver à Mancheville que vers cinq heures. »

Le patron de l'*Albatros,* le porte-voix aux lèvres, communiqua les ordres au mécanicien de l'aérochalet, et les deux bâtiments, larguant leurs amarres, s'élevèrent de conserve au-dessus de l'hôtel Ponto, lentement d'abord, et bientôt plus rapidement.

AÉRO CHALET POUR BAINS DE MER.

D'énormes cumulus qui mamelonnaient leurs masses blanches à six cents mètres furent coupés par les aérostats. Au-dessus le ciel était pur, traversé seulement par des bandes de nuages courant dans la même direction que les ballons; un soleil splendide dorait les édifices dressés au-dessus de l'océan de pierre des rues parisiennes et faisait chatoyer les boucles de la Seine, les méandres de l'Oise, les petits lacs et les menues rivières circulant au milieu des plaines onduleuses de la banlieue.

Comme on respirait à 1,500 mètres au-dessus de la fournaise parisienne, avec cette bonne brise de S.-S.-E. qui réjouissait le patron de l'*Albatros,* ce vieux *loup de ciel!* Quelle pureté dans l'atmosphère, quelle fraîcheur délicieuse malgré le soleil !

Toute la famille était sur la dunette du yacht, penchée sur le paysage qui se déroulait au-dessous d'elle ; Philippe, resté à bord de l'aérochalet qui suivait à vingt mètres son remorqueur, rêvait appuyé au balcon de l'avant. Était-il absorbé par la contemplation des pittoresques beautés de la route aérienne de Mancheville ou pensait-il à la belle Mlle Cardonnaz, la fille d'un richissime industriel avec lequel M. Ponto, entre autres affaires, avait combiné un mariage ?

« Quelle magnifique journée ! dit Mme Ponto à son mari ; Mancheville est trop près, nous devrions aller faire un tour en Irlande...

— Nous irons un autre jour, répondit M. Ponto, n'oublions pas que la famille Cardonnaz nous attend à dîner ce soir. »

On aperçut la mer à quatre heures et demie, au delà des plaines normandes, par-dessus les maisons de Mancheville, alignées à perte de vue ; des aéro-yachts couraient des bordées au loin au-dessus des vagues ou s'amusaient à raser le flot en traînant quelques filets ; quelques aérochalets planaient à des hauteurs diverses, isolément ou par groupes. Le tableau était splendide.

Comme on avait le temps, l'*Albatros* descendit à cinq cents mètres et se mit à louvoyer le long de la côte entre Caen et le Havre, le plus doucement possible, pour donner à ses passagers le temps d'admirer le paysage. Enfin, M. Ponto donna le signal, le patron mit le cap sur les aiguilles d'Étretat, que l'on apercevait à six lieues au nord.

Mancheville, la grande ville de bains normande, est topographiquement la plus étrange ville du globe : elle est toute en longueur et n'a presque pas de largeur. Elle s'étend tout le long de la côte, tantôt descendant sur le sable des plages et tantôt grimpant au sommet des falaises, sur une longueur de cent dix kilomètres et une largeur de quelques centaines de mètres à peine. Elle s'est formée par l'agglomération des villes de bains de la côte, qu'elle a absorbées l'une après l'autre, s'allongeant, s'allongeant toujours, sans jamais s'arrêter. Pour le moment, elle commence au sud à l'ancien Étretat, se continue par les anciennes cités balnéaires de Fécamp, Saint-Valery-en-Caux, Dieppe, pour finir sur les falaises du Tréport. Aucune interruption, aucune solution de continuité entre les villas, les châteaux, les chalets de tout style semés à profusion dans les positions les plus variées, d'Étretat au Tréport ; à certains endroits plus agréables ou d'accès plus facile, les maisons sont plus serrées ou alignées en plusieurs rangées, grimpant les unes au-dessus des autres sur

L'Agence matrimoniale aux bains de mer.

Philippe Ponto s'était trouvé le matin au tube, il avait vu Hélène descendre de wagon avec ses compagnes de l'agence. L'après-midi, il était parti en mer avec le yacht, et à l'heure du bain il s'était jeté à l'eau pour gagner à la nage la partie de la plage occupée par les jeunes filles. Bien des baigneurs avaient fait comme lui. Le radeau mouillé devant les cabines était chargé à couler bas, comme un vrai radeau de la *Méduse,* et des grappes de baigneurs et de baigneuses s'accrochaient aux cordes servant de limites aux différents bains.

AUX BAINS DE MER. — CABINES PARTICULIÈRES.

Hélène nageait assez bien. En s'avançant un peu hors de la grande foule des baigneurs, elle rencontra Philippe et put causer avec lui tout en fendant la vague.

« Hélène, dit tout à coup Philippe entre deux lames, ma chère Hélène, vous m'avez sauvé l'autre jour en Angleterre, en me faisant passer pour votre mari... »

Hélène rougit et faillit couler sous une vague par une soudaine défaillance.

« Voulez-vous, reprit Philippe, que ce doux mensonge devienne une réalité ? »

Hélène ne répondit rien, mais son silence fut plus éloquent qu'un long discours.

La résolution de Philippe était prise. Le difficile était maintenant de décider son père à rompre l'affaire Cardonnaz pour en conclure une autre si désavantageuse. Qu'allait dire M. Ponto ? D'un côté les deux cents millions de dot de Mlle Cardonnaz, et de l'autre les dix petits mille francs de rente d'Hélène ! Un esprit sérieux et pratique ne devait pas hésiter.

Philippe réfléchit. Il ne dirait rien à son père. Profitant de l'absence de M. Ponto, parti pour passer l'après-midi à Paris, Philippe fit part de sa résolution à sa mère et n'eut pas de peine à la mettre dans ses intérêts. D'ailleurs Mme Ponto était préoccupée, elle avait à rédiger un projet de manifeste des députées féminines de la Chambre. Le temps lui manquait pour discuter avec son fils ; en outre, elle n'aimait pas beaucoup la mère de Mlle Cardonnaz, qui l'avait sourdement combattue dans les comités du xxxiiie arrondissement, de sorte qu'elle fut enchantée d'être agréable à son fils et désagréable à Mme Cardonnaz.

Barnabette, camarade de collège d'Hélène, entra aussi dans le parti de son frère et voulut immédiatement aller embrasser sa future à l'hôtel de Rouen.

Philippe avait son plan.

En conséquence de ce plan, quelques jours après, un matin que M. Ponto était parti pour Paris, M. l'administrateur de l'agence centrale conduisait Hélène, vêtue de blanc, à la mairie de Mancheville, et se rencontrait dans la salle des mariages avec la famille Ponto, moins M. Ponto. Après les formalités d'usage, M. le maire de Mancheville se penchant vers le téléphone de la mairie, fit sonner le timbre et dit ces simple mots :

« Mettez-moi en communication avec M. Raphaël Ponto, rue de Chatou, à Paris. »

Une sonnerie annonça au bout d'une minute que la communication était établie.

« Monsieur Raphaël Ponto, consentez-vous au mariage de M. Philippe Ponto avec...

— Tiens, reprit la voix de M. Ponto, c'est donc pour aujourd'hui ?... je suis si distrait que je l'avais oublié...

— Monsieur Raphaël Ponto, consentez-vous au...

— Oui ! répondit M. Ponto ; excusez-moi, je suis occupé, séance du conseil de Central-Tube. Dites à Mme Ponto que je serai à Mancheville pour le dîner. »

Philippe était le mari d'Hélène, son plan avait réussi. On sait que les formalités autrefois exigées pour le mariage ont été bien simplifiées — trois jours de publications suffisent. Et même les parents peuvent donner leur consentement par le téléphone, ce qui est un avantage très apprécié à notre époque affairée et surmenée où l'on a si peu de temps à perdre en vaines formalités.

Comme la famille Ponto sortait de la mairie pour se rendre à l'église, on rencontra les Cardonnaz qui ouvrirent des yeux démesurés devant la robe blanche d'Hélène. M. Cardonnaz furieux rentra chez lui et téléphona rapidement à M. Ponto :

« J'aurais dû stipuler dédit... manque de parole abominable ! procédé inqualifiable ! »

M. Ponto ne comprit rien à cette dépêche; mais comme il était très occupé, il en remit l'explication au dîner.

On devine sa surprise lorsqu'en arrivant à sa villa de Mancheville, il aperçut Hélène revêtue de sa robe de mariée. Philippe, avec le plus grand sang-froid, lui présenta sa femme et le remercia d'avoir consenti, sans se faire prier, à faire son bonheur.

« Toujours aussi peu pratique ! dit-il tout bas à son fils; puis, embrassant Hélène, le brave banquier ajouta : Ouf! je suis donc enfin débarrassé du souci de ma tutelle ! »

LE CONSENTEMENT PAR TÉLÉPHONE.

DÉPART POUR LE VOYAGE DE NOCES.

VII

Voyage de noces.
Monaco royaume de plaisance. — Un ministre en tournée
d'inspection stratégique et gastronomique.

Ce mariage s'était fait si rapidement qu'Hélène en était encore à se
demander si elle rêvait. Quoi, cet amour naissant que, moins de deux
semaines auparavant, elle avait courageusement tenté d'étouffer dans son
cœur, il pouvait paraître au grand jour et s'épanouir en toute liberté
maintenant !... C'était vrai !... Elle était la femme de Philippe !...

Étourdie de son bonheur, elle fermait parfois les yeux pendant le

dîner de noce, pour tâcher de se remettre et de rendre le calme à son esprit.
Quoi, c'était vrai... et définitif!... Elle ne rêvait pas?. Et demain on ne la
reconduirait pas à l'agence matrimoniale?... Et M. Ponto, ce terrible tuteur,
devenu son beau-père, ne lui parlerait plus de position sociale à trouver,
de carrière à embrasser?

Et toute sa vie de jeune bachelière depuis un an lui revenait : le retour
du lycée de Plougadec, son stage d'avocate au palais de Justice, son échec
au Conservatoire politique, ses débuts, agrémentés de duels, dans le jour-

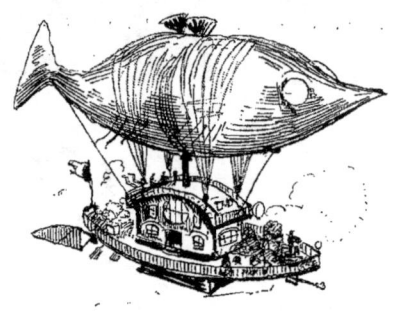

UN YACHT AÉRIEN.

nalisme, sa candidature à l'Académie, ses marches et contre-marches à la
suite des volontaires marseillaises pendant la dernière révolution, son entrée
dans la finance et son erreur de 745,886 fr. 75, et enfin ce voyage à Londres
pour tirer des griffes des mormons Philippe Ponto, son cousin seulement,
alors, et aujourd'hui son mari!

Philippe était ravi. Son père avait très bien pris les choses. Avant, il
se fût opposé au mariage de son fils avec tous les arguments d'un homme
sérieux et pratique; le mariage fait, il l'accepta tranquillement. D'ailleurs
il avait l'esprit très occupé, le Parc européen lui donnait suffisamment de
soucis, sans compter les brochures et les articles de journaux à faire écrire
pour arriver à la diffusion de ses idées sur la transformation de la France
en simple société financière montée par actions.

« Tu ne feras jamais rien qu'un poète ! se contenta-t-il de dire à son
fils; le directeur de l'école des hautes études commerciales et financières
me l'avait bien dit !

— Je ne ferai pas de vers, répondit Philippe.

— Un poète... en actions, ce qui est pire! dit M. Ponto. »

M. l'administrateur de l'*Agence universelle*, qui était de la noce, fit à la fin du repas un petit speech aux nouveaux époux, speech dans lequel, en homme pratique, il parla surtout des conditions du voyage de noces, des hôtels où il fallait descendre et des prix qu'il fallait payer.

« Si vous voulez attendre huit jours, dit-il, l'agence va pouvoir organiser un grand voyage de noces; Mancheville nous a été favorable, nous avons vingt-sept mariages conclus, ou sur le point de se conclure; vous pourrez être une soixantaine de jeunes mariés, voyageant de compagnie, ce qui est très agréable et très économique... un des administrateurs de l'agence vous accompagnera, retiendra les places dans les tubes, les chambres dans les hôtels à des conditions particulières, organisera les excursions dans les montagnes suisses, les promenades sur les lacs italiens, les ascensions, etc., etc.

— Je vous remercie, monsieur l'administrateur, répondit Philippe; je regrette de ne pouvoir profiter de vos offres gracieuses, mon père nous prête son aéro-yacht ; et, pour notre voyage de noces, nous allons faire notre petit tour du monde... tranquillement, pas en huit jours comme les gens pressés, mais en nous arrêtant partout où l'idée nous en viendra , au sommet des montagnes ou dans les prairies couvertes de fleurs, en Touraine, dans la banlieue de Paris ou dans les plaines chinoises... partout où le voudra ma chère Hélène! ajouta-t-il tout bas à l'oreille de sa femme. »

A dix heures du soir, par une de ces belles nuits d'août, tièdes et embaumées, l'aéro-yacht de M. Ponto, l'*Albatros*, illuminé et pavoisé, emportait les deux nouveaux époux dans un ciel d'un bleu sombre, sillonné d'étoiles filantes.

Quelle belle nuit pour un départ en voyage de noces! La lune se levait à l'horizon ; la mer illuminée, elle aussi, par de larges phosphorescences, battait les roches d'Étretat et frangeait d'écume blanche toutes les découpures de la côte, pointes de roches, longues lignes de falaises et plages de sable jaune, garnies de maisons pointillées de lumières.

C'était féerique! Hélène et Philippe, accoudés sur le bastingage, restèrent longtemps à contempler ce tableau avant de donner le signal du départ. Quand l'*Albatros*, dégageant ses amarres, monta doucement dans le ciel, le paysage s'élargit, les falaises normandes se développèrent,

l'éternelle chanson de la vague s'affaiblit, se changea en un murmure doux
et lointain, puis cessa tout à fait. Le yacht voguait à huit cents mètres
d'altitude, dans une atmosphère rafraîchie par une brise du nord-est; les
étoiles brillaient comme des escarboucles d'or et l'*Albatros*, fanaux
allumés, étincelant comme elles, semblait une constellation en marche, se
dirigeant vers la voie lactée, parmi le feu d'artifice silencieux des étoiles
filantes éclatant en vives paraboles.

LA FIN DES DOUANES PAR LA CONTREBANDE AÉRIENNE.

Au jour, Philippe apparut sur la dunette.

« Où sommes-nous? demanda-t-il au mécanicien de quart.

— Monsieur, nous avons marché doucement, suivant les ordres, et
toujours sud-sud-est... Nous devons être à la hauteur d'Avignon...

— Combien d'altitude?

— Douze cents mètres, monsieur ! »

Le soleil se levait radieux et superbe derrière une accumulation de
nuages violets et orangés, semblables à une prodigieuse et fantastique
barrière d'énormes montagnes roulantes, élevée par des Titans pour s'op-
poser au retour de l'astre. Peu à peu des lignes d'or se faisaient jour à

travers la barrière, perçaient les montagnes et dardaient par la fissure un long rayon triomphant ; des barres transversales s'allumaient sous les nuages et en changeaient brusquement la coloration. Sous l'aéro-yacht, les campagnes s'éclairaient aussi, les teintes sombres s'évanouissaient ; au milieu des plaines jaunes serpentait un long fleuve d'argent, c'était le Rhône. Au bout de quelques minutes, Philippe, avec sa lorgnette, aperçut au loin des tours dorées par le soleil, surgissant au milieu de la verdure.

« Bien, voici Avignon, dit-il au mécanicien ; mettez le cap sur le sud-est, nous allons déjeuner à Monaco. »

Il allait être huit heures lorsque l'aéro-yacht, passant par-dessus Nice, franchit les limites du royaume de Monaco, à quatre cents mètres au-dessus du poteau qui marque la frontière. Ce mot barbare de frontière est bien démodé ; la navigation aérienne a depuis longtemps supprimé les anciennes barrières qui n'entravaient que les expansions amicales et les rapports commerciaux en temps de paix, sans aucunement empêcher en temps de guerre les communications et les expansions à coups de canon. Tout est libre maintenant ; plus de douanes ni de douaniers. Un simple poteau servant de borne et c'est tout. Naturellement, c'est la mort dans l'âme que les gouvernements ont dû renoncer aux douanes et aux droits d'entrée ; mais la contrebande par les voies aériennes étant trop facile, il a bien fallu se résigner à licencier les régiments de gabelous et de receveurs ; les gouvernements, qui ont tant d'imagination en matière de contributions, se sont consolés en inventant une ou deux douzaines d'impôts inédits pour remplacer les douanes.

L'*Albatros* mit le cap sur l'hôtel du Cercle de la navigation aérienne, à Monte-Carlo, où stationnent tous les yachts des visiteurs du royaume monégasque. Un appartement avait été retenu d'avance par Philippe ; le gérant de l'hôtel attendait les voyageurs au débarcadère aérien. Les deux jeunes mariés sautèrent sur la plate-forme et gagnèrent leur appartement par une série de balcons et d'escaliers suspendus, dominant toute la côte enchantée de Monte-Carlo.

L'appartement, à soixante mètres du sol, possédait une terrasse splendide, chargée de fleurs et encadrée de magnifiques lataniers, d'agaves et d'aloès. C'était superbe ; par toutes les baies, l'œil rencontrait le bleu du ciel ou le bleu de la Méditerranée sillonnée de bateaux aux ailes blanches. Au-dessous du balcon se développait la rive, couverte d'hôtels, de villas à demi cachées dans les massifs d'orangers, de palais appartenant la pente des collines; plus loin elles se desserrent et se donnent leurs coudées plus franches; la ville, alors, n'a qu'une maison d'épaisseur; mais il n'y a aucun espace vide.

Le XXIe siècle verra Mancheville toucher à Boulogne, l'avenir est là. Un tube côtier fait communiquer les différents quartiers de la ville normande, les administrateurs rêvent de le raccorder au nord avec les tubes belges et de le continuer au sud jusqu'à Brest, par Cherbourg et Saint-Malo.

La famille Ponto possédait une magnifique villa sur la crête des falaises d'Étretat, à l'endroit le plus pittoresque, sur une pointe de rochers découpée en plusieurs terrasses et communiquant avec la terre ferme par un pont d'une élégante architecture. L'*Albatros* déposa ses voyageurs à cinq heures précises au débarcadère de la villa. Pendant que les dames s'installaient, M. Ponto se mit en communication téléphonique avec ses bureaux de Paris et Philippe s'occupa d'ancrer l'aéro-yacht, ainsi que l'aérochalet qui devait servir de pavillon supplémentaire pour loger les amis en visite.

LES VILLAS DE MANCHEVILLE. — QUARTIER D'ÉTRETAT.

VI

Conséquences de la cherté des loyers. — Les aérochalets.
Parties de pêche aériennes. — L'agence matrimoniale au bain.
Un mariage au téléphone.

M{}^{lle} Cardonnaz.

Mancheville était très animée. Tout était plein, villas, hôtels, maisons garnies; les six mille cabines établies sur les plages ne désemplissaient pas, et le soir les soixante casinos, espacés de deux kilomètres en deux kilomètres, ne pouvaient contenir la foule des baigneurs accourus pour les bals, les jeux et les concerts.

Bon nombre de baigneurs, effrayés par l'excessive cherté des loyers, ne logeaient pas à terre et restaient soit à bord de leurs yachts aériens ou nautiques, soit dans ces commodes aérochalets avec lesquels on peut aller partout sans avoir à se préoccuper des prétentions outrecuidantes des propriétaires terriens qui, dans la saison, vous font payer une armoire le prix d'un appartement à Paris. Ces chalets aériens, construits et agencés d'une façon très légère, sont le triomphe du papier. Tout est en papier aggloméré, vingt fois moins lourd que le bois et tout aussi solide; plateforme, cloisons, fenêtres, meubles, tables, chaises, lits, jusqu'aux tonneaux et réservoirs pour l'eau et le vin, tout est papier ou carton pressé et aggloméré.

La construction coûte peu de chose; aussi les petits rentiers, fatigués

de se faire écorcher dans les hôtels, ne veulent plus entendre parler d'autres logements. Le chalet payé, ils peuvent voyager et villégiaturer à leur aise en tout pays, sans bourse délier. Ces bâtiments sont généralement mauvais marcheurs, mais ce petit inconvénient est largement compensé par les avantages. Grâce à ces aérochalets, on voit des familles de médiocre fortune voler l'été de plage en plage, cabotant, comme disent les marins, du haut en bas de la Norman-

L'HEURE DU BAIN A NANCHEVILLE.

die et suivant tranquillement la côte jusqu'aux roches de Bretagne, pour gagner aux premiers froids le midi de la France et s'en aller faire des cures d'air dans les Pyrénées. Quelques-uns se risquent même à traverser la Méditerranée pour courir se réchauffer aux rayons du soleil algérien. Les accidents sont très rares, les aérochalets ne peuvent chavirer qu'en cas de rupture des cordes, ce qui ne saurait se produire lorsque les habitants vérifient l'état des haubans chaque matin, comme on doit le faire.

M. Ponto n'avait amené son aérochalet que comme *pied en l'air*. Philippe, qui depuis quelque temps paraissait avoir du goût pour la solitude, s'y était arrangé un logement et y passait les journées qu'on n'employait pas en parties de plaisir.

Ces journées inoccupées étaient rares, il faut le dire. Presque tous les jours, quand on ne se baignait pas, on partait en excursion soit sur le yacht des Cardonnaz, soit sur l'*Albatros,* ou bien l'on allait en partie de pêche à quelques lieues au large. L'*Albatros,* excellent petit yacht, descendait jusque sur la crête des vagues, dont il enlevait l'écume au passage et traînait quelques filets que l'on relevait pleins de crevettes ou de menus poissons.

Le mariage de Philippe avec Mlle Cardonnaz était décidé. Les deux pères, habitués à traiter ensemble d'immenses affaires, s'étaient rapidement entendus sur celle-là. Philippe cependant semblait froid ; il n'avait pas dit non, mais il n'avait pas dit oui, et il s'était contenté de laisser faire. Mlle Cardonnaz était pourtant charmante. C'était une des beautés de Mancheville, quartier d'Étretat. Les journaux de la plage ne tarissaient pas sur son élégance ; le *Galet illustré,* gazette du *high life,* avait donné son portrait en costume de bain, en toilette de soirée, en costume de plage et en amazone fantaisiste montée sur un âne.

Dans les parties de pêche, elle portait le plus délicieux costume marin qui fût jamais sorti de l'imagination d'un costumier poète, et, les cheveux dénoués au vent, elle semblait une vraie néréide ou plutôt l'incarnation moderne de Mme Vénus Anadyomène. Et Philippe restait froid, lorsqu'il la voyait lancer le filet à la mer, battre joyeusement de ses belles mains gantées de rouge quand elle le sentait chargé, et hâler ensuite bravement sur la corde.

Sur ces entrefaites, les murailles de Mancheville se couvrirent d'affiches d'un rose séduisant, portant en gros caractères les lignes suivantes, destinées à révolutionner tous les cœurs masculins :

ADMIRABLE COLLECTION

DE

PARTIS

L'Agence universelle, la plus avantageusement connue et appréciée des agences matrimoniales, arrive à Mancheville, demain 15 août par le tube de 9 h. 40 du matin.

A 3 h. de l'après-midi, l'agence se rendra au BAIN.

A 4 h. promenade à ânes.

A 6 h. dîner à l'hôtel de ROUEN.

De 9 h. à minuit, l'agence sautera au Casino.

Messieurs les Administrateurs de l'agence recevront les demandes tous les jours de 10 h. à midi, à l'hôtel de Rouen.

ÉMOI DE LA POPULATION MASCULINE.

Si la station du tube de Paris fut encombrée, le 15 août, à neuf heures quarante, il ne faut pas le demander; tout le *high-life* masculin manchevillais se trouvait là, les dames par curiosité et les célibataires attirés par le vague espoir de rencontrer la jeune fille charmante, aimable, spirituelle, élégante, sérieuse et bien dotée que le ciel et l'agence devaient leur tenir en réserve.

Quand la sonnerie électrique annonça l'arrivée du train, tous les cœurs battirent. Le tube se déboucha tout à coup, laissant voir nu premier wagon dont la porte s'ouvrit pour le défilé des voyageurs.

Une tête grave et blanche parut, c'était M. l'administrateur, un volumineux dossier sous le bras. Après l'administrateur et son état-major, les jeunes pensionnaires descendirent une à une et, confuses et rougissantes, passèrent à travers la foule pour gagner à pied le grand hôtel de Rouen situé à deux pas de la gare.

« Charmantes ! charmantes ! telle fut l'impression générale.

— Toutes jeunes et presque toutes jolies ! disait-on dans la foule, admirable collection !

— Il y en a d'exceptionnelles...

— Si leur ramage ressemble à leur plumage, ajoutèrent discrètement quelques célibataires, si leurs dots sont en rapport avec leurs charmes physiques, c'est très séduisant.

— Mon cher enfant, disait une bonne grosse dame à un grand gaillard à longues moustaches, il est temps d'en finir avec ton existence désordonnée de célibataire... Il y a là de quoi choisir; si tu veux, nous irons causer tout à l'heure avec M. l'administrateur. »

La population du quartier d'Étretat se pressa l'après-midi sur la plage, devant les cabines retenues par l'agence. Dès midi, toutes les places avaient été prises ; on n'eût pas trouvé un galet inoccupé; les jetées, les estacades, les fenêtres et les toits du casino, tout était garni, si bien que les curieux venus de Fécamp et des quartiers environnants ne réussirent point à se glisser dans les groupes et durent escalader les falaises pour contempler la plage avec des lorgnettes.

A trois heures, comme l'indiquait le programme, l'agence descendit à la plage dans le même ordre qu'à l'arrivée, M. l'administrateur en tête. On compta trois cent douze pensionnaires. Un long murmure ému passa dans la foule quand, au bout d'un quart d'heure, les trois cent douze jeunes filles quittèrent les cabines et défilèrent sur la planche pour courir aux vagues.

Quel tableau délicieux dans ce superbe cadre de roches et de falaises d'Étretat ! Elles descendaient toutes l'une après l'autre, drapées dans des peignoirs ou serrées dans des costumes bariolés qui faisaient valoir la sveltesse des formes jeunes et pures ; les couleurs vives des étoffes, le blanc des peignoirs; le chatoiement du soleil sur les chevelures flottantes ou sur les épidermes aux teintes fraîches, tout brillait, tout scintillait, de façon à rendre rêveurs les célibataires et les photo-peintres les moins poétiques.

Une Partie de pêche en aéroyacht.

aux riches rentiers qui viennent, de tous les points du globe, passer l'hiver
et le printemps à Monaco. Sur la droite, la presqu'île monégasque s'allongeait sur la mer avec ses jetées-promenades, terminées par des salles
de concert, ses palais gouvernementaux et ses terrasses babyloniennes
à cinq étages de jardins suspendus, consacrés à la flore des cinq parties

MAISON DE PETITS RENTIERS A MONACO.

du monde. Du côté opposé, au-dessus d'un jardin planté de superbes palmiers, se trouvait la gare des aéro-yachts. Toute la flottille des yachts de
passage se balançait sur ses ancres, au souffle d'une brise légère venant
du large ; il n'y avait guère qu'une quarantaine de yachts, ce qui est loin
du chiffre de la saison d'hiver où les arrivages se comptent tous les jours
par centaines. Ces yachts aériens de plaisance ont une grande variété de
formes dans la construction, la fantaisie des propriétaires se donnant libre
carrière, au détriment parfois de la vitesse, mais au grand bénéfice de
l'élégance et du pittoresque.

44

A côté d'un yacht américain affectant la forme d'un obus couché, yacht très léger fendant l'air avec une vitesse foudroyante, on voyait un yacht pompéien peinturluré d'éclatantes couleurs, de lourdes, mais confortables embarcations hollandaises, des yachts presque ronds, ornés avec profusion d'ornements de tous styles, des yachts bizarres, plutôt maisons aériennes que navires et marchant par tous les systèmes connus, etc., etc., tous cirés, frottés, lavés à grande eau tous les matins par leurs équipages et prêts à prendre l'air au premier signal.

Comme on leur servait à déjeuner dans leur appartement, Hélène et Philippe remarquèrent une certaine animation dans le restaurant de l'hôtel; des aéronefs venaient d'amener une nombreuse et gaie société, dont les éclats de rire et les conversations joyeuses montaient jusqu'à la terrasse.

« C'est le président du conseil des ministres qui vient déjeuner avec quelques amis en cabinet particulier, répondit le garçon à une interrogation de Philippe.

— Il paraît d'assez joyeuse humeur, fit le jeune homme en regardant par le balcon. »

Un majordome, frappant à la porte, apportait une carte sur un plateau.

« Son Excellence le comte Hercule Vascorelli, président du conseil! lut Philippe avec étonnement.

— Son Excellence ayant appris l'arrivée de Votre Seigneurie, dit le majordome, prie Votre Seigneurie de lui faire l'honneur de déjeuner avec elle...

— Vous remercierez Son Excellence, répondit Philippe; mais je ne puis accepter... je passerai au palais pour présenter mes excuses dans la journée. »

Le majordome s'inclina et descendit.

Cinq minutes après, comme Philippe et sa jeune femme se mettaient à table, le majordome revint, précédant cette fois Son Excellence, elle-même.

« Mille pardons, cher monsieur Ponto, dit le comte Hercule Vascorelli; je n'ai pu résister au désir de serrer la main au fils du grand banquier Ponto... je regrette que vous ne puissiez nous faire l'honneur de déjeuner avec nous... nous sommes en tournée d'inspection, tous les ministres et quelques amis...

— En tournée d'inspection? dit Philippe étonné.

— Stratégique et gastronomique! répondit Son Excellence avec un large sourire, vous savez, nous sommes des ministres sérieux, nous, et nous ne nous en remettons pas à des subalternes pour l'expédition des affaires de l'État. Nous voyons tout par nos yeux et nous faisons tout nous-mêmes!... Je suis accablé de besogne... En ce moment, comme j'ai eu l'honneur de vous le dire, nous inspectons nos petites forteresses et nous surveillons les hôtels, restaurants et pensions... il faut que la cuisine monégasque se main-

TOURNÉE D'INSPECTION GASTRONOMIQUE.

tienne à la hauteur où nous l'avons portée, il faut qu'elle justifie toujours sa réputation et que, sans cesse, elle progresse... Tous les jours, sans prévenir, nous allons déjeuner dans un hôtel ou restaurant quelconque... nous ne permettrions aucune défaillance culinaire!... ou gare les amendes!

— Très bien! dit Philippe.

— Le royaume monégasque, monsieur, est un royaume de plaisance! Il faut que chez nous, pour l'habitant et surtout pour l'étranger, tout soit joie, agrément, délices!... Eh bien, ça ne se fait pas tout seul, monsieur, ça ne se fait pas tout seul! Mes confrères, les premiers ministres des autres États, n'ont pas le quart du mal que je suis forcé de me donner... Gouverner, faire de la politique pure et simple, qu'est-ce que cela? Ils n'ont qu'à tenir la balance entre les partis, tromper les uns, flatter ou bousculer les autres, à percevoir le plus d'argent possible, préparer des traités, intriguer, menacer, etc., etc.; mais ils n'ont pas besoin de chercher à donner de l'agrément à leurs peuples, ce n'est pas leur affaire; tandis que moi, ministre d'un royaume de plaisance, je dois consacrer tous mes instants, mes journées et mes veilles à donner de l'agrément aux habitants et aux hôtes de passage... tâche ardue et difficile, monsieur ! Je succombe sous le poids de mes énormes occupations. »

Philippe ne put retenir un sourire en considérant l'aimable embonpoint de Son Excellence.

« Je succombe, reprit le ministre, mais je ne maigris pas... et je ne maigris pas, précisément parce que je remplis consciencieusement tous les devoirs de ma charge ! Je suis président du conseil et ministre de l'intérieur ; j'ai dans mes attributions la surveillance de l'école des hautes études culinaires et la présidence de la commission de dégustation gastronomique... Je surveille sérieusement ! Mon collègue le ministre de la roulette et du trente-et-quarante n'a besoin de songer qu'à ses jeux ; le ministre des bals et soirées, le ministre de la guerre, le ministre des fêtes populaires, le ministre de la marine aérienne, ne s'occupent que de leurs spécialités ; mais moi, j'ai à veiller à tout, à penser à tout, à combiner des attractions pour la saison, à inventer des agréments nouveaux...

— C'est beaucoup !

— Il faut que Monaco reste le premier royaume de plaisance du monde... Nous voulons défier toute concurrence et nous allons avoir une concurrence à côté de chez nous, avec le *Parc européen* de monsieur votre père...

— Comment, dit Philippe, vous craignez notre concurrence?

— Nous ne la craignons pas, monsieur ; mais enfin nous avons le devoir de nous en préoccuper !... La Chambre monégasque s'en inquiète, monsieur, et si vous avez suivi ses émouvants débats...

— Je ne les ai pas suivis, dit Philippe.

— C'est regrettable, monsieur ! Mes collègues et moi, nous avons dépensé beaucoup d'éloquence... nous avons failli être renversés, monsieur, à cause de la création de monsieur votre père... La Chambre des députés monégasques voit avec inquiétude se créer à côté de chez nous une concurrence qui peut devenir redoutable ! Il y a concurrence et concurrence : tant qu'il ne s'agira que de concurrence simple, nous ne dirons rien ; mais si vous vous lanciez dans une concurrence déloyale, ce serait un *casus belli*. Je vous prierais de le répéter confidentiellement à monsieur votre père... Il a été question hier, en conseil des ministres, de vous envoyer une note dans ce sens...

— Voyons, Excellence, qu'appelez-vous *concurrence déloyale?*

— J'appellerais *concurrence déloyale,* l'établissement d'une roulette

sur un point quelconque du *Parc européen,* en Italie! concurrence déloyale,
casus belli!

— Rassurez-vous, Excellence, je connais les intentions du conseil de
gérance du *Parc européen;* nous ne recourrons pas à la roulette pour attirer le public, nous nous contenterons des beautés naturelles, de la splen-
deur des sites sérieusement améliorés, des vieux souvenirs, etc., etc.

— Beautés naturelles, souvenirs historiques, concurrence loyale,
monsieur, nous le reconnaissons! alors point de *casus belli!* J'en suis
enchanté, nous lutterons à armes courtoises!... point de *casus belli!* Je ne
vous cacherai pas que l'opinion publique était, chez nous, assez vivement
surexcitée contre vous.... on parlait de vous déclarer la guerre et de
prendre Gênes!...

— Vraiment!

— Positivement! Vous savez que notre escadre aérienne est formidable! Nous avons acheté en Amérique des monitors aériens d'une force
terrible.... Si vous aviez établi la roulette à Gênes, nous vous bombardions!
Je suis enchanté de vos explications.... Beautés naturelles! Concurrence
loyale! nous serons concurrents, mais point ennemis! Ouf! je respire! j'espère que vous viendrez dîner au palais!»

MONITORS AÉRIENS DU ROI DE-MONACO.

AÉRO-YACHT AMÉRICAIN.

VIII

Le meilleur des parlements. — Changements politiques
et géographiques. — L'Empire danubien. — La grande catastrophe
du 9 août 1920. — Les républiques cosaques de la mer
Moscovienne. — Les Turcs gommeux.

Philippe, après déjeuner, se hâta de téléphoner à la Compagnie du
Parc européen un résumé de son entretien avec S. Exc. le président du
conseil monégasque. « Affirme encore une fois à Son Excellence que nous
n'aurons pas de roulette. — Nous ferons une forte concurrence, mais sans
roulette ! » répondit M. Ponto à son fils.

En se promenant dans les magnifiques allées de Monte-Carlo, Philippe entra au ministère de l'intérieur pour communiquer au ministre la
dépêche de son père. Ce ministère occupait un vaste palais, splendide
comme tous les palais du Royaume doré. Son Excellence, dans sa satisfaction, voulut absolument faire à Leurs Seigneuries M. et Mme Philippe

Ponto, les honneurs du Palais national, un immense et féerique édifice,
qui réunit les salles de la roulette et du trente et quarante, quatre salles
des fêtes, deux salles de concert, une salle de spectacle, un restaurant
modèle, un skating colossal et la Chambre des députés.

Son Excellence ne fit pas grâce d'une salle à ses hôtes, il poussa
même la complaisance jusqu'à indiquer quelques bons numéros à la roulette, et Philippe, en trois minutes, perdit trente-huit mille francs.

La Chambre des députés aux fêtes
du carnaval.

La Chambre des députés était en séance.
A la vue de cette imposante assemblée législative, Hélène, qui n'avait jamais eu un goût prononcé pour
la politique, fit mine de reculer.

« Ne craignez rien, madame ! s'écria le ministre qui s'aperçut de son
effroi; le royaume de Monaco est un royaume de plaisance, notre politique
intérieure n'est pas ennuyeuse.... prenez place sur les divans de la loge
diplomatique.... je vais faire envoyer quelques rafraîchissements. »

Un orateur barbu occupait la tribune et prononçait d'une voix très
méridionale un discours scandé par de formidables coups de poing.

« ...Non, messieurs, non ! vous réfléchirez et vous repousserez par un vote énergique le projet ministériel et le contre-projet de la commission ! Non, les membres de la Chambre ne seront pas habillés en pierrots et en polichinelles, comme le veut le ministère ; non, ils ne se costumeront pas en sauvages, comme le propose la commission ! Pas d'uniforme, messieurs...

— De quoi s'agit-il ? demanda Philippe en s'efforçant de ne pas rire, un projet d'uniforme pour les députés ?

— On discute en ce moment, répondit le ministre, le projet de la *commission d'organisation de la grande cavalcade du carnaval prochain*.... il s'agit de savoir comment se costumeront les députés.

— ...Pas d'uniforme, messieurs, continuait le député ; laissez à l'initiative des honorables représentants de la nation le choix du costume.... vous voulez donc entraver l'essor des idées, couper les ailes à l'imagination, supprimer toute poésie ? Les députés qui monteront dans le char de la *représentation nationale* s'habilleront comme ils le voudront, en polichinelles, en pierrots, en sauvages, suivant leurs idées personnelles, ou se composeront des costumes fantaisistes....

— Très bien ! très bien ! aux voix ! s'écrièrent quelques députés.

— Vous voyez, dit le ministre, nous nous occupons déjà du carnaval ; on discute les projets de chars, de mascarades particulières ; on vote les sommes nécessaires, etc., etc. Il faut que le carnaval prochain soit brillant ; s'il n'était pas réussi, ce serait un échec pour le ministère, nous perdrions nos portefeuilles !

— Heureux pays ! voilà la vraie politique !

— Oh ! nous avons une Chambre sérieuse et admirablement composée.... Dix architectes, douze directeurs de théâtre, quatre ténors, dix-huit dégustateurs jurés, le directeur de l'école des hautes études culinaires et quelques célébrités gastronomiques, vingt-deux artistes.... les autres députés sont de simples hommes d'imagination. La session actuelle est un peu chargée ; après l'organisation du carnaval qui nous prendra une trentaine de séances, nous avons différents sujets à l'étude : un *projet de création d'un immense tir aux pigeons,* l'*achat de vastes territoires de chasse dans les forêts de l'Esterel avec l'organisation de grandes parties de chasse bi-hebdomadaires,* le *règlement des régates maritimes et aériennes,* l'*organisation d'une série de bals costumés et autres,* la *création d'un skating avec glace artificielle,* etc., etc. »

CURES D'AIR DANS LA MONTAGNE

En rentrant à l'hôtel, Philippe trouva sa table chargée d'invitations à des séries de dîners, de bals, de parties de pêche et de soirées officielles chez les grands personnages de la cour, chez les ministres et même chez Sa Majesté. Hélène fit le total des invitations, il y en avait au moins pour deux mois !

« Si nous nous sauvions ? dit-elle à Philippe.

— Envolons-nous ! » répondit le jeune homme.

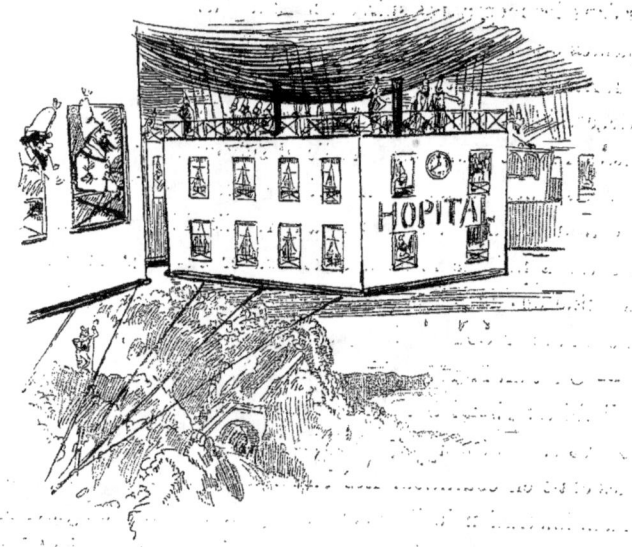

HOPITAUX AÉRIENS EN PROVENCE.

Et il écrivit une lettre d'excuses pour le grand maréchal du palais, ainsi qu'une circulaire pour remercier les grands personnages qui l'accablaient d'invitations.

Le lendemain, après quelques promenades sous les palmiers, Philippe donna le signal du départ et l'*Albatros* s'envola de nouveau.

On longeait doucement le bord de la mer à quatre cents mètres d'altitude, de façon à suivre en tous leurs détails les magnifiques paysages de la Corniche. Au bout d'un quart d'heure on aperçut Menton étagé sur sa colline, au pied de hautes montagnes. Sur la droite de la ville, au-dessus d'une véritable forêt d'orangers, les voyageurs aperçurent, abritée dans un creux de la montagne, une sorte de ville aérienne composée d'une cinquantaine d'aérochalets.

« Qu'est-ce que cela ? » demanda Hélène.

Philippe consultait déjà ses cartes et ses collections de guides.

« C'est une sorte d'hôpital flottant, répondit-il. Tous ces aérochalets sont habités par de pauvres malades qui viennent sous le climat de Menton faire des cures d'air tiède et pur. L'hiver, les aérochalets descendent à terre; l'été, ils s'élèvent au-dessus de la ville pour chercher dans la montagne un peu de douceur... Ce n'est pas le seul établissement de ce genre, il y en a un autre à San Remo, un à Bordighera.... On fait aussi des cures d'air dans les montagnes suisses, mais les aérochalets helvétiques ne sont fréquentés que l'été.... »

L'*Albatros* vola toute la journée en vue des côtes et passa au-dessus de Gênes. On rencontrait de temps en temps quelques aéro-yachts de touristes faisant leur tour d'Italie et suivant la voie aérienne pour aller de ville en ville. Quand le soir arriva, on se trouvait à la hauteur de Pise.

« Nous ne descendrons pas à terre, dit Philippe, nous allons marcher toute la nuit de façon à nous trouver au lever du soleil à Naples; nous donnerons un coup d'œil aux travaux du Parc européen et nous filerons ensuite sur Constantinople.... est-ce dit ?

— C'est dit ! » répondit Hélène.

Il faisait chaud à Naples; mais en s'élevant à huit cents mètres, l'*Albatros* rencontra une petite brise du nord qui rafraîchit ses passagers. Naples était en ébullition. Les lazzarones, payés quelques sous par jour par l'administration du Parc européen, pour continuer à figurer en costume national et sans rien faire, sur les dalles du port, chantaient les louanges de M. Ponto et chérissaient le banquier à l'égal de la Madone et de saint Janvier. Philippe, quand il descendit pour une heure à terre, dut garder le plus strict incognito, pour n'être pas porté en triomphe,

Les ouvriers du Parc européen avaient bien travaillé; il y avait des becs électriques et des bancs tout le long du golfe de Naples, du Pausilippe à Sorrente. La grotte du Chien avait été rendue plus méphitique, un tramway traîné par des ânes suivait toute la rive du golfe, un tube perçait la montagne de Sorrente à Amalfi; tous les soirs le temple de Pæstum était éclairé à la lumière électrique. Les derniers préparatifs s'achevaient pour l'inauguration solennelle du Parc ; le train des invités devait inaugurer toute l'Italie en huit jours, en commençant par Venise restaurée et remise à neuf, en continuant par Bologne, dont les tours avaient été plus penchées encore, Florence, Sienne, Rome, Naples et, en terminant par Pompéi, la ville romaine, entièrement reconstruite sur le modèle original, et — ce qui était la grande attraction — repeuplée de Pompéiens habillés à l'antique, peuple, bourgeois, prêtres, soldats, gladiateurs, etc., etc., tous travaillant et vivant absolument comme leurs prédécesseurs de l'an 80. M. Ponto comptait beaucoup sur sa Nouvelle-Pompéi et il pensait avec raison que le Parc européen n'aurait pas besoin de roulette pour attirer des flots de touristes.

Hélène et Philippe, sans attendre les fêtes, repartirent après quelques jours de promenades. L'*Albatros* prit le chemin des écoliers pour gagner Constantinople; il mit le cap sur le nord-est, passa au-dessus de l'Adriatique, fit une petite pointe jusqu'à Venise, livrée aux restaurateurs du Parc européen, et assista au lancement du nouveau *Bucentaure*, sur lequel devait monter M. Ponto père, directeur du Parc, l'héritier des doges et l'époux de l'Adriatique, pour aller jeter l'anneau des fiançailles aux vagues du Lido.

Bosniaques et Monténégrins.

En une seule journée, l'aéro-yacht gagna les rives du Danube. Les paysages et les populations du grand empire danubien qui va des rivages dalmates aux bords de la mer Noire intéressèrent vivement les passagers de l'*Albatros*. Par malheur, hélas! les costumes nationaux avaient disparu; on rencontrait des Serbes en chapeaux de soie, des Bosniaques en paletot, des Monténégrins habillés comme des notaires parisiens, avec deux poignards et quatre pistolets seulement à la ceinture, comme dernier vestige du costume national.

Après un court séjour dans une petite ville d'eaux bulgare, pleine d'étrangers de distinction, Danubiens, Turcs, Russes, l'*Albatros*, avant d'aller à Constantinople, fit une rapide excursion sur les côtes de la grande mer Moscovienne. Philippe connaissait bien ces parages; mais il tenait à faire voir à sa jeune femme les résultats de la grande catastrophe de 1920, le dernier cataclysme qui bouleversa notre vieille planète.

Funèbres souvenirs!

C'est en août 1920 que se déroula le dernier acte de la tragédie nihiliste, sombre dénouement d'une effroyable série de drames. L'obscurité plane encore et planera toujours en partie sur ces horribles événements; ce que l'on sait par les récits des survivants, c'est que dans la nuit du 9 août, après une journée lourde et orageuse, d'épouvantables détonations retentirent de tous côtés sur le sol russe. Des mines préparées par la mystérieuse et terrible association nihiliste faisaient sauter le sol par plaques de plusieurs lieues carrées, avec des villes entières emportées dans les airs d'un seul bloc. L'électricité et l'air comprimé, combinés avec une mystérieuse matière explosible onze cents fois plus forte que la dynamite, tels étaient les agents employés par les conspirateurs. Les tubes, qui venaient à peine de remplacer les chemins de fer, sautaient d'un bout à l'autre avec les tunnels traversant les collines, les ponts et les stations.

Cette épouvantable série d'explosions qui faisait de la Russie tout entière un immense cratère de volcan en éruption coïncida-t-elle avec un mouvement plutonien ou détermina-t-elle un déchaînement soudain des forces souterraines? La science n'a pu le déterminer avec certitude; toujours est-il qu'une espèce de dislocation de la croûte terrestre, la plus colossale perturbation dont les hommes aient été témoins, se produisit sous le coup de ces effroyables explosions : la mer Noire d'un côté, la Baltique de l'autre, bondirent par-dessus leurs côtes ravagées et se répandirent avec la violence du plus épouvantable typhon, à travers l'espace sans fin des steppes russes, engloutissant tout, les débris des villes emportées dans l'ouragan de feu et les villes et villages respectés par les mines, inondant les vastes plaines, noyant les fleuves, délayant les terres des collines soulevées par le tremblement de terre, éteignant les cratères volcaniques ouverts dans le sol et changeant en quelques heures une contrée habitée par des millions d'hommes en un océan furieux charriant des monceaux de cadavres.

Les vagues de la mer Noire se heurtèrent aux vagues de la Baltique dans les steppes du gouvernement de Toula ; la mer Caspienne, sortant de son isolement, refluait par les bouches du Volga et, s'ouvrant une brèche dans les collines, se répandait sur le territoire des Cosaques du Don où elle fraternisait avec la mer d'Azow.

Il n'y avait plus de nihilistes, mais il n'y avait plus de Russes!

Tout était bouleversé ; quand après quelques jours de tempête le calme revint, la Russie n'existait plus, un océan de nouvelle formation occupait sa place. Seules, la Suède et la Norvège tenaient encore au continent asiatique par la Finlande à demi noyée dans ses marais et par la province d'Arkhangel épargnée par le désastre. L'Europe était maintenant une île séparée de la vieille Asie par une mer large de trois cents lieues.

Des commissions de savants, d'ingénieurs, de marins de toutes les nations, parcoururent pendant des années cette mer nouvelle et inconnue

LA CATASTROPHE NIHILISTE.

pour faire des relevés de ses côtes et découvrir ses îles. D'ailleurs toute la géographie de l'Europe était à refaire ; par suite de la catastrophe, la Méditerranée avait baissé d'un mètre, l'Océan de cinquante centimètres sur les côtes de France et d'Angleterre, et des ports de mer étaient devenus impraticables.

De l'immense Russie, il ne resta que des petites républiques cosaques éparpillées dans les archipels de la mer Moscovienne, la république cosaque de l'Ukraine dans une île de cinquante lieues de largeur, capitale Kiew ; la république de Moscou, avec Moscou, port de mer, pour capitale ; la république des Cosaques du Don dans les petites îles entre la mer Noire et la mer Caspienne réunies, et quelques petites peuplades de pêcheurs vivant en tribus patriarcales dans des îlots minuscules ignorés.

L'*Albatros* vola d'île en île, au-dessus de la mer Moscovienne ; de temps en temps on rasait les vagues et Philippe, jetant la sonde, montrait à Hélène que le nouvel océan n'a souvent que trois ou quatre mètres de profondeur, ce qui gêne considérablement la navigation. L'*Albatros* fit un séjour de quarante-huit heures chez les cosaques de l'Ukraine ; la capitale Kiew est un port de mer considérable, fréquenté par tous les navires qui font le tour de l'Europe par la Baltique et la mer Noire. Justement le pays paraissait un peu agité. Les voyageurs étaient arrivés en pleine crise politique ; le président de la république cosaque ayant choisi inconstitutionnellement ses ministres dans la minorité parlementaire, la Chambre venait, par un vote de défiance, de renverser le ministère.

Hélène, un peu effrayée par le souvenir des catastrophes nihilistes, voulait partir tout de suite ; mais Philippe réussit à la rassurer. Tout se passa très bien, le président accepta les démissions du cabinet et choisit de nouveaux ministres dans le sein de la majorité.

En une seule nuit, le yacht fit le trajet de Kiew à Constantinople. Partie le soir des rives brumeuses de l'île cosaque, Hélène se réveilla le matin en vue des féeriques paysages du Bosphore. Quel changement ! Le soleil faisait resplendir les coupoles des mosquées, les hauts minarets et tous les kiosques enchâssés sur les deux rives dans la verdure des platanes et des cyprès.

Comme à Monaco, le yacht alla jeter l'ancre à l'hôtel du Cercle de la navigation aérienne, établi dans une situation splendide à la Pointe du Sérail.

« La voici, la vraie concurrence à Monaco, dit Philippe quand il descendit à terre avec Hélène, la vieille ville des empereurs et des sultans est devenue la plus importante station balnéaire du monde entier... Voici, comme à Mancheville, les rangées de cabines des établissements de bains ; voici les casinos où l'on danse tous les soirs ; enfin, voici, là-haut sur la colline, à la place du vieux Sérail, un palais de la Roulette qui ne le cède en rien à celui de Monaco.

— Et le sultan, où habite-t-il ? demanda Hélène.

— Il occupe un petit palais, là-bas, du côté de Top-Hané, que les jeunes Turcs, avec un calembour irrespectueux, appellent Trop-pané !... Ce pauvre sultan, je l'ai beaucoup connu, du temps où j'étais sous-syndic de sa faillite; c'est un homme très aimable, mais il a des goûts trop dispendieux, il se fait bâtir un palais sur la côte d'Asie... Il a son concordat, mais il ne faudrait pas recommencer les folies....

— Comment, il est si peu à son aise?

— Tout a été saisi par les créanciers, les revenus de l'État appartiennent encore pour soixante-six ans à la faillite; le sultan aurait dû chercher un emploi pour vivre pendant ces soixante-six ans, si une société financière n'était venue lui proposer quelques petits millions, moyennant la permission d'établir une roulette et un casino comme à Monaco.... Avec le fermage des jeux, le gouvernement vivote...

— Mais, où sont les Turcs? demanda Hélène un peu après.

— Mais les voici, tous ces messieurs qui se promènent sur le quai, ces gens qui se démènent là-bas sur les marches de la Bourse, ce sont des Turcs!

— De vrais Turcs?

— Tout ce qu'il y a de plus Turcs! Mahomet ne les reconnaîtrait peut-être pas, mais ce sont de vrais Turcs... Allons sur la plage, c'est l'heure du bain, nous allons voir toute la haute société de Constantinople devant le grand *casino du High Life.* »

Un ministre cosaque.

Hélène et son mari descendirent par de belles terrasses jusque sur la plage. Devant le Casino deux vastes tentes rondes abritaient une foule de dames et de messieurs, habillés selon les derniers décrets des couturiers parisiens. Les dames, languissamment étendues sur des chaises, lisaient ou s'éventaient doucement en causant avec des messieurs extrêmement élégants et distingués.

« Tout à fait comme à Mancheville! dit Hélène.

— Je reconnais quelques personnes, dit Philippe; voici là-bas le pacha ou préfet de Scutari avec sa femme; l'ancien ministre de la guerre avec sa femme et sa fille;... ce jeune homme qui cause avec cette grosse dame, c'est le sous-préfet de Brousse, un ancien viveur qui s'est jeté dans l'administration... Cette jeune dame blonde, une Circassienne de la haute société, est rédactrice en chef d'un grand journal politique....

— Comment! les femmes sont donc...

— Émancipées, tout à fait émancipées... comme partout!

— Et, demanda timidement Hélène, les …harems? Elles ne sont plus enfermées dans les harems?

— Il y a longtemps ! les harems si bien gardés, si murés par la jalousie féroce des Turcs d'autrefois, sont devenus des salons à l'occidentale, dont ces dames font gracieusement les honneurs aussi bien aux amis musulmans qu'aux simples giaours. Les ex-odalisques font de la musique, causent modes et chiffons, jouent des comédies de salon, organisent des ventes de charité, etc., etc. Il y a même des harems politiques où l'on discute sur les droits de la femme, la réforme des finances, la question persane et autres graves sujets.

— Et ces dames ne sortent plus voilées?

— Bien entendu ! ces dames ont adopté toutes les modes françaises. Elles vont au concert, à la promenade, aux sermons des derviches à la mode, dans les bazars de nouveautés, aux grands magasins du Croissant, ou bien à ceux du *Sabre d'Othman*, chez les couturiers, aux bains de mer, etc., etc. La grande préoccupation des dames turques, c'est de briller, d'étinceler suffisamment pour faire partie des élégantes à la mode, de celles que les journaux citent chaque jour dans leurs comptes rendus des solennités mondaines. Il leur faut leur loge à l'Opéra, leur baignoire à Karagheus-Théâtre, et aux premières représentations, dont il ne faut pas manquer une, pour avoir la satisfaction de lire le lendemain dans le *Stamboul-Figaro :* « Vu dans une loge de face la délicieusement blonde baronne Alaïka, épouse du baron Achmet de Buyuk-Déré, le sénateur de l'arrondissement de Scutari d'Asie. » En résumé, les Turcs d'à présent sont des « pincés » et des « pincées »; le mot qui a remplacé les anciens termes de gandins et gandines, cocodès et cocodettes, gommeux et gommeuses. Tous gommeux ! Du haut de son ciel, égayé par les houris, Mahomet doit être légèrement ébouriffé par les allures de ses descendants. »

Hélène se mit à rire.

« Tous *gommeux !* tous *pincés !* et la preuve, la voici ! répondit Philippe en achetant un paquet de journaux au kiosque des bains. Voici la VIE STAMBOULOISE, journal illustré du *high-life;* voici la CHRONIQUE DES HAREMS, journal illustré, quelquefois un peu léger, rempli de dessins et d'articles indiscrets, où l'on raconte les cancans du jour, le scandale de la veille et celui du lendemain, les démêlés conjugaux, le procès en séparation du gros pacha X..., l'enlèvement de la petite Zurka par un attaché de

HIGH-LIFE ORIENTAL. — LA PLAGE DE CONSTANTINOPLE-LES-BAINS

l'ambassade danubienne, etc., etc.; voici la GAZETTE DU SPORT, qui donne les portraits des cocodettes à la mode... »

Un certain mouvement sur la plage interrompit Philippe. Les cabines de bains venaient de s'ouvrir et des baigneuses descendaient en grand nombre à la mer.

« Non, les odalisques ne sortent plus voilées, reprit Philippe, et en voici la preuve. De jolis costumes de bain à la française ont remplacé le yachmak et le sac disgracieux, le costume de sortie d'autrefois. »

Le casino des bains donnait une grande fête le soir, on devait avoir concert et bal. Après une excursion au palais de la Roulette où l'on jouait avec fureur à tous les jeux connus, Philippe conduisit Hélène au bal du casino. La réunion était des plus brillantes. Comme devait le dire le lendemain le *Stamboul-Figaro*, tout le Constantinople *gommeux et pincé* était là; les élégantes odalisques valsaient délicieusement et cotillonnaient avec verve.

C'est Mme Yusuf bey.

Philippe continuait, pour l'instruction d'Hélène, à ouvrir des horizons nouveaux sur l'Orient moderne.

« Cette dame en jaune, assise là-bas avec ses trois filles, c'est la veuve d'un ancien ministre des finances mort dans la médiocrité : les finances turques sont si bas !... Trois jeunes filles à marier, c'est beaucoup ! La pauvre dame ne manque pas une réunion mondaine pour tâcher de trouver trois gendres, malheureusement les célibataires se défient !... Ce monsieur en habit est un prince circassien, il a mis ses poignards et ses pistolets au vestiaire avec son pardessus... Cette dame si décolletée, qui valse avec ce monsieur basané à nez crochu — un Kurde, je crois — c'est Mme Yusuf bey, dont le procès en séparation a fait beaucoup de bruit... l'année dernière. Yusuf bey voulait la poignarder ; c'est horrible, mais on lui a fait entendre raison et il s'est contenté de plaider... »

Lorsque le cotillon, conduit par le vicomte Mohammed Chakir de Médine, descendant direct d'une propre sœur du Prophète, fut bien en train, Philippe conduisit Hélène souper dans un cabaret à la mode.

« Prenons un caïque au lieu d'un aérocab, dit-il, et gagnons par eau la rive asiatique; c'est là, du côté de Scutari, dans les anses où vient battre doucement le flot, que se trouvent les cabarets à la mode, avec leurs terrasses, leurs jardins ombragés de platanes, d'acacias et de pins parasols et leurs cabinets particuliers... Nous pouvons choisir, les restaurants fréquentés par la haute société sont nombreux. Il y a *le Cimeterre d' Or, les Trois Houris,* cuisine supérieure et cave de premier ordre, bien fournie en crus authentiques et non pas en vins chimiques des grandes usines comme les restaurants ordinaires; *la Tour de Léandre,* restaurant en pleine mer; *la Belle Odalisque,* bosquets superbes, etc.

Le caïque les emporta bientôt, mollement et rapidement, sur les eaux du Bosphore. La lune, glissant sous un rideau de nuages blancs, faisait miroiter la mer bleue et mettait une étincelle au sommet de chaque vague. Sur les deux rives, les hauteurs couvertes de palais et de mosquées, les coupoles de Sainte-Sophie, de l'Ahmedieh, de la Solimanieh, hérissées de minarets, les tours, les bois de hauts cyprès, se détachaient sur le ciel clair en silhouettes d'un bleu plus sombre.

Sur le ciel même, le tramway aérien qui va de Galata à Scutari projetait des ombres bizarres. Des aéronefs illuminées, se succédant rapidement, suivaient le câble de fer jeté à cent vingt mètres de hauteur entre l'Europe et l'Asie. C'était la sortie des théâtres, l'heure à laquelle la circulation est grande entre les deux rives; des aérocabs nombreux et quelques caïques faisaient aussi la traversée. Au loin, les arches colossales qui soutiennent le tube de Téhéran-Calcutta se dessinaient vaguement sur un fond d'un bleu confus.

Philippe ayant opté pour le restaurant des *Trois Houris,* le caïque s'en fut aborder au fond d'une anse bien ombragée où les vagues venaient, avec un clapotis musical, battre des escaliers de marbre. Une nombreuse société se récréait sous les bosquets du jardin ou dans les cabinets particuliers suspendus au-dessus de la mer. On entendait des rires, des sons de piano et des explosions de champagne un peu partout. Un maître d'hôtel cérémonieux reçut les deux jeunes gens, les conduisit sur une terrasse d'où la vue s'étendait au loin et attendit les ordres.

Au-dessous, dans le restaurant, une voix jeune et fraîche commença joyeusement une chanson :

La Sultane aimait un sapeur
Des janissaires de la garde ;

Il était si beau, si farceur,
Et si crâne sous la cocarde ! —
Sans craindre le sultan farouche,
Elle fit l'œil au beau troupier.....

« C'est Mme Zaïda, dit en souriant le maître d'hôtel, vous savez, Effendi, Mme Zaïda, l'étoile du café-concert de la Corne d'or... Elle soupe avec des camarades de la Corne d'or, quelques amis du Mahomet-Club, le club le plus chic de Constantinople, par Allah ! »

AU RESTAURANT DES TROIS HOURIS.

SUR LE BOSPHORE.

IX

Après quelques semaines de séjour à Constantinople, la première cité balnéaire du monde et la plus amusante, Philippe proposa, un beau matin, d'aller voir sa sœur Barbe établie à New-York où elle gérait la succursale de la banque Ponto.

C'était un grand voyage. Philippe avait l'intention de prendre le plus long chemin, de faire le grand tour par l'Asie, l'océan Pacifique et la traversée du continent américain. L'*Albatros* pouvait franchir ces quelques milliers de kilomètres en huit ou dix jours, en s'arrêtant à Téhéran, Kachgar, Chou-Pan-Baden, la ville de bains chinoise sur le lac Khou-Khou-Noor, Pékin, Yeddo et San-Francisco. Il suffirait d'emporter pour quelques jours de vivres, par pure précaution contre les accidents imprévus, car on en trouverait dans les hôtels de la route. L'Asie, cette vieille et mystérieuse Asie, connaît maintenant toutes les douceurs de la civilisation occi-

LA JEUNE AFRIQUE. — LES BOULEVARDS DE GONDOKORO, CAPITALE DE LA GRANDE RÉPUBLIQUE NIAM-NIAM

dentale, comme l'Afrique d'ailleurs, si peu connue encore il y a cent ans et dont les peuples nègres marchent aujourd'hui à grands pas dans les voies du progrès.

Que diraient Livingstone, Stanley, Specke, Grant, Burton, Bonnat, Marche, Soleillet et les autres courageux explorateurs, s'il leur était donné de revoir la terre africaine avec ses tubes, ses villes éclairées à l'électricité et ses manufactures ! Les habitants de la région des lacs forment une grande

LES NIAMS-NIAMS NE FONT PLUS LA GUERRE PAR APPÉTIT.

nation policée ; il y a des parlements à Zanzibar, Gondokoro, Tombouctou, Concobella, Kouka, Liuyanti et autres capitales. Les Niams-Niams sont entièrement civilisés, ils ne font plus la guerre par appétit, uniquement pour manger leurs ennemis comme de simples brutes ; des mobiles plus nobles et plus purs les poussent ; lorsqu'ils prennent les armes, maintenant, c'est pour une rectification de frontières, pour une discussion diplomatique ou simplement pour la gloire, ce qui est la marque d'une civilisation très avancée. Gondokoro, l'Athènes de l'Afrique centrale, est la capitale du grand empire Niam-Niam et le centre d'un grand mouvement industriel et intellectuel.

L'Asie, autrefois si dangereuse, est devenue très sûre. Tous les ans les compagnies des tubes organisent de grands voyages circulaires à tra-

vers la Perse, l'Inde et la Chine. Les populations, jadis errantes, du Tur-
kestan et de la Boukharie se sont fixées au sol et, en devenant sédentaires,
se sont très améliorées comme caractère. Le vol et le pillage à main armée,
qui étaient dans leurs habitudes, ne sont plus pratiqués que dans les campagnes très reculées.

La Chine seule, lorsqu'elle est en mal de révolution, est parfois dangereuse à traverser. Ce pays est en proie à des bouleversements irréguliers ; tous les trois ou quatre ans, le Fils du Ciel est renversé de son trône
et la guerre civile porte partout ses ravages. La république est proclamée
dans une moitié du pays ; six mois après, le Fils du Ciel reprend Pékin,
l'ordre renaît, puis le branle-bas recommence. La Chine finira dans la déma-
gogie, si le Fils du Ciel ne se décide pas, pendant qu'il en est temps encore,
à adopter franchement et sincèrement les principes ennuyeux, mais sau-
veurs du parlementarisme.

L'*Albatros* fit un voyage magnifique. Ses passagers assistèrent à l'ouverture des Chambres à Boukhara, ils s'arrêtèrent vingt-quatre heures sur
le lac Khou-Khou-Noor et vingt-quatre heures à Pékin où les ruines laissées par la Commune de Pékin étaient visibles encore. Le Japon ne les
intéressa pas beaucoup. Yeddo ressemblait trop à Paris. Les temples de
Bouddha étaient remplacés par des usines et les maisons de thé par des
établissements de bouillon. Hélas ! où était le temps des Japonaises à robes
multicolores, des gentilshommes à trois sabres ! Envolé ! disparu ! avec
toute la poésie et tout le pittoresque du pays ! Tous les Japonais ont des
chapeaux de haute forme et des redingotes; on en voit même, ô comble de
l'horreur ! avec des blouses et des casquettes !

La traversée de l'océan Pacifique se fit dans les meilleures conditions.
Philippe, très prudent, suivit pour plus de sécurité la route des navires,
semée d'îlots factices à tous les degrés, au point de croisement des longi-
tudes avec les latitudes.

On sait que les grandes compagnies maritimes associées ont établi
sur les principales routes suivies par les navires des lignes d'îlots factices,
échelonnés de vingt-cinq lieues en vingt-cinq lieues, solidement ancrés
au sol quand le fond n'est pas trop bas et amarrés à un système de bouées
immobiles, quand la trop grande profondeur empêche de mouiller des
ancres.

Sur ces îlots les navires trouvent des dépôts de vivres, des magasins
pour les réparations et, en cas de malheur, des maisons ou tout au moins

des baraquements. Les services qu'ils ont rendus à la navigation depuis
vingt ans sont immenses. Les compagnies espèrent arriver un jour à garnir
toutes les mers de ces îles factices. Le jour où ce grand projet sera réalisé,
les sinistres maritimes n'entraîneront plus de pertes d'hommes, puisque les
naufragés seront toujours certains de trouver à moins de vingt-cinq lieues,
dans n'importe quelle direction, un refuge assuré dans une île factice.

UN PARLEMENT AFRICAIN.

L'*Albatros* arriva sans le moindre accident ou incident en Amérique.
Il traversa tout le continent en deux jours et débarqua ses passagers à
l'hôtel de la banque Ponto dans la trois cent quarante-huitième avenue à
New-York. Barbe, prévenue par une dépêche, les attendait.

Barbe avait élaboré tout un programme de divertissements et d'excursions. Sachant que son frère et sa belle-sœur ne devaient pas rester longtemps en Amérique, elle s'était arrangée pour leur faire voir en peu de
jours les principales curiosités du continent. Son programme ressemblait
un peu à celui des agences de voyages, des *American-tourists,* qui font visiter de fond en comble l'Amérique en sept jours.

Le Niagara, les lacs, les grandes usines de boucherie-charcuterie-cordonnerie-sellerie où le bœuf et le porc, entrés vivants à sept heures moins cinq, sont transformés à sept heures sonnantes en saucisses, côtelettes et tranches salées et fumées, en souliers, valises et harnais, — le Mississipi, les montagnes Rocheuses, les villes roulantes établies sur des rails et se transportant partout où le désirent les habitants, etc., etc., toutes ces curiosités défilèrent sous les yeux un peu fatigués d'Hélène et de Philippe.

Barbe, quand elle eut tout fait admirer à sa belle-sœur, parla d'une grande excursion dans la République chinoise de l'ouest; mais les passagers de l'*Albatros* avaient suffisamment vu le pays en passant ; ils avaient plané en aéro-yacht au-dessus de campagnes absolument semblables aux campagnes de la vraie Chine, semées de pagodes et de tours à quinze étages; ils avaient vu San-Francisco et les autres villes devenues tout à fait pareilles aux villes chinoises, fouillis de maisons d'architecture bizarre, pêle-mêle de masures sales et de palais curieusement tarabiscotés.

Au lieu de la grande excursion dans la Nouvelle-Chine, on prit le tube pour une petite promenade chez les Peaux-Rouges du territoire indien. Un wagon-salon du tube du sud conduisit les voyageurs en quelques heures à Tomahawk-City, la capitale de la province.

Hélène, dans sa naïveté, se croyait encore aux temps de Fenimore Cooper et de Gabriel Ferry. Elle fut surprise de débarquer dans une ville absolument semblable d'aspect à New-York.

« Des avenues, des maisons à quinze étages, des lampes électriques, des aérocabs, des usines ! s'écria-t-elle; mais nous nous sommes trompés, nous ne sommes pas chez les Peaux-Rouges ?

— Pardon, répondit Barbe, nous y sommes très bien; mais je reconnais que cela manque de wigwams ?...

— Tous ces messieurs et toutes ces dames, ce sont des Indiens ?...

— Presque tous ! Le chef de gare est un ingénieur peau-rouge, il s'appelle peut-être Chingachkook ou le Grand Serpent... Les Indiens se sont ralliés franchement à la civilisation pour sauver ce qui restait de leur race, menacée d'extermination. Depuis la fondation de Tomahawk-City, c'est-à-dire depuis une cinquantaine d'années ils ont prospéré singulièrement...

— Ah ! s'écria Philippe, je savais bien que toutes les traditions n'étaient pas mortes, voyez cette inscription ! »

Hélène et Barbe levèrent les yeux vers une plaque que leur montrait Philippe au coin d'une avenue.

TOMAHAWK-CITY. — CAPITALE DU DÉPARTEMENT PEAU-ROUGE

> SENTIER DE LA GUERRE
> IIIme arrondissement.

« Qu'est-ce que cela veut dire ? demanda Philippe à un monsieur qui passait.

— Cela veut dire que c'est le boulevard de Tomahawk-City, répondit le monsieur dans une langue mêlée d'anglais, de français, d'espagnol et

LA COLLECTION DE SCALPS DU NOTAIRE ŒIL-DE-LAPIN.

d'allemand ; vous savez, c'est un ancien nom qui nous rappelle nos annales ; ça nous fait encore plaisir de marcher dans le sentier de la guerre et ce n'est pas dangereux !

— Monsieur est Indien ? demanda Barbe.

— Pour vous servir, madame ! »

Et le monsieur tendit une carte sur laquelle les voyageurs lurent ces mots :

Cherowko — LE RENARD SUBTIL
Conseiller municipal.

« Les boulevards qui traversent la ville du nord au sud portent le nom de *Sentier de la guerre,* reprit le Renard subtil; l'édilité a voulu de cette façon nous rappeler nos gloires nationales. Les plus beaux édifices de la ville, les cafés, les théâtres, les administrations sont sur le Sentier de la guerre.

— Et cette statue que nous voyons là-bas ? demanda Philippe.

— C'est celle du grand Fenimore Cooper, elle est l'œuvre d'un artiste mohican qui a voulu témoigner sa reconnaissance et son admiration pour l'immortel écrivain... A l'autre bout du Sentier de la guerre, vous verrez une deuxième œuvre d'art, la statue de Gustave Aimard, autre écrivain blanc ami de son frère rouge... Mais je vous quitte, je vais fumer le calumet du conseil à l'hôtel de ville, où nous attend M. le maire qui est un grand chef. »

L'honnête Peau-Rouge salua les dames et monta dans un tramway terrien qui passait sur le Sentier de la guerre.

Les voyageurs continuèrent leur promenade. Ils n'étaient pas au bout de leurs étonnements. En regardant les enseignes ils lurent des noms de commerçants peaux-rouges bien étranges ; ils aperçurent la boutique d'un sieur *la Cascade écumante,* charcutier en gros; la boutique de modes d'une dame *la Liane flexible,* un magasin de lecture tenu par Mlle *Rayon du Couchant* et même les panonceaux d'un notaire peau-rouge qui s'appelait *Œil-de-Lapin !*

La statue de Fenimore Cooper se dressait au pied d'un bel édifice du style gréco-américain le plus pur, pourvu d'une colonnade sur l'entablement de laquelle on lisait ces mots :

MVSÉE PEAV-ROVGE

« Entrons, dit Philippe, ce doit être curieux.

— Vos cannes au vestiaire, mesdames », dit une voix qui sortait de la loge du concierge.

Hélène et Barbe poussèrent un cri. Un Indien revêtu du costume national, la tête coiffée de plumes et de cornes de bison, tatoué sur les bras, la poitrine et la figure, et le tomahawk à la ceinture, s'avançait au-devant des visiteurs. Il parut flatté du mouvement d'effroi des deux dames.

« Je suis le concierge, dit-il, je porte le costume national de dix heures à quatre heures parce que les étrangers aiment ça... Quand le musée est fermé, je remets ma robe de chambre...

— Et comment vous appelez-vous ? dit Philippe en mettant un fort pourboire dans la main du fonctionnaire.

— Théodule, de mon petit nom, répondit le concierge, de mon nom de famille Jowa-ki-bo, le Vautour blanc des montagnes Rocheuses ! Mon bisaïeul était un sachem de la nation apache ; ce sont des malheurs de famille qui m'ont forcé à accepter cette petite place... Si vous voulez acheter ma photographie, ce sont mes petits bénéfices... »

Le concierge du Musée.

Le musée peau-rouge était peu varié, mais intéressant. Quelques poteaux de la guerre, des tentes illustrées de figures de guerriers et d'animaux, des couteaux à scalper, des tomahawks de toutes les formes, des arcs, des flèches, des rifles, des bownies-knifes, des animaux empaillés garnissaient les premières salles. Quand les visiteurs eurent tout examiné, Théodule les conduisit en souriant vers une grande salle garnie sur tous les côtés d'armoires vitrées.

« Qu'est-ce que cela ? dit Hélène en cherchant à deviner.

— Hugh ! fit le concierge d'une voix gutturale, ce sont des scalps, des chevelures enlevées par les guerriers dans le sentier de la guerre...

— Dans l'ancien, dit Philippe.

— Dans l'ancien, bien entendu ! on a centralisé ici tous les trophées... Bien des gens en ont conservé comme souvenirs de famille et si jamais vous allez chez le notaire *Œil-de-Lapin*, Sentier de la guerre 439, demandez-lui à voir sa collection... Il a une salle à manger décorée entièrement de scalps provenant de sa famille et de celle de sa femme ! »

Les dames mirent un certain empressement à quitter le musée, le tomahawk de Théodule les inquiétait.

En allant déjeuner à l'hôtel de la *Bosse-de-Bison*, Philippe regardait toujours les enseignes. Tout à coup il se frappa le front.

« J'y suis, dit-il, je me demande, depuis ce matin, pourquoi il y a tant de coiffeurs à Tomahawk-City... vous avez remarqué? Le Sentier de la guerre en est garni... j'ai trouvé la raison!

— Et quelle est la raison de cette abondance de perruquiers?

— L'instinct du scalp!...» répondit Philippe.

La journée se termina au théâtre de Tomahawk-City. On jouait le *Misanthrope*, traduit en langue comanche. Le chef-d'œuvre de Molière, très convenablement interprété par une troupe peau-rouge, fut bien accueilli par les spectateurs; contrairement à ce qu'attendait Philippe, toutes les scènes portèrent, même celles qui, par leur subtilité, semblaient le moins accessibles au goût peau-rouge.

L'Égypte nouvelle. — Les pyramides restaurées.

« Nous allons repartir pour l'Europe, dit Philippe au retour de la ville peau-rouge; nous avons mille choses à faire là-bas, une maison à installer, des meubles à acheter...

— Non, encore une promenade, une toute petite! s'écria Barbe; vous ne partirez pas avant d'avoir essayé mon yacht sous-marin, un joli bâtiment tout neuf que je me suis offert pour mes excursions du dimanche... nous n'irons pas loin, une simple promenade d'un jour ou deux au plus!

— Et une partie de pêche, c'est entendu, dit Philippe; mais après, nous partons! »

En conséquence, Barbe délaissa encore le lendemain les affaires de la banque et conduisit ses hôtes à Long-Island où le navire était mouillé. Le yacht était un modèle nouveau, construit par un ingénieur de haut mérite; il allait aussi bien à la surface des flots qu'au fond de la mer. Il suffisait, les panneaux du pont rabattus, d'une simple pression du mécanicien sur un piston, pour ouvrir les réservoirs, embarquer l'eau de mer et descendre sous les vagues. Là, le yacht était dans son véritable milieu; il évoluait avec la souplesse et la rapidité d'un poisson, marchait, virait, montait, descendait sur un signe du mécanicien, par le simple jeu d'une machine électrique très simple et très sûre.

Philippe avait déjà navigué sur des petits paquebots qui se transfor-

EXPLORATIONS SOUS-MARINES.

ment en navires sous-marins et se réfugient sous les flots par le gros temps; il trouva le yacht de Barbe très supérieur à ce que l'on avait fait jusqu'alors en ce genre et ne vit dans la promenade projetée aucune espèce de danger.

On devait rester deux jours et une nuit; mais Hélène sembla prendre tant de plaisir à cette excursion au fond de la mer, qu'au lieu de remettre le cap sur New-York le deuxième jour, on poussa encore en avant. Le yacht était délicieusement aménagé, de la salle à manger-salon, placée à l'avant, les passagers ne perdaient aucun détail des paysages sous-marins traversés par le navire. De grands hublots, fermés de plaques de cristal, s'ouvraient latéralement à tribord et à bâbord, comme des verres de lanterne magique devant lesquels défilaient sans cesse des bandes de poissons effarés, des monstres marins à peine connus des naturalistes, hérissés, dentelés, effroyables, heurtant les appareils étranges qui leur servent de tête et faisant grincer leurs tentacules sur la surface glissante des plaques de cristal.

Des jets de lumière électrique fouillaient la mer en avant et sur les côtés, faisaient saillir soudain d'énormes blocs de roches déchiquetées se dressant avec tout le hérissement d'une végétation fantastique, éclairaient de vastes plaines couvertes d'une forêt mouvante d'algues enchevêtrées, tantôt minuscules comme de simples fils et tantôt gigantesques, étendant à perte de vue mille lignes entrelacées sous lesquelles filaient, remuaient et grouillaient des millions de créatures étranges, tout le fourmillement d'un monde formidable et inconnu!

On fit quelques bonnes parties de pêche. Le yacht était armé de quelques petites caronades électriques, placées sur les côtés et à l'avant. Quand un beau poisson passait à portée, un coup de canon lançait un harpon solide qui s'en allait se ficher dans les flancs du gibier. Le yacht ayant été donner au milieu d'une compagnie de requins, on extermina toute la bande.

Tout en chassant, le yacht sous-marin doubla les Bermudes et arriva dans les eaux chaudes de la mer des Antilles. Philippe alors parla de revenir.

« Revenir quand nous sommes si près du canal de Panama, sans avoir traversé le canal pour aller jeter un coup d'œil de l'autre côté sur le grand océan Pacifique! s'écria Barbe, ce serait une impolitesse; le plus grand océan du globe ne nous le pardonnerait pas.

— Allons, soit; mais alors un simple coup d'œil, dit Philippe.

— Un simple regard et nous revenons! Capitaine, dit Barbe au commandant du yacht, mettez le cap sur Panama! »

Le yacht fila sur Panama en ralentissant toutefois sa marche pour éviter tout danger d'abordage dans ces parages si fréquentés, où deux grands courants de circulation sont établis, l'un à la surface pour les navires ordinaires, l'autre en dessous pour les yachts ou les transports sous-marins, — le rez-de-chaussée et la cave, comme disent les matelots farceurs.

Le yacht vint toucher à Panama, aux bureaux du canal, où Barbe descendit ou plutôt monta pour correspondre téléphoniquement avec sa maison de New-York. Elle donna quelques ordres, régla quelques affaires ; les passagers rentrèrent à bord après une petite promenade et l'on s'en fut donner au grand océan Pacifique le simple coup d'œil de politesse convenu.

Il fallut s'avancer un peu pour donner ce coup d'œil, le yacht fit une pointe d'une cinquantaine de lieues en mer; la visite de politesse était faite, on pouvait s'en retourner. Barbe en donna l'ordre au capitaine. Le yacht vira de bord.

Les passagers se mettaient à table pour le dîner avec le capitaine.

« Nous allons voir un peu, dit Barbe gaiement, si le poisson du Pacifique vaut celui de l'Atlantique; voici un magnifique turbot que j'ai eu le plaisir de pêcher moi-même et... »

Elle n'acheva pas.

Une épouvantable détonation se produisit, le pont du yacht soulevé s'ouvrit comme un cratère et vomit un torrent de flammes et d'eau, les hublots et le plafond volèrent en éclats, la table, les convives, les caronades, les cloisons et le plancher, projetés en l'air avec une violence inouïe, percèrent la couche d'eau sous laquelle on naviguait et vinrent rouler à la surface au milieu d'un tourbillon d'écume.

Le Japon moderne.

Philippe, saignant et déchiré, mais vivant et sans avaries graves, se retrouva au sommet d'une vague. Il s'accrocha machinalement à un débris du yacht et regarda autour de lui. A quelques brasses, le capitaine nageait péniblement d'une main en soutenant de l'autre, par les cheveux, Hélène et Barbe qui se débattaient. Philippe poussa son épave vers le groupe et aida les deux femmes à s'y accrocher.

« Tenez ferme! dit le capitaine, la carcasse du yacht flotte encore; nous allons la rattraper. »

En effet, la carcasse du yacht, semblable à une grande boîte disloquée, se maintenait sur les flots; il ne s'agissait que de la rattraper. Philippe et le capitaine, nageant vigoureusement, se mirent en devoir de pousser leur épave sur laquelle Hélène soutenait Barbe évanouie.

Personne n'avait péri dans la catastrophe; les trois matelots du yacht, plus ou moins endommagés, mais valides encore, avaient déjà regagné la carcasse du pauvre navire; ils jetèrent des cordes aux autres naufragés et réussirent à les amener à eux. En ce moment, Barbe ouvrit les yeux.

« Qu'est-ce qu'il y a? demanda-t-elle.

— Une torpille! répondit le capitaine, nous avons rencontré une torpille et le yacht a sauté... Pauvre yacht! si coquet... si bon marcheur..., une vraie flèche! cassé, fini maintenant! Et tout ça pour une méchante torpille!

— Mais qu'est-ce que cette torpille? demanda Philippe.

— C'est une torpille oubliée, monsieur, comme il y en a pas mal un peu partout... Ça vient des grandes guerres de 1910... c'est bien désagréable pour la navigation... En 1910, au moment du grand branle-bas, quand les Chinois, les Allemands, les Américains du sud et du nord, les Anglais, les Européens et le reste se sont donné le grand coup de torchon général et universel, on a semé des torpilles de tous côtés le long des côtes, torpilles fixes et torpilles flottantes, de tous les calibres et de tous les systèmes... et on a oublié de relever celles qui n'avaient pas servi, et voilà comment, faute de soin, on fait sauter, à cinquante ans de distance, d'honnêtes marins qui ne pensaient guère aux torpilles et au branle-bas de 1910!

— Et qu'allons-nous faire? demanda Hélène.

— Naturellement nous n'allons pas rester ici. Je connais mon Manuel du parfait naufragé, nous allons faire un radeau et gagner la première île factice que nous rencontrerons. Tout à l'heure nous étions par le travers des îles Gallapagos, nous devons trouver à une quinzaine de milles d'ici l'île factice 124, à l'intersection du 90e de longitude avec l'équateur.

— Capitaine, dit un matelot, j'ai trouvé la caisse aux phonographes et j'ai réussi à l'arrimer sur l'épave.

— Les six phonographes sont intacts? demanda le capitaine.

— Oui, capitaine.

— Bon, très bon; les phonographes vont nous être très utiles.

— Qu'allez-vous faire de ces six phonographes? demanda Hélène intriguée.

— Mais ce que font tous les naufragés: je vais leur confier la nouvelle de notre naufrage et les jeter à l'eau... cela remplace les bouteilles d'autrefois... c'est plus sûr! »

LES GRANDES CHASSES SOUS-MARINES

Et le brave capitaine prit délicatement chaque phonographe et, mettant le récepteur contre ses lèvres, il prononça six fois le discours suivant:

« La Comète, *yacht sous-marin de plaisance.* — *de New-York* — *capitaine Briscousse. Rencontré une torpille au nord-est de l'archipel Gallapagos. Saut. Navire fracassé. Équipage et passagers sauvés. Nous construisons radeau et allons faire voile vers l'île 124.*

« BRISCOUSSE. »

17 septembre 1953.

Le grand branle-bas de 1910.

— Maintenant, mes enfants, dit le capitaine après avoir lancé ses phonographes, fabriquons notre radeau. Nous avons justement un peu de brise, nous pourrons être demain matin à l'île 124. »

Les téléphones des naufragés.

La plate-forme du yacht, séparée en deux morceaux par l'explosion, fut rapidement transformée en un radeau parfait; quelques espars mis bout à bout firent un mât passable, deux paires de draps devinrent une voile.

« Et des vivres? » dit le capitaine.

Le cuisinier, plongeant dans les profondeurs du yacht, réussit à tirer quelques boîtes de conserves et deux pains à peine mouillés. Le capitaine fit plusieurs fois le tour de l'épave, soulevant les planches pour voir ce qui pouvait être resté dans la cale, malgré l'explosion et les efforts des vagues.

« Allons, il ne reste plus rien à emporter, dit-il; nous avons des couvertures pour la nuit, des vivres et des armes; abandonnons la carcasse de la malheureuse *Comète...* Allons, matelots, hissez la grande voile et appareillons! »

Comme l'avait prédit le capitaine, si ferré sur le *Manuel du parfait naufragé*, le radeau, après une nuit d'une navigation tranquille, arriva le matin en vue du refuge.

« Terre à l'avant! » cria le matelot en vigie au sommet du mât de fortune.

C'était l'île factice n° 124, mouillée par soixante-dix brasses de fond, juste au point où le 90ᵉ degré de latitude coupe l'équateur.

Comme la mer était très belle et très calme, les naufragés abordèrent avec la plus grande facilité.

L'île n° 124 était entièrement ronde; elle mesurait trente mètres de diamètre seulement et portait tout simplement le strict nécessaire, une maison de carton-pâte à deux étages, un petit magasin et un sémaphore. Le reste de la superficie formait un jardin planté de quelques arbres et de légumes. C'était le modèle n° 2 ; les îles factices à numéros impairs sont plus importantes : elles ont cinquante mètres de diamètre et trois maisons. Le jardin n'a que deux pieds de terre, ce qui est suffisant sous les tropiques pour produire une belle végétation ; les salades et les légumes sont même trop souvent étouffés sous les pousses désordonnées de mille plantes dont les graines ont été apportées par le vent, de terres quelquefois très lointaines.

L'île 124 ne devait pas avoir reçu de visites depuis le passage du navire ravitailleur, qui va tous les six mois porter à chaque îlot sa provision de vivres; la terrasse était un fouillis de plantes, d'arbustes et de fleurs formant berceau au-dessus de quelques légumes montés en graines; les lianes grimpaient jusqu'au deuxième étage de la maison, quelques jeunes cocotiers, l'arbre par excellence des îlots et des récifs océaniens, balançaient leur panache au souffle de la brise.

« Tout à fait l'apparence d'une île véritable ! s'écria Philippe en sabrant les lianes pour ouvrir un passage vers la maison à sa femme et à sa sœur; sans la balustrade qui en fait le tour, on s'y tromperait.

— Et le roulis? dit le capitaine, vous oubliez le roulis!

— C'est vrai, notre île a un mouvement de roulis assez faible qui

doit s'accentuer dans les gros temps..... A part cela, elle me paraît être
d'un séjour assez agréable... Un bon climat, un peu chaud, mais rafraîchi
par l'air salubre de la mer, un jardin et une maison, c'est charmant!

— Tiens, un lézard! s'écria Hélène.

— Un crabe! s'écria Barbe, un rat! une tortue!

SECOURS AUX NAUFRAGÉS. — LES ILES FACTICES.

— Et des oiseaux! acheva Philippe, vous voyez que c'est un petit
continent en miniature! »

Une volée d'oiseaux venait de s'échapper des buissons sous les pas
des voyageurs; rouges, verts, jaunes ou bleus, superbes et fins, ils tourbillonnaient autour des naufragés sans marquer aucune crainte.

La nature avait pris possession de l'œuvre des hommes, l'île factice
était conquise; végétaux, animaux, oiseaux, insectes, reptiles s'y étaient
installés; l'île vivait, de cette vie intense des terres tropicales.

« C'est charmant! s'écria Hélène, on pourrait s'y fixer et y passer tranquillement sa vie, loin de ces continents débordant de populations où l'on végète étouffé dans la cohue des villes, dans les paysages de pierre de taille...

— Et les vivres? dit le capitaine, voyons si le magasin est suffisamment pourvu de vivres... »

Les naufragés étaient à grand'peine parvenus jusqu'à la maison. La clef était à l'abri dans une boîte scellée dans le mur ; le capitaine la prit, débarrassa la serrure de la poussière et des lianes et ouvrit la porte.

« Bien, très bien, dit Philippe en parcourant les pièces de la maison, des hamacs, des couvertures, des chaises; nous allons être très confortablement installés pour des naufragés... Voyons le magasin maintenant. »

Le capitaine y était déjà.

« La soute aux vivres n'est pas très bien garnie, fit le capitaine; le magasin était ouvert, on dirait que des convives nous ont précédés. Voici des boîtes de conserves vides...

— D'autres naufragés, peut-être...

— Ou des filous !

— Allons, bon, tout à l'heure nous nous extasions sur le calme et la tranquillité de notre île déserte, et voilà qu'elle a ses filous !

— Il y a des filous partout, des rôdeurs de mer se sont introduits ici et nous ont bu notre vin... C'est très désagréable... Heureusement que l'on ne tardera sans doute pas à venir nous rapatrier... Nous allons hisser le pavillon rouge à la pointe de notre sémaphore et si nos phonographes ne sont pas recueillis en mer, le premier navire qui passera en vue nous prendra.

— A défaut de vin, avons-nous quelque autre liquide? demanda Philippe un peu inquiet.

— Nous avons de l'eau à discrétion, voici notre cave, cette citerne abritée par la maison, mille litres d'eau douce assez bonne... Vous pouvez goûter.

— Nous sommes huit naufragés, nous avons vingt-cinq boîtes de bœuf conservé, dix boîtes de légumes secs et mille litres d'eau; il faudra faire durer cela le plus longtemps possible...

— Et la chasse! s'écria le capitaine, la chasse dans notre domaine de trente mètres de longueur! J'ai aperçu là-bas quelques jolies tortues qui figureront admirablement dans les potages !... De plus, notre continent me paraît habité par toute une tribu de crabes dont nous ferons de succulents déjeuners... Ensuite, nous avons la pêche!... Nous nous arrangerons pour ne pas mourir de faim !

— Quelle aventure! gémit Barbe, et ma maison de banque! Que vont faire mes commis pendant notre emprisonnement ici?...

— Des erreurs, naturellement! répondit Philippe.

— Mais c'est que j'ai quelques grosses opérations en train... Voyons, capitaine, vous êtes sûr que notre îlot n'est pas relié au continent par un téléphone?

— Non, mademoiselle, pas de téléphone!... on a déjà parlé plusieurs fois d'en établir, mais c'est resté à l'état de projet...

— Tant pis, j'aurais été bien aise de communiquer avec la banque... enfin! »

Et Barbe poussa un soupir.

Que dirait M. Ponto quand il apprendrait l'aventure! Quoi, c'était elle, femme sérieuse et pratique, qui, sous prétexte de promenade, s'en était allée perdre son temps et son yacht dans ces parages dangereux!

« Allons, mesdames, dit le capitaine, si vous voulez, nous allons nous livrer à une battue dans l'île pour capturer tous les crabes et toutes les tortues... Nous les rangerons dans le magasin pour les empêcher de fuir. »

CHASSES DANS L'ILE 124.

L'ILE 124.

X

La tentative de vol de l'île 124.
Les îles madréporiques de l'Océanie. — La plus grande idée du xxᵉ siècle.
Construction d'une sixième partie du monde.

Les naufragés habitaient depuis huit jours l'île factice n° 124. Un immense pavillon rouge flottait à la pointe du sémaphore pour signaler au loin leur présence; mais nul navire n'avait encore passé en vue de l'île.

Malgré la monotonie de leur genre de vie, les naufragés ne s'ennuyaient pas encore; ils avaient tracé des allées dans leur jardin mouvant pour se promener à l'aise, et, quand ils s'étaient bien promenés, ils rêvaient appuyés sur la balustrade, bercés par le léger roulis, en contemplant l'immensité verte et l'immensité bleue : la mer, spectacle toujours le même et toujours nouveau, le ciel, champ de courses rempli par l'éternel et magnifique défilé des nuages voyageurs, découpés et nuancés de cent mille façons.

Au milieu de la huitième nuit, le capitaine Briscousse se réveilla en sursaut. Son hamac se balançait d'une façon anormale. Il resta un instant assis pour réfléchir.

« Ça remue bien ! s'écria-t-il tout à coup, du roulis, du vrai roulis! Le temps était superbe hier soir, il n'y avait aucune menace dans l'atmosphère... qu'est-ce que ça veut dire ? »

Le capitaine s'habilla en toute hâte et courut à la fenêtre.

Le ciel était pur, la lune brillait de tout son éclat et illuminait au loin une mer très calme.

« Oh! oh! est-ce que... oui, du vrai roulis... parfaitement... nous marchons! Sacrebleu! est-ce que nous aurions perdu nos ancres!... c'est impossible... Allons voir ça! »

Le capitaine descendit rapidement au rez-de-chaussée; il allait ouvrir la porte lorsqu'un clapotis le long de l'île, sur la droite de la maison, attira son attention. Il courut à une fenêtre et aperçut à peu de distance quelques longues pirogues manœuvrées chacune par une douzaine d'ombres noires.

« Tout le monde sur le pont! cria le capitaine d'une voix tonnante, aux armes! »

Les naufragés bondirent hors de leurs hamacs. Philippe et les matelots furent en une minute réunis au rez-de-chaussée. Le capitaine distribua vivement des fusils et des sabres...

« Qu'est-ce donc? demanda Philippe, qu'est-ce qu'il y a? On ne peut

ON NOUS LA VOLE, NOTRE ILE!

donc plus dormir dans notre île si gentille et si tranquille?

— Il y a qu'on nous la vole, notre île! répondit le capitaine.

— On nous la vole?

— Oui! tenez, regardez, voyez-vous ces pirogues? sentez-vous le roulis?

— Oui, eh bien?

— Eh bien, nous sentons le roulis parce que nous marchons et nous marchons parce que ces pirogues nous remorquent....

— Nos ancres?

— Perdues! Allons, nous y sommes? tout le monde est armé? Bien, nous allons opérer une sortie. En avant! »

Le capitaine ouvrit brusquement la porte et les naufragés se précipitèrent dans le jardin en poussant de grands cris. D'autres cris leur répondirent, des cris d'effroi plutôt que des cris de guerre, et à l'extrémité du jardin, deux ou trois ombres noires se jetèrent à la mer.

Les pagayeurs des pirogues s'étaient arrêtés tout à coup et paraissaient en proie à la plus vive surprise.

« Qui êtes-vous ? » cria le capitaine en faisant grincer la batterie de son fusil.

Pour toute réponse, les pagayeurs détachèrent rapidement le câble qui reliait leurs pirogues à l'île ; ils recueillirent les hommes qui s'étaient jetés à l'eau et se mirent à fuir avec vélocité.

A ce moment, Hélène et Barbe, effrayées, accouraient se joindre au groupe des naufragés.

« Ne craignez rien, dit le capitaine, les voleurs sont partis.... Ce sont des indigènes des îles Gallapagos, probablement... ils ne nous savaient pas dans l'île et notre seule apparition les a fait fuir. Ce n'est pas la première fois que des sauvages ou des écumeurs de mer volent des îles et les emmènent dans des endroits inconnus, pour s'y goberger à l'aise dans de jolies petites maisons dont on peut faire à l'occasion des petites forteresses flottantes...

— Alors, le danger est passé ? demanda Barbe.

— Le danger d'être volés, oui ; mais nous sommes maintenant en présence d'autres dangers... Nous marchons, l'île n° 124 a quitté sa place ; quand on viendra pour nous rapatrier, on ne nous trouvera plus !... »

Barbe pâlit.

« Et ma maison de New-York ! s'écria-t-elle.

— Bah ! dit Philippe, c'est tant mieux si nous marchons.... Nous allons nous rapatrier nous-mêmes, nous allons tâcher de gagner un port...

— Ces îles rondes ne sont pas facilement dirigeables, répondit le capitaine ; nous dérivons, nous irons où le flot voudra bien nous mener. »

Philippe et le capitaine passèrent le reste de la nuit dans le jardin pour empêcher tout retour offensif des voleurs ; mais rien ne vint les troubler dans leur faction. Vers le matin le roulis s'accentua, une brise un peu forte secoua l'île et fit claquer le pavillon du sémaphore. Les naufragés semblaient disposés à prendre assez gaiement leur nouvelle aventure, sauf Barbe qui se désolait de ne pouvoir correspondre avec sa maison de banque.

« J'ai une opération sur le tube de Panama, disait-elle ; dix mille actions achetées à 12,745,50 ; elles étaient à 14,890 à mon départ, il y a un syn-

LA NOUVELLE MARINE

NAVIRES DEVENANT A VOLONTÉ SOUS-MARINS ET NAVIGUANT SOUS LES VAGUES PAR LE MAUVAIS TEMPS

dicat qui veut les pousser à 15,000; je devais vendre à mon retour... Si la baisse survient, j'aurai une forte différence à payer ! »

A midi, quand le capitaine Briscousse fit le point, il trouva que l'île flottante avait dérivé d'une vingtaine de lieues dans le sud-ouest.

« Nous n'allons pas du côté de Panama ? demanda Barbe anxieuse.

— Au contraire, mademoiselle, nous marchons vers les îles polyné-

L'ILE EN MARCHE.

siennes ! répondit le capitaine Briscousse; le courant nous emporte par là, mais il est possible qu'une brise contraire nous ramène...

— Que peut la brise sur nous ?

— La maison fait l'office de voile ; si le vent venait à nous être favorable, nous pourrions fabriquer une vraie voile pour notre mât de pavillon... »

Cependant un des phonographes jetés à la mer par le capitaine Briscousse aussitôt après le naufrage avait été recueilli à quelque distance de Panama. Aussitôt une corvette électrique était partie à la recherche des naufragés. On connaissait leur adresse, le capitaine ayant annoncé qu'il allait chercher refuge sur l'île factice 124.

La corvette arriva à l'intersection du longitude 90 avec l'équateur, juste le lendemain du jour où l'île avait failli être volée. Le commandant de la corvette se frotta les yeux, fit et refit le point, fouilla tous les côtés de l'horizon avec sa lorgnette, sans découvrir l'île 124. En vain la corvette courut des bordées de l'est à l'ouest entre les îles 125 et 123, et du nord au sud entre les îles 92 et 148, elle ne put découvrir aucune trace de l'île envolée.

De leur côté les passagers de l'île 124, dans leur promenade à travers l'océan Pacifique, interrogeaient à tout instant l'horizon avec l'espoir d'apercevoir une voile ; mais la solitude la plus complète continuait à les envelopper, nul navire ne paraissait.

Une seule fois, après une semaine de navigation, on eut une alerte. Barbe, en permanence, avec la lorgnette du capitaine, sur le toit de la maison au pied du mât de signaux, aperçut au loin un point noir. Toute la colonie accourut la rejoindre ; le capitaine, après avoir consulté la carte sur laquelle il marquait la route tous les jours à midi, crut reconnaître dans ce point noir l'île factice 188 sous le 9° de latitude sud.

« Inutile de faire des signaux, dit-il ; le n° 188 ne viendra pas à notre secours.

— Voyons, dit Philippe, prenons un parti, nous ne pouvons plus songer à retourner à Panama ; le courant, favorisé par une brise de N.-N.-E., nous porte vers la Polynésie ; mettons toutes voiles dehors pour arriver plus vite.

— C'est cela ! s'écria Barbe.

— Nous allons faire des vergues avec nos petits cocotiers et des voiles avec tous les draps de la maison, s'écria le capitaine ; je démolirai, s'il le faut, la maison pour fabriquer un gouvernail pour notre île et il faudra bien que nous marchions ! Je commençais d'ailleurs à être inquiet ; nos vivres s'épuisent ! »

Tous les passagers se mirent à l'œuvre, les dames prirent des aiguilles et s'occupèrent fiévreusement à coudre bout à bout les draps de la maison pour faire une grande voile. Le capitaine et les matelots se lancèrent, la scie ou la hache à la main, pour réunir les pièces nécessaires à l'établissement d'un grand gouvernail à l'arrière, la seule pièce qui manquât à l'île pour être une embarcation complète.

Après deux jours d'un travail acharné, tout fut terminé ; le mât du sémaphore se garnit de deux grandes voiles et d'un perroquet ; un foc fut établi à l'avant, tandis qu'à l'arrière fonctionnait un gouvernail grossier, mais immense, semblable à un gouvernail de chaland de rivière.

L'île 124, malgré sa forme ronde et sa lourdeur, était à peu près dirigeable; le capitaine pouvait la maintenir dans sa route et profiter de toute la brise.

« Si la brise se maintient, dit le capitaine en prenant place au gouvernail, nous serons avant huit jours en pleine Polynésie; nous tâcherons

NATURELS OCÉANIENS.

de gagner le port important de Taïti, où nous trouverons des paquebots pour Panama.

— Le seul danger, dit Philippe, serait de toucher un récif de corail.

— Nous en trouverons partout, dit le capitaine; mais notre île n'a pas plus d'un mètre de tirant d'eau; avec des précautions, nous passerons sans toucher. »

L'île 124 atteignit au bout d'une semaine, comme l'avait dit le capitaine, les premières îles polynésiennes; les passagers aperçurent les myriades de petits récifs annulaires, œuvres des polypes constructeurs qui, lentement, ont couvert l'énorme étendue du Pacifique d'un semis d'archipels dont les îles, imperceptibles d'abord, mais s'élargissant et croissant sans arrêt, tendent peu à peu à se réunir.

Partout, à droite, à gauche, au nord et au sud, des îles pointaient du sein de la vaste mer, des îles de toutes les grandeurs, entourées d'une ceinture de récifs écumeux. Il fallait naviguer avec la plus grande prudence, la sonde annonçait de très petites profondeurs et le fond de la mer était comme hérissé de pics madréporiques, îlots en formation destinés à paraître au-dessus des vagues dans un laps de temps facile à déterminer.

« Nous entrons dans la période critique de notre voyage, dit le capitaine ; il faut redoubler d'attention. »

Le capitaine conserva le gouvernail, un matelot se mit à l'avant pour sonder, un autre à tribord et un à bâbord. Philippe resta sur le toit de la maison pour surveiller la mer et relier l'avant avec l'arrière.

On reconnut les îles Araktcheef, Narcisse et Moakimon, entourées d'un essaim d'îlots de formation nouvelle ; c'était bien le chemin de Taïti, et en admettant que l'on ne croisât aucun navire en route, on devait en quelques jours arriver à Taïti. Plusieurs fois des pirogues indigènes passèrent non loin de l'îlot. Les passagères montrèrent quelque étonnement de voir les sauvages polynésiens accoutrés de redingotes européennes et coiffés de chapeaux de haute forme.

« Parbleu, dit le capitaine, ils sont tous comme cela ; ils sont à peu près civilisés et ils ont renoncé depuis longtemps à leurs tatouages nationaux ; ils préfèrent nos vieux habits ; toute la défroque de l'Europe et de l'Amérique est envoyée en Océanie et colportée d'île en île... Ça sert de monnaie pour les trafiquants...

— Capitaine, dit Barbe, je ne demande pas à débarquer chez les habitants de ces îlots ; mais ne pourriez-vous pas me dire s'il n'y a pas, dans ces parages, de poste téléphonique ?

— Je n'en connais pas, mademoiselle ; vu le peu d'importance des transactions commerciales, les indigènes n'auraient que faire du téléphone... le premier bureau est à Taïti... »

Philippe, en permanence sur le toit de la maison, promenait des regards songeurs sur le fourmillement de petites îles semées sur l'océan comme une sorte de voie lactée maritime, et il ne s'interrompait dans sa rêverie que pour demander au capitaine, du haut de son observatoire, quelque renseignement sur ces innombrables archipels.

Le capitaine, tout entier à la manœuvre, grommelait parfois.

« Attention, attention, monsieur ! vous ne surveillez pas suffisamment l'horizon, vous me laissez gouverner en plein sur ces brisants que l'on entend mugir à deux kilomètres d'ici... si vous ne me prévenez pas, il nous arrivera quelque anicroche.

— O solitudes du Pacifique ! s'écriait Philippe pour toute réponse, et dire qu'un jour viendra où, grâce à ces infatigables madrépores, les hommes trouveront ici un continent nouveau, pour y déverser le trop-plein de la population de nos vieilles terres !

— Tenez, dit Hélène en regardant au nord, voyez là-bas; on dirait une ligne d'hommes marchant sur la mer...

ÉCHOUAGE EN POLYNÉSIE.

— Parbleu, dit le capitaine en regardant, ce n'est qu'un déménagement, c'est une caravane d'indigènes qui passe d'une île dans une autre... On peut faire des centaines de lieues en suivant les bas-fonds avec un mètre ou un mètre et demi d'eau à peine... un bain de pieds, quoi ! Mais, je vous en prie, de l'œil partout, un bateau de trente mètres de largeur peut facilement raboter un écueil !... si nous ne faisons pas attention, nous échouerons... »

Ce qu'avait prévu le capitaine arriva. A peu de distance de Taïti, alors que l'on n'avait plus qu'une petite journée de navigation pour entrer au port, l'île 124 s'en fut s'enferrer dans les pointes de coraux qui formaient une ceinture défensive à une charmante et pittoresque petite île couverte de cocotiers.

« Touché ! cria le capitaine, combien d'eau ?

— Soixante-quinze centimètres, répondit le matelot de bâbord.

— Nous allons sauter à l'eau pour essayer de nous dégager, dit le capitaine en retirant sa veste.

— Arrêtez ! dit Philippe, je veux visiter cette île.... j'ai une idée.... une grande idée ! »

Et, sans attendre personne, il sauta à l'eau, grimpa sur les brisants et trouva de l'autre côté une zone d'eau tranquille, à peine profonde de cinquante centimètres. En cinq minutes il l'eut traversée. On le vit escalader le talus de l'île et grimper sur un piton rocailleux et boisé qui semblait accuser une origine volcanique.

« Allons rejoindre Philippe, s'écria Hélène ; il y a si longtemps que nous sommes emprisonnés...

— Une promenade aquatique ! fit Barbe.

— Demi-aquatique seulement, dit le capitaine, il y a si peu d'eau. »

Deux matelots furent laissés à la garde de l'île 124, le capitaine et les deux autres matelots se mirent à l'eau et prirent les dames dans leurs bras pour leur faire passer les brisants.

Quand ils arrivèrent à l'île et qu'ils eurent escaladé le petit piton, Philippe n'y était déjà plus ; il était descendu de l'autre côté et il marchait dans la mer pour rejoindre une seconde île éloignée de six cents mètres à peine.

En vain ils l'appelèrent et lui firent signe de revenir, Philippe continua sa route avec de l'eau tantôt jusqu'aux genoux et tantôt jusqu'aux hanches.

« Il n'y a pas de danger ? demanda Hélène au capitaine.

— Aucun, madame ; à part l'étroit chenal que nous suivions avec tant de peine, il n'y a pas d'eaux profondes par ici ; il y avait une autre route plus au nord pour aller à Taïti, la route des paquebots ; mais le vent nous en a éloignés. »

Philippe était arrivé à la seconde île ; avec la lorgnette, on le vit en faire le tour et reprendre encore l'eau à la pointe extrême du rivage.

« Est-ce qu'il va encore plus loin ? » demanda Hélène.

Philippe paraissait hésiter. D'autres îles chargées de petites forêts de cocotiers émergeaient à quelques kilomètres. Enfin Philippe parut se décider à rebrousser chemin : tournant le dos à ce petit archipel, il revint droit au premier îlot.

« Eh bien! lui cria Barbe quand il aborda, tu oublies que nos instants sont précieux et que pendant que nous nous amusons aux paysages océaniens, j'ai mes cinq mille actions du tube de Panama qui baissent peut-être...

— Bah, dit Philippe, nous avons le temps; le climat est superbe, la mer admirable; le séjour dans ces petites îles doit être charmant! Nous avons besoin de vivres frais et justement ces îlots abondent en cocos et en tortues... nous pouvons passer ici des semaines délicieuses...

— Papa l'a toujours dit, tu n'as pas l'esprit sérieux et pratique... Robinsonner dans cette île? Y songes-tu? Et ma banque qui périclite sans moi à New-York! Je suis en train de perdre des millions peut-être en ce moment!

— Tu les regagneras ici... ma grande idée...

— Il devient fou !... voudrais-tu par hasard entreprendre le commerce des noix de coco?

Première commission d'ingénieurs.

— J'ai une grande idée, te dis-je, une immense idée qui va engendrer une colossale affaire financière! Les canaux, les tubes terriens ou sous-marins ne sont rien auprès de ce que je vais entreprendre!... Tout à l'heure, quand je me promenais d'île en île, ce n'était pas pour le paysage, c'était pour ma grande idée... je faisais une promenade d'études... depuis que nous sommes entrés en Polynésie j'examine, je médite, je calcule...

— Et tu nous fais échouer, navigateur distrait!... Et quelle est cette grande idée?

— Voici!... ces innombrables îles éparpillées à la surface de l'océan Pacifique, resserrées en groupes et en archipels, sont destinées un jour à se souder ensemble, en petits noyaux d'abord, qui s'agglomèreront peu à peu pour former un continent solide.... c'est l'œuvre mystérieuse qui s'élabore depuis des centaines de siècles au fond de l'Océan, par le ministère des infatigables madrépores, aidés souvent par des soulèvements brusques du fond de la mer. Lentement, l'une après l'autre, les îles sortent du sein de l'océan, d'abord à l'état de simples écueils, puis d'îlots dont la végétation s'empare !...

— Eh bien?

— Eh bien, mon idée, la voici : l'œuvre commencée par les madrépores, c'est à l'homme de l'achever ! ce continent en formation, nous allons le terminer. De quoi s'agit-il? D'aider tout simplement la nature qui tend peu à peu à réunir en une seule terre continentale ces longs chapelets d'îles polynésiennes... avec les ressources mises à notre disposition par la science, avec de puissants capitaux, cette construction d'un continent est possible, sinon facile; les archipels fourniront l'ossature, la carcasse de notre continent; nous comblerons les détroits, les canaux, les lagunes, pour relier les îles les unes aux autres !... Ce sera la grande œuvre du xxᵉ siècle! nous léguerons une terre nouvelle à nos descendants... Les esprits aventureux se désolaient de n'avoir plus rien à découvrir sur notre planète, nos pères ne connaissaient que cinq parties du monde, nous allons leur en donner une sixième! Les six cents millions d'habitants de notre vieille Europe s'y trouvent bien à l'étroit; nous allons leur fournir une terre nouvelle, bien neuve celle-ci, des espaces sans bornes, des champs illimités pour leur activité... Et quels avantages! Les autres continents, l'homme les a trouvés tout faits, il a dû les prendre tels quels, avec leurs inconvénients et leurs défauts.... Trop d'eau par endroits, trop de montagnes sur d'autres points, des espaces immenses sans un cours d'eau; que sais-je? Notre continent à nous, nous le ferons le plus commode possible nous ferons courir partout des fleuves et des cours d'eau fertilisateurs, nous ménagerons des ports, des lacs...

— Et les difficultés? fit Barbe, c'est très beau; mais tu ne comptes pas les difficultés...

— Toutes les entreprises, les petites comme les grandes, ont des difficultés à éviter ou dominer, des obstacles à franchir ! Des difficultés soit, mais pas d'impossibilités ! Déjà sur bien des points, on peut communiquer

LA CONSTRUCTION DU SIXIÈME CONTINENT (SECTION B, CHANTIER 128).

d'île en île, à pied, par des sortes de lagunes à peine couvertes d'un mètre et demi d'eau...

— En résumé, il y a peut-être une idée à étudier...

— A exécuter ! s'écria Philippe. Ah ! je ne suis ni sérieux ni pratique, eh bien, nous allons voir ! je construirai mon sixième continent !

LUGUBRES TROUVAILLES.

— Et comment l'appelleras-tu ? fit Barbe en riant, tu fais plus que conquérir ou découvrir, tu bâtis... Bien plus que Colomb ou Améric Vespuce, tu as le droit de baptiser...

— Je l'appellerai l'Hélénie, répondit Philippe en regardant sa femme. Maintenant, tout bien réfléchi, il est inutile de perdre notre temps sur cet îlot. Tâchons de remettre notre île 124 à flot et gagnons rapidement Taïti...

— C'est fait ! l'embarcation est remise en état de naviguer, dit le capitaine ; il n'y avait pas d'avaries graves.

— Embarquons ! dit Philippe, et suivons bien le canal, cette fois, pour éviter un nouvel échouage. »

En quelques heures, l'île 124 réussit à sortir des bas-fonds et à trouver un chenal large de plus de deux kilomètres, avec quinze ou vingt mètres d'eau. Pour plus de sûreté, le capitaine alla s'amarrer pour la nuit aux cocotiers d'un îlot d'accès facile. Quand le jour revint, on mit toutes voiles dehors avec l'espoir d'arriver à Taïti dans l'après-midi. Un sloop taïtien, rencontré vers midi, vint reconnaître l'étrange embarcation et la remorqua jusqu'au port de Papeïti, la capitale de l'île.

« Enfin ! dit Barbe » en courant, aussitôt débarquée, aux bureaux du téléphone international.

Philippe l'avait suivie. Lorsqu'elle eut achevé de communiquer avec ses commis de New-York, Philippe s'empara du téléphone et se mit en communication avec M. Ponto père à Paris.

Ce jour-là, les employés du téléphone de Taïti ne purent fermer leurs bureaux à l'heure ordinaire, car leur client les retint jusqu'à plus de minuit. Philippe expliquait son idée, discutait et, en fin de compte, réussissait à convertir son père.

« Grande idée ! colossale affaire ! plus fort que Christophe Colomb ! dit enfin M. Ponto, il y aura des difficultés énormes; mais nous les surmonterons ! C'est la grande maison Ponto qui donnera au monde son sixième continent !... mon fils, jusqu'à ce jour, je t'avais méconnu.... aujourd'hui je t'admire !... Superbe, merveilleux, gigantesque ! Je vais céder mes autres entreprises, le Parc européen est terminé, le tube transatlantique marche tout seul et l'idée de la transformation de la France en société financière a fait un grand pas dans l'esprit public, je puis donc m'occuper d'autre chose... Reste à Taïti, je vais acheter une demi-douzaine de navires et t'envoyer une commission d'études composée d'ingénieurs, de marins, de géographes; cette commission parcourra la Polynésie sous ta direction, opérera des sondages, lèvera des cartes, pointera jusqu'aux moindres îlots et nous établira un projet de continent... Quant au côté financier, c'est mon affaire, je vais lancer une première émission d'actions ! »

Et dès le lendemain le monde retentissait de la grande nouvelle. La sensation fut énorme. La colossale entreprise de la maison Ponto venait au bon moment. Les excédents de population dans les cinq parties du monde préoccupaient justement les penseurs. Cette terre qui allait manquer à l'homme, l'homme allait la faire lui-même. Tout le monde applaudit, sans douter un instant de la réussite.

Jusqu'où s'arrêtera l'esprit d'entreprise moderne? Après la construction d'un continent, que restera-t-il à faire?... s'emparer des espaces inter planétaires, briser les liens misérables qui retiennent la navigation aérienne dans notre zone atmosphérique, coloniser notre satellite et communiquer avec les autres planètes, nos compagnes de route dans les champs de

LA REINE POMARÉ XII.

l'azur... ce sera l'œuvre de nos descendants du xxiᵉ *siècle!* Déjà les savants électriciens, avec une simple dépense de soixante-quinze millions, par l'emploi, dans des proportions gigantesques, des incommensurables forces électriques dans la grande usine construite sur le Pic du Midi aux Pyrénées, ont pu en quinze jours rapprocher la lune jusqu'à la distance de six cent soixante-quinze kilomètres, un peu plus que la distance de Paris à Lyon. Le disque de notre satellite, énormément grandi, éclaire merveilleusement nos nuits et laisse apercevoir à l'œil nu les moindres détails de sa géographie. La lune est habitée, nul doute ne peut subsister maintenant et l'on parle d'envoyer une commission scientifique dans un aérostat spécialement construit pour la traversée des couches atmosphériques!

L'enthousiasme des savants et du public gagna les financiers; de puissants banquiers proposèrent à M. Ponto de s'associer avec lui pour faire tous les fonds de l'entreprise sans recourir au public, de façon à pouvoir disposer sans contrôle du continent construit; mais M. Ponto, refusant le concours des manieurs d'argent et des banques âpres aux bénéfices lança l'affaire en émission publique.

Le même jour, les murs de toutes les villes du monde se couvrirent d'affiches ainsi conçues :

CONSTRUCTION D'UN SIXIÈME CONTINENT

dans l'océan Pacifique

par la réunion des archipels, groupes, îles et îlots polynésiens

en une vaste terre continentale.

———

ÉMISSION de deux millions d'actions de 10,000 fr. chacune

1,000 fr. en souscrivant, 9,000 fr. à la répartition.

Jamais succès ne fut plus complet, la souscription fut couverte cent douze fois !

A Taïti, la commission d'études fut reçue avec les plus grands honneurs. La reine Pomaré XII, ayant Philippe Ponto à sa droite, donna une audience solennelle aux savants européens et leur distribua les croix de son ordre avec une véritable profusion. Les opérations, immédiatement commencées, furent menées avec la grande rapidité et avec l'ensemble que les puissantes ressources de la compagnie permettaient d'imprimer à l'œuvre.

Pendant que des ingénieurs et des marins, jetés sur tous les points de la Polynésie, poursuivaient leurs études physiques, orographiques et hydrographiques, d'autres ingénieurs construisaient des hangars pour les travailleurs, des machines, des appareils destinés à être chargés de blocs de granit et coulés dans les bas-fonds. D'autres savants parcouraient l'Inde et l'Amérique à la recherche de roches et de terres végétales.

Sous leurs ordres on faisait sauter à la dynamite des morceaux entiers de montagnes, des pics de l'Himalaya et des montagnes Rocheuses; on les charriait sur des voies ferrées construites spécialement pour l'entreprise jusqu'aux ports es plus proches où des transports devaient les prendre pour les conduire sur des points déterminés.

M. Ponto cherchait autant que possible à faire d'une pierre deux coups. En prenant ses rocs, il ouvrait des passages dans les montagnes et créait des voies de communication nouvelles; il fit construire d'énormes et ingénieuses machines, des dragueurs-transports monstrueux qui déblayèrent les

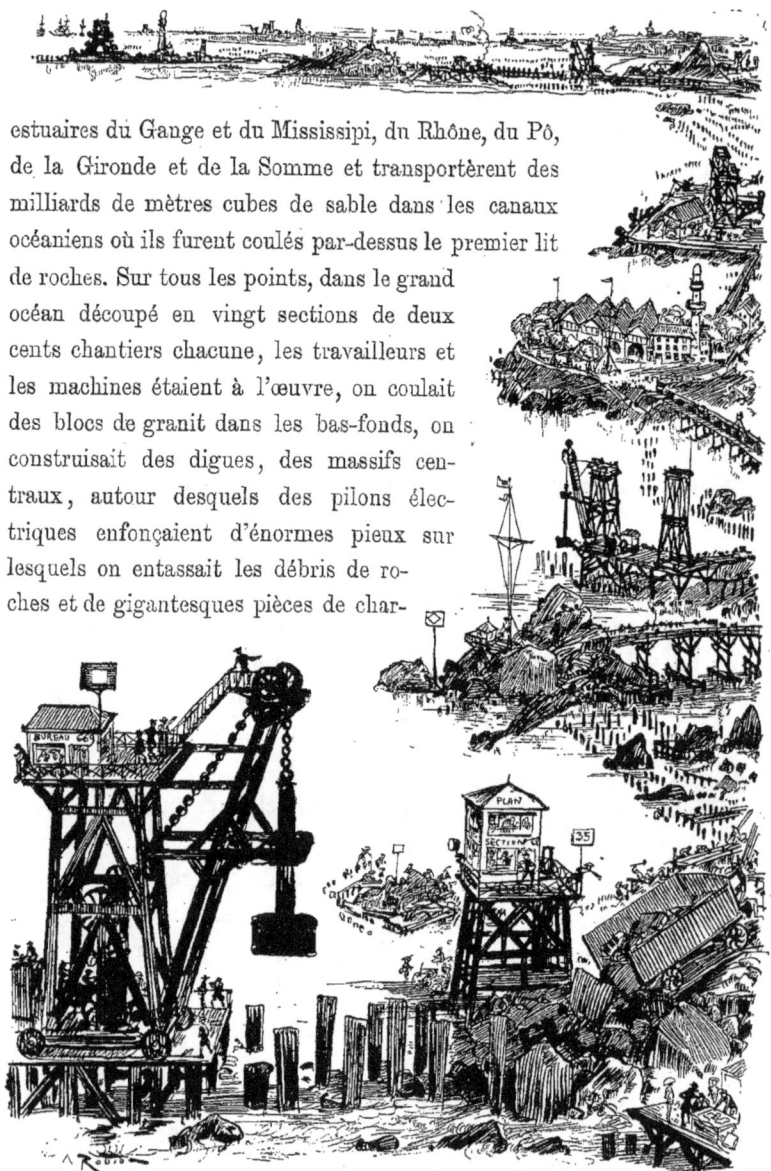

estuaires du Gange et du Mississipi, du Rhône, du Pô,
de la Gironde et de la Somme et transportèrent des
milliards de mètres cubes de sable dans les canaux
océaniens où ils furent coulés par-dessus le premier lit
de roches. Sur tous les points, dans le grand
océan découpé en vingt sections de deux
cents chantiers chacune, les travailleurs et
les machines étaient à l'œuvre, on coulait
des blocs de granit dans les bas-fonds, on
construisait des digues, des massifs cen-
traux, autour desquels des pilons électriques enfonçaient d'énormes pieux sur
lesquels on entassait les débris de roches et de gigantesques pièces de char-

LES TRAVAUX DE CONSTRUCTION DU SIXIÈME CONTINENT.

pentes formant des cadres pour retenir les pierres. Les îles se reliaient peu à peu. Suivant le grand plan du continent futur, soigneusement étudié dans tous ses détails, déterminé avec la plus rigoureuse précision, les ingénieurs ménageaient soigneusement des canaux qui devaient servir de lits aux fleuves futurs et réservaient dans les bas-fonds trop étendus, des lacs, ou tout à fait fermés, ou communiquant entre eux par des rivières. Quand on avait obtenu une lagune fermée entre deux groupes d'îles, on desséchait cette lagune par les moyens employés jadis dans les polders de la Hollande, et à la place de la mer on jetait sur ce sol un lit de terre végétale, enlevée par énormes tranches dans les riches provinces de l'Inde.

Les travaux sous-marins, le desséchement des golfes mettaient à jour d'immenses champs de corail dont on se contentait d'enlever des échantillons, des poissons inconnus surpris dans les roches, et souvent, lugubres trouvailles, des carcasses de navires ensevelis depuis des siècles sous le vert et mouvant linceul, dans le cimetière liquide des navigateurs.

En même temps on établissait de vastes pépinières où toutes les espèces d'arbres utiles ou agréables, pouvant convenir au climat océanien, étaient réunies par millions de pieds ou boutures et dès qu'une portion de territoire se trouvait conquise, des légions d'ouvriers s'en emparaient pour y planter des forêts régulières.

Aujourd'hui l'avenir de la grande entreprise est assuré. La construction du sixième continent est très avancée et déjà, dans les parties terminées, des troupes nombreuses d'émigrants sont venues s'installer, construisant des villes sur des points indiqués par la compagnie, cultivant les terres autour des villes et transformant le reste en territoires de pacage. D'importantes cités industrielles se sont élevées d'elles-mêmes près des chantiers de la compagnie, pour fournir aux travailleurs tous les instruments, aliments et objets nécessaires.

Déjà des institutions politiques fonctionnent. Les petits royaumes indigènes ont été respectés; mais ils sont entrés dans la grande confédération dont le plan, élaboré par Philippe Ponto, a été approuvé par les assemblées d'actionnaires. Tout le continent se trouve divisé en dix grandes provinces : Marshall, Samoa, Tonga, Cook, Taïti, Pomotou, Noukahiva, Bougainville, Viti et Toubouaï, à peu près égales entre elles et subdivisées en préfectures et sous-préfectures.

Une Chambre des députés, nommée par les provinces terminées et par les électeurs indigènes, s'est réunie à Taïti, instituée capitale provisoire en attendant l'achèvement d'une superbe capitale centrale, en construction sur l'îlot où l'île 124 est venue s'échouer.

Le premier acte du premier parlement du sixième continent, à sa première séance, a été le vote d'une adresse de remerciements à Philippe Ponto, son élection au poste de président de la grande Confédération océa-

INAUGURATION SOLENNELLE DU SIXIÈME CONTINENT.

nienne et la confirmation officielle du nom donné au continent nouveau par son auteur, l'HÉLÉNIE.

Le sol tout neuf de la nouvelle partie du monde a déjà donné sa première moisson; sous l'excellent climat océanien il paraît doué d'une fécondité remarquable et promet de réunir aussi bien les céréales de la plantureuse Europe que les exubérances végétales des pays du tropique. Pour la flore, l'Hélénie sera comme un résumé des autres continents et quant à la faune, on comprend que la commission d'acclimatation ne s'occupera que des espèces utiles.

M. Ponto père est heureux, il est président honoraire. Il a l'intention de laisser sa banque de Paris à sa fille Barnabette, d'abandonner complète-

ment sa banque de New-York à sa fille Barbe et de venir se fixer en
Hélénie.

Quant à Mme Ponto, elle s'occupe activement d'organiser l'émigration
féminine en Océanie; son seul chagrin est de n'avoir pu obtenir la concession d'une province pour l'établissement d'une république féminine.

Inutile de dire qu'Hélène, première citoyenne de l'Hélénie, est au
comble du bonheur. Philippe a déjà un héritier. On parle de rendre la
dignité de président héréditaire dans la famille Ponto. Dans tous les cas
le fils de Philippe est assuré de porter la couronne de Taïti. Sa Majesté
Pomaré XII, n'ayant pas de descendants, lui a légué son royaume.

L'inauguration solennelle du continent en construction est annoncée
officiellement pour le 1er janvier 1960. Des trains de plaisir amèneront les
curieux de tous les pays, les représentants de la presse et des gouvernements, aux fêtes qui célébreront la merveilleuse victoire du travail et de la
science sur les forces brutales de l'océan.

La sixième partie du monde aura-t-elle les destinées magnifiques de
sa mère la vieille Europe? L'histoire un jour le dira.

LA LUNE RAPPROCHÉE

DÉPART DE LA PREMIÈRE COMMISSION SCIENTIFIQUE ET COLONISATRICE

Plus de mauvais temps. — Aspirateurs électriques
pompant les nuages.

TABLE DES MATIÈRES

PREMIÈRE PARTIE

DEUXIÈME PARTIE

TROISIÈME PARTIE

Paris, A. QUANTIN, imprimeur, 7, rue St. Benoît.

www.ingramcontent.com/pod-product-compliance
Lightning Source LLC
Chambersburg PA
CBHW052349020726
47503CB00001B/165